UMA MALDIÇÃO DOURADA

SÉRIE **OS SEIS GROUS**

Os seis grous
A promessa do dragão
Uma maldição dourada

UMA MALDIÇÃO DOURADA

ELIZABETH LIM

TRADUÇÃO
Yonghui Qio

PLATA
FORMA 21

TÍTULO ORIGINAL *Her Radiant Curse*
Text copyright © 2023 by Elizabeth Lim
All rights reserved including the right of reproduction in whole or in part in any form. This edition published by arrangement with Random House Children's Books, a division of Penguin Random House LLC, New York. Todos os direitos reservados, incluindo o direito de reprodução em parte ou no todo, em qualquer formato. Publicado mediante acordo com Random House Children's Books, divisão da Penguin Random House LLC, Nova York.
© 2024 VR Editora S.A.

Plataorma21 é o selo jovem da VR Editora

EDIÇÃO Thaíse Costa Macêdo
ASSISTÊNCIA EDITORIAL Andréia Fernandes
PREPARAÇÃO Raquel Nakasone
REVISÃO Ana Luiza Candido
DESIGN DE CAPA Angela Carlino
ARTE DE CAPA © 2023 by Tran Nguyen
LETTERING DA CAPA ORIGINAL Alix Northrup
ADAPTAÇÃO DE CAPA E PROJETO GRÁFICO Pamella Destefi
DIAGRAMAÇÃO Pamella Destefi
MAPA © 2023 by Virginia Allyn
PRODUÇÃO GRÁFICA Alexandre Magno

Dados Internacionais de Catalogação na Publicação (CIP)
(Câmara Brasileira do Livro, SP, Brasil)

Lim, Elizabeth
Uma maldição dourada / Elizabeth Lim; tradução Yonghui Qui. – Cotia, SP: Plataforma21, 2024. – (Coleção os seis grous)

Título original: Her radiant curse.
ISBN 978-65-88343-82-1

1. Ficção juvenil I. Título. II. Série.

23-186813   CDD-028.5

Índices para catálogo sistemático:
1. Ficção: Literatura juvenil 028.5
Eliane de Freitas Leite - Bibliotecária - CRB 8/8415

Todos os direitos desta edição reservados à
VR EDITORA S.A.
Via das Magnólias, 327 – Sala 01 | Jardim Colibri
CEP 06713-270 | Cotia | SP
Tel.| Fax: (+55 11) 4702-9148
plataforma21.com.br | plataforma21@vreditoras.com.br

*Para Diana, minha colega nerd de fantasia e a
irmã mais velha que sempre quis ter.*

*Para Amaris, uma das minhas amigas mais antigas e queridas,
além de uma caçadora extraordinária de furos na história.*

*Para Eva, amiga querida que acreditou em
mim desde o meu primeiro livro.*

Ilhas Tambu

Para Kiata

Para A'landi

Ilha Balam

Montanhas do Céu

Palácio do Príncipe Rongyo

Tai'yanan

Tai'ya

Cabana de Nakru

Jara

Vilarejo Yappang

Terceiro Mar Esmeralda

Monte Hanum'anya

Eu não nasci um monstro.

As pessoas se esquecem disso. As cruéis me desprezam e dizem que sou a serva de um demônio. Elas acham que as palavras vão me machucar, sem saber que estão mais próximas da verdade do que imaginam.

Mas são as pessoas gentis que mentem.

— Você tem um bom coração, como a sua irmã — elas dizem, em tom de pena. — Por dentro, você é linda… assim como a sua irmã.

Não somos nada parecidas.

O nascimento dela é uma lenda nas ilhas. Muitos vêm de perto e de longe só para ter um vislumbre de sua beleza, e nossos vizinhos encheram os bolsos contando sua história — em um arco de lua há dezessete anos, meu pai se deparou com uma escolha terrível: salvar a esposa, que definhava em uma cama esfarrapada, ou sua filha recém-nascida, cujas bochechas rosadas, cabelos sedosos e brilho divino já haviam conquistado todos que a viram.

Adah escolheu a esposa. Ele arrancou minha irmã dos braços da parteira e correu até a selva para sacrificá-la a Angma, a Bruxa Demônio. Lá, em uma pedra achatada ao lado de uma árvore retorcida, ele deixou minha irmã à própria sorte.

Mas, mesmo sendo apenas um bebê, minha irmã emitiu uma luz dourada que deslumbrou a Bruxa Demônio a tal ponto que ela não conseguiu devorá-la. Assim, no dia seguinte, Adah encontrou a pequena onde a deixara, rindo e cantando entre os pássaros e os sapos, e ela voltou para casa.

A história tem um quê de conto de fadas, motivo pelo qual os aldeões amam contá-la. Mas ela não explica o que aconteceu com meu rosto... porque não foi desse jeito que as coisas *realmente* aconteceram.

É verdade que, desde o momento em que nasceu, minha irmã era tão radiante que ofuscava as estrelas, e seu sorriso poderia amolecer até o mais rígido dos corações. Também é verdade que Adah teve que encarar uma escolha terrível e fatídica. Para salvar minha mãe, ele de fato *tentou* sacrificar uma criança. Mas não foi minha irmã quem ele levou para a selva.

Fui eu.

CAPÍTULO UM

Não havia lua nem um arco dela quando minha irmã nasceu. Ao contrário do que se conta, ela chegou ao mundo ao final da manhã, perto da tarde. Eu me lembro porque o sol queimava meus olhos e seu calor opressivo pinicava tanto minha pele que eu estava coberta de suor.

Eu era muito jovem e brincava do lado de fora de casa, cutucando com uma vara as formigas que escalavam meus tornozelos, quando o sol, de repente, sumiu — e eu ouvi gritos. Gritos da *mamãe*.

No início, eram fracos. Trovões haviam começado a estalar, engolindo a maior parte de sua voz. Os estrondos barulhentos no céu não me amedrontaram; eu já estava acostumada com os ventos instáveis e os uivos baixos que a selva soprava à noite. Então fiquei onde estava, mesmo quando a chuva se abriu no céu e as galinhas correram atrás de abrigo. O solo sob os meus pés se tornou lamacento, e o ar quente e úmido esfriou. As formigas se afogavam conforme a água subia até meus tornozelos.

Adah me disse para não voltar para casa até que me chamassem, mas a chuva estava aumentando. Descia em cascatas, empapando minha camisa e meus sapatos e batucando contra minha cabeça. Doía.

Tirei os sapatos aos chutes, subi as escadas de madeira em direção à nossa casa e corri para dentro da cozinha. Sacudi o cabelo para me livrar da chuva e tentei me aquecer perto da lareira, mas apenas umas poucas chamas restavam ali.

— Adah? — chamei, tremendo. — Mama?

Não houve resposta.

Meu estômago roncou. Ao lado da panela estava um prato de bolo que Mama havia cozido no vapor para mim no dia anterior. Haviam deixado suas mãos com cheiro de coco e suas unhas, reluzentes, pegajosas de calda.

— Os bolos da Channi estão prontos! — ela sempre dizia quando terminava de cozinhar. — Não coma tão depressa ou as moscas de açúcar vão querer jantar a sua barriga.

Ela não me chamou naquele dia.

Fiquei na ponta dos pés e estiquei os braços para cima, mas não tinha altura suficiente para alcançar o prato.

— Mama! — falei. — Posso comer o bolo?

Ela tinha parado de gritar, mas eu a ouvi respirando com dificuldade no outro cômodo. Nossa casa era bem pequena naquela época, e apenas uma cortina separava a cozinha do quarto de Mama e Adah.

Eu estava do meu lado da cortina. A musselina áspera incomodava meu nariz enquanto eu respirava contra o tecido, tentando ver o que acontecia do outro lado.

Vi três sombras. Mama, Adah e uma mulher mais velha: a parteira.

— Você tem outra filha — a parteira disse a meus pais. — Channi tem uma irmãzinha.

Uma irmã?

Esqueci do que Adah havia me pedido e da minha fome e passei por baixo da cortina para subir na cama de meus pais.

Minha mãe estava encostada em um travesseiro. Parecia um peixe, translúcida e pálida, com os lábios entreabertos, mas imóveis. Eu mal a reconheci.

Adah estava ao seu lado, e o olhar inquieto em seu rosto azedava rapidamente enquanto Mama fechava as mãos ao redor das beiradas da cama — como se fosse gritar de novo.

Uma maldição dourada

Em vez disso, ela soltou o ar e uma poça vermelha começou a se espalhar nos lençóis.

— Ela está sangrando! — Adah berrou com a parteira. — Faça alguma coisa!

A parteira levantou os lençóis e se concentrou no trabalho. Eu nunca havia visto tanto sangue antes, ainda mais de uma única vez. Sem saber que aquilo era a vida de minha mãe se esvaindo, quase pensei que fosse belo. Algo de cores vívidas e fortes, como um campo de hibiscos da cor de um rubi.

Mas o rosto retorcido de dor de Mama me manteve em silêncio.

Havia algo errado.

Fiquei plantada no lugar, despercebida. Queria segurar as mãos de Mama. Checar se ainda tinham cheiro de coco e se a calda de açúcar havia entrado nas linhas das palmas de suas mãos, como sempre — e provar aquele doce sabor quando eu beijasse sua pele. Mas só sentia cheiro de sal e ferro: de sangue.

— Mama — murmurei, dando um passo à frente.

Adah me agarrou pelo braço e me puxou para longe.

— Quem deixou você entrar? Saia já daqui.

— Tudo bem — Mama disse, com a voz fraca. Ela virou o rosto para mim. — Venha, Channi. Olhe, é sua irmã.

Eu não queria vê-la. Queria conversar com Mama. Estiquei a mão para apertar seus dedos, fracos e azuis, mas a parteira me parou e enfiou minha irmã em meu rosto.

A maioria dos recém-nascidos é feia, mas não era o caso da minha irmã. Seu cabelo preto era longo o suficiente para chegar aos ombros; era mais liso do que vidro e mais macio do que as penas de um passarinho. Sua pele era dourada e bronzeada ao mesmo tempo, com um toque rosado em suas bochechas rechonchudas e brilhantes, e seus lábios sorriam.

Mas o mais encantador de tudo era a luz que emanava dela, mais forte em seu peito, como se um pedaço do sol tivesse se alojado em seu coraçãozinho.

— Ela não é uma graça? — a parteira sussurrou. — Ajudei a parir centenas de bebês, incluindo você, Channi. De todos eles, apenas a sua irmã riu enquanto vinha ao mundo. Veja o sorriso dela. Estou dizendo, um dia reis e rainhas vão se curvar para esse sorriso.

Ela tocou o peito de minha irmã, e sua palma cobriu o estranho brilho que vinha de dentro dela.

— Este coração! Nunca vi nada igual. Ela foi abençoada pelos deuses.

— Vanna — Mama murmurou. O orgulho era visível em sua voz. — Vamos chamá-la de Vanna.

Dourada.

Estiquei a mão para pegar a mãozinha de minha irmã. Ela era quente e eu conseguia sentir seu pequeno coração bater contra o meu dedo. Para alguém que estava vivo há apenas alguns minutos, ela tinha um cheiro doce, como feijões verdes e mel. Tudo o que eu queria fazer era segurá-la e pressionar meu nariz contra as suas bochechas macias.

— Chega — Adah declarou de súbito. — Channi, vá lá pra fora. Já.

— Mas, Adah — falei, me sentindo insignificante —, a chuva...

— Saia daqui.

— Deixe-a ficar — Mama pediu, contendo outro grito. Dava para ver que a dor estava voltando. — Deixe-a. Eu não tenho muito tempo.

Na época, não entendi o que Mama quis dizer nem por que Adah esfregou os olhos com o braço. Ele ficou de joelhos ao lado da cama e murmurou prece atrás de prece para os deuses, prometendo ser um marido melhor se Mama vivesse. A parteira tentou confortá-lo, mas ele se afastou bruscamente.

Sombras se derramaram sobre o rosto dele.

— Me dê a criança.

Seu olhar me assustou mais do que os gritos de Mama. Nunca senti muita coisa por meu pai; ele estava sempre trabalhando nos campos de arroz enquanto Mama cuidava de mim. Mas ele nunca havia sido cruel.

Ele amava minha mãe, e eu pensei que também me amasse. Aquela foi a primeira vez que o ouvi falar com ferocidade, com um tom mordaz.

A parteira também notou.

— Khuan, não vamos nos precipitar. Vou cuidar da sua esposa. Você pode ir ao templo e rezar.

Meu pai não lhe deu ouvidos. Ele pegou minha irmã e um alerta surgiu nos olhos cansados de Mama.

— Khuan! — ela chamou, com a voz rouca. — Pare.

Contra a silhueta corpulenta e gigantesca de Adah, Vanna parecia menor que um rato. Mas minha irmã deve ter lançado sobre meu pai o mesmo feitiço que lançou sobre mim, já que, assim que ele a aninhou nos braços, ela começou a brilhar mais forte do que antes.

Adah se abrandou como num passe de mágica. Fez carinho no cabelo preto de obsidiana dela. Beijou suas bochechas, tão rosadas quanto seus lábios de botões de lírios. Encarou, maravilhado, a pele dela, que emanava um dourado parecido com o sol.

E então os ombros dele caíram, e ele a devolveu à parteira.

— Alimente-a.

Mama suspirou, rouca de alívio.

— Venha, Channi. Mama vai te abraçar.

Antes que eu pudesse me aproximar, Adah me apanhou, passando um braço forte ao redor de minha cintura. Ele me jogou sobre um dos ombros com tanta força que arfei em vez de gritar.

Com três passos largos, estávamos do lado de fora, e logo os gritos da parteira foram diminuindo atrás de nós, abafados pela chuva e pelos trovões. Meu pai correu pela selva densa.

Eu chutava os pés e gritava:

— Adah! Para!

O medo cresceu em meu coração. Não sabia para onde ele estava me levando e por que Mama não vinha conosco. A chuva tinha aumentado e colidia contra o meu rosto com tal força que pensei que fosse me afogar. Bati nas costas de Adah com minhas mãozinhas, mas isso só o irritou. Seu braço se apertou em volta de mim enquanto ele continuava a correr.

Na selva, a chuva diminuiu. Tudo o que eu conseguia ver eram borrões verdes e marrons. Nunca havia estado na floresta e, por um momento, esqueci de sentir medo. Em vez disso, admirei as árvores de folhas parecidas com dentes, flores grandes o bastante para me engolir por inteiro e videiras que pareciam cobras penduradas no céu. Moscas zumbiam, mosquitos mordiam o pescoço de Adah e lama saltava sob seus sapatos.

De repente, ele caiu para trás de susto, quase me esmagando. Uma magnífica cobra vermelha descia de uma das árvores, sibilando sua língua longa e bifurcada para nós.

Adah se apoiou nos próprios cotovelos e eu me segurei em seu pescoço. A cobra mostrou as presas.

— Solte-a — ela disse.

Ele não pareceu entender. Ficou de pé, apanhando-me tão forte pela cintura que eu soltei um gritinho abafado, depois se afastou da criatura.

A cobra nos seguiu. Ela não falou de novo. Em vez disso, enroscou seu corpo ao redor do tornozelo de meu pai.

Adah gritou e sacudiu o pé com vigor, quase me derrubando enquanto se debatia. Ele pegou um galho no chão e começou a bater nela.

— Não a machuque! — gritei. — Adah!

Livrando-se da cobra, meu pai correu mais rápido que antes, se embrenhando na selva.

A chuva tinha terminado. Névoa se misturava às árvores, e um pálido raio dourado de sol escapava do céu cinzento. Só percebi aquilo porque Adah corria muito e precisava parar com frequência, com o peito tremendo enquanto respirava. Suas costas estavam escorregadias, e meu cabelo ficou encharcado com seu suor e fedor. Num dado momento, levantei o pescoço em busca de ar fresco.

— Pra onde estamos indo? — perguntei.

— Fique quieta.

A frieza na voz de Adah me assustou, e eu fiquei em silêncio.

Por fim, emergimos em um vale que tinha um enorme pé de cravo em seu centro, circundado por pedras brancas e achatadas. Em algum lugar na selva, as árvores se debatiam atrás de espaço, e seus galhos rosnavam uns para os outros por um mero toque do calor da luz do sol. Mas aquela árvore retorcida estava sozinha. Nem mesmo as moscas nem as libélulas nem os mosquitos se atreviam a se esgueirar ali. Assim que nos aproximamos, elas se deram por satisfeitas e voaram para longe da pele de Adah.

Ele me colocou sobre a maior pedra. Chuva e suor reluziam em sua barba.

— Fique aqui — ele mandou.

— Você vai voltar?

— Venho buscar você de manhã.

Ele não me olhava nos olhos enquanto dizia aquilo.

— Adah... — comecei a chorar. — Não vá embora!

— Fique aí, Channari.

Ao ouvir meu nome, choraminguei e me agachei, obediente.

A superfície da rocha era fria e seca, sombreada pela copa da árvore. Enquanto Adah virava de costas e voltava por onde tínhamos vindo, pressionei os joelhos contra o peito. Ao longe, vi uma família de macacos escalando uma árvore. Um deles tinha um bebê na cintura, e pensei em Mama na cama, aos gritos. Ela nunca tinha me deixado entrar na selva. Por que eu estava lá agora?

— Adah!

Ele se fora. Os arbustos ainda farfalhavam, denunciando sua proximidade, mas não importava o quanto eu urrasse "Adah! Adah!", ele não voltou atrás. Eu estava sozinha.

Bem, não totalmente.

Pássaros cantavam, escondidos nas árvores. Centopeias e outros insetos pequenos perambulavam sobre o solo ao longo da clareira. E então aquela cobra, a mesma que havia atacado Adah mais cedo, apareceu.

Com medo, fui me afastando enquanto ela deslizava pela rocha. Seus olhos cintilaram feito esmeraldas, e suas escamas, vívidas e vermelhas, contrastavam com a fraca luz do sol.

— Venha comigo — a cobra disse.

Estremeci, não por estar assustada com a cobra falante. Já tinha ouvido sobre magia e demônios e não temia tais criaturas. O que me fez hesitar foi o fato de aquela cobra ter tentado morder Adah. Eu não podia confiar nela.

— Vá embora.

— Me siga — a cobra me pediu. — Angma está a caminho.

Embora fosse muito nova, um calafrio desceu por minha espinha quando ouvi aquele nome. Mama havia me contado sobre Angma, sempre com o mesmo tom que usava para me avisar que Adah estava de mau humor.

— Há muito tempo — ela dizia —, Angma era uma feiticeira humana cuja filha foi roubada. Por causa de sua raiva, acabou se transformando num terrível demônio que perambulava pelo mundo atrás da filha. Ela devorava bebês para manter sua imortalidade e força e, de vez em quando, se uma criança fosse oferecida de bom grado, ela poderia conceder um desejo...

Como salvar a vida de minha mãe... ou pelo menos era isso que Adah esperava.

Eu era jovem demais para entender o que significava "sacrifício". Não sabia por que eu deveria temer Angma. Então ignorei o aviso da cobra.

— Adah me disse pra ficar aqui — falei com teimosia.

— Faça como quiser — sibilou a cobra. Depois, parou por um instante. — Mas não olhe nos olhos dela.

A cobra deslizou pela rocha e desapareceu.

Uma maldição dourada

Não demorou muito para uma sombra escurecer o pé de cravo, e todo o cantarolar da selva — o pio dos pássaros, o zumbido dos insetos, o farfalhar dos macacos — sumiu.

Olhei ao redor. Uma sombra correu por trás dos arbustos.

— Adah? — chamei de novo.

Desci da rocha, pisando fundo no solo úmido. Pedrinhas espetaram meus pés. Se ao menos eu não tivesse me livrado dos meus sapatos lá em casa!

— Adah?

Uma besta rosnou atrás de mim, e eu me virei. Uma tigresa!

Ela se movia de maneira lenta, sabendo que eu estava encurralada. Mesmo se tentasse correr, ela me alcançaria em menos de cinco passos. Suas poderosas patas eram mais longas que meu corpo inteiro, e a pelagem acobreada era listrada com lampejos pretos, como as estátuas no Templo do Alvorecer.

Havia algo estranho naquela tigresa. Nunca vira uma de verdade, mas havia visto as esculturas nas vilas, as pinturas e os pergaminhos pendurados no templo. Havia visto as peles que os caçadores levavam para vender nos vilarejos, mas elas não se pareciam nem um pouco com a pele daquela tigresa.

Não era só o fato de ela soprar fumaça pelo nariz nem de ter presas de marfim, como se fosse um elefante, ou uma juba de pelos brancos que se derramava por suas costas listradas. Era o brilho da pelagem, escuro e radiante ao mesmo tempo, feito sombras se dissipando sob o luar. Aquilo me dava calafrios.

— Então — falou a tigresa, com uma voz rouca, baixa e gutural, que reverberou no solo sob meus pés e quase me fez dar um salto. — Seu pai a deixou pra mim.

Sombras se formavam para onde quer que a tigresa se movesse, me cercando conforme ela se aproximava. Ela tinha um cheiro forte, embora eu não conseguisse identificar do quê. Não era de árvores ou flores ou qualquer coisa que eu já tivesse visto. De especiarias, talvez.

Elizabeth Lim

Minhas pálpebras começaram a pesar.

— Você é um pouco velha — continuou ela, me farejando. — Era pro seu pai ter trazido sua irmã. A bebê.

Sua sombra me encobriu.

— A bela.

Esfreguei os olhos, tomada pelo sono. Já sem medo da tigresa, olhei para a pedra diante de mim, achatada e lisa: perfeita para tirar um cochilo.

A tigresa rosnou.

— Olhe pra mim, criança! Onde está sua irmã?

Encarei o chão com teimosia. Não havia dado atenção ao aviso da cobra para que eu fugisse, mas fazia sentido não olhar nos olhos da tigresa. Não gostava da maneira como ela gritava. Quando Adah fazia isso, ele me batia assim que eu olhava para cima.

A tigresa estava próxima; o ar tremia com sua respiração. Ela soprou uma nuvem de fumaça escura e sinuosa na minha direção.

— Olhe pra mim — ela repetiu enquanto eu tossia. — Olhe pra mim ou juro que quebrarei seu pescoço.

Aos poucos, levantei o olhar para encontrar com o dela. Seus bigodes eram finos e rígidos, brancos feito ossos, contrastando com suas bochechas listradas de preto. Os olhos eram do amarelo mais vívido que eu já tinha visto. Parecia o pó de cúrcuma que Mama me obrigava a comer quando meu estômago doía, mas que só o fazia doer mais.

Sangue começou a escorrer de minhas narinas, e eu não conseguia me mexer. Meu reflexo nos olhos da tigresa mostrava uma mecha do meu cabelo embranquecendo perto da têmpora. O sangue do meu nariz ficou preto.

Meus joelhos cederam de medo, e atrás de mim a cobra correu para fora de seu esconderijo. Ela se moveu como um lampejo vermelho, tão rápida que mal a vi passar. Ela mostrou as presas, e por um instante achei que fosse atacar a tigresa.

Em vez disso, mordeu meu tornozelo.

Uma maldição dourada

As presas afundaram em minha carne, músculos e ossos. Soltei um grito horripilante que mal reconheci que vinha de meus pulmões. Todo o meu ser estremeceu, e explosões de dor lancinante rasgaram meu corpo como se eu estivesse em chamas.

A cobra retraiu as presas e a dor se abrandou um pouco. Uma onda de frio tomou conta de mim. O suor ainda rolava por minhas têmporas, mas eu estava tremendo.

Tinha me esquecido da tigresa. Ela se inclinou para frente, pousando uma garra afiada sobre a rocha, e rosnou para a cobra.

— O que *você* está fazendo aqui?

A cobra rastejou para frente, criando uma barreira entre mim e a tigresa, e dilatou seu capelo.

— Deixe-a em paz. Ela não é a criança que você estava esperando.

— De que lhe importa se eu a comer ou não? Saia do caminho.

— Mãe Angma — a cobra disse em tom respeitoso. — Eu a aconselho a deixar esta criança em paz. O sangue dela não vale nada pra você.

A cobra gesticulou com a língua em direção ao meu tornozelo. Um calombo dolorido já tinha se formado, e estranhas linhas verdes coloriam minhas veias. Grande Gadda, como doía!

A tigresa emitiu um rugido furioso. Ela atingiu a cobra com o próprio rabo, apanhando-a e arremessando-a nos arbustos. Depois virou-se para mim, pronta para descarregar sua fúria. Mas, ao me observar mancando para longe da clareira, sua raiva desapareceu.

Ela bloqueou meu caminho.

— Pobrezinha. Você acha que ele a salvou, não é?

Não. Eu não pensava em nada além da dor na minha perna, no mundo girando e na minha vontade de ir para casa. Como sentia saudade de Mama.

Tentei fugir da tigresa. Foi uma péssima ideia.

Ela pressionou uma pata sobre o meu peito; seus olhos amarelos rodopiavam em um encantamento sinistro.

— O Rei Serpente envenenou seu sangue — a tigresa disse com crueldade —, e eu vou amaldiçoar seu rosto. Você jamais voltará a se olhar sem sofrer.

É estranho que, naquele momento tão definidor da minha vida, eu tenha sentido tão pouco. Houve apenas um formigamento pelo meu rosto, depois uma pressão pesada e sufocante subindo pelo meu pescoço, como se uma corrente invisível cortasse a minha respiração. E então não senti mais nada.

Nada a não ser o temor de uma premonição que se derramava sobre a minha espinha conforme as sombras espiralavam sob a pelagem da tigresa, e seus olhos... mudavam. Ainda eram amarelos e hipnotizantes, mas as pupilas haviam passado de pretas para um vermelho vivo e violento. Como sangue.

— Traga sua irmã pra mim antes que ela complete dezessete anos — ela disse em uma voz baixa e letal —, e irei desfazer a maldição. Caso contrário, irei atrás de vocês duas... e você vai desejar ter morrido.

E então, com um último grande salto, ela se lançou na floresta.

E sumiu.

Muito tempo pareceu ter se passado antes de a cobra aparecer novamente. Tudo era um borrão, mas, na densa massa esverdeada, eu conseguia distinguir suas escamas vermelhas e seus olhos cintilantes.

Não me importava que a tigresa a houvesse ferido. Ou qualquer que fosse a maldição que caíra sobre mim.

— Você me machucou — acusei-a.

— Precisei morder você — a cobra respondeu. — Do contrário, Angma teria te devorado. Mas agora meu veneno corre por suas veias. Se ela tentar te comer, isso irá machucá-la.

Não gostei daquela lógica.

Quando toquei meu tornozelo, as linhas verdes passaram para os meus dedos. Elas não sumiam, independente do quanto eu esfregasse.

— Está doendo.

— A dor vai passar — a cobra garantiu, parecendo culpada. Houve uma pausa. A boca dela ficou aberta, e embora eu não soubesse como cobras falavam, percebi que ela queria dizer mais alguma coisa. Em vez disso, me perguntou: — Qual o seu nome, minha pequena?

— Channi — sussurrei. — Channari.

Se cobras pudessem sorrir, aquela ali estaria sorrindo. Sua boca se curvou e ela balançou a língua fina e bifurcada.

— Cara de lua.

Mama e Adah tinham me chamado de Channari porque nasci sob a lua cheia, e quando cheguei ao mundo meus olhos estavam abertos e arregalados, refletindo sua luz prateada. Mas eu não ia contar isso a uma criatura. Muito menos a uma cobra.

— Qual é o *seu* nome? — indaguei.

O sorriso se desfez. Apenas nessa hora vi as marcas de garras em suas escamas em carne viva e rosadas na luz amarelada do sol. Muitos anos mais tarde, eu ficaria sabendo que, quando uma cobra morre, ela consegue ver o futuro por um breve instante. E que aquela cobra, que havia sacrificado a própria vida para me proteger, era o rei entre seus iguais.

— Meu nome não importa — ela respondeu. — Já você precisa de Hokzuh. Diga o nome dele.

— Hok... Hok... zuh.

— Lembre-se dele. Um dia, ele virá atrás de você quando você for mais velha.

Diante dos meus olhos, a pele da cobra ficou branca e suas escamas ficaram minúsculas ao longo de seu corpo, do tamanho de pérolas. A cabeça ainda estava de pé, mas o resto do corpo se retorcia, murchando e amolecendo aos poucos.

— Você vai precisar dele.

— Por quê?

— Uma irmã precisa cair pra que a outra ascenda — ela falou tão baixo que quase não escutei. Depois curvou a cabeça para o centro de seu corpo enrolado e fechou os olhos. — Agora, durma.

Eu não queria, mas o veneno em minhas veias não me deu escolha. Minha cabeça já estava pesada, e conforme o chão oscilava cada vez mais rápido, tive que cobrir o rosto. Minha perna formigou e logo eu não conseguia mais senti-la, e a dormência subiu do tornozelo até minhas sobrancelhas.

— Durma — o Rei Serpente sussurrou uma última vez. Depois, ele também adormeceu. Exceto que, ao contrário de mim, nunca mais acordou.

Quando despertei, estava em casa, aninhada em minha pequena cama ao lado da panela. Levantei a cabeça. A dor que latejava em meus braços e pernas havia sumido, e em seu lugar havia uma dormência por trás de minhas bochechas, mas até isso estava se esvaindo.

Subi na lateral da cama de Mama. Em seus braços, a pequena Vanna dormia.

A bela, eu me recordei.

Mama se mexeu. Quando me viu, deixou um gritinho abafado escapar. O medo saltou em seus olhos e fez sua voz tremer.

— Ch-Ch-Channi, o que aconteceu com o seu rosto?

Pisquei, confusa.

— Está sujo, Mama?

— Não. Não.

Mama engoliu em seco. Tentei ver meu rosto em suas pupilas, mas estava muito escuro. O sol já tinha se posto, e éramos pobres demais para queimar velas à noite.

Quando ela falou de novo, estava mais calma:

— Deixe seu rosto pra lá. Venha aqui.

Ela tocou minha bochecha com a mão fria e pálida. Eu a segurei, sentindo quão fraca ela estava. Seus dedos pareciam frágeis contra a minha pele.

Eu me aconcheguei ao lado dela. Seu pulso estava tão débil que precisei pressionar o ouvido contra seu peito para ouvi-lo. Olhei para Vanna, ainda dormindo profundamente. Ainda brilhando, embora a luz estivesse mais suave do que antes, quando nasceu. Uma pontada de inveja tomou conta de mim, imaginando que teria que dividir Mama no futuro.

Mas então Vanna abriu os olhos. Ela sorriu para mim, esticando seus dedinhos para tocar minhas bochechas.

— Olha só — Mama sussurrou. — Vanna abriu os olhos. Só pra você.

Eu fui a primeira pessoa ou coisa que ela viu na vida.

Vanna riu naquela hora, uma risadinha adorável que fez meu coração bater mais forte. Foi ali que me apaixonei pela minha irmã, e naquela hora jurei que não deixaria a Bruxa Demônio levá-la. Nunca.

— Promete que vai cuidar dela, Channi? — minha mãe pediu. — Que vai sempre protegê-la?

Quase dei um pulo. Será que Mama havia lido minha mente?

— Sim, prometo.

Segurei a mãozinha de Vanna, apertando tão forte quanto conseguia. *Vou proteger você.*

A luz no peito de Vanna brilhou, e uma onda de calor emanou das pontas de seus dedos de uma maneira tão inesperada e forte que lançou um choque por todo o meu corpo.

— Viu só? Agora até os deuses sabem que vocês duas estão ligadas. — Mama se recostou na cama com um sorriso debilitado. — Promessas não são brinquedos pra serem jogadas pra lá e pra cá. São um pedaço de si que se oferece e não é devolvido até que elas sejam cumpridas. Entendeu?

Aquele era um ditado do vilarejo dela, que ela havia me ensinado fazia muito tempo.

— Entendi — falei, embora não entendesse de verdade.
— Que bom. — Mama suspirou. — Agora, deixe a bebê dormir.

Obediente, deixei Vanna e subi na cama para ficar ao lado de Mama. Para mim, mesmo que ela estivesse cansada e esgotada, ainda era a mulher mais bonita do mundo. Tinha os olhos mais castanhos e mais calorosos de todos. Não eram grandes e largos, e os cílios não eram longos e grossos, mas eram sinceros. Olhos sinceros que combinavam com seu nariz e lábios orgulhosos e sinceros.

Eu me iluminava por dentro sempre que alguém dizia que eu me parecia com ela.

Puxando-me para perto, Mama fez carinho no meu cabelo e começou a cantar:

Minha linda menina com cara de lua está lá entre as estrelas
Channi, minha linda menina com cara de lua

Sua canção me acalmou, e eu esqueci do medo em seus olhos quando ela viu meu rosto. Esqueci da promessa de Angma de matar minha irmã e eu. Meus pensamentos se dissiparam e meus músculos relaxaram.

Adormeci ao som da voz de Mama pela última vez.

Na manhã seguinte, ela estava morta. E ninguém nunca mais me falou que eu era linda. Não por um longo, longo tempo.

CAPÍTULO DOIS

Dezessete anos depois

É uma manhã perfeita para caçar uma tigresa.

A chuva de ontem à noite ainda cintila sobre a terra e, à minha volta, buquês de jasmim e orquídeas-da-lua desabrocham. Estou contando que as flores escondam meu cheiro — ou, pelo menos, que o neutralizem até que eu ataque.

Enquanto o alvorecer se derrama pela selva, eu me esgueiro sob uma camada de névoa e prendo a respiração. A tigresa está emergindo de sua toca.

Ela está magra. Provavelmente faminta. Mas não quer dizer que seja fraca. Sua pelagem listrada reluz com o vigor da juventude e seus músculos se retesam enquanto ela caminha em silêncio pela grama. Está indo para a lagoa mais próxima para beber, depois irá caçar seu café da manhã.

Não se eu a alcançar primeiro.

A grama maleável e molhada espeta meus pés conforme diminuo a distância entre nós. Passo a ponta da minha lança de batalha na palma da mão. Mais alguns passos e estarei na posição certa.

Nem todos os tigres são demônios de Angma, uma voz na minha cabeça me interrompe. *Acha mesmo que ela não está te vendo escondida na névoa?*

Existe apenas uma única criatura em toda a ilha que ousaria me atrapalhar enquanto estou caçando, e não preciso olhar para baixo para saber que há uma cobra verde com manchas circulando meus pés.

Não se lembra da última vez que brigou com um tigre?, ela indaga. *Você tem sorte de ter saído ilesa. Imagine acrescentar mais um ou dois arranhões ao seu rosto...*

Cumprimento meu amigo com um olhar mordaz.

Só estou te dando um conselho, ele diz.

Que eu não preciso. Dou passos largos à frente, de olho na tigresa. *Não vou machucá-la se não for um demônio. Mas preciso fazer isso, Ukar. É bom praticar.*

Será que vai ser "bom praticar" se você virar o café da manhã?

É mais provável você virar o café da manhã do que eu, digo em tom zombeteiro. Não sou uma caça; não enquanto o veneno correr pelas minhas veias.

Qualquer criatura viva sabe disso. Nem os mosquitos me picam atrás de meu sangue. Uma fungada e eles sabem que não sou uma presa. Sabem que um gostinho de mim irá matá-los.

Apenas as cobras são imunes ao meu veneno, assim como eu sou imune ao veneno delas. A mordida do Rei Serpente me ligou a elas, permitindo que eu entenda seu idioma e até compartilhe alguns pensamentos. Sou carinhosamente chamada de "senhora Cobra Verde". Elas praticamente me criaram e me passaram sua sabedoria, sua história e seus costumes. São meus irmãos e minhas irmãs. Meus amigos.

Apesar de suas provocações, Ukar é meu melhor amigo.

Pensei que você tinha dito que não viria à selva hoje, ele comenta.

Me deixe em paz. Estou tentando me concentrar.

Mantendo-me nos arbustos, eu me agacho e me aproximo de maneira sorrateira do alvo. Esperei o verão inteiro para encontrar uma tigresa e não vou deixá-la escapar.

Ukar me segue, fazendo estalidos irritantes enquanto desliza pelas samambaias molhadas. Eu o olho feio de novo.

A cobra me encara de volta, sacudindo o rabo. *Desista. Se aquela*

Uma maldição dourada

tigresa fosse Angma, não estaria perambulando em torno de uma lagoa, soltando gases a cada passo pra marcar território. Você já vasculhou cada folha desta selva atrás da Bruxa Demônio. Ela não está aqui.

Ignoro Ukar e caminho mais rápido, dando uma série de passos calculados. Nem um único graveto se quebra, e as folhas assobiam como se estivessem sendo tocadas pelo vento. Cresci e me tornei uma coisinha alerta e ossuda, de olhos separados e ombros caídos, bem mais fortes do que parecem. Sou esguia o suficiente para desaparecer atrás do tronco de uma teca e flexível o bastante para escalá-la sem precisar de corda. Se não fosse pelo meu rosto, pareceria tão comum quanto qualquer garota de dezenove anos. Mas é impossível esquecer meu rosto.

Meu rosto, com suas escamas marrom-esverdeadas, que Adah me força a cobrir com uma máscara quando me quer em casa. Meu rosto, que faz homens maduros gritarem de horror e que me privou de qualquer amizade humana, exceto por minha irmã Vanna. Meu rosto, que me mantém presa na interseção entre um monstro e uma mulher.

No momento, meu rosto tem suas vantagens: ele se mistura com perfeição às samambaias e videiras verdes, permitindo que eu passe despercebida até que eu esteja a dois passos atrás da tigresa.

Ela chegou à fonte de água, uma lagoa cristalina em que já vi alguns sapos nadando. Ela se inclina, colocando as pernas elegantemente atrás de si, e abaixa a cabeça para beber. É uma criatura magnífica.

Não tem chifres, nem cabelo branco, nem o fedor gelado da perversidade.

Mas os demônios têm o costume de enganar, e os mais formidáveis conseguem adquirir a forma de quase qualquer criatura. Então não importa quanta certeza eu tenha, não saberei de verdade se é Angma...

... até que veja seus olhos.

Preparo a lança na minha mão. *Mantenha os olhos pra cima, Channi. Sempre pra cima.*

Esse lembrete não tem nenhuma relação com a possibilidade de aquela tigresa ter os olhos demoníacos de Angma. É para que eu evite a água.

Avanço sobre a lagoa. É irônico que os aldeões proíbam as crianças de entrarem na selva para protegê-las de tigres, então elas brincam próximas ao mar, arremessando água e nadando com os peixes e as tartarugas coloridas. Porque eu preferia enfrentar mil tigres à monstruosidade que é o meu reflexo.

Ver *aquilo* em vez de a garota que eu deveria ser: de tranças pretas, olhos castanhos, nariz suave e lábios carnudos... Achei que a dor fosse diminuir com o passar dos anos, mas não diminuiu. Apenas se embrenhou mais fundo, enraizando-se na minha alma.

Inspiro. Por sorte, acabei ficando boa em não olhar para baixo.

Chega disso, Channi, Ukar me repreende. *Você vai acabar sendo morta.*

Eu o apanho com minha lança e o jogo para longe do perigo iminente. Sem perder um segundo, pulo entre as samambaias e aterrisso nas costas da tigresa.

Ela rosna de susto. Não está acostumada a ser emboscada. Só tenho alguns segundos antes de o choque dela se transformar em raiva, e depois em uma força brutal e enorme.

Agarro-me ao tronco dela, apertando o mais forte que consigo. Mesmo que ela ainda não seja adulta, tem duas vezes o meu tamanho. Sinto seus músculos se remexerem sob seus ombros, o sangue correndo sob o calor da minha bochecha. Ela se ergue nas patas traseiras e ruge. Meus ouvidos zumbem.

Se quero saber a verdade, não tenho escolha a não ser olhar para baixo. Olhos amarelos feito mel, dilatados por causa da luta, me encaram no reflexo da lagoa. São diretos, raivosos e opacos. E as pupilas são pretas.

Acho que ela não é um demônio, afinal de contas, percebo enquanto ela me arremessa na lagoa.

Meu mundo se encolhe e a água pulsa contra os meus tímpanos. Eu

Uma maldição dourada

me agito até chegar à superfície. Tento respirar enquanto me levanto com a ajuda da lança — e tento subir para a margem.

Não chego muito longe. Dentes afiados tentam abocanhar meu pescoço por trás. Eu desvio, e a mandíbula da tigresa se fecha ao redor da minha arma. Os pedacinhos explodem por cima do meu ombro conforme disparo para a esquerda, escapando por pouco do próximo ataque.

A tigresa é veloz, mas eu sei como me mover graças a anos perseguindo macacos que tentavam surrupiar bolinhos dos meus bolsos, atraindo ratos e demônios aranhas para fora de suas moradas, escapando dos pesados golpes da bengala de Adah.

Antes que ela possa pular em mim mais uma vez, solto meu urro mais feroz. A tigresa joga a cabeça para trás e bufa.

— Ainda não terminei — falo com os dentes cerrados.

Apanho a faca, corto a palma da mão e a estico diante da tigresa.

Suas garras se retraem. Ela rosna, mas deixa de me provocar. Conforme o sangue se acumula em volta do corte, o cheiro de veneno fica mil vezes mais potente. A tigresa sabe que ele é mais letal do que qualquer espada.

Nosso confronto se abranda e ficamos apenas nos encarando. Ela caminha ao meu redor, mas meus olhos não a perdem de vista. Nem ouso piscar. Fico com a mão erguida, deixando que o sangue escorra pelo meu braço e caia no chão.

Por fim, ela ruge. Um rugido ensurdecedor e furioso que com certeza eu mereço. Depois, ela corre para a selva, desaparecendo em meio à névoa.

Assim que ela parte, eu praticamente desmorono. Meu coração martela em meus ouvidos, que ainda estão zumbindo por causa do rugido. Meu peito dói tanto que parece que meu coração e meus pulmões estão travando uma batalha. Quero vomitar, mas, em vez disso, uma risada surge da minha garganta.

Derreto na terra, rindo enquanto o sol seca meu cabelo e minhas roupas.

Ukar me encontra. Suas escamas se misturam ao solo, e eu quase não consigo vê-lo. Apenas descendentes do Rei Serpente são capazes de mudar de cor, e Ukar adora se gabar dessa habilidade para me pegar desprevenida.

Usar seu sangue foi golpe baixo, ele me repreende. *Você disse que não faria mais isso.*

Reviro os olhos.

— Eu venci, não venci?

Sem cuidado nem honra.

— Demônios não têm honra.

Nem todos os demônios são iguais.

Dou de ombros.

— Estou viva. Eu precisava praticar.

A floresta inteira vai falar disso. Sabia que existe um código? Alguns de nós já não gostam do fato de você estar livre pra circular na ilha. Você não devia ficar comprando brigas. Ainda mais com tigres.

— Não gosto de tigres — digo, espanando a sujeira do meu braço. — Você sabe disso melhor que ninguém.

E eu não gosto de seres humanos. O meu povo é um dos mais antigos da selva, descendente dos próprios dragões... Até que os humanos os caçaram e os afugentaram. Mas eu não fico por aí atacando a sua gente sempre que tenho a chance.

Dou uma risadinha, mas por dentro uma pressão aperta o meu peito.

— Faltam três dias para o aniversário de Vanna. Quando a Bruxa Demônio vier atrás dela, preciso estar pronta.

Nenhuma tigresa é capaz de te preparar pra uma luta contra Angma. Ukar franze o rosto, parecendo tão insatisfeito quanto uma cobra consegue parecer. *Eu poderia ter te dito isso antes de você arruinar mais uma túnica e macular a terra com seu sangue. Vou precisar pedir pros meus parentes limparem isso.*

A risada se esvai da minha garganta.

— Sinto muito.

Não, não sente.

Não sinto, mas é verdade. Eu realmente precisava praticar. Ao lembrar do sangue na palma da minha mão, rasgo a manga da túnica com os dentes e amarro o pedaço de tecido ao redor do corte. Nem dou um nó; o ferimento já está sarando.

Você pode ser forte o bastante para lutar com um tigre, Channi, mas você precisará mais do que apenas músculos para derrotar Angma.

Eu sei. Eu preciso de Hokzuh, quem quer — ou o que quer — que ele seja. Passei todos esses anos procurando, mas nunca encontrei um vestígio sequer dele.

— Aquele foi o último tigre da selva? — pergunto, deixando meus pensamentos de lado.

Você quer dizer o único que você ainda não havia atacado? Ukar faz uma pausa dramática. *Sim.*

Franzo os lábios.

— Que pena.

Ukar chia. É baixo e sibilante, equivalente a um suspiro para as cobras. *Prudência e vigilância: era isso que eu esperava que a selva te ensinasse. Não a ter sede de vingança.*

— Estou me defendendo, não me vingando.

... além disso, não é má sorte caçar no dia da seleção de sua irmã?

— Seria pior se um tigre exterminasse um vilarejo inteiro no dia da seleção de minha irmã — retruco.

Duvido. A tigresa se alimentou ontem.

— Como você sabe? Ela parecia faminta.

Tigres sempre parecem famintos. Ela não vai caçar por pelo menos três dias. Até lá, sua irmã já terá partido. Depois disso, você não vai se importar se a tigresa devorar seu vilarejo.

Meu melhor amigo sempre é um estraga-prazeres. Olho feio para ele, mais por saber que tem razão. E também porque não preciso do lembrete de que Vanna vai embora. Não quero saber.

Aprenda sua lição e vá pra casa. Seu pai deve estar se perguntando onde você está. Ainda mais hoje.

— Aqui é a minha casa.

Você sabe o que quero dizer.

Cerro os dentes. A casa de meu pai não é meu lar. A selva é.

Meu lar é aqui, onde posso arrancar minha máscara e deixar o sol tocar minhas bochechas, onde estou cercada de tanto verde que mal consigo ver o céu. Apenas aqui é que me sinto consciente, viva e livre de verdade. Apenas aqui é que esqueço que sou um monstro.

Ukar não dá atenção aos meus pensamentos acalorados. *O céu já está tingido de luz há uma hora. Você vai se encrencar se ele descobrir que não está em casa.*

— Vou voltar a tempo de terminar minhas tarefas. Além disso, sou a última preocupação de Adah esta manhã, já que Vanna vai se casar.

Faço uma careta. Vai ser *leiloada* faz mais sentido, embora ninguém queira dizer isso.

Com raiva, afasto alguns galhos. Não sei o que me enoja mais: que uma dúzia de reis esteja a caminho para tornar Vanna a concubina deles ou que Adah tenha mexido em seu ábaco o mês inteiro, calculando quanto dinheiro conseguirá ao vendê-la.

Mas então você não deveria estar ao lado dela?, Ukar pergunta. *Em vez de causando confusão na selva?*

O nó na minha garganta se aperta mais.

— Estou mais preocupada com Angma do que com um rei pomposo, extravagante e espalhafatoso.

Você quis dizer que não foi convidada.

Maldito seja Ukar por me conhecer tão bem.

Isso nunca te impediu antes. Eu te digo mil vezes pra não caçar tigres e você faz isso mesmo assim.

Sim, mas é diferente quando estou na selva. Ukar sempre se esquece disso. Eu nunca esqueço.

— Acha que Angma chegará cedo? — pergunto em voz baixa. — Acha que ela vai aparecer para o leilão?

Não. Os ventos de Sundau estão livres da magia dela desde que o meu rei faleceu. Se ela ainda se lembrar de matar você, não será no dia de hoje que isso vai acontecer.

— Ah, mas ela vai se lembrar — murmuro. Toco a bochecha, recordando a promessa de Angma de me poupar e desfazer a maldição do meu rosto se eu lhe entregar minha irmã.

Eu preferia ser eviscerada com minhas próprias unhas do que trair Vanna, mas não consigo ignorar o profundo desejo que se contorce em meu peito.

Antes que Ukar possa senti-lo, dou um beijinho em sua cabeça.

— Você não vem?

Vou estar ao seu lado quando precisar de mim pra lutar contra Angma. Mas pra observar sua irmã ser exibida por aí feito um prêmio? Não tenho a menor vontade de presenciar tal espetáculo.

Justo.

Sigo em direção à casa de Adah, correndo tão rápido quanto possível para subir as colinas baixas e onduladas, passando pelos campos de arroz e fazendas de mandioca. A corrente de sangue que vai até minha cabeça ajuda a me distrair da apreensão que sobe pela minha garganta. Não importa o que Ukar diga, tenho certeza de que aquela tigresa era um aviso enviado por Angma. A Bruxa Demônio *está* de volta.

E está à minha espera.

CAPÍTULO TRÊS

A Channi da selva e a Channi que vive na casa de seu adah são duas garotas muito diferentes. Uma corre descalça pelo mato feito uma rainha da vida selvagem, plena e livre. A outra se senta em um banquinho quebrado, descascando raiz de inhame o dia todo.

Estou sentada nesse banquinho agora mesmo, cercada por quatro paredes. Nunca gostei de ficar confinada e odeio as paredes da casa de Adah mais do que tudo. Elas me impedem de ver o sol. Elas abafam o ar e me mantêm longe do frescor após a tempestade. Elas me aprisionam e me escondem, como uma máscara por cima da minha máscara, me segurando no lugar para que eu não possa fugir.

— As paredes nos protegem da chuva, do calor e dos tigres — Vanna disse uma vez, tentando me confortar. — Às vezes, até uns dos outros.

Não concordei, mas para impedir que ela se preocupasse comigo e com Adah, fiz que sim com a cabeça.

No fundo sei que, se não fosse por Vanna, já teria deixado a casa de Adah há muito tempo. Talvez tivesse partido em busca dos dragões no mar e ido morar em um palácio de coral. Talvez tivesse encontrado a Bruxa de Nove Olhos de Yappang e descoberto alguma maneira de desfazer a maldição do meu rosto. Mas é mais provável que eu tivesse ido viver com as cobras e me tornado a verdadeira rainha da selva.

Fiquei por causa de Vanna. Não me esqueci da promessa que fiz a

Uma maldição dourada

Mama de que iria protegê-la — de Angma ou de quem quer que deseje machucá-la.

Mesmo que ela não queira minha proteção.

Corvos grasnam pelo céu, e coéis cantam, desesperados em suas árvores atrás de parceiros. Tiro minhas calças esfarrapadas e limpo o odor da selva do rosto.

Minha madrasta não vem ao meu encontro como normalmente faz quando acorda. Vanna também não.

Quebro oito ovos em uma frigideira e os frito. O calor sobe ao meu rosto e coloco uma pitada de cominho e gengibre antes de dispor os ovos em quatro pratos.

Colocando a cabeça para fora da janela, grito:

— O café da manhã está pronto!

Ninguém me dá atenção, já que uma luz dourada sai da janela aberta de Vanna, e o gritinho de prazer de minha irmã percorre todo o local.

— Lintang! — ouço-a guinchar. — Obrigada, obrigada! É o vestido mais bonito que já vi. Amei.

Vestidos rosa com babados e pulseiras e grampos de cabelo — é isso que faz minha irmã brilhar. Somos tão diferentes que, às vezes, nem acredito que somos parentes.

Ouço um som apressado de passos e da porta de correr se abrindo, e então Vanna aparece no pátio.

Nunca deixo de me maravilhar ao vê-la. Seu cabelo preto, tão macio quanto penas de aves aquáticas, descem em cascatas por suas costas em uma corrente sedosa, e seus olhos, emoldurados por cílios grossos e escuros, cintilam de animação. O misterioso brilho em seu peito, que ficou mais forte desde que ela era um bebê, escapa por entre as camadas de suas roupas.

Nossa madrasta a abraça, e Adah também está lá. Ele sorri com a boca aberta. Está de bom humor. Todos estão.

Um pardal-demônio se senta sobre o peitoril de minha janela,

Elizabeth Lim

exalando fumaça com as asas. Eu o alimento com pimentas. Depois, à medida que ele voa para longe, saciado, corto minha própria pimenta e derramo as sementes nos meus ovos. Meu estômago ronca, faminto por causa da caçada matutina. Mesmo que ninguém mais vá comer, eu vou.

Devoro meu café da manhã, deixando que a pimenta aqueça minha língua enquanto ouço Vanna rir. Parece música para os meus ouvidos, mais doce do que os pássaros que cantam ao amanhecer — e a mundos de distância da promessa de vingança da Bruxa Demônio.

A risada de Vanna rodopia enquanto ela dança em seu novo vestido. Lintang passou semanas bordando orquídeas-da-lua e borboletas na saia, finalmente conseguindo convencer o pão-duro de meu adah a comprar os fios coloridos mais caros para ela. Conforme Vanna gira e rodopia, um arco-íris se forma pelas colinas baixas atrás de nós. Até os deuses sabem que não é para provocar chuva no dia de hoje.

Suspeito que também tenham sido conquistados pelo poder dela. Quando Vanna está feliz — quando aquela estranha luz dentro dela brilha ao máximo —, juro que ela consegue ofuscar o próprio sol. Seu esplendor toca todas as criaturas vivas ao seu redor, desde Adah e Lintang até as borboletas e as lagartixas, as flores e as árvores. Eu também estou radiante.

Vanna manda um beijo para mim quando Lintang não está observando. Eu sorrio, batucando o pé ao ritmo de sua dança até que ela para de repente.

— Chega de dancinhas! Você vai se cansar.

É Adah. Ele está percorrendo o pátio em direção à cozinha, e logo eu fecho as cortinas antes que ele me veja. Devo ficar escondida, caso algum dos pretendentes de Vanna visite nossa casa antes da cerimônia de seleção daquela manhã. Adah prometeu que qualquer sinal de minha presença o faria me açoitar tanto nas costas que elas ficariam com a mesma textura do meu rosto. O que é uma coisa difícil de se fazer, mas Adah é um homem forte. Não tão forte quanto eu, mas ele não sabe disso.

Já varri todo o chão e tirei o pó de todos os cantos. A única tarefa que

Uma maldição dourada

me resta é fazer bolos — a pedido de Vanna. Coloco numa tigela a mandioca que ralei ontem à noite e testo a consistência com os dedos. Não está molhada o suficiente, então derramo uma colher de água ali, depois vou reunir os outros ingredientes.

Fiz essa receita tantas vezes que minhas mãos se movem sem pensar, e a massa ganha vida diante de mim como argila nas mãos de uma ceramista. Os bolos de Mama são a única coisa que tenho dela — são todo o resquício das memórias que tento desesperadamente não perder.

Às vezes, queria que Vanna se parecesse mais com ela. Mas minha irmã não se parece nem um pouco com qualquer mulher viva no mundo.

Nem eu.

— Vou pegar meu véu, Adah — ouço Vanna dizer. — Já volto.

Sua voz se ergue de animação. Ela é uma ótima atriz e tenho certeza de que convenceu o vilarejo inteiro de que está entusiasmada para ser o centro de algo tão degradante e ridículo quanto uma cerimônia de seleção. Mas ela não é capaz de me convencer.

Estou elaborando maneiras de escapar da cozinha para tentar persuadi-la e avisá-la sobre Angma quando ouço alguém atrás de mim. Os passos são leves e ritmados com pequenos pulinhos. Eu os reconheceria até dormindo.

Não me viro, mesmo quando vejo a sombra de dois braços estendidos se aproximando das minhas costelas. Em vez disso, falo:

— Pensei que você tinha dito que ia procurar seu véu.

Vanna resmunga.

— Você ouve tão bem quanto um morcego.

— E você é tão esperta quanto uma mula. Não vou cair de novo no mesmo truque.

— Eu não ia te assustar desta vez. Só ia fazer cócegas.

Minha irmã remexe os dedos de maneira ameaçadora e tenta tocar a lateral do meu corpo.

Eu desvio com facilidade.

— Estou tentando trabalhar.

— Como você consegue pensar em tarefas domésticas no dia de *hoje*?

— Nem todo mundo está tirando a manhã de folga pra sua seleção — respondo. — Embora eu *esteja* assustada por você estar acordada. Normalmente você fica roncando na cama até tarde.

Vanna cruza os braços, indignada.

— Eu não ronco.

— Diga isso pros corvos no telhado. — Eu me viro para ela, escondendo um sorriso. — Eles discordariam.

— Não tem graça. — Vanna finge estar magoada, mas também não consegue evitar um sorriso. — Será que você sempre tem que ser rabugenta assim?

— Tenho.

Vanna mostra a língua, e eu deixo um sorriso carinhoso escapar.

Grãos de açúcar pontilham o nariz dela, e seu cabelo preto está emaranhado ao redor dos ombros, por causa dos rodopios. Eu não mudaria nada nela, a não ser a luz que irrompe de seu coração.

Ainda não sabemos o que é isso. Nosso xamã diz que ela foi abençoada com a Luz de Gadda, mas ele diria qualquer coisa para atrair mais moedas para o seu templo. Parte de mim se pergunta se é essa luz o que Angma tanto cobiça. Se é o motivo de Vanna ser tão especial.

— Você devia sair — Vanna comenta, sem suspeitar de meus pensamentos. — Está sempre escondida aqui.

— Eu tenho tarefas a fazer, diferente de você. Você me pediu pra fazer bolos, lembra?

— Posso provar?

Ela tenta mergulhar o dedo na massa, mas com a colher dou um leve tapa em sua mão.

— Não tão rápido. Ainda tenho que adicionar o pandan e o leite de coco e...

— Gergelim branco — ambas dizemos ao mesmo tempo.

Uma maldição dourada

O ingrediente secreto de Mama. Levou anos para que eu descobrisse o que era, e é um segredo que apenas eu e Vanna sabemos.

— Os bolos vão ficar prontos logo? — minha irmã pergunta. — A mamãe está esperando pra trançar meu cabelo e você sabe que ela não gosta que eu coma muito doce.

Meu sorriso desaparece e eu abaixo a tigela com um baque suave.

— Você já tem idade pra comer o que quiser. E Lintang não é nossa mãe. É nossa madrasta.

— Ela é a única mãe que eu conheço. — Os braços de Vanna pendem com o tilintar de pulseiras de ouro e prata em seus pulsos. — Queria que você não a odiasse tanto.

— Eu não *odeio* a Lintang. Ela só… não é nossa mãe. — Ergo a tigela com a massa. — *Esta* é a nossa mãe.

Vanna franze as sobrancelhas.

— Os bolos?

— O cheiro. — Respiro profundamente. — As mãos de Mama tinham cheiro de coco.

Vanna se inclina para frente, ávida por qualquer migalha de informação sobre nossa mãe, e eu queria poder ter mais para dividir com ela do que apenas alguns bolos. Queria ter mais do que a Bruxa Demônio e a maldição. É uma pena.

— Vanna — começo a dizer —, você se lembra da história que eu costumava contar quando éramos pequenas?

Minha irmã sabe exatamente aonde quero chegar. Ela solta um suspiro e se deixa cair em um banco.

— Sobre *Angma* e a cobra que amaldiçoou seu rosto?

— Foi Angma que amaldiçoou meu rosto — eu a corrijo. — Me ouça: seu aniversário é daqui a três dias. Angma prometeu vir e…

— Ela não vai me matar — Vanna me interrompe. — Você tinha dois anos de idade.

— Quase três.

— Não acha que é possível você ter imaginado tudo isso? Sei que acredita que consegue falar com cobras e que pensa que seu rosto é uma maldição horrível, mas...

— Mas o quê? — pergunto, baixinho e mordaz.

Consigo ouvir as palavras que ela estava prestes a dizer: *mas talvez você tenha nascido assim.*

Eu não nasci assim.

Minha irmã percebe que foi longe demais. Ela morde o lábio e então diz:

— Quero que você seja feliz.

Retesso o maxilar. Dou as costas a ela, salpicando suco de pandan demais na massa.

— Eu *sou* feliz.

— Não dá pra ser feliz alimentando essa obsessão por Angma. Pensei que você se esqueceria disso no meio dos preparativos pra cerimônia de seleção, mas vi você saindo hoje de manhã. Estava na selva caçando tigres de novo, não estava?

Estico a mão para a faca de descascar que está atrás dos cocos. Como foi que ela me tornou o assunto da conversa? Eu é que deveria avisar a *ela* sobre Angma.

— Olhe lá fora, Channi. Não tem uma única nuvem no céu. Não acha que, com meu aniversário logo aí, haveria algum sinal da Bruxa Demônio? Uma infestação de cupins ou morcegos? Pelo menos uma tempestade. Quando foi a última vez que você a viu? Ela é só uma lenda... até Adah diz isso.

Escondo uma careta. Meu Adah diria qualquer coisa para ficar de consciência limpa.

Mas é verdade. Angma não aparece há anos. Talvez não seja mais uma ameaça e eu esteja obcecada por um fantasma. Talvez. Mas não estou disposta a pagar para ver.

De costas para Vanna, deslizo a faca para dentro do bolso.

Uma maldição dourada

— Sei que você não anda contente — ela diz. — As coisas vão melhorar depois de hoje, você vai ver. A seleção é uma benção pra nós duas. Adah acha que vou me casar com um rei, talvez até com um imperador.

Ela cumprimenta uma borboleta que pousou em seu ombro.

— Vamos começar uma nova vida juntas. Em um palácio.

No passado, toda vez que mencionávamos a sua seleção de vinculação, a conversa sempre acabava em uma discussão. Mas hoje fico em silêncio. Quero entender como ela se justifica para si.

— Imagina — Vanna continua. — Vamos ser senhoras elegantes fazendo caminhadas no jardim em vestidos de seda, e músicos terão que cantar sempre que voltarmos pros nossos casarões. Vamos fofocar sobre quem está flertando com quem, vamos ser anfitriãs de concursos de poesia e decorar bolos com lírios e orquídeas recém-colhidos...

Sinceramente, eu preferia arrancar minhas escamas uma por uma do que passar a vida enclausurada em um castelo, fofocando de maneira ociosa e decorando bolos com flores. Mas ver Vanna tão cheia de esperanças me faz desejar tais coisas, mesmo que apenas para agradá-la. Esse é o poder da minha irmã. Esse é o amor que sinto por ela.

Mas eu sou, como ela mesma falou há pouco, rabugenta.

— Eu *estou* imaginando — digo —, e você está se esquecendo de um detalhe importante, irmãzinha. O *meu rosto*.

Vanna se aproxima e coloca minha mecha de cabelo branco atrás da orelha.

— Nunca vou me esquecer do seu rosto, Channi — ela diz com carinho. — Já aprendi a ver por trás dele. Assim como sei que todos também vão aprender.

Há firmeza em suas palavras, como se estivesse determinada a fazer com que aquilo aconteça. Normalmente, eu não duvidaria dela. Seu esplendor é poderoso. Quando ela aprender a dominar seu poder, talvez tenha controle sobre todo um exército.

Elizabeth Lim

Mas ela não vai conseguir mudar a cabeça de uma única pessoa sobre mim. Sei disso porque sou tão monstruosa quanto ela é bela. Nosso poder é equivalente nesse sentido.

A borboleta no ombro dela fica agitada e nervosa com minha proximidade. Vanna tenta consolá-la com algumas palavras suaves. Eu devia dar um passo para trás, mas não dou. A borboleta voa para fora da janela, e minha irmã e eu ficamos sozinhas novamente.

— Me ajude com a massa — falo, antes que nosso silêncio se transforme em tensão. — Adicione o leite de coco. Vou cuidar do açúcar.

Enquanto Vanna obedece, pego o pequeno saco de açúcar no canto de uma prateleira. Açúcar é caro, mas, graças à minha irmã, temos mais do que qualquer outra pessoa em Sundau. Quando éramos pobres, eu costumava coletar seiva de flores de palmeira para fazer os bolos de Mama. Levava horas para obter apenas algumas gotas, mas eu nunca me importava. Aquela era minha tarefa favorita; eu amava ter uma desculpa para ficar fora de casa — e queria que Vanna tivesse algo que a lembrasse de Mama.

Mas um dia um comerciante perdido atracou o barco perto da nossa cabana. Havia lido errado seu mapa e acabado em Sundau em vez de em uma das ilhas principais. Quando viu Vanna brilhando feito o sol comendo bolo ao lado do cais, caiu de joelhos e se curvou como se ela fosse a reencarnação de uma deusa.

Naquele mesmo dia, ele entregou um barril de açúcar na porta de casa, pedindo apenas para que Vanna dissesse algumas palavras para abençoar seus negócios. Depois se foi, e Adah fechou as mãos nos ombros de Vanna com orgulho.

— E assim começa — ele disse a ela.

Pensei que Adah estivesse iludido. Mas parece que a boba era eu. Logo alguns comerciantes vieram, atracando em Sundau e trazendo uma porção de seda tingida de rosa, latas de chá dos extremos da Rota das Especiarias, xícaras e pratos de porcelana e montanhas de moedas de

Uma maldição dourada

ouro, que Lintang enterrou em segredo no pátio para que os vizinhos não as roubassem (e para que Adah não as apostasse em fichas de jogo).

Graças a Vanna, tudo mudou. Adah já não precisava mais trabalhar na fazenda de mandioca e eu não precisava mais coletar seiva. Nos mudamos para uma casa com pátio e ninguém sentia falta de nossas vidas antigas, de nossa velha choupana ao lado da selva. Exceto eu.

A massa já está quase pronta, e eu inspiro seu doce aroma, agradecendo por pelo menos meus bolos não terem mudado.

É uma tradição que eu e Vanna adicionemos nosso ingrediente secreto ao final, juntas. Ao mesmo tempo, cada uma de nós joga um pouquinho de gergelim branco na massa. Vanna não perde tempo para provar um pouco, e dessa vez eu não a impeço.

— Hmmm. — Ela lambe o dedo coberto de massa. — Não sei como você consegue fazer isso.

— Está bom?

— Está divino. Agora, ande logo e asse eles no vapor pra que eu possa comer uma dúzia antes da cerimônia.

Dou uma risadinha. Não sou indiferente a elogios, e uma parte de mim se enche de orgulho enquanto divido a massa.

— Você deveria fazer um concurso em que todos os seus pretendentes fazem bolo. Me pergunto quem venceria.

Vanna fica vermelha. Ela tenta se esconder e se vira para a janela, o que só deixa seus sentimentos ainda mais óbvios.

— Existe alguém que você *queira* que vença?

Seu semblante vacila por um momento, mas ela logo se recupera.

— O mais rico, é claro — ela responde automaticamente —, com o maior palácio.

É uma resposta que Adah a treinou para dizer, e fico curiosa se ela vai insistir nisso. Em segredo, suspeito que ela tenha um amante. Outro dia, encontrei um bilhete em seu bolso, dobrado três vezes.

Você é a luz que faz a minha lanterna brilhar, ele dizia.

É uma frase bela, parece um trecho de poema. Faz com que eu respeite quem quer que tenha escrito aquilo. Só espero que Adah não descubra.

— Tem o príncipe Rongyo — digo. — Ele deve ter a sua idade.

— Adah não convidou príncipes, apenas reis.

Coloco os bolinhos na panela de pressão e fecho a tampa.

— E se o mais rico for o rei Meguh?

Vanna fica tensa. A cor some de suas bochechas, e eu me arrependo imediatamente de ter perguntado.

— Meguh é velho — ela responde. — Não seria tão ruim. Ele deve morrer em alguns anos, e aí eu serei rica e livre.

Espero que o rei Meguh esteja tomando café da manhã enquanto conversamos, e que morra engasgado com a semente de uma fruta podre.

Abaixo a voz:

— Vanna, tem certeza de que é isso que você quer? Ser leiloada feito uma... porca premiada?

— Não sou uma porca.

— Você sabe que não foi isso que eu quis dizer.

— É tradição que uma garota tenha um dote... então por que não o homem também? — Vanna se interrompe, prestes a se enfurecer. — Por que Adah não escolheria o mais generoso? O dinheiro irá pro templo, pro futuro do vilarejo Puntalo...

— Eu não poderia me importar menos com o vilarejo Puntalo — falo por cima de sua voz. — Me importo com *você*. Vanna, a última cerimônia de seleção foi há cem anos. É uma obscenidade que você deva participar de uma.

Ela morde o lábio inferior para que ele pare de tremer e amassa montinhos de tecido do vestido nas mãos.

— A seleção é uma chance de conseguir uma vida melhor.

— Vanna... — digo. Conheço minha irmã. Ela usa a própria máscara, só que a dela é a da jovem donzela perfeita que todos esperam que ela seja.

Uma maldição dourada

Modesta e submissa, sem qualquer pensamento próprio. Ela está se esforçando demais para ser perfeita e agradar a todos, e nisso está se esquecendo de si mesma. — Chega de falar sobre mim. É isso o que você quer?

Vanna larga a saia.

— Princesas ainda são trocadas por terras e alianças políticas. Será que isto é tão diferente assim? Quero sair de Sundau, e essa é a melhor maneira. — A luz dentro dela fica embaçada, e sua expressão se torna sombria. — Não tente me convencer do contrário. Adah e eu já falamos sobre isso. Eu serei uma nobre senhora. Talvez até uma rainha. E, quando eu for, vou poder fazer o que quiser.

Ela parece tão certa de que seu futuro será melhor do que o passado. Queria ter a mesma certeza, mas reis não fazem plebeias se tornarem rainhas.

— O casamento não é a única maneira de se tornar uma nobre senhora — comento. — Olhe só pra você. Você é esplendorosa e poderosa. Não entende o quanto as pessoas te amam e querem te agradar? Se ao menos você aprendesse a usar essa luz...

Minhas palavras se perdem conforme Vanna cobre o próprio coração com as mãos. Mas um pouco de luz ainda escapa por entre os seus dedos.

— Sei no que você está pensando. Se estivesse no meu lugar, já teria dominado a luz. Jamais deixaria alguém determinar seu destino. — Ela olha para mim e sua voz fica baixa. — Mas não sou tão corajosa quanto você.

Pela primeira vez, vejo que ela está assustada. Meus ombros murcham.

Não sou a irmã perfeita. Já senti inveja de Vanna, até já me ressenti dela. Mas uma enorme beleza nem sempre é uma benção; pode ser uma maldição, tanto quanto a feiura. Entendo o peso que ela carrega mais do que ninguém.

— Pelo menos diga pro Adah que você precisa de mais tempo — sugiro com gentileza. — Ele não iria se negar. Faça os pretendentes se provarem. Peça coisas que ninguém conseguirá encontrar: o coração de dez mil mosquitos em travessas de prata, uma ponte de ouro conectando nosso lar ao sol, um...

— Não quero adiar a seleção. Quanto mais eu ficar aqui, mais vou continuar sendo uma criança. E eu já não sou uma.

— Vanna...

Ela ergue o queixo.

— Vou me tornar uma rainha, e você virá morar comigo em meu palácio. Vamos brigar por coisinhas triviais e envelhecer juntas. — Ela aperta minha mão e seu coração brilha. — Você sempre me protegeu, Channi. Me deixe fazer isso por você. Vamos velejar pelo mundo e encontrar uma maneira de acabar com a sua maldição. Eu juro.

Achei que você não acreditasse que era uma maldição, quase falei. Sinto uma pontada em meu coração que não consigo ignorar. Vanna pode me enxergar melhor do que ninguém, mas jamais me perguntou o que *eu* queria.

Eu me forço a sorrir.

— Acho que até lá estamos presas com meus olhos de cobra.

Vanna sorri de volta, sem escutar a amargura se infiltrando em minha voz.

— Eles vão ser úteis na corte. Você pode usá-los para hipnotizar meus inimigos.

Não consigo olhar em seus olhos.

— Se eu tivesse esse poder, faria com que todos esquecessem que estou aqui.

A luz no coração de Vanna se apaga de leve. Ela abre a boca para dizer algo para me alegrar, mas Adah a chama do lado de fora.

— Vanna! Por que está demorando tanto? Lintang quer trançar seu cabelo.

Minha irmã se vira para mim, franzindo a testa em um pedido de desculpas silencioso.

— Guarde uns bolinhos pra mim, e depois vá se trocar. Por favor? Vamos sair em breve.

Assim que ela vai embora, eu seco minhas mãos, ignorando o quanto elas tremem.

Uma maldição dourada

Quando os bolos ficam prontos, guardo uma dúzia para Vanna, dois para mim, e três em um prato de argila. Coloco-os em frente ao santuário de Mama, que mantenho ao lado da cama do outro lado da cozinha.

Adah costumava rezar para ela quando pensava que eu não estava olhando. Os momentos em que o espiei ajoelhado em seu altar são os únicos em que senti respeito por meu pai. Mas eles foram diminuindo, até que ele parou completamente alguns anos atrás.

Eu ainda rezo todos os dias. Me agacho no santuário, acendo um punhado fresco de incenso e o coloco na caneca de latão ao lado de uma bonequinha de Mama. Eu a esculpi quando era mais nova, quando ainda me lembrava das linhas de seu rosto, seus olhos, seus lábios sorridentes. Ela era maior que minhas mãos... mas, agora que cresci, consigo segurar a estátua inteira em apenas uma.

O que foi, minha menina com cara de lua?, eu imaginava Mama dizendo. *O que você deseja?*

Quando era mais nova, desejava escapar da maldição. Inúmeras vezes, levei uma faca ao rosto, mordendo um pedaço de pano e contendo os gritos enquanto tentava arrancar minhas escamas, como se fossem meros espinhos em uma flor. Mas, da noite para o dia, os cortes saravam, e eu via o monstro no espelho de novo. Preso ali.

Agora que cresci, tenho um desejo diferente. Um desejo secreto, que enterrei tão fundo que não me atrevo a proclamá-lo em voz alta.

Desejo que um dia alguém me ame. Que alguém olhe nos meus olhos sem medo ou pena. Que alguém tire a solidão enraizada em meu coração para que eu saiba como é ser amada. Para que eu possa rir sem provar a amargura na minha própria língua assim que o som desaparecesse.

Abaixo a cabeça para que Mama não veja as lágrimas se formando em meus olhos.

— Me ajude a tomar conta de Vanna hoje, Mama — sussurro, correndo o dedão sobre o rosto da estátua. Pressiono a testa contra o chão. — Me ajude a mantê-la a salvo de Angma, de Meguh, de qualquer um que deseje machucá-la.

Agito o incenso sobre o altar de Mama, percebendo que não pedi para que ela também me protegesse. Mas isso não é necessário.

Eu já sou um monstro. Por que precisaria temer a Bruxa Demônio?

CAPÍTULO QUATRO

Um elefante brame do lado de fora, fazendo o teto da cozinha tremer. Não é um som que se ouça com frequência deste lado da ilha, então espio pela janela e meu coração estremece de terror.

O rei Meguh está aqui.

Ele estava andando de elefante da última vez. É um homem pequeno e peludo, pouco mais alto que Adah, com orelhas de abano que lembram asas, e uma coroa de cabelos ruivos sobre os olhos. Vanna havia se afeiçoado aos longos cílios do animal e o alimentou de mangostins com as mãos; a carne rosada da fruta manchou a língua do elefante.

Não tive coragem de dizer a ela que encontrei aquele filhote abandonado no dia seguinte, próximo à selva, com o estandarte roxo de Meguh sobre as costas. Tentei ajudá-lo, mas os guardas do rei haviam arrancado suas presas de marfim e o deixado ali para morrer. Não havia nada que eu pudesse ter feito. Então cantei uma canção para ele, a mais gentil que eu conhecia, e cortei a palma da mão para alimentá-lo com meu sangue e dar-lhe uma morte rápida e misericordiosa. Jamais esquecerei do sofrimento que seus jovens olhos transmitiam, repletos de toda a dor do mundo — antes de se fecharem para sempre.

Nunca senti tanta vergonha de ser humana.

Lintang chama Vanna, e eu imediatamente fecho a porta de correr da cozinha, com mais medo do rei Meguh do que das ameaças de levar uma surra de Adah caso alguém me veja. Há algo cruel nos olhos de Meguh — poetas deturpam a verdade e dizem que eles são tão gentis quanto o toque de um pincel, mas, para mim, parecem adagas. Cruéis e afiadas. Ouvi falar da coleção de animais que ele mantém em seu palácio, centenas de criaturas enjauladas a seu bel-prazer, e a arena que construiu para observar homens se matando. Vejo seus servos estremecendo sempre que ele se vira para eles, e hematomas azuis e amarelos debaixo de suas mangas roxas.

Todos dizem que Vanna deve escolhê-lo. Meguh é o rei mais opulento das Ilhas Tambu: sua ilha é circundada por vulcões ricos em ouro, e ele tem sido generoso ao mandar presentes todos os anos.

Mas eu me preocupo. A vida com ele poderia ser pior que a morte nas mãos da Bruxa Demônio.

Lá fora, Vanna está cantando, sem dúvida a pedido de Meguh. Sua doce voz convida os pássaros e as borboletas a permanecerem ao seu lado, a prova mais pura de que a divindade a habita. Lintang também está ocupada, guiando os servos do rei enquanto eles carregam presentes para a casa principal. Então Meguh está sozinho com Adah.

Eles estavam caminhando pelo jardim, mas pararam para se sentar em um banco atrás da cozinha, não muito longe de onde Vanna ainda está cantando. Abro uma pequena fresta pela cortina e me inclino para ouvir discretamente. A voz de Meguh é de um tenor profundo, que reverbera pelas paredes de madeira.

— Khuan, você me insulta — ele diz. — Há motivos pra duvidar de minhas intenções?

— Você não é o único rei que tentou conquistar minha filha, Vossa Majestade. Apenas quero tornar as coisas *justas*. Não gostaria que Vanna fosse a causa de uma guerra entre...

— É aquele seu xamã, não é? — Meguh interrompe. — Deixe-me adivinhar... ele previu que uma guerra aconteceria entre os soberanos e

Uma maldição dourada

inventou uma competição pra manter as coisas justas. Muito conveniente que tal evento também derrame ouro sobre o templo dele.

Foi exatamente isso o que aconteceu, mas Adah evita dar uma resposta. Os anos lidando com os pretendentes de Vanna poliram sua fala. Em vez disso, ele diz:

— Eu poderia providenciar tudo se você fizesse de minha filha sua esposa...

— Já tenho uma rainha — Meguh o corta de maneira brusca.

Meus ouvidos se apuram. É sabido que a rainha Ishirya é muito amada pelo rei feroz e brutal, que ela é a própria encarnação de Su Dano, a deusa do amor. Ouvi Lintang dizer a Vanna que Ishirya é o verdadeiro poder por trás do trono de Meguh. Não acredito nessa história. Vendo a maneira como Meguh desfila por nossa ilha, mal consigo imaginá-lo se curvando para qualquer pessoa.

Ele não pode vencer.

— Não esqueça de seu lugar, Khuan — Meguh continua. — A beleza de sua filha pode ser divina, mas seu sangue é comum, não importa o quanto seu xamã diga que ela foi tocada pelos deuses.

— Minha filha é *descendente* dos deuses — Adah afirma. O tom dele soa ora fraco, ora civilizado. — Ela brilha com a Luz de Gadda e...

— Ora, ora, Khuan. Não quis ofendê-lo. Vanna é especial, isso é visível. Mas minha rainha é a fonte do meu ouro, e sem meu ouro você não me convidaria pra cá... convidaria?

Adah sorri de um jeito ansioso enquanto Meguh solta uma gargalhada. Sua risada é um som feio; me lembra do sino quebrado que estronda do Templo do Alvorecer todas as manhãs, brusco e instável. Consigo ouvi-lo até de dentro da selva.

Enquanto ele ri, eu balanço a cabeça, pensando que não entendo os homens. Uso um pano para apanhar uma lagartixa que estava prestes a abocanhar meu prato de bolo, e então noto os olhos esbugalhados de Meguh inspecionando minha irmã. Estremeço de nojo enquanto ele lambe os lábios, e minha mão instintivamente aperta o cabo da faca de descascar. Vou estripá-lo se ele a machucar.

— Pensei que a fonte do seu ouro fosse a Arena dos Ossos — Adah comenta.

— Só nos últimos tempos — Meguh responde, afagando a enorme pedra branca ao redor do próprio pescoço. Ela pende de uma pesada corrente de ouro como uma lua cativa. — Você deveria comparecer algum dia. Até trouxe meu melhor lutador comigo, caso a competição pela mão de sua filha precise ser resolvida de uma maneira mais... *rústica*.

O sorriso de Adah diminui. A última coisa que ele quer é uma luta. A seleção era para ser resolvida com ouro, não sangue.

— Não tenho dúvidas de que você a conquistará.

— Eu sei, eu sei. Você está tentando manter a paz, Khuan. Gosto disso.

Retorço a boca, enojada com ambos. A lagartixa se liberta de minha mão, pulando para o prato no santuário de Mama e mergulhando em uma cama açucarada de bolo.

— Saia já daí — eu sussurro. — Isso é falta de respeito.

Lanço-me para cima da lagartixa, tentando pegá-la pelo rabo, mas tenho tanto sucesso quanto se tentasse pegar uma mosca com as unhas. Ela pula para a cabeça da estátua de Mama, e conforme suas perninhas chutam o ar, Mama cai para trás e rola para fora do altar.

E cai com um baque silencioso.

Do lado de fora, Meguh se ergue do banco. Ele aponta para a minha direção com o queixo.

— O que foi isso?

Eu me abaixo, pressionando as costas contra a parede. Não ouso me mover nem para fechar as cortinas. A lagartixa dispara para longe, livre, pulando para fora pela fresta entre as cortinas.

Uma maldição dourada

— A-a-aquilo? — Adah gagueja. — Não ouvi nada.

— Me parece que você está escondendo alguma coisa.

— Não, não. Aquilo... não foi nada. Deve ter sido um macaco.

— Tenho certeza de que vi alguém. — A voz de Meguh está mais próxima, e eu afundo ainda mais nas sombras. — Ouvi dizer que você tem outra filha, Khuan. Uma bastante... única.

Enrijeço. Não costumam me descrever dessa maneira.

— Prefiro não falar sobre ela, Vossa Majestade.

A curiosidade do rei Meguh aumenta.

— Então é verdade... Ela é um monstro.

Não preciso ouvir a resposta de Adah. Levanto-me devagar e espio meu pai e o rei.

Adah me obriga a me esconder quando quer que um dos pretendentes de Vanna venha visitar, para que a minha imagem não diminua o valor de minha irmã. Mas sinto que há algo mais com Meguh. Adah me tranca no celeiro de arroz ou me confina à cozinha quando os outros vêm. Quando é Meguh, Lintang, e não Adah, é quem me procura. Ela não faz com que eu me esconda — faz com que eu suma da casa.

Vamos logo, ela me diz. *Vá pra selva.*

Adah nunca me manda para lá.

Mas e as minhas tarefas?

Não se incomode com isso. Vá. Não volte até que a tocha no portão esteja acesa.

Fiquei confusa na primeira vez. Achei que estivesse sendo punida, mas Lintang jamais é cruel comigo, mesmo que suas gentilezas sejam raras. Entendi sua pena apenas anos mais tarde, quando vi Meguh pela primeira vez. Foi quando comecei a ficar.

— Ora, vamos, relaxe. — Outra risada ressoa na enorme garganta de Meguh. — Você está prestes a se tornar um homem rico.

As vozes deles se distanciam, e ouço o elefante bramir mais uma vez enquanto os servos preparam a montaria. Espio à frente; Vanna e Lintang estão acompanhando o rei para fora do pátio. Minha irmã se curva para Meguh, e os servos concedem mais presentes e flores a Adah. Mas enquanto o rei sobe nas costas do elefante, ele lança outro olhar furtivo para a cozinha.

Para *mim*.

Abaixo-me de novo, mas não sou rápida o suficiente. Tenho um vislumbre de seus cruéis olhos pretos através da abertura da janela — como um caçador determinado a encontrar a presa.

Meu coração bate acelerado enquanto eu caio no chão. Não ouso respirar, não até que os barulhos da marcha de servos de Meguh tenham diminuído. Só então olho para cima. A luz machuca meus olhos, mas o rei de Shenlani foi mesmo embora; os últimos servos estão contornando o pátio em direção ao vilarejo.

Fecho as cortinas e desmorono num canto, abraçando os joelhos contra o peito enquanto o pavor se assoma dentro de mim, sufocante e tenso.

Pela graça de Gadda, espero que Meguh não tenha me visto.

CAPÍTULO CINCO

Quando meus batimentos cardíacos se acalmam, saio da cozinha e encontro Adah cuidando de seu cavalo branco, um presente que Meguh lhe deu ano passado.

O tempo assolou o rosto de meu pai, e sulcos enrugam a área ao redor de seus olhos. Ele caminha um pouco encurvado, e Lintang vive ameaçando amarrar uma vara de madeira à coluna dele para que ele fique ereto.

Hoje, ele não precisa desse lembrete. Qualquer um consegue ver o quanto ele anseia pelo status e pela fortuna que sua filha radiante está prestes a lhe conceder. Está vestindo sua melhor túnica e a barba foi aparada. Hoje, um futuro melhor lhe aguarda.

Embora esteja de bom humor, o suor empapa minhas têmporas conforme me aproximo dele. Sei que não é só por causa da umidade.

Tento moderar o que sinto por meu pai, mas é difícil. Quando morávamos em nossa antiga casa, ele me fazia ir aos campos para espantar os corvos que bicavam nossa bananeira. Tudo que eu precisava fazer era mostrar meu rosto, e logo os pássaros se dispersavam numa explosão pelo céu, aterrorizados.

Nunca me esqueci de que seus gritos pareciam com os meus.

Pelo menos esta nova casa não tem bananeiras. Está de frente para o leste e não é de palafita, já que quase não há enchentes deste lado da ilha. No pátio há um celeiro de arroz, uma cabana anexa que usamos de cozinha e duas construções separadas — uma para dormir, outra para passar as tardes. A mudança foi muito empolgante para Vanna e Lintang, mas ainda sinto falta da nossa casa ao lado da selva, da cabana em que vivemos antes de Adah se importar mais com dinheiro do que com as filhas.

Vanna está longe demais para nos ouvir, rezando no altar do pátio com Lintang, mas mantenho a voz baixa mesmo assim, quase em um murmúrio:

— Adah.

Ele está afagando a crina do cavalo. Acho que ele vai fingir que não estou ali, mas ele deixa a escova de lado e diz:

— Eu falei pra jamais sair de casa sem sua máscara.

Um lampejo de raiva golpeia meu peito. Eu o contenho e lentamente tiro a máscara de dentro do bolso. Ela é lisa, diferente da pele que habito. A madeira rústica se adere aos sulcos das minhas escamas, grudenta pela umidade, mas o que mais odeio é a dificuldade de respirar quando estou com ela. Há apenas uma abertura fina para a minha boca, e nenhuma para o meu nariz chato — como o das cobras.

Adah a entalhou para mim assim que fui amaldiçoada. Passou dias martelando e lixando a madeira até que ela estivesse lisa. Naquela época, era grande demais, e eu precisava amarrá-la ao redor da cabeça com um barbante. Mesmo assim, mesmo eu a odiando, esse era um lembrete de que um dia ele se importava.

Faz tanto tempo que quase parece um sonho, mas me lembro do alívio em seus olhos ao me ver na manhã em que Mama morreu.

— Você está viva — ele disse, soltando o ar, correndo para me abraçar. — Angma não a levou.

Lembro que aos poucos aquele alívio azedou e virou horror. Ele passou a lavar meu rosto sem parar, ficando cada vez mais agressivo a cada tentativa. Lembro que ele tinha dificuldade para me olhar com carinho, e que, no final, acabou desistindo. Quando o resto do vilarejo me excluiu, foi mais fácil para ele se juntar a eles do que defender a própria filha. E agora estamos aqui.

A máscara está em meu rosto. Eu inspiro e tento de novo.

— Adah.

— O que foi?

— Eu gostaria de comparecer à seleção de vinculação de Vanna.

Ele fica rígido. Talvez seja a única característica que meu pai e eu compartilhamos: nosso jeito de demonstrar nervosismo. A mandíbula dele fica tensa e os ombros ficam mais retos do que o horizonte.

Quando nossos olhos se encontram, as fendas estreitas de minhas pupilas estão refletidas nos olhos dele. Eu não desvio o olhar. Aceitarei qualquer poder que eu tenha sobre Adah. E não vou ser a primeira a ceder.

Ele se encolhe e olha para o outro lado.

— Você está proibida de entrar no vilarejo.

— Mas...

— É pro seu próprio bem. — Diferente dos outros dias, hoje meu pai está tentando conter a raiva. — Ninguém a vê há anos. Quase se esqueceram de você.

— Vou ficar quieta — insisto. — Vou ficar atrás da tenda de alguém, fora de vista.

— Não é não.

— Vanna me quer presente. Ninguém vai notar.

Adah ergue uma mão quadrada. A fúria enrijece seus olhos, e fico paralisada, esperando seu golpe. Mas Vanna está perto demais. Ela veria.

As borlas de sua manga se remexem quando ele abaixa o braço.

— Acha mesmo que ninguém vai notar *você*? — ele diz de maneira ríspida. — O rei Meguh quase te viu há pouco. Esse seu rosto *poderia* custar tudo pra sua irmã. Tudo!

As emoções se alojam na minha garganta. Não consigo respirar.

— Por que tudo é sempre sobre o meu rosto?

— É o que o destino a tornou. Um monstro.

Minha língua implora para que eu diga que ele é que é o monstro, não eu. Mas não discuto. Tenho medo de que, se fizer isso, eu vá chorar. E prometi a mim mesma há muito tempo que jamais choraria diante de meu pai.

Ele me tolera por causa de Vanna. Sei que toda vez que desapareço na selva ele deseja que eu jamais retorne. Mas eu volto, apenas para sentir a dor de uma ferida que não vai fechar. Para sentir a esperança de que, um dia, Adah abra os olhos e se lembre de que também sou sua filha.

Nós nos encaramos, presos e imóveis pela segunda vez naquele dia. De repente, Vanna fala do altar no meio do pátio.

— Olhem, olhem! — ela diz aos gritinhos.

A voz de minha irmã corta a tensão entre nós, e Adah se dirige a ela. Ela está saltitando até o pátio com orquídeas-da-lua em seu cabelo — é sua flor favorita, e combina com as que estão bordadas em sua saia.

— Não são bonitas? — Vanna exclama, tocando nas próprias tranças.

— Agora você é uma mulher — Lintang fala, retirando uma folha do ombro de Vanna antes de levá-la até o portão. — Cuidado ao descer a escada. A lama dos dias chuvosos da semana passada ainda não secou. Não pise no carpete com os pés molhados.

Vanna olha para trás, notando a distância entre Adah e eu antes que eu me retire para um canto escuro. Uma ruga perturba suas sobrancelhas lisas e, para o espanto de Lintang, minha irmã vem correndo até mim. Ela toca meus ombros.

— Channi, por que está se escondendo assim? Venha, venha.

Ela tenta me fazer dar um passo adiante, mas Adah não permite.

— Volte pra dentro, Channi.

Vanna bloqueia meu caminho.

— Por que ela tem que voltar? Eu quero que ela venha comigo.

— Apresse-se, Vanna. Você vai se atrasar.

Uma maldição dourada

Ele ajuda Vanna, que está confusa, a subir no cavalo. O animal relincha e bate com os pés no chão, me espiando em meu canto. Cavalos não gostam de cobras, e isso me inclui.

— Channi também vem — Vanna afirma. Ela se vira para Adah. — Ou eu vou...

— Você vai o quê? — Adah está irritado com minha irmã, mas seus olhos estão sobre mim. — Você não vai?

Minha madrasta me lança um olhar nervoso, como se fosse culpa minha o fato de ela ter que mediar a paz e mentir para Vanna.

— Chega, Vanna — ela diz para minha irmã, tentando apaziguá-la. — É claro que Channi também vai. Adah vai te levar pro vilarejo primeiro. Vou andando atrás de vocês, e Channi irá quando tiver terminado de lavar os paralelepípedos do pátio.

Eu me odeio por não contestar, mas Adah e Lintang ficam felizes quando esquecem que eu existo, e Vanna fica feliz quando todos estão felizes. Então eu me forço a sorrir e observar enquanto eles se distanciam. Vanna acena de cima do cavalo e me manda um beijo, mas finjo não ver. Dói menos assim.

Meus olhos vagueiam para as casinhas na trilha de seixos. Muitos de nossos vizinhos saem às pressas de casa para se juntar ao séquito de Vanna.

— Boa sorte com a competição, Vanna! — eles gritam.

— Khuan, sua filha fica mais bonita a cada dia!

— Encontre um pretendente bem rico pra ela, Khuan!

As vozes vão se dissipando, e assim que Adah, Lintang e Vanna desaparecem pela descida da estrada de terra batida, tiro a máscara e deixo meu rosto respirar.

— Que patético, Channi — murmuro para mim mesma. — Patético.

Chuto uma parede, odiando Adah, a seleção de vinculação e Vanna por se juntar àquilo. E me odiando por ser covarde.

O vilarejo Puntalo não é longe. Eu poderia ir. Eu costumava dar umas escapadinhas quando era mais nova, enquanto Adah e Lintang trabalhavam nas fazendas de mandioca. Eu saía perguntando para todo mundo, *qualquer um*, o que sabiam sobre Angma e se tinham ouvido falar de Hokzuh.

Da última vez que fui até lá, Adah me pegou no flagra. Como punição, me arrastou até o rio e me jogou lá dentro. Eu não conseguia nadar, e ele esperou um pouco — na verdade, por tempo demais — para me tirar de lá.

— Se eu descobrir que você foi até o vilarejo de novo — ele avisou enquanto eu tossia e cuspia água do rio —, não vou salvá-la da próxima vez.

Passei o resto do dia trancada no celeiro de arroz, e ele proibiu Vanna de me visitar. Minha doce irmãzinha veio mesmo assim, trazendo ovos cozidos que tinha escondido nos bolsos na hora do jantar. Enquanto eu os devorava, ela me abraçou.

— Você não devia desobedecer Adah — ela disse. — Isso só o deixa bravo.

Ela estava tão séria, como se *ela* fosse a mais velha, não eu.

— Mas Angma...

— Você não pode me proteger se Adah te machucar — Vanna declarou. Ela tinha guardado um ovo ainda quente, e com cuidado o rolou por cima dos meus hematomas e meu olho inchado. — Não deixe que ele te machuque. Preciso de você, Channi.

Preciso de você, Channi.

As palavras me atingem só de lembrar.

Nas semanas seguintes, Vanna me levou ao rio. Todas as manhãs, com a mesma paciência da deusa Su Dano, ela me ensinou a flutuar, a encarar o medo do meu reflexo, para aprender a nadar.

Por muitos anos, estive focada em salvar a vida dela. Esqueço como, tantas vezes, de maneiras pequenas, ela salvou a minha.

Pego a máscara e coloco meus sapatos. Não importa se Angma vai aparecer hoje ou se vai esperar pelo aniversário de Vanna. Ela não é o único monstro neste mundo.

Minha irmã precisa de mim, e eu não vou decepcioná-la.

CAPÍTULO SEIS

Já estamos no meio da manhã, e eu corro ao longo da rua larga enquanto aperto o capuz sobre minha cabeça e pulo de sombra em sombra. Ninguém me notou até agora. Preciso garantir que as coisas continuem assim.

Deve haver mais de mil pessoas amontoadas no mercadinho de Puntalo — o vilarejo inteiro e mais um pouco. Todos estão usando suas vestes mais elegantes. Mulheres exibem lírios ao redor do pescoço e begônias nos cabelos, e os homens embelezaram suas túnicas e calças desbotadas de sol com colares de contas e pulseiras de latão. Laços recém-atados de folhas de pandan estão pendurados em cada barraquinha; servem tanto para afastar baratas quanto para refrescar o ar. Mal consigo sentir o cheiro de cocô de cavalo que cobre as ruas empoeiradas.

Entranho-me cada vez mais fundo no mercado. O dia está diferente, mesmo que não pareça. Os ambulantes e os comerciantes estão exibindo suas mercadorias — cestas de temperos, panelas de cobre recheadas de arroz com gengibre e macarrão com camarão, bem como duriões espinhosos, bananas maduras e rambutões cabeludos empilhados em cangas rústicas —, mas ninguém está gritando para convidar potenciais clientes. O mercado inteiro está parado, e todos se reúnem no centro do pátio, esperando para ter um pequeno vislumbre dos reis e de minha irmã.

Antes que eu perca a coragem, escalo uma pilha de caixotes de frutas

Elizabeth Lim

e subo na escora de uma barraquinha vazia. Depois de erguer as pernas até o toldo, escondo o rosto de todos.

Como você é covarde, minha voz interna me repreende. *Não tem medo de tigres, mas teme um bando de aldeões inofensivos?*

A razão é óbvia. Quando eu era mais nova, meninos e meninas da minha idade jogavam pedras em mim quando me viam, rindo e comemorando quando me acertavam. Durante a época das monções, eles se reuniam do lado de fora da cozinha e cantavam:

> *Channi, Channi, Monstra Channi.*
> *Chuva e vento e tristeza o tempo todo.*
> *Quando o sol te vê*
> *Ele esconde o rosto...*

Sou mais veloz que um beija-flor. Consigo arremessar uma faca por trás da cabeça e ainda acertar o alvo. Posso arrancar minhas escamas e elas se recuperam da noite para o dia. Mas não consigo evitar a dor que aqueles insultos me provocam.

E por isso meu coração pula de medo quando um jovem rapaz me chama lá de baixo:

— Eu pensaria duas vezes antes de me esconder aí se fosse você.

Reconheço a voz, e meu estômago se revira quando olho para baixo e confirmo quem é: um jovem e franzino xamã com cabelo preto escorrido e um lenço laranja em volta dos ombros.

Oshli.

Eu me encolho contra o toldo. *Pela misericórdia dos deuses, que ele suma de uma vez.*

Os deuses não são misericordiosos. Oshli cruza os braços e fica plantado em frente à tenda.

— Você não deveria estar no templo com sua irmã e seus pais?

Uma maldição dourada

— Não.
— Por que não?
Meu rosto se fecha. Ele sabe o motivo.
— Vamos, Channari, vou te levar lá pra frente. Estão prestes a começar.
Não é do feitio de Oshli ser tão solícito. Na verdade, um dos nossos joguinhos costuma ser quem consegue ignorar o outro por mais tempo.
— O que está fazendo aqui? — pergunto. — Não deveria estar com seu pai?
— Isso é problema meu. — Os dentes de Oshli estão cerrados, e seus braços pendem, rígidos, nas laterais do corpo. — Será que dá pra parar de se esconder aí em cima e descer? A Vanna iria te querer ao lado dela.
— Vá na frente. Parece que ela prefere *você* quando estamos no vilarejo.
Oshli não responde, mas seus lábios franzem de maneira infeliz, me informando que há algo errado entre os dois.
Interessante. O teto de toldo range sob o meu peso conforme me aproximo um pouquinho da beirada.
— Vocês se desentenderam?
— Eu falei que ela é uma tola por seguir em frente com isso — Oshli diz, ignorando e, ao mesmo tempo, respondendo minha pergunta. — Disse pra ela fugir. Agora ela não fala mais comigo.
— É claro que ela não está falando com você — retruco. — Vanna esperou a vida toda para hoje. Por que ela fugiria? — Não consigo evitar acrescentar a alfinetada: — Pra ficar com você?
A expressão de Oshli se torna sombria.
É um golpe baixo, mas não me importo. Não é nenhum segredo que ele é apaixonado por Vanna. Por sorte, minha irmã é esperta demais para se apaixonar por um xamã pobretão e ranzinza, mais baixo do que ela uma cabeça. Mesmo assim, fico irritada por ela gostar dele e por, pelo

65

Elizabeth Lim

menos em público, ele ser meu substituto enquanto melhor amigo e confidente.

— O que você quer de mim? — pergunto. — Quer que eu coloque bom senso na cabeça dela? Que eu fique ao lado dela enquanto os reis competem pela sua mão? É o *seu* pai que está à frente dessa porcaria de espetáculo. *Você é* que deveria fazer alguma coisa a respeito disso.

— Estou tentando. Por que acha que estou falando com você? — Seus olhos escuros observam meu esconderijo. Ele balança a cabeça. — Esqueça.

Ele sai andando. De costas para mim, ele dá sua própria patada:

— Pensei que você a amasse.

Eu o observo ir embora. Meu coração fica rígido com suas palavras mordazes. Lembranças antigas voltam: ele atirando pedras no meu rosto, colocando flores no cabelo de Vanna e rindo com ela como se eu não existisse. Esse idiota quer questionar meu amor por minha irmã? Ele não merece nem meu tempo nem minha dor de cabeça.

Mesmo assim, odeio o modo como suas palavras me atingem e ecoam em meus ouvidos até que, por sorte, o barulho do mercado as abafa. Uma corneta ressoa. Isso leva minha atenção até o Templo do Alvorecer, onde sacerdotes estão abrindo caminho pela multidão. A procissão de pretendentes está prestes a começar.

Não achei que ficaria ansiosa, mas minha respiração encurta. Enfim, é o início da cerimônia de seleção de Vanna. O evento poderia durar apenas um dia; por mim, levaria meses. Não importa quanto tempo vai durar, no final, tudo será diferente.

Escondo o rosto atrás de uma lanterna e me sento. De repente, sinto falta de Ukar. Queria que ele estivesse aqui.

Vou estar ao seu lado quando precisar de mim pra lutar contra Angma, ele dissera. Mas pra observar sua irmã ser exibida por aí feito um prêmio? Não tenho a menor vontade de presenciar tal espetáculo.

Uma maldição dourada

Nem eu.

Mas é mesmo um espetáculo.

Onze reis estão presentes, sendo carregados em palanquins prateados e dourados e em carruagens conduzidas por belos cavalos Caiyan. Ao fundo, o rei Meguh está em seu elefante sorrindo de maneira presunçosa, como se considerasse a si mesmo como a melhor parte, o *grand finale*.

Meu estômago se inflama só de olhar.

— Rei Hoa Tho da Ilha Pakkien! — anuncia o sumo-sacerdote Dakuok, o pai de Oshli. Ele está atrás de vários outros pretendentes. — Rei Leidaya da Ilha Balam!

E assim ele segue. Ali estão mais pessoas da realeza do que a maioria de nós verá em todas as nossas vidas, mas aposto que Adah está decepcionado com a reviravolta. Ele esperava uma dúzia de pretendentes do mundo todo: os khagans de A'landi, o imperador Samaran, os reis de Balar, e até a própria rainha de Agoria.

Até então, há apenas um pretendente de fora das ilhas. Ele chegou com uma mísera comitiva de dois servos e está a pé, em vez de carruagem ou palanquim. Os outros reis já estão desdenhando dele.

De maneira organizada, os reis se aproximam do Templo do Alvorecer. Completamente de pedra, ele tem o formato de uma ponta de lança: arredondado nas laterais, pontiagudo no topo. De onde estou, parece perfurar uma nuvem no céu, e a luz do sol mancha suas paredes. Ou talvez seja a luz de Vanna.

Enquanto seus pretendentes se enfileiram ao pé dos degraus do templo, Vanna sai de trás de uma porta emoldurada por orquídeas, e enfim aparece.

Um fino véu obscurece seu rosto, e a cor do tecido combina com o ouro velho entalhado nas paredes. Adah e Lintang se posicionam cada um de um lado dela. Adah exibe uma barriga grande e afortunada, e Lintang está toda orgulhosa, com cintilantes discos de jade pendendo de suas orelhas enquanto ela mantém o queixo erguido.

Sinto uma pontada no coração. Parecem uma linda família, com Vanna no meio. Ninguém imagina que esteja faltando alguém.

Do outro lado do meu pai está o sumo-sacerdote Dakuok. Suas sobrancelhas ficaram brancas desde a última vez que o vi, mas são tão oleosas quanto sempre, como enguias que não conseguem ficar paradas no lugar.

— Contemplem a mais bela de todas! — ele anuncia em voz alta para o mercado. — Vanna Jin'aiti de Sundau, escolhida pelos deuses. Vejam como ela brilha com a própria luz do sol.

A comoção silencia quando Vanna dá um passo à frente. Muitos jamais a viram e, mesmo sob o sol forte, a luz em seu peito cintila com uma intensidade divina. A cada minuto que passa, cresce o anseio de vê-la sem o véu. Muitos na multidão caem de joelhos, enquanto os reis mais à frente se inclinam para mais perto, como moscas atraídas pelo fogo.

É repugnante. Obsceno. Se Vanna não fosse minha irmã, eu já teria ido embora de nojo.

Mas ela *é* minha irmã, e continuo assistindo, incapaz de desviar os olhos.

— Honrados governantes de Tambu e além-mar — Dakuok diz, chamando a atenção dos reis. — Muitos de vocês ouviram falar do esplendor da Dourada... e não acreditaram. Mas contemplem com seus próprios olhos a luz que vem de seu coração. A iluminada Vanna foi abençoada não apenas com uma beleza divina, mas também pelos deuses da prosperidade. A voz dela transformará a chuva em prata. O toque dela transformará a areia de suas praias em ouro!

Dakuok é um homem mais do entretenimento que da religião, e eu reviro os olhos para qualquer um que acredite em suas mentiras. Se Vanna tivesse todo esse poder, por que nosso templo estaria em um estado tão decrépito e nossa ilha seria tão pobre a ponto de nem ter um porto de verdade?

— Mostre o rosto dela! — a multidão pede.

— Sim, mostre o rosto dela!

— Tenham paciência — Dakuok responde. — Tenham paciência.

Uma maldição dourada

Ele sorri.

— Desde o primeiro momento em que a vi, ainda um mero bebê, soube que a Dourada era uma deusa reencarnada, uma donzela celestial que caiu do Céu. Para que qualquer mortal possa reclamar sua mão, primeiro há de se provar merecedor.

Ouço risadas de desdém dos reis. Não estão acostumados a ouvir que não merecem algo.

— Estimados governantes — Dakuok diz —, antes de darmos início aos procedimentos, gostaria de pedir um pequeno favor. Em nome da ilha sagrada de Sundau, peço que jurem perante o Céu e a Terra que honrarão os resultados da competição de seleção da Dourada, e que não haverá disputas com quem quer que conquiste a mão dela.

As risadinhas de desdém se tornam sonoras gargalhadas.

— Você acha que a garota é tão especial que travaremos uma guerra por ela? — um dos pretendentes zomba.

— Nem a vimos ainda!

— Exatamente — Dakuok responde por cima da comoção. Ele se inclina na direção de Vanna. — Vocês ainda não a viram.

Posso odiar o pai de Oshli, mas ele é mais meticuloso e precavido que a maioria dos reis. A ansiedade de todos dobra, inclusive a minha.

— *Eu* já a vi — Meguh grita de cima de seu elefante —, e eu faço o juramento!

Os reis rapidamente mudam de tom. Se Vanna é boa o suficiente para Meguh, então também é para o restante deles. Um por um, todos concordam com o pedido de Dakuok. O último a fazer o juramento é o rei estrangeiro com seu minúsculo séquito, cuja voz é tão suave que mal dá para ouvir.

Quando enfim aquilo termina, Adah acena com a cabeça para a minha irmã. A luz dela cintila, nervosa, mas devagar ela dá um passo à frente no palanque. Suas saias roçam no chão.

Elizabeth Lim

Ela retira o véu.

É como abrir uma janela e ver os primeiros raios de sol após uma longa monção. Seu esplendor inunda o templo, afugentando qualquer sombra, iluminando todos os cantos escuros. Mesmo os que já a viram antes não conseguem evitar um suspiro.

— As histórias são verdadeiras! — todos sussurram. — Seu cabelo é mais escuro que a mais fina laca. Seus lábios são mais rosados que botões de begônia na primavera. Sua pele foi tocada pelo ouro.

A perfeição.

Os reis passam a agir de forma humilde. Comentários maliciosos já não saem de suas bocas. O vilarejo inteiro tenta recuperar o fôlego. Exceto por mim. Exalo o ar que estava prendendo.

Percebo que este é o momento. Enfim, o instante final em que minha irmã Vanna, a Dourada, vai deixar de ser mero boato, assunto de fofocas distantes, passadas de uma ilha a outra. A partir de agora, ela será uma lenda.

Pego a faca de descascar de dentro do bolso e pressiono a lâmina contra uma das escoras que sustentam a tenda. Aos poucos, com muita paciência, corto-a de baixo para cima, formando a ponta de uma lança.

Ao longo dos anos, aprendi a carregar uma arma aonde quer que eu vá. Até mesmo em sonhos.

Seja por premonição ou cuidado, assim como Dakuok, também sei como estar um passo à frente dos outros.

E, quando o assunto é minha irmã, não posso correr riscos.

CAPÍTULO SETE

— Estão vendo que não minto? — Dakuok declara com um olhar presunçoso. — Não há quem se compare à Dourada. Agora, venham, estimados reis… mostrem-nos o seu valor.

A temperatura da multidão mudou. A afobação se tornou um frenesi, e os reis se dirigem aos degraus de madeira que levam ao templo.

Eles se apresentam à Vanna um após o outro enquanto seus servos lhe entregam presentes: barris de vinho, travessas de cristais e discos de jade, especiarias cujo valor em prata equivale ao peso de cada um, e os mais caros e deslumbrantes cetins, brocados e sedas.

Vanna recebe cada presente com muita graça. Para todos, ela representa o próprio conceito de serenidade, mas eu a conheço. Apesar de todas as dádivas que sua beleza lhe traz, ela também a atormenta. Durante toda sua vida, ela tem sido protegida, raramente tendo acesso à liberdade, exceto pelo tempo que conseguimos passar juntas. Hoje, em especial, ela deve estar se sentindo pressionada. Cada vez que alguém se aproxima, inspecionando-a como se ela fosse um navio ou uma escultura em vez de uma garota de carne e osso, seu sorriso falha e seu brilho fraqueja.

Sei que minha irmã tem força de vontade. Graças a Gadda, no momento em que o quinto rei se ergue para se apresentar, ela a encontra.

— Me fale sobre você — ela pede, sua luz tremendo enquanto dá um passo à frente. — Não preciso saber o tamanho de sua fortuna, quantos servos você tem ou que presentes você me traz. Em vez disso, me diga, Majestade: o que você ama? — Ela aperta as mãos para evitar que tremam. — Por que eu deveria escolher você?

O rei a encara, surpreso, como se não tivesse percebido que ela sabia falar. Depois, estufa o peito orgulhoso, confundindo a atenção de Vanna com interesse.

— Sou o soberano das Ilhas Phan — ele responde. — Tenho oitenta cavalos em meus estábulos, e a mais fina coleção de chás de toda Tambu. Meu palácio é do tamanho de seu vilarejo, por isso você deveria me escolher.

Vanna franze a testa.

— Perguntei sobre você, não sobre seu reino. Quem é *você*? Por que está aqui hoje?

— Vanna! — Lintang pega minha irmã pelo pulso, e consigo ler seus lábios: *O que há com você?*

Vanna se retesa e reverte sua expressão para a de uma boneca serena.

— Perdoe-me, Vossa Majestade. Estava apenas curiosa. Agradeço por sua presença.

Ela se recolhe com uma reverência, retomando o lugar ao lado de Lintang. Sua cabeça está abaixada, mas seus olhos se erguem, perambulando pela multidão de aldeões. Será que está me procurando?

— Estou aqui — sussurro, me atrevendo a acenar de onde estou na tenda.

Ela não me vê. Seu olhar se dirige à barreira de jovens xamãs separando as pessoas do templo. Não sou capaz de dizer se ela consegue encontrar Oshli. Vanna retira-se para as sombras e dobra uma mão sobre o peito, escondendo sua luz.

Por Gadda, como eu queria estar lá com ela.

Vanna não volta a se pronunciar, mas os próximos pretendentes respondem sua pergunta mesmo assim. Um diz que gosta de música, e ele de fato canta para nós uma agradável cantiga que faz com que alguns batuquem o pé no chão. Outro é bastante religioso, e diz que construiria um

Uma maldição dourada

santuário de ouro em nome de Vanna. Dakuok contempla o horizonte, um sinal de que está cansado de toda essa conversa fiada. A essa altura, talvez a seleção vá *mesmo* levar meses.

Por fim, é a vez do rei Meguh. Ele parece determinado a rivalizar com a luz de Vanna, com os rubis e esmeraldas em seus dedos cintilando enquanto ele desmonta de seu elefante e passa na frente do imperador Hanriyu, seguindo para as escadas.

Ele sobe os degraus, tocando a pedra da lua balançando contra o seu peito. Nove servos o seguem, carregando cestas com laços roxos. Não, são *gaiolas* com laços roxos. Ouço pássaros batendo as asas contra as fibras de vime e o longo berro de um macaco.

Por fim, oferece seu último presente: um vaso de barro com tampa.

Minha garganta se fecha, e o teto sob o meu corpo vibra com a minha raiva. Consigo sentir as cobras sufocando ali dentro, emaranhadas e presas, com os corpos tão entrelaçados que parecem os fios da cesta bordada de Lintang.

— Pensei que você já estaria farta de seda e especiarias — o rei Meguh diz, gabando-se de sua proximidade com Dakuok e Adah. — Então lhe trouxe um dos grandes tesouros de Shenlani.

Um servo cuidadosamente levanta a tampa do vaso.

— É da minha coleção pessoal — Meguh anuncia. — Um presente para a Ilha Sundau, em homenagem à extraordinária beleza de sua filha, Vanna Jin'aiti.

As serpentes mais estontenantes que já vi saltam para fora do vaso, seus azuis e amarelos vibrantes competindo com as flores costuradas no vestido de Vanna.

Minha irmã dá um salto para trás de medo, e dois servos seguram tochas acesas perto das cobras, que estremecem e se encolhem para dentro do vaso.

Senhora Cobra Verde, elas sibilam. *Nos ajude. Nos ajude a escapar.*

Ranjo os dentes. Não são cobras de jardim, muito menos as que normalmente encontramos perambulando pela selva.

Elizabeth Lim

São víboras. Raras. Venenosas.

Um calafrio desce pela minha coluna. O rei Meguh coleciona criaturas raras. E Vanna é a mais rara e mais bela de todas.

— Contemple seus padrões exuberantes — ele diz. — A pele delas vale muito mais que ouro.

Meguh sorri.

— Assim como você, Vanna.

O ódio me queima por dentro. Pego a lança que fabriquei, prestes a arrancá-la da tenda. Se Meguh chegar perto de vencer a competição, eu lhe agraciarei com o mesmo destino que reservo para Angma.

Mas, por sorte — ou por azar, dependendo do ponto de vista —, ele dá um passo para o lado.

Solto a lança.

— E você, rei cisne? — Dakuok se dirige ao último pretendente, o único estrangeiro: o imperador Hanriyu. — Você ainda não disse nada.

Ao menos três reis passaram na frente de Hanriyu, mas ele não fez uma única objeção. Muitos tomarão isso como fraqueza, mas fico intrigada. Ele se destaca por estar usando vestes brancas e simples, sem adornos em ouro ou joias. Enquanto os outros reis desfilam feito pavões diante da minha irmã, ele fica plantado em seu lugar no palanque, seus olhos pretos distantes como um espírito — meio presente, meio ausente.

— Sou o imperador Hanriyu de Kiata — ele diz em tambun formal e truncado, falando devagar, claramente tendo ensaiado aquelas palavras. Me impressiona que tenha se dado ao trabalho de aprender o nosso idioma. — Meu reino fica a uma semana de viagem de barco ao norte de sua ilha. Aqui é muito bonito, mas é mais quente do que imaginava.

Ele seca o pescoço com um lenço dobrado.

— Me perdoe, não estou acostumado.

Um dos servos carrega uma pequena escultura do que acredito ser um cisne. Nunca vi uma criatura desse tipo, apenas ouvi falar; suas penas são

Uma maldição dourada

brancas como a carne de um coco, e tem um pescoço longo e olhos tão melancólicos quanto os do imperador. A diferença é que ela carrega uma impressionante coroa vermelha na cabeça.

Vanna também está curiosa.

— Qual é a espécie desse pássaro?

— Em minha terra, nós o chamamos de pássaro da felicidade. Um grou.

— É lindo.

— Eles costumam visitar meu lar no inverno — Hanriyu responde. — Avistar um sempre me traz grande alegria. É algo que amo.

O rosto de minha irmã se suaviza.

— Acho que entendo o motivo. Obrigada por compartilhar isso comigo.

— Sua estátua é uma oferenda pífia para o brilho de minha filha — Adah os interrompe de maneira grosseira. — Você vem de uma terra muito distante, Vossa Majestade. Por que Vanna deveria te escolher?

Hanriyu leva um instante para encontrar as palavras.

— Ouvi dizer que lady Vanna era radiante, mas não esperava que isso… fosse literal. Não existe magia em Kiata.

Meus ouvidos se aguçam. Não existe magia em Kiata? Será que isso significa que não há demônios lá? É difícil imaginar que tal lugar exista.

O imperador continua:

— Minha imperatriz faleceu há pouco tempo, deixando-me com seis jovens filhos e uma filha bebê. — A voz dele fica rouca; a ferida em seu coração ainda sangra. — Ela pediu para que eu me casasse novamente para que meus filhos tivessem uma mãe, com a condição de que minha nova esposa fosse gentil e generosa em seu afeto. Ouvi dizer que lady Vanna era tão benevolente quanto bela, então torci para que considerasse a oferta.

— Está pensando em pedir minha filha em casamento? — O interesse de Adah aumenta. Nenhum dos outros reis prometeu casamento.

— Desejo conhecê-la primeiro — Hanriyu responde com cautela —, e que ela me conheça.

— Não é assim que as coisas funcionam por aqui — Dakuok se intromete. — Vanna é a reencarnação de uma deusa, não uma simples menina de um vilarejo. A mão dela pertence a quem fizer a melhor oferta.

Confusa, Vanna franze as sobrancelhas.

— Minha mão pertence a quem eu mais gostar. — Ela se vira para o sacerdote. — Pensei que tivéssemos concordado com isso. Que *eu* é que escolheria.

— Você está falando fora de hora, cara Dourada — Dakuok diz de maneira brusca, mandando Vanna de volta ao seu lugar. — Agora, rei cisne... está propondo fazer da Dourada a sua rainha? Que tributo você oferece para ter tal honra?

Hanriyu parece desconcertado. Ele olha para os demais reis, que estão rindo de maneira afetada da sua ingenuidade, depois se vira para Vanna, cuja luz diminuiu, tornando-se uma mera faísca.

— Não posso fazer uma proposta sob tais circunstâncias — ele confessa por fim. — Esperava que lady Vanna escolhesse seu próprio pretendente, mas vejo que cometi um erro, e o mais indicado é que eu me retire. Entretanto, por favor, fique com meu presente como demonstração de minha estima.

Dakuok o dispensa com um movimento desdenhoso, e Vanna torce as saias entre as mãos. Ela está brava, mas foi treinada para conter as próprias emoções. A última coisa que faria é causar uma cena.

O rei kiatano parece gentil, e, quando mencionou os filhos, seus olhos brilharam. Um homem que se importa tão profundamente com os filhos é alguém que respeito por instinto. É um homem muito diferente de meu pai.

— Os presentes iniciais foram recebidos — Dakuok anuncia, balançando seu cajado cerimonial —, e todos os pretendentes foram apresentados. Agora, nós iremos...

— Espere — diz Vanna.

— ... invocar os deuses para saber qual estrela melhor se alinha com a da Dourada.

Uma maldição dourada

— Espere!

Dakuok abaixa o cajado. Apesar de irritado, ele sorri.

— Sim, cara Dourada?

— Eu... eu gostaria de pensar a respeito dos nobres pretendentes que compareceram hoje. — Ela solta o ar, e então se vira para os demais reis no palanque. — Vamos fazer uma pausa. Gostaria de ter uma conversa particular com cada um de vocês para conhecê-los, como Sua Majestade o Imperador Hanriyu sugeriu.

— Uma sugestão prudente — Dakuok concorda. Ele coloca uma mão no ombro de Vanna. — Mas estamos falando de reis, não de mensageiros. Você entende, Vanna? Seus reinos precisam deles, e eles já demonstraram grande apreço ao vir a esta humilde ilha. Não têm tempo pra bater papo com você.

Vanna se desvencilha do sacerdote.

— Talvez devessem ter. Se eu estivesse à procura de uma rainha, eu gostaria de conhecê-la primeiro.

— E é aí que se encontra a dificuldade, cara Dourada. — Dakuok suspira. — Majestades, quem aqui está à procura de uma rainha?

A única resposta é um silêncio longo e estarrecedor.

É nessa hora que as forças de Vanna se esvaem. Dakuok e Adah encheram sua cabeça com fantasias de se tornar uma nobre senhora, praticamente a assegurando de que seria rainha. Mas a realidade é cruel.

Nossa família não possui status ou qualquer influência. Nós prosperamos apenas por causa da generosidade dos admiradores de Vanna. Seu único valor é a luz em seu coração e as histórias que Dakuok inventou sobre sua divindade e beleza. Mas, por mais que alguns possam desejá-la, eles também a temem por causa de seu brilho misterioso e seu poder. Nenhum rei em sã consciência ofereceria a ela um trono ao seu lado.

A luz dela diminui.

— Está vendo? — Dakuok diz. — Lady Vanna está cansada. Vamos encerrar logo a seleção.

Minha irmã se remexe.

— Não foi isso que pedi.

— Vamos apostar em ouro.

Ouro é a língua que os reis falam. De repente, a cerimônia de seleção toma um rumo decisivo e perigoso.

— Ofereço mil riéis de ouro! — grita um.

— Dois mil.

— Cinco mil.

— Sejam generosos, Majestades — Dakuok fala —, e respeitosos. Estamos falando da Dourada, uma filha dos deuses!

— Dez mil.

— Quinze mil riéis e quatro éguas Caiyan.

E assim as coisas prosseguem. Paro de observar os reis e me volto para Vanna. Quando ela não está remexendo a saia, está tocando as flores no cabelo, como se elas estivessem pinicando seu couro cabeludo. A luz em seu coração continua a tremeluzir, não importa o quanto ela tente contê-la.

Em alguns minutos, o preço está em quarenta mil, uma quantidade bem maior do que Adah poderia ter pedido.

— Quarenta mil? — Dakuok repete. — O rei Narth'ii oferece quarenta mil pela honra da divina Vanna Jin'aiti. Alguém irá se equiparar à sua generosidade?

As apostas continuam. Vanna se apoia em Lintang, parecendo minúscula. Do jeito que as coisas estão se desenrolando, ela não será uma rainha, como imaginou, mas a concubina de um rei.

Tento chamar sua atenção para sinalizar que ela poderia dar um fim a tudo isso. Mas suas primeiras tentativas de intervir a desencorajaram. Consigo adivinhar o que está pensando: que os deuses da sorte sempre a favoreceram e, desde que deseje com o máximo de suas forças ela sempre conseguirá o que quer.

Uma maldição dourada

Para o bem dela, espero que esse seja o caso. Só posso torcer para que seja tudo aquilo que ela sonhou, e não um pesadelo.

O rei Meguh ainda não falou, mas seu silêncio reticente não é inquietação. É uma tática. Está calculando o momento perfeito, quando os reis atingirem seus valores máximos e não tiverem mais nada em seus bolsos para oferecer.

O grito dele corta o ar.

— Setenta mil riéis de ouro.

Quase caio da tenda. Setenta mil riéis de ouro? É uma quantia imponente, o suficiente para comprar uma ilha inteira.

Adah e Dakuok trocam olhares, e meu pai começa a declarar a vitória do rei Meguh.

Não, não, não. Puxo a lança, tentando retirá-la da lona da tenda. De onde estou, poderia facilmente acertar o coração de Meguh. Mas então eu seria capturada, e Vanna ficaria vulnerável à Bruxa Demônio.

Encontro Oshli entre os aldeões, com os olhos já fixos em mim.

Vá em frente, ele faz com os lábios.

Já me decidi, e Meguh está a prestes a ser empalado quando uma comoção se forma na outra extremidade da praça. A multidão se afasta enquanto um palanquim sem símbolo aparece, sendo anunciado por uma banda de tambores e flautas.

— Esperem!

Um jovem e belo rapaz desce do palanquim, ostentando uma corrente grossa e pesada de ouro no pescoço. Nem eu nem Adah o reconhecemos, mas Meguh o reconhece, e sua expressão se contrai de ira.

Afrouxo a mão ao redor do mastro. Parece que os deuses da sorte vieram ao resgate de Vanna afinal, conjurando uma procissão real do nada para salvá-la.

— Sou Rongyo, o príncipe herdeiro de Tai'yanan — o jovem rapaz anuncia, um pouco sem fôlego —, e ofereço meu reino.

CAPÍTULO OITO

O anúncio do príncipe percorre o mercado. Ele fica ali de pé, com a corrente de ouro erguida como se para provar seu título, e faz uma breve reverência para Adah.

— Eu me casaria com sua filha — ele declara. — Ela será rainha.

O queixo de Adah cai, e minha irmã fica radiante, com seu brilho escapando pelas camadas de suas roupas.

— Não está um pouco jovem para escolher sua rainha? — o rei Meguh debocha. — Lady Vanna merece um rei, não um príncipe. Ela merece que templos sejam erguidos em seu nome. Tem certeza de que sua mãe concordaria com isso, rapaz?

— Tenho idade o suficiente pra tomar minhas próprias decisões.

Meguh insiste:

— Quantos anos você tem, quinze?

— Dezesseis.

— Ah. — Meguh ergue uma mão para Adah e Dakuok. — Dezesseis anos de idade, sem a benção da mãe pra fazer uma oferta tão absurda.

— Sou o príncipe herdeiro de Tai'yanan — Rongyo diz, silenciando as provocações de Meguh. Ele não parece mais apenas um garoto. — O único herdeiro do estimado rei Wan. Dentro de um ano, serei coroado. Minha palavra tem valor.

Rongyo lança um olhar para Vanna. Ele aparenta ser mais jovem do

Uma maldição dourada

que é, ainda mais ao lado de Meguh e Leidaya, ambos com tufos brancos em suas barbas. Algumas espinhas marcam o rosto jovial do príncipe, e sua mandíbula ainda não está definida como a de um homem. Mas é um rosto agradável, e ele parece um rapaz agradável.

Se fosse Vanna, eu o escolheria... e, enquanto estivéssemos a caminho de seu reino, eu o drogaria com uma dose de espigueta-de-fiar, roubaria seu navio e velejaria para os extremos de Cipang ou Agoria, onde as terras são tão vastas que até o destino pode ser ludibriado.

É apenas uma fantasia, eu sei, mas é bom ter esperança.

Adah e Dakuok murmuram um para o outro. Entrelaço as mãos, torcendo para que tenham a sensatez de aceitar a oferta de Rongyo.

Por fim, o xamã dá um passo à frente.

— O príncipe herdeiro de Tai'yanan propôs um casamento. — Ele se vira para a primeira fileira de competidores. — Rei Tayeh, você consegue cobrir a oferta?

— Eu me casaria com ela, mas... — Tayeh hesita. — Mas não, não consigo cobrir a oferta do príncipe Rongyo.

— Rei Leidaya?

Mais uma negativa.

— Rei Hoa Tho?

Um por um, os pretendentes renunciam e se retiram do pódio do templo. Todos, exceto Meguh.

— E você, rei Meguh?

Ele se empertiga. É mais baixo que Rongyo, mas, de alguma maneira, parece ocupar mais espaço no palanque. Ao seu lado, Rongyo parece uma muda de cana. E Meguh já está pronto para parti-lo.

A voz de Meguh ressoa com um estrondo:

— Não posso oferecer casamento, mas *posso* prometer um milhão de riéis de ouro.

O burburinho no mercado silencia.

Meu estômago dói de pavor. O reino do príncipe Rongyo é rico, mas não tanto quanto o de Meguh. Não vale nem metade. E ele ainda não é o rei.

— Eu cubro a oferta do rei Meguh — Rongyo diz em voz baixa. — Dentro de um ano, quando eu for coroado, pagarei um milhão de riéis de ouro.

Meguh solta uma risadinha.

— Ouçam minhas palavras: o principezinho não tem todo esse dinheiro. Minha oferta é valiosa, Khuan... você terá o ouro em uma semana.

Adah ainda está hesitando, o que é um bom sinal. Torço para que seu amor por Vanna seja maior do que sua ganância.

— Não escolha nenhum dos dois! — uma voz familiar grita do meio da multidão. Mesmo sem olhar, sei que é Oshli.

Vanna estremece quando a atenção de todos se volta para o xamã de lenço laranja.

Prendo a respiração. Essa é a chance dela de dizer alguma coisa. De usar sua luz para acabar com a cerimônia de seleção, se quiser. Ela poderia fazer isso. Ela tem esse poder.

Mas ela não faz isso.

— Pelo bem de Sundau, eu serei rainha — ela diz com firmeza. Sua voz perpassa toda a praça, mas seus olhos estão fixos em Oshli. — O destino assim garantirá.

Oshli vira-se de forma abrupta, empurrando a multidão com os ombros em direção à estrada que leva para fora do vilarejo Puntalo. Enquanto ele desaparece na curva, Vanna retorna sua atenção à seleção.

Ela toca o braço de Adah. Seus lábios se movem, mas não consigo decifrar o que está dizendo. Espero que esteja falando para ele aceitar a oferta do príncipe Rongyo, que o trono de uma rainha vale mais ouro do que Meguh e seus servos conseguiriam obter em uma vida inteira.

Adah sussurra algo para Dakuok, que balança a cabeça, claramente

Uma maldição dourada

discordando. Antes que Adah consiga pará-lo, ele ergue o cajado aos céus e chama a atenção de todos.

— Vamos resolver isto da maneira que nossos ancestrais faziam — anuncia o xamã. — Com um combate. Uma competição entre guerreiros.

A boca de Meguh se curva em um sorriso largo, e eu quase engasgo de fúria. Isso não é justo. Dakuok sabe que Meguh trouxe um guerreiro!

O príncipe Rongyo, sem saber de sua desvantagem, se empertiga. Não porta qualquer arma, mas é jovem e esguio. Deve pensar que possui grandes chances de vencer o duelo.

— Eu aceito — ele diz a Meguh. — Espadas ou lanças?

Meguh cai na gargalhada.

— Não contra mim — ele responde alto. — Contra meu campeão.

Doze de seus servos saem de trás do templo, empurrando uma enorme caixa coberta por um pano azul que requer a força de todos eles. Confusos, os aldeões recuam, abrindo espaço para a nova aparição.

Também estou confusa. Deve ser uma jaula. Mas por que o campeão de Meguh estaria confinado?

O rei desce os degraus do templo em direção à praça. Com um floreio, remove o tecido.

— Contemplem!

O ar fica estático. O mercado pulsa com gritos contidos, pequenas explosões de horror, choque e espanto. Os aldeões cercam a caixa, murmurando com animação.

Vanna está pálida. Ela se vira para Adah, implorando, mas ele se desvencilha. Ela se vira então para a multidão, suplicando em silêncio. Mas ninguém lhe dá a menor atenção, exceto por mim. *Channi*, quase consigo ouvi-la sussurrar. *Channi, me ajude.*

Não consigo ver o que está dentro da caixa. Estico o pescoço, mas não adianta, então me ajoelho para ver melhor. É *mesmo* uma jaula, e há uma besta ali dentro, de costas para todos. Está se virando. E se virando.

Minha mão vai à boca e exalo o ar tarde demais.

— Um dragão — sussurro.

A multidão se afasta de medo enquanto eu me inclino para frente. Faz bastante tempo desde a última vez que fiquei boquiaberta desse jeito, mas aquele dragão é magnífico. Um lutador natural. Um emaranhado de cabelos pretos obscurece seu rosto, mas consigo ver que possui pernas e braços humanos e que ele fica de pé como nós. Mas, diferentemente dos humanos, possui garras tão afiadas quanto adagas e escamas tão grossas quanto ferro, reluzindo um azul-esverdeado ou preto, dependendo da luz. E asas! As histórias que ouvi sobre os grandes dragões do mar nunca mencionaram asas.

Rongyo se aproxima da jaula. Ele pode até ter conhecimento da nobre arte de combate, mas qualquer tolo veria que ele não é um guerreiro.

A besta de Meguh o transformará em pedacinhos.

Minha mente está girando. Se Rongyo perder a luta, Vanna se tornará a concubina do rei Meguh. Não posso permitir que isso aconteça.

Com um estalo barulhento, quebro a escora da tenda que transformei em lança. O toldo abaixo de mim se rasga, e, antes que eu caia, ouço minha própria voz se erguendo:

— Lutarei por minha irmã!

CAPÍTULO NOVE

Lutarei por minha irmã.

Assim que as palavras deixam minha boca, meu estômago se revira. É o único aviso que recebo antes que a tenda desmorone, e eu caio rolando em cima de um monte de cocos duros e ásperos.

Fico de pé num salto, mas, em vez de checar se me machuquei, me afobo para pegar minha máscara de madeira, que caiu atrás da barraquinha do vendedor.

Coloco-a no rosto às pressas, depois me viro na direção do templo. Mas já é tarde demais.

Os aldeões me cercam contra uma parede.

— Demônio! — eles gritam com vozes esganiçadas, metendo os dedos no meu rosto. — Demônio!

Eu poderia me esquivar facilmente, derrubar os dois à minha direita com um golpe da lança provisória e abrir caminho aos chutes entre os três à minha frente. Mas estou paralisada. Já lutei contra todo tipo de besta e demônio sem sentir um fio de temor em meu coração. Do que estou com medo? O que acontece quando sou desprezada por minha própria espécie que me faz esquecer dos meus instintos e me comportar como uma presa?

— Demônio! — os aldeões continuam a gritar. — Monstro!

O dragão já foi esquecido. Assim como minha irmã. Mais aldeões se aproximam, e os gritos abafados se multiplicam pelo mercado.

Fico tensa contra a parede e uso a lança para me atirar para frente por entre a multidão.

— Não a machuquem! — uma criança exclama.

É uma menininha de cinco ou seis anos, nova e inocente demais para pensar que sou um monstro. Meu peito se aperta. Eu poderia abraçá-la enquanto ela chora por mim. Mas então a mãe a puxa para longe, e começo a me afogar.

Rostos. Tantos rostos. Não consigo diferenciá-los a não ser pelas escleras, os pares de narinas inflamadas, os dentes tortos. Dedos agarram meus calcanhares e meus pulsos, unhas arranham minha pele. Eu os atiro para longe e começo a correr, mas a multidão se aglomera. Rostos se amontoam ao meu redor, e leques de bambu batem contra minhas costas.

— Por que essa coisa não está numa jaula?

— Um demônio cobra! Algemem ela!

— Matem ela! Queimem ela!

Há rostos para onde quer que eu olhe. Eles se tornaram uma muralha de narizes e olhos e orelhas e bocas. Uma muralha que não consigo desmantelar com meus punhos.

Borlas vermelhas se agitam. Sacerdotes de Dakuok. Estão afastando a aglomeração com seus cajados cerimoniais, tentando fazer os aldeões recuarem. Perdi a lança, então coloco a mão na faca em meu bolso, mas não a tiro de lá.

Sei lutar contra tigres, contra crocodilos e ursos. Até contra os poucos demônios que ousam se revelar fora das sombras. Mas crianças, anciãs e anciões... contra minha própria espécie? Na frente de Vanna?

Se eu resistir, as coisas ficarão piores. Se empunhar a faca, é bem provável que sangue seja derramado. Assim como o meu. O veneno contido nele é um segredo que escondi com muito cuidado. Se os aldeões souberem de seu efeito, será o meu fim.

Então deixo que cuspam em mim e gritem comigo. Frutas atingem minha cabeça; pedras arranham meus braços. Corro em direção a Vanna.

Uma maldição dourada

Palavras podem não me machucar, mas pedras e facas, sim. Minha pele não é tão grossa quanto parece.

Minha máscara cai de novo e é pisoteada por uma explosão de centenas de pés. Cometo o erro de olhar por cima do ombro em busca dela, e, enquanto me distraio, alguém laça uma corda ao redor da minha cintura.

Lá se vai a ideia de não usar a faca. Corto a corda, mas outras são lançadas por cima de mim mais rápido do que consigo me livrar delas.

— Parem! — grito enquanto começam a me arrastar. — Parem com isso!

Acima dos meus gritos, ouço os de Vanna.

— Deixem-na em paz! — minha irmã pede. A luz em seu coração queima. Ela não consegue controlá-la. — Estão machucando-a!

Os guardas do príncipe Rongyo se embrenham na multidão, tentando me puxar para longe do perigo, mas a aglomeração é grande demais. Eles não conseguem me alcançar.

A voz de Vanna vai sumindo sob o rugido dos gritos raivosos. Meus ouvidos estão zumbindo, e meu corpo chacoalha por causa do tumulto. Então, em algum lugar nas profundezas de todo o ruído, ouço um farfalhar familiar.

Channi, Channi...

As víboras de Meguh. Não consigo vê-las, já que estão presas no vaso de cerâmica, sibilando e se agitando — *sentindo* minha angústia.

Liberte-nos, elas imploram. *Liberte-nos e vamos ajudá-la.*

Como? Meus dedos tateiam o chão atrás de algo, de qualquer coisa. *Não posso,* penso. *Isso só vai tornar as coisas piores. Preciso lutar sozinha.*

Ou ao menos era a minha intenção. Me livro com facilidade dos homens que me carregavam para longe, mas outros tomam seu lugar. Há muitos deles.

— Monstro! — eles gritam. — Demônio!

Você não conseguirá lutar sozinha, as víboras insistem. *Deixe-nos ajudar nossa rainha.*

Nossa rainha. O Rei Serpente nunca nomeou um sucessor para depois de sua morte, mas já que ele havia me dado a própria vida e envenenado

Elizabeth Lim

meu sangue para torná-lo mais letal que o de qualquer outra cobra, muitas me consideram sua legítima herdeira. Se fosse necessário, elas morreriam para me proteger.

Observo o borrão de rostos raivosos, as foices erguidas e as mãos cheias de pedras. Talvez eu precise mesmo de ajuda.

Paro de resistir e começo a agarrar bolsos, algibeiras, cestos. Chapéus de palha e moedeiras não são de nenhuma utilidade para mim. Preciso de algo maior. O ideal seria um durião, mas um coco também serve.

Há um rolando pelo chão. Me esforço para pegá-lo, me esticando até conseguir apanhá-lo entre os dedos. Então eu o atiro. Minha mira nunca foi tão precisa.

O vaso de Meguh se estilhaça, perfurando a algazarra, e as víboras se libertam.

Assim como os soldados, elas se atiram para me defender, serpenteando em minha direção, escalando meus braços e pernas até que meus agressores me largam, horrorizados.

Os aldeões exclamam e se afastam. Estou causando uma impressão e tanto, envolta em cobras, com víboras sibilando em meus cabelos, dando bote em quem quer que ouse se aproximar.

As cordas ao redor dos meus braços arranham minha pele, e, enquanto as retiro, volto a respirar, trêmula. *Obrigada.*

Dê a ordem e executaremos o rei Meguh e seus homens, uma víbora diz. *Faremos isso com prazer.*

É tentador. Mas há muitas pessoas ali. Crianças poderiam se machucar se os homens de Meguh retaliassem.

Não, respondo, contendo uma tosse. *Vocês já fizeram o bastante. Vão, sejam livres.*

Como quiser, Senhora Verde.

Elas fogem, ziguezagueando por entre os caixotes tombados e as frutas esmagadas.

Uma maldição dourada

Não demora muito para que os guardas de Rongyo apareçam e abram espaço no meio da praça. Enquanto esfrego os olhos para retirar a poeira, Vanna corre até mim.

Seu rosto está franzido de pânico e preocupação. Ela está me sacudindo, e palavras jorram de seus lábios. Mal consigo entendê-las.

Minha pele arde com a lembrança das cordas queimando minha carne, mesmo que eu esteja segura. Tudo em mim dói, para ser sincera, mas o que me força a sair do delírio é a necessidade de verificar uma coisa.

Sangue.

Estou coberta de hematomas e machucados, mas não há sangue.

Minha apreensão se transforma em alívio. Mordo a parte de dentro da bochecha para manter a voz firme.

— Estou bem.

Enquanto Vanna me ajuda a levantar, mantenho a cabeça abaixada. Todos já viram meu rosto, então eu não deveria me importar se o virem de novo. Mas minhas bochechas não conseguem evitar a vergonha, mesmo enquanto Vanna me leva em direção ao templo.

— Essa *coisa* é sua irmã? — grita um dos pretendentes.

— Pelo amor de Gadda! — esbraveja o rei Hoa Tho. — Pensou que conseguiria esconder *isso* de nós, xamã? Se a família da Dourada é amaldiçoada, não quero fazer parte dela.

Os outros rapidamente concordam. Somente o imperador Hanriyu não atira insultos para mim. Ele é mais alto do que parecia de longe e me oferece um lenço. O gesto me pega de surpresa, e eu aceito o lenço com delicadeza.

A seda é macia. Eu a levo até o rosto, sentindo um cheiro floral que não reconheço. É vigoroso e não muito doce. Respiro de novo porque gostei e quero me lembrar dele, depois toco o lenço contra a bochecha — um erro, já que uma mancha de sujeira macula o tecido delicado.

— Serpentes do inferno — começo a dizer. — Me desculpe, eu...

Elizabeth Lim

— Não precisa se desculpar — Hanriyu responde. — Por favor, fique com ele.

Ele fala como se ele é que tivesse me ofendido, e não o contrário. Normalmente eu atribuiria essas palavras à pena, mas acredito na sinceridade de sua voz.

Dobro o lenço em uma das mãos.

— Obrigada.

— Não há de quê.

O imperador assente de maneira educada, depois se retira para oferecer suas felicitações ao príncipe Rongyo e à Vanna. Então desaparece, passando despercebido por todos, menos por mim.

Uma pontada de decepção envolve meu coração. É um sentimento que eu não esperaria sentir depois de um encontro tão breve com um rei estrangeiro, mas não é uma sensação desconhecida. Decepção é consequência da esperança, e há sempre um espectro de esperança em minha alma, não importa o quanto eu deseje eliminá-la. Enfio o lenço dentro do bolso.

Dakuok e os sacerdotes estão acalmando os aldeões, que começaram a cercar o dragão, maravilhados com suas asas e sua estranha forma humana. Logo sou deixada de lado enquanto começam a apostar se Rongyo conseguirá derrotá-lo.

Será que é a jaula que faz com que o admirem e me insultem? Será que eu seria uma atração feito aquele dragão se estivesse acorrentada e presa? Minha mente gosta de se torturar com esse tipo de pergunta, mas sei que é melhor não saber as respostas.

Estou me aproximando do príncipe Rongyo para lembrá-lo de minha oferta para lutar quando vejo Meguh subindo os degraus do templo.

Ele está me encarando com curiosidade.

Com um desejo desenfreado.

Ele se coloca no meu caminho feito um obstáculo, e nunca senti tanta falta de minha máscara como agora.

Uma maldição dourada

— Então... você é a outra filha de Khuan — ele diz, com um sorriso largo. Sua voz é mais sedosa que o lenço em meu bolso. É o mesmo tom que ele usa com Vanna, e isso faz com que eu estremeça. — Que truque impressionante com as cobras.

Arreganho os dentes para Meguh.

— Vou lutar por minha irmã.

Ao meu lado, Vanna dá um passo à frente, tentando recusar minha oferta, mas Meguh a ignora com um gesto da mão, como se eu lhe interessasse mais. É a primeira vez que vejo isso.

O olhar dele é penetrante.

— Você nem conseguiu aguentar alguns poucos aldeões. Como acha que conseguirá derrotar meu dragão?

— Quer apostar?

Soo mais confiante do que pareço. Qualquer um consegue ver que minhas mãos estão tremendo.

Endireito as costas até ficar ereta.

— Entenda uma coisa: não estou lutando pelo príncipe Rongyo, mas pela minha irmã. Se eu vencer, Vanna ficará livre dessa seleção.

Minha irmã agarra minha mão e a aperta com ferocidade.

— Você não pode fazer isso, Channi. Não vou deixar que lute. É muito perigoso.

Meu olhar se volta para Adah, que está descendo as escadas batendo os pés e se coloca atrás de Vanna, furioso. Sua boca está contorcida em uma carranca feroz e, embora se recuse a me encarar nos olhos, seus punhos, tão cerrados quanto plantas carnívoras, me dizem tudo que preciso saber.

Saia daqui, garota estúpida, é o que seu olhar transmite. *Você vai estragar tudo.*

Mas não vou sair. Não tenho medo dele. Ao contrário de Dakuok, Adah não possui qualquer poder. Não fará nada na frente dos pretendentes de Vanna. Não fará nada que possa humilhá-lo.

Me desvencilho das mãos de Vanna e faço uma reverência diante do príncipe Rongyo. Ele mantém o rosto impassível, mas seus olhos o entregam. Há uma esperança vacilante neles, particularmente quando olham para a minha irmã.

Vanna e Rongyo são a mesma face de uma moeda. São gentis e amáveis, seus sorrisos são doces por jamais terem experimentado as amarguras da vida. Seus olhos são límpidos porque preferem ver o lado bom do mundo, em vez da verdade.

Eu sou o outro lado da moeda. A escuridão que espreita sob a luz deles.

Rongyo hesita, sem saber o que dizer, então dou um passo à frente sem lhe pedir permissão. Devo estar embriagada de adrenalina por causa da multidão, já que, naquele momento, ajo com mais audácia do que em qualquer outra ocasião da minha vida.

— Você me aceita como sua campeã?

— Você possui uma alma corajosa — ele começa —, mas você é apenas uma...

— Uma garota? Não me subestime. Eu quero lutar. — Eu o olho de cima. — Mesmo que não me aceite como sua campeã, irei lutar.

— Você ouviu a cobra — Meguh diz. — Ela quer lutar. Deixe-a.

Rongyo trinca os dentes, mas assente.

— O primeiro que sangrar será o perdedor.

— Não é assim que funciona — Meguh afirma. — Eles lutarão até a morte.

— Você propôs o desafio. Eu escolho as regras. Será o primeiro que sangrar.

— Muito bem. — Meguh suspira, e fico preocupada por ele ceder rápido demais. — Então será uma luta breve.

A primeira coisa que faço é arregaçar a saia para me mover mais rápido. Não se deve lutar contra um dragão de vestido.

Um palco é erguido para nós no meio da praça. Apostas são feitas, e todas são no dragão. Os doze servos de Meguh se aproximam, segurando grossas correntes de ferro enquanto se preparam para desencarcerar a fera.

Alguém enfia uma foice na minha mão. É uma arma desajeitada. Eu teria preferido uma lança ou uma adaga, mas ninguém, exceto o rei Meguh, esperava ver um duelo no dia de hoje, então é o melhor que me oferecem.

Preparo minha posição, fixando o olhar em meu oponente. Suas asas estão fechadas na frente de seu rosto, acobertando-o. Quero ver seus olhos quando estiver livre, ver se ele é um prisioneiro como as víboras ou o campeão de Meguh, como o rei andava se gabando. Não importa. Não irei me conter de modo algum. Irei vencer.

A portinhola da jaula cai sobre a terra com um baque ensurdecedor.

E então a batalha por minha irmã começa.

CAPÍTULO DEZ

Do outro lado da praça, as grandes asas do dragão se desdobram, cobrindo-me com sua sombra. Ignoro os gritos mudos que ecoam atrás de mim. Ninguém em Sundau jamais viu um dragão — as lagartixas gigantes da selva que caçam macacos e cobras e cabras podem até ser chamadas de dragões, mas não são aquelas famosas serpentes do mar e do céu.

Pela primeira vez, dou uma boa olhada em meu oponente. Ele tem rosto de dragão, com sobrancelhas bastante desgrenhadas e chifres tortos, além de uma cauda sinuosa, mas sua postura é de humano, com braços e pernas cobertas por algodão cru. A multidão começa a gritar "Dragão! Dragão!", mas há algo pouco dracônico nele. Infelizmente, agora não é hora para descobrir o quê.

Me concentro em encontrar alguma fraqueza. Escamas verde-safira reluzem ao longo de seus membros e tronco. As cores parecem o mar ao alvorecer, quando o sol afaga as águas com a luz fresca dos céus. Até sua beleza é uma arma; ela pontilha sua carne, tornando difícil identificar seu ponto fraco. Suas asas são assustadoramente longas, pontudas nas beiradas, e as membranas lembram as de um morcego.

Posso adivinhar o que Meguh e *todo mundo* está pensando: que sou uma garota magricela e patética. Que não sou páreo contra seu premiado dragão.

Não consigo evitar achar a mesma coisa.

Nós nos estudamos, andando em círculos. Minha mente nunca

trabalhou tão rápido, tentando avaliar seus pontos fracos e fortes. A perna esquerda está acorrentada à jaula, o que irá torná-lo mais lento. Então velocidade é minha vantagem. Prendo o olhar em seu peito, desfigurado por cicatrizes de todas as cores em estágios diferentes de cura. Depois, observo seus braços, curiosamente marcados com escrituras. Em seguida, avalio seus olhos de pupilas partidas e cores dissonantes. Um é de um azul límpido, o outro, vermelho feito fogo. São tão divergentes que poderiam estar em polos opostos do mundo.

Inconscientemente, começo a imitar o ritmo de seus passos. Assim que percebo, murmuro um xingamento para mim mesma. A multidão está apostando quanto tempo vou durar, não se irei vencer. No momento, o palpite é um minuto. Dois, se continuarmos a nos estudar assim.

Sinto rancor de tudo isso.

O olho vermelho do dragão cintila, o único aviso que recebo antes de ele sair voando em disparada.

Ergo a foice, e a lâmina curvada sibila traçando um arco no ar. Mas não chego nem perto do alvo. Eu me enganei quanto à velocidade dele. Mesmo com a perna acorrentada, o dragão é surpreendentemente veloz. Ele se impulsiona feito um relâmpago, perfurando a escuridão em lampejos de sombra e luz.

As apostas aumentam a favor do dragão. Meguh exibe um sorriso seboso.

Pare de olhar para Meguh!, grito comigo mesma. *Concentre-se!*

A asa do dragão me atinge por trás. Já levei socos e tapas antes, já fui nocauteada tanto por bestas quanto por homens, mas nada me preparou para a força surpreendente de sua asa contra as minhas costas. Sou lançada para frente enquanto um vento quente açoita o ar e os aldeões titubeiam para sair do caminho.

Caio contra a barraquinha de um comerciante. Por um segundo, não consigo sentir a coluna nem respirar. Meu peito queima. *Respire.* Cravo as unhas nas coxas, invocando minha determinação. *Lute.*

Por Vanna.

Eu me ergo. O dragão já está esperando com uma asa esticada e uma sobrancelha grossa levantada, como que num convite. Deve ter pensado que eu sou tão inferior que um único golpe acabaria comigo. Mas sinto que ele está reavaliando minhas habilidades. Sei que, se eu estivesse no lugar dele, iria querer estender a luta para não precisar voltar para a jaula.

Meu sangue equilibraria esta batalha, mas com Meguh assistindo, reluto em revelar esse segredo tão valioso. Me pergunto se o dragão consegue sentir o cheiro do meu veneno. Talvez saiba quão letal é meu sangue, que uma única gota queimará até mesmo sua pele grossa. Talvez seja por isso que esteja mantendo distância.

Só tenho duas vantagens: ser pequena e não estar acorrentada. Contra um inimigo mais inofensivo, talvez isso fizesse diferença, mas ele é bem mais forte que eu, e bem maior. Suas asas lhe proporcionam um alcance injusto, e suas escamas são uma armadura natural.

— Lutem! — a multidão exclama, entediada de nos ver estudando um ao outro. — Lutem!

Os guardas de Meguh sacam as espadas, empurrando o dragão mais para dentro da arena. Mantenho distância, ainda observando. *Sempre observe seu inimigo antes de atacar*, Ukar me disse umas mil vezes. *A sabedoria multiplica as chances de sucesso.*

Os guardas usam as espadas para cutucar o dragão mais uma vez, e aproveito a oportunidade para me lançar sobre ele, mirando a foice em uma porção carnuda em sua lateral.

O dragão se vira para se esquivar de minha lâmina, suas asas colidindo contra as minhas costas. Eu mergulho, derrapando no chão, e acerto uma paulada em seu tornozelo com o cabo da foice.

Ele cambaleia e eu avanço contra seu flanco. Dou um golpe potente e solto um grunhido rouco da garganta. Mas a foice raspa no chão em vez de atingi-lo. Ele é tão rápido que só vislumbro um lampejo de seus dentes, curvados como os de uma cobra, antes que ele se vire e suas asas me joguem para longe.

Uma maldição dourada

Aterrisso com um joelho dobrado. Exalo tossindo.

Alguma coisa vibra em minha mente. *Você luta bem pra uma garota.*

Ergo o olhar, perplexa por ouvir a voz do dragão em meus pensamentos. *Impossível.*

Não é impossível. Serpentes e dragões são primos, não sabia?

Sabia, mas ainda assim fico assustada com a conexão. E com a voz dele. Não é rouca como imaginei, considerando o jeito como ele luta, mas também não é suave. É grave e áspera. E arrogante.

Saia da minha cabeça, exijo.

Quanto mais você resistir, mais irá se machucar.

Me enfureço com suas palavras. *É o que vamos ver.*

Depois disso, sua presença some da minha mente.

Nossa luta continua, só que agora ele não perde mais tempo me estudando. Minha força o surpreendeu; ele achou simplesmente que me enganaria, me imobilizaria e rasgaria minha pele com sua garra afiada. Não esperava que eu me mantivesse firme.

Vou considerar isso uma vitória.

Disparamos na direção um do outro. Eu, em uma dúzia de passos. Ele, em apenas três.

Sempre que ataco, ele está dois passos à frente, se esquivando do meu golpe e logo investindo outro.

É um oponente silencioso, diferente de mim, com meus gritos e grunhidos. Mas, quando começo a mirar cortes em suas asas e quase rasgo o canto de uma membrana, ele solta um rugido furioso e estrondoso.

Ele derruba a foice da minha mão e me atira para o outro lado do mercado. Dessa vez, aterrisso sobre o meu estômago, e não há barraquinha de nenhum comerciante para apartar minha queda. Sangue jorra para dentro de minha boca, e uso a língua para inspecionar meus dentes. Metade de um se quebrou. Engulo-o com sangue e tudo.

A multidão me chuta de volta para a arena.

Elizabeth Lim

— Acabe com ela, dragão! Faça a garota cobra em pedacinhos!

Não vou lhe dar essa chance. Meus punhos se erguem, impulsionados pela raiva e pela necessidade de me vingar. Mas o dragão não é um menino da aldeia com a boca suja. Lutar contra ele é como lutar contra um crocodilo e um tigre ao mesmo tempo. Consigo conter sua força, contanto que eu tome cuidado. Mas não sou páreo para sua velocidade nem suas asas.

Ele me bloqueia com as garras, mas, quando não paro, ele parte para cima, e a corrente amarrada em seu tornozelo atinge minha panturrilha, me jogando para trás.

Forço um pé contra a roda quebrada de uma carroça enquanto recupero o equilíbrio. Por pura sorte, ele ainda não arrancou sangue de mim. Aquelas garras nos pés dele são tão afiadas quanto facas, e os espinhos curvados em seus cotovelos parecem tão letais quanto elas.

O próximo ataque me pega desprevenida por trás. Uma asa se choca contra mim, me atirando no chão, enquanto o braço do dragão desce com tudo para acabar comigo.

Rolo para longe, escapando por um triz. Sou um retalho de machucados e hematomas, e os ferimentos que adquiri enquanto lutava contra a multidão mais cedo estão começando a me afetar.

A menos que eu consiga achar uma brecha nas defesas dele, esse duelo logo chegará ao fim.

Reunindo coragem, avanço. Dessa vez, em vez de me atacar, o dragão salta para cima. A rajada de ar de suas asas empurra meus calcanhares para trás.

E então percebo: ele está tentando escapar. Os servos de Meguh gritam uns com os outros, enterrando os sapatos no chão, os rostos contorcidos e vermelhos enquanto puxam a corrente do dragão para mantê-lo ancorado.

Suas asas se abrem, mais largas do que antes. É a primeira vez que

Uma maldição dourada

vejo suas costas, notando os vergões adornando sua coluna, as escamas lascadas e as cicatrizes grossas e terríveis na carne entre suas asas.

Meu peito se enche de uma pena inesperada, mas dura pouco. Se ele fugir, Meguh irá encontrar outra desculpa para que Vanna seja dele. Não posso permitir que isso aconteça.

Me junto aos servos de Meguh, agarrando a corrente do dragão e puxando-o para baixo. A fera resiste. Suas asas batem mais rápido. Mas, com meu auxílio, os servos conseguem arrancá-lo do céu e trazê-lo de volta à terra.

O dragão pousa com um baque. Ele me lança um olhar sinistro.

Só os covardes fogem, eu o provoco. *Lute.*

Devagar e com relutância, ele se põe de pé. Ao ver o ímpeto — a centelha de ferocidade — deixar seus olhos, algo muda dentro de mim.

Não guardo nenhum rancor dele e não quero mais machucá-lo.

Ele é um monstro. Assim como eu.

Está preso. Assim como eu.

Infelizmente, ele não sabe que mudei de ideia. Ele salta no ar mais uma vez, eliminando a distância entre nós em um único fôlego. Suas asas pretas um segundo atrás agora estão mais azuis que o oceano no mais límpido dos dias, quase hipnotizantes — feito uma onda prestes a se quebrar.

Minha mente volta a se aguçar e entrar em modo de batalha, e eu invisto para a esquerda um instante antes de ele me reduzir a pó.

Caio de lado com tudo. A dor lateja no osso do meu quadril, e sinto algo pontudo embaixo de mim — uma pedra, talvez.

Forço-me a ficar de pé, apesar da dor. Minha saia está rasgada, e é então que vejo — e me lembro — da faca de descascar!

A lâmina é fina, feita apenas para tirar a pele das mangas e extrair a carne dos cocos. Mas vai servir.

O dragão avança. Por desespero, finjo que vou para a direita. Ele baixou a guarda na altura das costelas, um erro que um guerreiro como ele deveria evitar. No alvoroço da minha mente, não questiono se ele fez isso de propósito. Vislumbrei uma brecha. Então aproveito.

Disparo, lançando meu corpo inteiro contra suas costelas. Peso pouco comparada a ele, mas a força de meu ímpeto o faz cambalear. Enfiando a faca em sua perna, abro uma ferida acima do seu joelho.

A asa dele se fecha sobre suas costas, mas ele não grita como um homem gritaria.

Ele sangra em silêncio, caindo e se apoiando em um joelho.

O vento bagunça meu cabelo, fazendo cócegas nas gotas de suor em minha nuca. Atrás de mim, Dakuok declara, para a surpresa de todos, que eu sou a vencedora.

CAPÍTULO ONZE

A luta terminou, mas não consigo me mexer. Ainda estou em choque com a vitória abrupta.

Olho para o dragão de soslaio, observando as membranas intricadas de suas asas, o brilho de suas escamas, o sangue escorrendo de seu joelho.

Que engraçado. Eu esperava que ele sangrasse vermelho, como um humano. Como eu. Mas seu sangue é preto feito tinta. Um lembrete de que ele não é humano. Que, por mais habilidosa que eu seja, ele é um guerreiro centenas de vezes melhor que eu. Mas ele deixou uma brecha...

Ele me deixou ganhar. Por quê?

Seus olhos encontram os meus. Com uma guinada no estômago, eu me lembro de que, assim como Ukar, ele consegue ouvir meus pensamentos.

Obrigada, agradeço.

Ele não responde. Um soldado surge em meio à multidão. Está segurando um dardo com uma pena azul, que atira no pescoço do dragão.

A fera despenca no chão, e suas asas caem tão rápido que alguns aldeões gritam e fogem.

Enquanto os servos de Meguh o arrastam de volta para a jaula, uma onda de pena se espalha dentro de mim. É a primeira vez que reconheci algo meu em alguém além de Vanna.

Os aldeões estão aplaudindo. Minutos atrás, estavam gritando pela minha morte. Eles abrem caminho para o príncipe Rongyo, que se aproxima com uma mão estendida. Está segurando minha máscara de madeira, trincada, mas ainda inteira.

Pego-a de volta em silêncio. Os servos dele me cercam. Eles me abanam e me erguem em uma cadeira de ratã, e os pequenos sinos dourados costurados nas vestes deles tilintam enquanto me carregam até o palanque do templo.

O rosto de minha irmã preenche minha visão. Ela pega minha mão, com as bochechas coradas por ter vindo correndo.

— Você conseguiu, Channi. — Lágrimas escorrem pelo seu rosto enquanto ela aperta minha palma, me cercando com sua luz. — Obrigada. Obrigada.

Estou cansada demais para falar, mas fico contente de ver Vanna tão feliz. Aos poucos, o sangue volta para a minha face. Coloco a faca sob a saia, sentindo seu peso no quadril.

Estou fedendo a suor, coberta de sujeira. Lintang tenta afastar Vanna com delicadeza, mas minha irmã não solta minha mão.

— Muito bom, garota demônio — Dakuok diz, dando tapinhas no meu ombro. Eu me desvencilho dele, mas ele ainda sorri para mim. — Fico feliz que tenha vencido. Talvez você possa mesmo ser útil, afinal de contas.

Ali perto, Meguh está concedendo a vitória ao príncipe Rongyo. Ouço as palavras "cobra" e "dragão" e o estrondo de uma risada desagradável vindo do estômago de Meguh, mas perco o resto. Tudo que quero é beber uma jarra de água e me deitar por algumas horas.

O príncipe Rongyo estende a mão para mim.

— Tenho uma dívida com você, Channari. Por favor, permita que meus servos cuidem de seus ferimentos.

Eu o ignoro e espano a saia maltrapilha, pouco acostumada com tanta atenção — e de um príncipe, ainda por cima.

— Estou bem.

Uma maldição dourada

Ele insiste.

— Ao menos permita que um de meus servos a leve pra casa.

— Agradecemos por sua estimada preocupação, Vossa Majestade — Adah interrompe —, mas Channari consegue voltar andando sozinha para casa.

Adah começa a me empurrar para longe, mas mesmo exausta eu não me movo. Não vou a lugar algum até que a seleção tenha acabado.

— Entenda, príncipe — eu digo a Rongyo. — Não a ganhei pra você. Ganhei pra que ela tivesse o direito de escolher.

Eu me viro para minha irmã.

— Acabe com isso. Vamos pra casa.

Os olhos de Vanna vão de mim até Rongyo e voltam a se fixar em mim. Ela está dividida. Não conhece esse príncipe, mas ele é tudo que ela poderia pedir: bonito e jovem e, até onde se sabe, bondoso. É como se ela o tivesse conjurado.

É nesse momento que percebo que venci uma batalha apenas para perder a seguinte.

Maldito seja Rongyo. Ele pega as mãos de Vanna.

— Escolha a mim — ele diz com uma voz branda. — Você tem minha palavra, diante do testemunho da ilha de Sundau, de que no dia em que eu for coroado rei, você se tornará minha rainha.

Vanna olha para ele.

— Escolherei você. — Ela faz uma pausa decidida. — *Se* você me conceder um desejo.

— Peça qualquer coisa.

Ela ergue a voz para que todos a ouçam.

— Permita que minha irmã nos acompanhe até Tai'yanan.

Meu olhos disparam para cima enquanto Adah solta uma exclamação de desaprovação. Suor escorre por minhas têmporas e eu observo o príncipe piscar enquanto formula mentalmente uma resposta. Ele vai recusar de uma maneira educada. E então a multidão vai comemorar e Vanna voltará para casa...

— Ficarei honrado de receber sua irmã em meu palácio.

Eu engasgo com minha própria saliva.

— O *quê?*

Vanna solta as mãos de Rongyo e pega as minhas.

— Você virá comigo, Channi! — Ela irradia alegria e euforia, como se fôssemos crianças outra vez. — Ficaremos juntas, assim como prometi.

Sua felicidade é imensa, e enquanto ela aperta meus dedos, vejo de canto de olho o rei Meguh sussurrar algo no ouvido de Dakuok. Minhas entranhas se retorcem de apreensão, mas afasto a sensação. O vilarejo inteiro testemunhou a escolha de Vanna. Não há nada que Meguh possa fazer.

— Você virá, Channari? — o príncipe pergunta com gentileza. — Os servos em meu navio podem tratar de seus ferimentos.

Parece que não tenho escolha. Começo a dar um passo à frente, até que Dakuok me interrompe.

— Eu poderia ajudar? — ele pergunta, fazendo uma reverência tão profunda que seu colar de madeira toca o chão. — O Templo do Alvorecer está bem aqui, e meus sacerdotes e minhas sacerdotisas ficariam honrados de tratar dos ferimentos de Channari.

— Você... — Vanna vira-se para Dakuok. — Você quase a matou!

— Perdoe-me, eu não a reconheci. Não percebi que era a irmã da Dourada.

— Mentira.

— Vanna — Lintang fala em tom de aviso. Com um olhar de relance, nossa madrasta lembra minha irmã que ainda estamos em público. — É mais apropriado que o templo trate Channi do que o navio do príncipe. É uma oferta generosa. Ela estará em boas mãos.

— Estará nas melhores mãos — Dakuok diz suavemente. — Veja

Uma maldição dourada

como ela está cansada e machucada. O navio está longe demais. Eu a levarei para o templo e então a escoltaremos em segurança até o porto. Tem minha palavra.

Encaro Dakuok, sem confiar nem um pouco nele. Mas o que ele poderia fazer? Me trancafiar? Não, o príncipe Rongyo estará à minha espera no navio. Talvez o sacerdote esteja simplesmente se sentindo generoso pela felicidade de ter uma cobra a menos em Sundau em breve.

Rongyo assente com hesitação.

— Meus servos a buscarão uma hora antes do anoitecer. Há algo que gostaria que eles trouxessem de sua casa?

É nesse momento que finalmente percebo. Estou *deixando* Sundau. Estou *deixando* minha selva.

Preciso avisar Ukar.

Ignorando o príncipe, viro-me com urgência em direção às árvores. A maioria das serpentes fugiu do mercado, mas algumas ainda permanecem por perto.

Encontrem Ukar, peço. *Diga a ele que acabou, e que vou embora de Sundau.*

Adah toca meu ombro, um ato que me assusta e me traz de volta à realidade.

— Ela tem algumas roupas, Vossa Majestade — meu pai responde. — Não mais que isso. Minha esposa e eu as traremos.

Ele não me olha, mas está menos zangado que o esperado.

— Está resolvido — Adah fala para Dakuok. — Trate dela.

Dakuok faz um gesto exagerado ao colocar seu lenço sobre mim.

— Te vejo logo, Channi — Vanna diz. — Esse é só o começo pra nós.

A luz dela perpassa o templo. Nunca a vi tão feliz. Eu também deveria estar assim.

Como já falei, Vanna sempre arranja uma maneira de conseguir o que quer. Em breve ela será a princesa de Tambu, e um dia a rainha. Poetas escreverão sobre ela durante séculos, e músicos comporão canções muito depois de sua morte.

Isso é tudo que ela já desejou, e daria uma bela história para as próximas gerações. Uma história de sonhos e amor e esperança, que crianças irão implorar para escutar antes de dormir.

Mas esta não é a história de Vanna.

É a minha.

É tarde, e Adah fede a vinho enquanto tropeça para o pátio com Vanna e Lintang mantendo-o de pé pelos ombros. A seleção de minha irmã é daqui a meio ano, e Adah e Dakuok passam muitas noites se banqueteando de ansiedade pelas riquezas que logo ela trará.

— *Boa noite, Adah* — *Vanna diz.* — *Boa noite, Mãe.*

Ela vai para o quarto e apaga a vela com um sopro. A janela escurece. Em instantes, a janela de Adah e Lintang também fica escura.

Mas sei que minha irmã não está dormindo.

Dali a pouco, as portas da cozinha rangem e Vanna entra de fininho, movendo-se graciosamente sob a luz da minha panela fumegante de sopa. Ela se senta ao meu lado na minha cama e rapidamente se cobre com uma manta.

— *Trouxe presentes.*

Por "presentes" ela quer dizer "jantar". Vanna tira de sua bolsa duas asas de frango do mendigo, recheadas com arroz preparado em uma panela de argila, ainda quentes e envoltas em folhas de lótus. Eu me delicio com o perfume.

Vanna fica me observando enquanto como. Parece cansada, e não posso culpá-la. Durante o dia, enquanto devo realizar minhas tarefas e permanecer escondida, ela assiste a aulas no templo. Canto, dança, leitura, escrita, bordado — tudo o que supostamente uma dama refinada deve saber.

Ela costuma ganhar vida quando estamos juntas. Me mostra o que aprendeu e até me ensina suas lições, embora eu tenha pouquíssimo interesse em como falar isso e aquilo em tambun formal ou escrever com uma caligrafia ondulada e elegante. Compartilhamos banquetes à meia-noite com o que quer que ela tenha conseguido furtar.

Mas, nesta noite, ela está diferente. Distante.

Não estou treinando para ser uma dama refinada, então posso falar de boca cheia:

— O que aconteceu?

Ela desembaraça meu cabelo com os dedos e começa a fazer uma trança.

— Só estava pensando em quanta sorte eu tenho por ter uma irmã.

Inclino a cabeça.

— Se você tem tanta sorte, por que parece tão triste?

— Adoro as noites que passamos juntas — *ela diz baixinho.* — Sem Adah por perto. Contando uma pra outra o que fizemos durante o dia.

Entendo o que ela deixou de dizer: fingindo que não estamos a mundos de distância por conta das nossas aparências.

— Você acha que ainda teremos noites assim depois que eu partir de Sundau? — *ela pergunta.*

— Você não precisa ir embora. Poderia ficar por aqui.

— Ficar? — *ela repete.* — Nesta migalhazinha de terra que se percorre de cabo a rabo em menos de um dia? Onde a selva cobre a maior parte do território e só há uma cidade de verdade e algumas cabanas espalhadas pelas praias?

— Nós costumávamos morar em uma dessas cabanas — *eu a lembro.*

— Eu sei. Mas o mundo é enorme. Não quero ficar aqui pra sempre. — *A voz dela se ergue, repleta de um furor que quase nunca vi nela.*

Elizabeth Lim

— Quero navegar pelos Mares Esmeraldas e ouvir os pássaros noturnos do Deserto de Suma. Quero subir os mil degraus do Templo de Gadda em Jhor. Sabia que nunca saí de Sundau?

Sim, eu sei. Mais de uma vez, roubei barcos e tentei nos levar até o continente, onde os deuses são diferentes e as terras são tão vastas que seria possível viver cem vidas sem ver um único demônio. Mas as ondas altas e os ventos hostis nos pararam. Angma pode ter desaparecido, mas ainda consigo sentir o poder de sua maldição me contendo por todos os cantos.

— Você não vai sentir falta daqui?

Vanna fica melancólica.

— Claro que sim. Vou sentir falta do cais onde costumávamos pular pra cima e pra baixo, acenando pros navios e tentando fazer com que parassem aqui. Vou sentir falta dos vendedores ambulantes e de seus biscoitos velhos de café e dos potes de frutas misteriosas, secas e salgadas, cortadinhas como se fossem fatias de cogumelo.

— Ainda não faço ideia de que fruta era aquela — comento com uma risadinha. — Mas fomos viciadas nelas durante anos.

— Vou sentir falta das orquídeas-da-lua que você me traz no meu aniversário — minha irmã continua com delicadeza. Ela termina de trançar meu cabelo. — Você virá comigo, Channi? Estará comigo onde quer que eu estiver?

— Você sabe que isso está fora de questão. Adah não...

— Esqueça Adah. Mesmo que ele diga que não, vou mandar buscá-la. — Vanna morde os lábios. — Você virá comigo se eu for embora?

Nunca pensei muito em nossas vidas após o aniversário de dezessete anos de Vanna, mas esse não é o único motivo da minha hesitação. Por mais que minha irmã anseie em deixar Tambu, comigo é o contrário. Desejo ficar, me retirar para as profundezas da mata e nunca mais sair.

Mas dizer não para Vanna é a coisa mais difícil do mundo. De certa *forma, ela é a raiz de todo o meu sofrimento, mas também é aquela que me traz as maiores alegrias. Quando ela está feliz, eu também estou.*

Envolvo-a com os braços e pressionamos a bochecha uma contra a outra, como fazíamos quando éramos pequenas. O rosto dela estava sempre quente demais, o meu sempre frio demais. Juntas, eu dizia, éramos perfeitas.

— Vou estar presente sempre que você precisar de mim — prometo.

Vanna me abraça. Há alívio em seus olhos, como se ela temesse que eu dissesse não.

Até hoje me arrependo de não ter lhe perguntado o motivo.

CAPÍTULO DOZE

Estou cansada demais para protestar quando Dakuok e seus sacerdotes me conduzem até o Templo do Alvorecer. Densas nuvens de incenso açoitam minhas narinas, e meus sentidos se entorpecem enquanto sou levada de câmara em câmara.

Uma velha sacerdotisa me traz uma tigela rasa de água. Bebo com sofreguidão. A secura em minha garganta desaparece, e a bebida dissipa meu receio quanto a vir ao templo. Quando termino, a sacerdotisa me chama para perto, e, contra todo o bom-senso, adentro mais fundo naquele lugar.

Da última vez que estive ali, eu era criança. Eu chegava de manhã cedo, antes dos outros fiéis chegarem para rezar, e escolhia um lugar no canto mais escuro. Ali, rezava para Gadda. A estátua dele é enorme e cercada por oferendas diárias de frutas e vinhos.

Queria parecer com as outras garotas de Puntalo, mas pensei que seria demais pedir um rosto normal. *Quero ter um nariz*, eu implorava em vez disso. *Que seja estreito ou largo, reto ou torto, pequeno ou grande. Não serei exigente. Mas que seja um nariz.*

Paro diante do salão de orações, quase certa de que encontrarei Oshli entre os sacerdotes, rezando para Gadda abençoar a união de Vanna e Rongyo. Mas o filho de Dakuok não está presente.

Em seguida, passo por um pátio de reverência aos ancestrais, onde Adah costumava rezar para Mama antes de se esquecer dela. Sinos de bronze estão

Uma maldição dourada

pendurados acima de mim, e lagartixas correm por entre as vigas de madeira do templo. Quando chegamos ao fim do corredor, tudo em que consigo pensar é em me sentar em um banco para descansar meus pés doloridos.

Todos os meus músculos doem, e há hematomas do tamanho de laranjas em minhas costelas. Sempre pensei que fosse uma guerreira, mas, comparada àquele dragão, eu mal consigo ficar de pé. Por que ele me deixou vencer?

Estremeço, lembrando-me do rosto de Meguh quando venci o duelo, todo comprimido e retorcido, como se ele pudesse empalar o dragão se tivesse uma lança grande o suficiente.

O dragão será punido, isso é certo.

A culpa pesa na minha consciência, e não gosto disso. Não estou acostumada a me sentir em dívida com um estranho, ainda mais com um dragão.

Então a sacerdotisa me leva através do pátio do templo até uma casa de banho atrás de um lago. Há uma banheira cheia ali dentro.

— Voltarei com roupas novas — a mulher anuncia.

— Prefiro as minhas.

Ela não discute.

— E trarei medicamentos.

A generosidade de Dakuok me faz franzir a testa. Recordo-me de que o príncipe Rongyo venceu. Talvez o sacerdote se arrependa de ter apostado em Meguh e esteja tentando conseguir favores ao me tratar com gentileza.

Tiro as roupas depressa, cobrindo a faca com a túnica antes de a sacerdotisa voltar. Um lenço de seda cai do meu bolso — aquele do imperador de Kiata. Eu o seguro nas mãos, e ele se desdobra feito um lírio se abrindo. Nunca tive nada tão macio ou gracioso desse jeito antes.

A mancha de sangue está seca e já não é mais venenosa. Mas a lavo mesmo assim.

Pergunto-me se verei Hanriyu no porto. Se ele contará aos sete filhos

Elizabeth Lim

sobre sua estranha viagem a Tambu e se terá que continuar a busca por uma nova mãe para eles. Posso não o conhecer nem conhecer sua família, mas sei o que é perder uma mãe.

Pelo bem das crianças, espero que ele encontre alguém, alguém com um coração gentil que os ame como ele os ama, e espero que ela seja melhor do que Lintang foi para mim.

Coloco o lenço de volta no bolso.

Aos poucos, deslizo o corpo para dentro da banheira de madeira. Embora a água esteja apenas morna, minhas queimaduras ardem e minha pele dói. Faço uma careta. É um sinal de que estou me recuperando. Os vergões em meus braços já desincharam, e meus hematomas mudaram para um amarelo amarronzado.

Eu me limpo, tomando cuidado extra com meu tornozelo esquerdo, onde o Rei Serpente me mordeu dezessete anos atrás. A mordida infeccionou durante dias, deixando minhas veias verdes. Adah não queria pagar um médico local para dar uma olhada. Em segredo, penso que, depois de ter visto meu rosto, ele esperava que eu morresse.

Mas meu tornozelo se recuperou, embora o mesmo não tenha acontecido com meu rosto. Hoje, a pele está lisa, exceto pelas duas feridas em forma de picada. Dói apenas em meus sonhos.

A velha sacerdotisa me espera com pomadas para as queimaduras. O rosto dela é tão enrugado que não consigo dizer se está sorrindo ou franzindo a testa, e ela aperta os olhos quando me aproximo.

A pomada tem um cheiro forte de cúrcuma e arde. Estremeço pelos dois motivos.

— Não se mexa — ela avisa. — Vai doer mais se você se mexer.

Agarro os joelhos, mantendo-me no lugar. Os dedos dela espalham uma camada uniforme de unguento pelos meus braços, e torço para não ter nenhum corte aberto. Mesmo que ela seja uma das sacerdotisas de Dakuok, odiaria ver meu sangue queimar sua pele e possivelmente matá-la.

— Foi corajoso — ela diz, falando para me distrair da dor — o que você fez pela sua irmã. Você quase foi morta.

Como se eu precisasse ser lembrada.

— Oshli está aqui? — pergunto, mudando de assunto. Ele iria querer se despedir de Vanna.

A sacerdotisa amarra a saia ao redor da minha cintura, fazendo um belo laço na lateral.

— O pai dele lhe pediu pra ajudar a colocar o mercado em ordem depois dos acontecimentos de hoje. Ele ficará ausente pelo resto da tarde.

Meu peito se contrai e velhas mágoas vêm à tona. *Encontre-o*, quero dizer. *Diga que Vanna está partindo*. Mas não digo. Não devo nada a Oshli.

Coloco a máscara, e quando a sacerdotisa não está olhando, enfio a faca debaixo da saia. Quando terminamos, eu a sigo para a frente do templo.

Channi? Channi, onde está você?

Empertigo-me ao som da voz de Ukar. Ele não parece estar longe.

Estou na construção depois do pátio, respondo. *Espere lá. Estou a caminho.*

Aperto o passo, mas logo à frente está Dakuok, esperando no salão principal de oração sob a sombra da estátua de Gadda. Quando me vê de relance, ele abre um sorriso largo. Manchas de chá amarelam seus dentes, e a julgar pela intensidade do rubor e do tamanho das suas bochechas, é visível que está prestes a dizer algo presunçoso.

Tento me esquivar, mas ele me oferece uma porção de gravetos finos de incenso e gesticula para que eu os acenda com a vela diante do altar. O cheiro é almiscarado, uma nuvem de canela e jasmim e fumaça. Abro a boca para tomar ar fresco.

Duvido que Dakuok vá lidar bem com a minha recusa, mas mesmo assim digo:

— O príncipe Rongyo está à minha espera.

— O príncipe é um rapaz bom e religioso. Tenho certeza de que ele permitiria que você rezasse uma última vez com o xamã de seu pai.

A enorme sombra de Gadda se assoma sobre mim. Ele é careca, como todas as suas estátuas, ostentando um sorriso gentil e sem dentes sob a barba, além de uma barriga redonda. Para um deus da piedade, ele não me parece muito piedoso. Não é de se estranhar que eu nunca tenha gostado muito dele. Mesmo assim, a maldição não é culpa dele, então me curvo três vezes, enfio os gravetos de incenso no incensário e me viro para me retirar.

Os sacerdotes de Dakuok, surgindo das antessalas das câmaras, bloqueiam a saída. Estão murmurando palavras de encantamento, e embora sejam feiticeiros de terceira categoria, na melhor das hipóteses, consigo perceber as sentinelas que estão colocando ao redor do templo para me prender ali dentro.

Eu me reteso.

— Deixe-me ir. O príncipe está me esperando.

Ainda de joelhos diante de Gadda, Dakuok solta uma risadinha.

— Jamais entenderei a afeição de sua irmã por você.

— Deixe-me ir — repito.

— Você quase incitou uma rebelião, Channari — Dakuok diz, como se eu pudesse me esquecer. — Precisa entender que Vanna não pode tê-la por perto quando for rainha. O que o povo do príncipe irá pensar? Não, o seu destino é outro lugar.

As velas atrás dele bruxuleiam enquanto ele se ergue de sua prece.

— Sorte a sua, Channari, que você tem seu próprio comprador.

Odeio como ele fica falando meu nome. Mas, acima de tudo, odeio como ele tem toda a minha atenção.

— Meu próprio comprador?

É essa a reação que ele queria. Ele observa os músculos de meus braços tensionarem conforme a verdade começa a se revelar. E doer.

Uma maldição dourada

Ele sorri de desdém.

— Você realmente achou que seu pai a deixaria morar em um palácio com Vanna?

Eu não respondo. Adah é cruel, mas não me venderia. Não dessa maneira... não é?

Corra, Channari!, Ukar grita de algum lugar ao longe, mas quase não noto seu aviso.

De qualquer forma, não consigo correr. A traição de Adah fez com que minhas pernas virassem gelatina e meus nervos congelassem. Penso em Mama à cama, em Adah berrando enquanto ela morria. No sangue se abrindo e desabrochando nos lençóis, e naquela última noite como sua menina com cara de lua.

— Ele sempre planejou mandá-la pra longe — Dakuok continua. — Ele a manteve por perto só por causa de Vanna. Mas agora ela está de partida e, como a futura rainha, não terá tempo pra pensar em você, a irmã miserável e monstruosa. Veja, Channari, você não possui mais qualquer utilidade.

O ódio fervilha em meu interior. Lembro de todas as vezes que Dakuok encorajou meninos e meninas do vilarejo — até seu próprio filho — a atirarem pedras nas minhas costas, de todas as vezes que ele tentou persuadir Adah e Lintang a leiloar Vanna.

Empurro dois sacerdotes um contra o outro, batendo as cabeças deles feito um trovão. Depois pego a faca em meu quadril e golpeio o rosto de Dakuok com a lâmina.

Ele solta um grito alto e agudo, feito uma criança. O som me faz titubear, já que eu nunca machucaria uma criança. Mas, quando o contenho pressionando a palma da mão contra as suas sobrancelhas escorregadias, a raiva me inunda de novo e me leva a agir. Aperto mais a faca, como se estivesse extraindo seiva de uma árvore.

Ele tem pulmões impressionantes. Algumas das velas estremecem com

Elizabeth Lim

seus urros, e algumas até se apagam. Por fim, quando minha faca corta seu lábio, ele cai em silêncio. Acho que desmaiou de choque.

É o suficiente. Preciso correr.

As portas estão encantadas, então não consigo atravessá-las. Mas, como disse, Dakuok e seus sacerdotes são feiticeiros de terceira categoria, e não cuidaram das janelas. Explodo através da treliça de madeira e pulo para dentro do pátio.

Disparo em linha reta e logo vejo os portões. Consigo ouvir os pássaros guinchando do lado de fora, sentindo o cheiro do calor da tarde além das paredes frias do templo. Só mais alguns passos e estarei livre.

Nem pensei que eu deveria ter perguntado para quem Adah havia me vendido. Porque, no fundo, eu já sabia...

— Quantos sacerdotes são necessários pra capturar uma cobra? — uma voz familiar pergunta.

O rei Meguh passa à frente do templo, cercado por uma tropa de homens que bloqueiam os portões. Ele bate palmas, como se minha tentativa de fuga fosse uma performance e eu só fosse um entretenimento.

Os homens dele têm espadas nas laterais do tronco e escudos de bronze atados às costas, mas nenhum deles se move para pegar as armas. Eu deveria achar isso estranho, mas estou ocupada demais com os malditos sacerdotes de Dakuok.

— A menina cobra desapareceu! — um deles grita.

Não preciso nem olhar para saber onde Ukar está. Consigo senti-lo, se esgueirando devagar acima de nós, rastejando pela viga de madeira. Caçamos juntos durante anos, e agora que o rei Meguh chegou, Ukar quer que eu o mantenha ocupado. Quando for a hora certa, ele vai surgir do teto e morder o pescoço de Meguh, paralisando-o.

E eu lhe darei a morte que ele merece.

Elejo o guarda mais próximo como meu primeiro alvo. A urgência da tarefa obriga minha mente a trabalhar rápido, e me lanço ao ataque depressa. Disparo sobre o homem com um golpe, depois passo para o guarda seguinte, e depois para o próximo. Logo, já estou a meio caminho do pátio, cada vez mais perto da vitória e da fuga.

Exceto pelo fato de que eu não vejo o dragão.

Em um borrão azul, ele estraçalha as vigas e cai em cima de mim. Destroços cedem e telhas de madeira desmoronam do telhado em uma das passarelas cobertas. Meguh e os guardas já se moveram para os lados. Foi tudo planejado.

Eu me protejo com o braço, tentando espanar a poeira que escurece minha visão. Para onde o dragão foi?

Uma asa atinge minha lateral, respondendo a pergunta. A faca escapa da minha mão e eu me estatelo contra a parede, derrubando as estátuas ao meu redor. Mergulho debaixo de um altar antes que seja esmagada.

Ali, sorvo o ar com desespero. Consigo sentir Ukar pendurado em uma viga de madeira, oferecendo-me ajuda. Não olho para ele, por medo de o dragão notá-lo. Posso lidar com isso sozinha.

O dragão está esperando que eu me levante. Como antes, consigo sentir nossas mentes conectadas, como se atadas por um fio invisível. Eu acesso os pensamentos dele. *Pare com isso. Podemos nos ajudar.*

A resposta dele é um soco em minhas costelas. Eu caio para frente e o ar escapa de meus pulmões. Mais cedo, ele estava definitivamente se contendo. Tenho certeza de que me deixou vencer.

Bom, ele não está fazendo isso agora. Tem algo estranho. Algo está diferente desta vez.

Ele me pega pelos ombros. Eu chuto e mordo, mas a pele dele é grossa feito a de um crocodilo, e meus dentes não produzem um pingo de sangue.

Viro-me em seus braços para encará-lo. Na selva, com frequência me sinto pequena em comparação às árvores, às videiras sinuosas, às águas que caem. Mas nunca me senti tão vulnerável quanto naquele momento: sendo forçada a examinar esse dragão, a confrontar a envergadura interminável de suas asas e sua altura dominante, a expansão escura de seu rosto com aqueles dois olhos estranhos. Por fim, compreendo o que há de diferente desde nossa luta.

Seus movimentos estão confiantes e desimpedidos. Porque...

Ele não está mais acorrentado.

Meguh está radiante observando meu rosto enquanto tomo consciência de que o dragão não está preso afinal de contas, de que ele pode nem ser um prisioneiro, mas um... um...

Você, explodo na mente dele, *você... você está do mesmo lado de Meguh!*

Os olhos dissonantes do dragão se abaixam para encarar os meus. Eu me lanço para dar outro chute, mas é inútil. Como antes, mal tenho tempo de piscar antes de a cabeça dele vir de encontro ao meu crânio.

Dou um salto para o lado, esquivando-me do ataque. Mesmo assim, o mundo todo começa a zumbir, e eu tensiono o maxilar enquanto minha cabeça lateja, esmagada por um calor febril. Pelos deuses, queria que meu hálito, não meu sangue, fosse venenoso. Ah, o caos que eu causaria!

Dou uma cusparada no dragão, depois me viro para fazer o mesmo com Meguh. Mas o rei arranca minha máscara de madeira. Ao me ver, ele faz algo que nunca ninguém jamais fez.

Ele solta um assovio baixo de aprovação.

O barulho faz o fogo em minhas entranhas se apagar. De repente, sinto frio e medo.

— Uma verdadeira selvagem — ele murmura em meu ouvido. — Você será a joia da minha coleção.

Dakuok aparece ao lado de Meguh. O arco da minha lâmina está entalhado em sua pele, como uma daquelas letras esvoaçantes que os tutores de Vanna costumavam fazê-la praticar. Deve estar doendo um bocado.

— Tome cuidado — avisa o sacerdote com a voz esganiçada. Seus olhos cintilam de ódio. — Essa daí é um demônio.

— Por sorte, tenho experiência com demônios. — Meguh lança ao sacerdote um olhar de desgosto. — Recomponha-se, meu velho.

Uma maldição dourada

Repreendido, Dakuok limpa o sangue pingando de seu rosto. Também endireita as vestes amassadas por conta do nosso embate de antes.

— Assim está melhor — Meguh diz. Ele encontrou minha faca, e agora está dando batidinhas com ela contra a palma da mão. — Vejamos... o que você dirá ao pai dela se eu a levar?

— Não importa. Khuan ficaria feliz de se ver livre dela.

Dakuok sabe como me machucar. As palavras doem porque sei que são verdade.

Meguh grunhe.

— Faz com que eu me pergunte o que ele fez na vida passada pra ter filhas assim. Uma possui a maior beleza que o mundo já viu, e a outra é um monstro.

O rei dá uma risada de desdém, assim como Dakuok. O dragão não emite som algum. Nem eu. Não consigo chamar Ukar por medo de o dragão me ouvir e me dedurar para Meguh.

Estou sozinha, lutando para me desvencilhar. A fera usa ambas as mãos para me conter. Uma pequena vitória. Pelo menos não sou *tão* fraca assim.

A risada de Meguh vai se esvaindo, e ele me olha de soslaio enquanto me debato contra o dragão. Quando ele se dirige a Dakuok em seguida, sua voz ganha um tom sombrio.

— O que você dirá ao príncipe Rongyo?

— Que ela fugiu pra selva. Quem a culparia? Ela se transformaria na piada da corte de Rongyo.

— É verdade. Negócio fechado, sacerdote.

O rei faz um gesto com a mão, e um dos criados entrega a Dakuok uma pesada bolsa de moedas.

Os olhos dele se iluminam de satisfação, e ele faz uma profunda reverência.

— As sentinelas foram retiradas, então, pode partir, Vossa Majestade — o sacerdote diz. — Voltarei pras minhas preces.

— Deveria mesmo.

De repente, Meguh ergue o queixo e os guardas atacam o xamã.

— O que você...

Os gritos de Dakuok se transformam em grunhidos horríveis. Em vão, ele tenta alcançar um sino de bronze pendurado no teto.

Mas Meguh avança sobre ele com uma pequena faca erguida. A *minha* faca. Com um único golpe, Dakuok cai estirado contra o chão. Seus olhos em pânico se voltam para mim. Ele já está empalidecendo. O sacerdote gagueja algo que não entendo. Um pedido de ajuda, talvez? Ou seria uma ordem para os sacerdotes do lado de fora? Jamais saberei.

Meguh retira a faca da barriga de Dakuok e corta a garganta do velho.

Não quero ver, mas não consigo desviar os olhos. O sacerdote está se engasgando com o próprio sangue. Seus olhos se reviram nas órbitas, e suas sobrancelhas outrora sebosas formam uma ruga apertada. Então seus músculos relaxam e ele enfim encontra a paz.

— Um homem sagrado não deve ser mercenário — o rei Meguh diz, reavendo a pesada bolsa de moedas e estalando a língua para o xamã morto. — Que vergonhoso organizar um leilão pra levantar dinheiro pro templo. Não acha, Channari?

Não tenho tempo de responder. Lá de cima, Ukar cai sobre os olhos do dragão e o morde no braço para que me solte.

Vá, Channi!, Ukar grita enquanto o dragão o arremessa contra a parede.

Eu corro. Os guardas de Meguh tentam vir atrás de mim, mas sou mais rápida que qualquer um deles. Só não sou mais rápida que o dragão.

A um passo da porta, a sombra dele se projeta sobre mim. Sua mão cobre minha boca e suas unhas afiadas arranham minha bochecha. Dou uma cotovelada em seu queixo e forço meu osso em seu pescoço. Vou matá-lo — vou matar todos eles — antes de me tornar um troféu de Meguh.

— Acabe com ela, Hokzuh! — grita o rei atrás de mim.

Nesse momento, ergo a cabeça. Meus olhos se arregalam. Meu coração dá um salto.

Hokzuh?

Não, não pode ser. Eu devo ter imaginado.

Passei anos à procura do dono daquele nome. A pessoa que o Rei Serpente prometeu que iria me ajudar.

Pelas serpentes do inferno, minha curiosidade me domina e olho para o dragão. É um erro que me custa absolutamente tudo.

Os guardas de Meguh me cercam. Um me puxa pelos cabelos, outro me amordaça com um pano, amarrando-o tão apertado que minhas têmporas latejam. Então o dragão ergue o braço feito uma clava.

A última coisa que vejo é Ukar subindo pela perna de um guarda e se enrolando debaixo do escudo em suas costas.

CAPÍTULO TREZE

Acordo com um pulo em meio à escuridão, e minha cabeça bate contra o teto rebaixado. Uma porção de insultos criativos deixa minha boca, mas as palavras saem abafadas.

Certo, estou amordaçada. Sou prisioneira de Meguh.

Há um saco de cânhamo em cima de minha cabeça. Isso explica a escuridão. Eu o tiro com um puxão e afrouxo a mordaça.

O ar fresco aguça minha mente, e eu pisco até os olhos focarem. Quatro paredes me cercam.

Assim como em casa. Exceto pelo fato de o cômodo estar sacolejando para frente e para trás, para frente e para trás. O ritmo é incessante, e, se eu olhar para as paredes por muito tempo, consigo sentir meu estômago subir até a garganta.

Maravilha. Que maravilha.

Estou em um navio.

Lá se vão os planos de ir para Tai'yanan com Vanna, de ser aceita no palácio como a honorável irmã da princesa. Lá se vai a ideia de proteger Vanna da Bruxa Demônio.

Meu peito se aperta de desespero. Devo estar a meio caminho de Shenlani, a mares de distância do reino de Rongyo.

Há uma corda grossa no chão. Foi roída, o que explica minhas mãos e pés livres. Ukar não pode ter feito isso, pode?

Uma maldição dourada

— Ukar? — chamo.

Não há resposta, mas, quando falo, sinto um gosto amargo na língua. Uma espécie de sedativo.

Bela tentativa, Meguh. Lambo os lábios para limpar o veneno. Ele não tem efeito algum sobre mim.

Eu me levanto. Meus sapatos afundam em algo macio e úmido no chão, rançoso demais para ser sujeira. Nojo sobe pelo meu estômago. Ao menos a dor na parte de trás da minha cabeça, onde o dragão me atingiu, está diminuindo.

O dragão Hokzuh.

O nome faz o ar queimar em meus pulmões, chamuscando minha compostura. Há anos eu o procuro. Na selva, nos campos, nos vales e colinas baixas por toda a ilha. Às vezes até levei Vanna, carregando-a nas costas depois de passar óleo de cânfora em sua pele lisa para não atrair mosquitos. Ela também gritou "Hokzuh! Hokzuh!".

Um dia, ele virá atrás de você quando você for mais velha. Você vai precisar dele, o Rei Serpente havia dito. Nunca tive chance de perguntar o que ele quis dizer, mas presumi que Hokzuh quebraria minha maldição e me ajudaria a lutar contra Angma. Presumi que seria um aliado.

Cerro os punhos.

O mundo oscila e as correntes chacoalham no piso inclinado. Uso as paredes para me firmar.

Clanc. Solto um grunhido doloroso quando sou puxada para trás. O metal se fecha em meu pescoço, frio e impiedoso, e eu me engasgo enquanto caio contra a parede.

Meus dedos arranham o peso ao redor da minha garganta. É uma droga de coleira. De bronze. Meus olhos são tão aguçados quanto os de uma cobra, mesmo no escuro, então consigo ver pelo brilho que ela lança sobre as paredes de madeira e sobre minhas coxas enquanto me esforço para arrancá-la. O que é inútil. Vou precisar de uma chave para me livrar dela. Ou um machado.

Atrás do meu pescoço está o fecho da corrente, projetando-se para fora da coleira feito um gancho. Uma corrente grossa de metal tilinta pelas minhas costas, e eu a sigo até a âncora que a prende à parede. *Ali!* Eu me agacho e pressiono os pés contra a parede, afundando os cotovelos nas coxas e enrolando a corrente em meus braços até que queimem minha pele. Puxo com toda a força do meu corpo.

Aos poucos, a âncora se desgasta, se contorcendo para fora da parede de madeira como um rato se esgueirando. E então ela se parte com um solavanco e bate contra os meus pés.

Tome cuidado, sibila uma voz familiar. *Tola, você quer que os guardas voltem?*

Ukar desliza através do buraco que fiz na parede; suas escamas frias roçam meus tornozelos. Nunca fiquei tão aliviada de ver alguém na vida.

— Como você roeu as cordas? — pergunto em um sussurro.

Os ratos é que roeram para que eu não os comesse. Mas agora estou com fome.

Quase solto uma risada, embora Ukar esteja de mau humor.

Vou concluir que o dragão te traiu. Se eu soubesse que um dragão estaria fingindo ser Hokzuh, eu teria te avisado antes.

Ele fala de maneira tão veemente que eu me sento.

— Me avisado sobre o quê?

Dragões. São nossos primos, então procuramos não ter desavenças com eles, ainda mais porque eles costumam ficar em seu próprio reino. Mas nunca confiaríamos neles.

Isso eu não sabia.

— Por que não?

Porque Hanum'anya, o primeiro dragão, nos traiu.

Ukar não fala mais nada. Esse é um rancor que as cobras enterraram há mais tempo do que qualquer um consegue se lembrar.

— Não se pode culpar todos os dragões pelos pecados de um só.

Não posso? Ukar é campeão em guardar rancor. Parece que o seu também não é muito confiável.

Nisso ele tem razão.

— Você acha que ele não é Hokzuh?

Meu pai nunca faria uma profecia dizendo que um dragão virá ao seu socorro. Nunca.

Não adianta nada discutir isso com ele.

— Vamos só tentar sair daqui.

Ukar olha para a âncora de metal aos meus pés. Eu a pego. Não há nada que eu possa fazer para me livrar da coleira, então terei que carregar essa maldita corrente por aí.

Você deveria ficar na sua cela. Para onde poderia ir com essa corrente fazendo peso? Para o mar? Você se afogaria.

— O que aconteceu com o seu otimismo, Ukar?

Não se esqueça, ele acrescenta, sorrindo enquanto eu me movo de maneira desajeitada, *você não nada muito bem.*

Minha cabeça dói demais para tentar discutir. Jogo a corrente por cima do ombro. Me sinto nua sem nenhuma arma, então isso vai ter que servir.

— Onde fica a porta?

Atrás de você.

Imediatamente espio o buraco na parede através da qual Ukar entrou. Ele destrancou a porta pelo lado de fora, então eu a empurro.

Para além da minha cela está o porão de carga do navio. Jaulas balançam do teto, algumas de madeira, outras de ferro. Pássaros piam de cestos cobertos por mantas, e ouço um ou outro grunhido de um dos cantos. Mas não vejo cobras.

Nem Hokzuh.

E pensar que eu até me senti endividada depois do nosso duelo! Agora me arrependo de ter lhe provocado apenas um arranhão no joelho. Não vou cometer o mesmo erro de novo.

Ukar fica de pé sobre a cauda, alerta. *Estão vindo.*

Ouço os passos um instante tarde demais.

Jogo-me em um canto escuro enquanto o navio dá uma guinada, mas dou de cara com uma parede enquanto dois guardas entram no local. O mais alto bloqueia a saída e move a tocha em direção ao seu parceiro, que é mais novo e tem um longo nariz achatado e orelhas de abano. Feito um rato.

Não vou mais espiar. Finjo estar inconsciente, caso as tochas cintilem contra os meus olhos amarelos.

Os guardas nem me notam. O mais alto passa na frente da porta pela qual escapei, sem notar que, por descuido, eu a deixei entreaberta. Sua tocha se inclina para a maior jaula, e um brilho azul-esverdeado chama minha atenção.

Hokzuh.

Fico tensa. Então ele *está* aqui. Não deveria estar no deque de cima com rei Meguh, descascando longanas para ele e afastando mosquitos?

Os guardas atiram-lhe algo, e Hokzuh dá uma fungada.

— Você chama isso de comida? Sinto cheiro de peixe lá em cima. Me traga um pouco.

— Você não está em posição alguma de fazer pedidos. Sorte a sua ainda ter carne nesses ossos.

— Isso não é jeito de tratar o campeão do rei Meguh.

O guarda alto desdenha.

— Você perdeu. Pra uma pirralha magricela com olhos de cobra.

— Talvez por eu estar desnutrido.

— Talvez por você ter tentado fugir. Você conhece as regras, dragão, e tentou quebrá-las. Meguh está descontente com você. Eu não gostaria de estar no seu lugar quando chegarmos a Shenlani.

— A rainha vai entender — Hokzuh diz de um jeito agradável. — Agora, me deixe sair. Não é educado manter a realeza em uma jaula.

— Realeza? — O guarda alto dá uma risadinha enquanto se vira para

Uma maldição dourada

o parceiro, que chamarei de Cara de Rato. — Ele ainda acha que é o rei dos dragões, não é?

— Só está agindo assim pra escapar da surra.

Cara de Rato se aproxima da jaula do dragão, e meus olhos o seguem.

Hokzuh definitivamente foi punido. Há crostas de sangue seco em suas bochechas escamosas e um de seus olhos está machucado. Não consigo ver suas costas, mas aposto que estão cobertas com marcas de açoite.

Ukar desliza pelo chão, lançando-me um olhar impaciente.

O que está esperando?

Hesito, incapaz de ignorar a pontada em meu peito. E se o dragão... e se ele for mesmo o Hokzuh que estive esperando?

Ukar balança a língua, exasperado. *Aquela coisa é uma das bestas do rei Meguh.*

Ele poderia nos ajudar.

Ele poderia nos trair.

Ukar ainda está apegado ao antigo rancor. Mas, baseado no histórico de Hokzuh até então, ele provavelmente não está errado.

Agacho-me ainda mais, esgueirando-me para as sombras, atrás das escadas que levam à saída.

Enquanto isso, Hokzuh se põe de pé na jaula e apanha o pulso do guarda. Ossos estalam, e o dragão sufoca o grito do Cara de Rato com o braço.

— Você vai pagar por isso! — o guarda alto exclama, sacando seu chicote. Ele corta o ar com um estalido visceral antes de cair, açoitando a pele do dragão.

A fera não grita. Em vez disso, olha direto para mim. Seus dois olhos dissonantes se fixam nos meus.

Meu coração para, e meu pé bate contra uma jaula. Pássaros piam, agitando as asas.

Serpentes do inferno!, eu xingo. Caio de joelhos e me escondo atrás da jaula, torcendo para que ninguém tenha ouvido.

Mas o guarda alto ouviu.

— O que foi isso?

O horror faz meu estômago se revirar. Preciso andar depressa, mas meus músculos não estão se mexendo. Hokzuh me viu. Ele *ainda* está me encarando.

Cara de Rato está no chão se contorcendo de dor, mas não demora muito para começar a se pôr de pé.

Eu fico com o grandão, Ukar diz, indo direto ao assunto.

O que me deixa com o Cara de Rato.

Não consigo ir muito longe com a corrente me atrasando, então pulo nas costas dele como se ele fosse a tigresa com quem lutei ontem. Suas unhas se enterram nos meus braços, deixando marcas de pequenas foices. Ele tenta me arremessar para longe, mas eu me seguro mais forte. Não o largo, não até jogar sua cabeça contra uma parede e ele deslizar até o chão.

O guarda de Ukar também está inconsciente, esparramado sobre um barril de madeira. O veneno de Ukar não mata, ao contrário do meu, mas consegue paralisar uma pessoa durante dias.

— Quantos mais tem lá em cima? — pergunto, pegando o chicote do guarda.

— Mais do que você daria conta sozinha — Hokzuh responde. O tom de deboche que ele usou com os guardas desapareceu.

Pelo menos mais sete, diz Ukar. Antipatia ferve entre ele e Hokzuh, e ele ignora o dragão completamente. *Consigo dar conta de um sem ser percebido. Até dois, se o primeiro não gritar. Mas isso vai deixar o resto pra você.*

Não são circunstâncias ideais. Pego uma chave no cinto do Cara de Rato e tento usá-la na minha coleira. Não funciona.

— Apenas Ishirya pode remover essa coleira — Hokzuh afirma.

— A rainha?

— Não é com Meguh que você deveria se preocupar — ele fala de maneira sombria, acenando a cabeça. — Me dê a chave.

Uma maldição dourada

Ele não espera que eu concorde. Sua cauda, tão ágil e fina quanto uma corda, arrebata meu tornozelo. Enquanto caio, ele pega a chave e destranca a jaula. Para a minha perplexidade, ele continua lá dentro, emitindo um longo suspiro enquanto suas asas se desdobram através da porta aberta.

— O que você é? — exijo saber. — Prisioneiro de Meguh ou...

— Você não vai se dar bem se tentar escapar do navio — ele me interrompe. — Precisa ficar quieta até que cheguemos a Shenlani.

Já estou farta das besteiras desse dragão. Jogo o chicote por cima do ombro.

— Se não vai ajudar, então Ukar e eu vamos fugir por conta própria.

Hokzuh pega meu braço.

— Eu *estou* te ajudando.

Viro-me para encará-lo. Durante os minutos tensos em que lutei contra ele no mercado, memorizei a maneira como ele se movia. A graça, a destreza de seus pés, as asas que eram extensões letais de seus braços.

Na jaula, ele não parecia tão amedrontador. Seu olho vermelho é menos agressivo e homicida.

Mas eu não sou idiota.

— Vou me arriscar sozinha.

Desvencilho-me de suas mãos e salto em direção à saída.

Tinha esquecido que ele é rápido. Em três segundos, estou com a mão na porta. Em quatro, Hokzuh saiu da jaula, pulou para o topo das escadas e está bloqueando meu caminho.

— O que você vai fazer depois que dominar os guardas? — ele sussurra com aspereza. — Mesmo se conseguir lutar contra todos e subjugar Meguh, pra onde você vai? Ao menos sabe como pilotar um navio?

Não.

— Você sabe? — retruco.

— Sei. — Hokzuh desdobra as asas. — Posso te ajudar. Mas não aqui.

Sua mão está em meu braço mais uma vez, e eu me assusto por não ter percebido antes. Eu me sacudo para me livrar dela.

— Espera que eu acredite que será mais fácil escapar de Shenlani do que deste navio?

— Sim.

Não tenho tempo de perguntar o motivo.

— O que é todo esse barulho? — alguém acima de nós grita. Passos pesados se aproximam. — Por que estão demorando tanto?

Hokzuh salta de volta para o porão, mas eu fico na porta. Ela se abre, e eu atinjo um novo intruso bem na virilha antes de chutá-lo escada abaixo. Que o dragão lide com ele.

Disparo em direção ao deque. Risadas e música chegam da proa, altas o suficiente para cobrir o som da minha violência. Assim espero.

O barulho está vindo de uma tenda no meio do navio, marcada por lanternas de um laranja vivo e uma fileira de criadas carregando travessas de vegetais refogados com *curry* e arroz temperado. O cheiro faz meu estômago se agitar.

— Ali — murmuro. — Meguh deve estar ali.

Qual exatamente é o seu plano?, Ukar pergunta.

Ranjo os dentes. *Atacar Meguh. Fazê-lo de refém até que alguém me dê a chave da coleira.*

E depois nadar até Tai'yanan?, Ukar diz de maneira seca.

É um plano terrível, mas não consigo pensar em nada melhor. A não ser talvez matar Meguh em vez de fazê-lo de refém. Sim, isso seria melhor.

Eu me esgueiro para perto da tenda, mantendo distância das partes banhadas pela luz das tochas. Meu rosto se mistura aos estandartes verdes pendurados sobre as lonas. Quando uma cobra caça, torna-se um predador invisível, esperando pela oportunidade perfeita para dar o bote, e esse é o método que adoto. Procuro meus alvos: três guardas a nove metros de distância. Ukar já está deslizando por trás de um... subindo por sua coluna... silenciosamente sufocando-o com a cauda.

Uma maldição dourada

Antes que os outros dois notem, eu me movo atrás deles e bato suas cabeças uma contra a outra. Não me dou ao trabalho de assisti-los caindo de joelhos. Mantendo a corrente por perto, escalo uma pilha de caixotes para ter uma visão mais privilegiada. Estou quase enxergando Meguh quando ouço Ukar gritar, e meu sangue gela.

Abaixo, os guardas saem da tenda. Eu deveria ficar escondida, sem fazer som algum. Mas é impossível.

Porque Meguh pegou Ukar.

— Mas que cobra espetacular — o rei sussurra, admirando meu amigo. A cor de Ukar muda de maneira descontrolada, como acontece quando ele está com medo. — Nunca vi nada igual.

Lanço-me para baixo, jogando-me sobre Meguh. Os guardas logo o protegem, e eu os atinjo com a corrente, mirando em seus joelhos e tornozelos parrudos. Enquanto eles caem, ergo a adaga, prestes a atirá-la na direção do coração de Meguh.

Mas não chego a fazer isso.

Para o meu horror, duas asas pretas formam um escudo em frente ao rei. Hokzuh se ilumina no deque.

Tento apunhalar sua garganta, mas ele agarra *minha* corrente e me estrangula até que eu largue a adaga. Ele a gira habilmente na própria mão, apontando-a para a minha garganta.

Mais uma vez, fui derrotada.

— Quanta energia — Meguh diz, sentando-se em seu trono. — Você é mais vigorosa do que parece, garota. Muito diferente da frágil criatura que é a sua irmã.

Ele se recosta contra uma porção de almofadas de seda.

— No momento, você vai bastar.

Cuspo na cara dele.

Com uma risada, Meguh limpa a bochecha com um lenço de seda que depois enfia em minha boca. Tento morder seus grossos dedos, mas mal sinto o gosto de metal de seus anéis antes de a mão dele se voltar para a travessa de longanas ao lado de seu trono acolchoado.

Os guardas me botam de pé pelos braços. Algo em meu ombro estala, e eu solto um rugido de dor.

Hokzuh me acerta na cabeça uma segunda vez.

CAPÍTULO CATORZE

Acordo com um sobressalto, com água gelada caindo sobre mim.

— Levante-se — grunhe um guarda, chutando minhas canelas. Há um balde de madeira sob o braço dele. — Anda.

Mal consigo distinguir seu nariz largo e os nós dos seus dedos sujos antes de ele jogar o resto do balde no meu rosto. Uma pilha de roupas cai diante dos meus pés.

— Troque de roupa — ele diz antes de sair da minha cela, ansioso para ir embora o mais rápido possível.

Ouço risadinhas do outro lado da porta, e imagino que os guardas tiraram palitinhos para decidir quem teria que me acordar.

Covardes. Estremeço enquanto a água pinga, transformando a terra sob meus pés em lama.

Terra... o que quer dizer que não estou mais no navio.

A luz do sol se inclina por uma janela estreita, projetando uma faixa amarela sobre o meu colo. Pressiono a bochecha contra a janela, mas não consigo ver muito além do Monte Hanum'anya à distância sob uma camada de nuvens.

O Monte Hanum'anya é o lar dos demônios. Tem a forma de uma cabeça de dragão com as mandíbulas abertas em direção aos céus. Ver aquilo faz meu estômago doer.

Estou em Shenlani.

Elizabeth Lim

Ukar?, chamo, mas não recebo resposta.

Ele é meu melhor amigo, é mais próximo de mim do que qualquer outra criatura, seja humana ou ofídia. Em Sundau, ele poderia me chamar do outro lado da selva e eu o ouviria.

Se ele estiver em algum lugar desta ilha, com certeza deve conseguir me ouvir. Com toda certeza.

Ukar!

Puxo minha coleira. A corrente está presa a uma estaca de madeira no canto da cela. O metal afunda em minhas palmas, deixando sulcos dolorosos, mas não cede. Caio na cama atrás de mim, toda carcomida por pulgas e manchada de sangue velho.

Não quero vestir as roupas de Meguh, mas as minhas estão encharcadas. É curioso que não se pareçam com o traje de um prisioneiro: deram-me uma longa túnica de seda decorada com flores de hibisco roxo e folhas habilmente estampadas. Há uma saia no conjunto, assim como uma faixa... e uma máscara nova.

Visto-me depressa, mas em vez de amarrar a faixa, eu a guardo dentro da manga. Se pudesse, usaria meu próprio cabelo para estrangular os guardas. É consideração — e descuido — demais por parte de Meguh me dar uma arma.

Por fim, pego a máscara. É mais pesada que a que costumo usar. A madeira é mais grossa e foi pintada da cor da pele, com lábios carnudos e vermelhos e cílios sombreados por um roxo extravagante. A cor de Meguh.

Sinto nojo só de olhar, e a atiro em um canto. Ela acerta a parede, e ouço passos se aproximando do outro lado. Os guardas voltaram.

Dessa vez é o capitão, a julgar pela barra dourada ao longo de seu colete. É mais robusto que o garoto que mandaram mais cedo, e há uma impressionante espada com cabo de marfim em seu quadril. Quando me vê, ele ri.

Uma maldição dourada

— Nunca tinha visto uma cobra de vestido — ele diz.

Atrás das minhas costas, começo a desenrolar a faixa do pulso. Não vou precisar de muito para estrangular o pescoço grosso dele, mas terei que ser ágil.

— Venha aqui. Você foi convidada pra jantar com o rei e a rainha.

Isso me pega de surpresa.

Eu perguntaria o porquê, mas tenho outros assuntos a resolver. Jogo-me sobre o capitão, passando a faixa roxa ao redor do seu pescoço.

Infelizmente, o homem tem ótimos reflexos. Sua mão alcança a espada no mesmo instante em que eu ataco, e ele corta a faixa em pedacinhos. Levo um chute na costela e abafo um grito.

— Cuidado — ele alerta. Depois aponta a espada para o meu queixo, com a lâmina arranhando os sulcos rígidos das minhas escamas. — O rei nem sempre está com apetite pra carne de cobra, mas talvez ele abra uma exceção pro seu amiguinho.

Sou tomada pela fúria.

— Onde está Ukar? — exijo saber.

— Por segurança, ele foi confinado. — O capitão sorri de canto. — Você vai tê-lo de volta se se comportar.

Paro de lhe dar ouvidos. *Ukar!*, grito. *Ukar, meu amigo. Onde está você?*

Continuo sem resposta.

Meu estômago queima. Não à toa não se deram ao trabalho de amarrar meus pulsos ou prender meus tornozelos. Não há necessidade. Enquanto Ukar for prisioneiro de Meguh, não vou fugir.

O capitão solta minha corrente, e meus ombros murcham com a repentina perda do peso extra. O sorriso dele aumenta.

— Coloque a máscara ou vai assustar as criadas.

Obedeço, mas enquanto ele amarra um retalho da faixa sobre os meus olhos, imagino todas as maneiras com as quais posso apagar aquele sorriso de seu rosto. Todas terminam comigo quebrando seu maxilar.

Elizabeth Lim

Vendada, sou levada através de um labirinto de corredores. Tento contar os passos e prestar atenção nas coisas, como a fumaça de folhas de banana queimando a fogo lento açoitando minhas narinas antes de virarmos bruscamente para a direita, ou a terra sob meus pés descalços se transformando em madeira polida e lisa, depois grama, e então pedra pavimentada. Mas a caminhada é longa, e é difícil memorizar o que não se consegue ver em um lugar onde nunca se esteve.

O capitão não me avisa quando há escadas ou obstáculos, e ri toda vez que eu tropeço. Estou concentrada demais para me importar. Só em meus pesadelos imaginei que meus primeiros passos longe de casa seriam em Shenlani.

O ar fica frio e firme, alertando sobre a chegada do anoitecer. Logo as luzes que se infiltram através da minha venda ficam escuras feito cinzas.

Por fim, ouço o som de saltérios e sinos. A música se intensifica conforme me aproximo, acompanhada pelo burburinho de vozes masculinas.

Sou empurrada para uma almofada achatada, alguém remove minha venda e eu me vejo no centro da sala de jantar real do rei Meguh.

Sentada ao lado de Hokzuh.

CAPÍTULO QUINZE

— Vejo que conseguiu uma máscara nova — ele fala arrastado. — Gostou?

O dragão já bebeu demais. Conto cinco copos vazios empilhados ao lado da jarra de vinho e um monte de cálices de metal atrás deles.

— Não está se sentindo muito sociável, não é? — ele continua.

Um filete leitoso de vinho de palmeira escorre pelo seu queixo, manchando seu colete, que está rasgado e é pequeno demais. O cabelo preto foi domado e trançado, mas as garras permanecem afiadas e não aparadas. Ele precisa de duas tentativas para pegar um copo.

— Bom, saúde.

Ele o enfia no meu rosto, e meu reflexo me encara através do cálice.

Desvio o olhar depressa. Minha nova máscara me faz parecer uma dançarina de teatro: vejo olhos redondos de boneca com sobrancelhas e cílios grossos desenhados, além de um sorriso vermelho estático. Desprezível.

Coloco as pernas sob a mesa. Hokzuh e eu estamos sentados em um canto, com as asas dele ocupando seis assentos em vez de um. Fico grata, já que isso nos mantém afastados da multidão cintilante de cortesãos. A corte de Meguh. Consigo sentir o cheiro de laca em seus leques e de óleo em seus cabelos besuntados. Este é o Nono Inferno.

Aperto a beirada da cadeira coberta de seda, tentando evitar que minhas emoções traiam minha mão. Aqui, não sou mais a Channi da selva ou a Channi da casa de Adah. Sou uma Channi diferente — uma Channi prisioneira e refém, usando uma máscara que não é sua. Sinto-me desajeitada e fora do meu lugar, além de estúpida — muito estúpida — por ficar quieta no lugar, jogando o joguinho de Meguh.

Mas o que posso fazer?

— Beba — Hokzuh murmura, colocando com força um cálice na minha frente. — O vinho é bom. E forte.

Não quero beber. Quero gritar e segurar uma faca contra a papada de Meguh até que ele me diga onde está Ukar. Mas não posso nem fazer isso. O rei não está presente. Sua cadeira está vazia, assim como a da rainha. Então vou começar com Hokzuh.

— Está querendo desmaiar antes que a noite comece? — comento. — Não vai ser tão divertido assim cortar a sua garganta se você estiver inconsciente.

Hokzuh limpa a boca com o dorso da mão.

— Quanta violência, Channi. Estou vendo que vamos ser ótimos amigos.

— *Não* me chame de Channi.

Não há facas na mesa, então pego a colher de madeira à minha direita. Me pergunto o estrago que consigo fazer com ela antes que Hokzuh quebre meu braço, como quebrou o do guarda no navio. Ele não está de coleira. Nem acorrentado.

Ele pega a jarra de vinho para se servir de mais um copo, e eu sorrateiramente o observo tremer de leve quando ele estica o ombro esquerdo. Talvez ele tenha estirado o músculo durante a nossa luta, ou brigando com os guardas.

— Espero que esteja com fome — Hokzuh diz de maneira agradável.

— A comida está quase chegando.

— Não vou comer a comida de Meguh.

— Vai, sim. Vai comer pra recuperar as energias. — Ele arrota, e meu

Uma maldição dourada

olhar se torna fulminante. — Cobras e dragões odeiam passar fome mais do que qualquer outra coisa. E você está *fedendo* fome.

— Não estou fedendo nada.

— Está fedendo veneno — Hokzuh diz, o que faz com que eu fique tensa. — Ah, achou que eu não notaria? Posso não ter a língua longa do seu amigo pra sentir cheiros, mas...

Uso a colher para apunhalar a parte carnuda de seu antebraço, enterrando-a no músculo e depois no osso.

— Onde está Ukar? — rosno.

Hokzuh faz questão de calmamente repousar o copo e, com a mão livre, ajustar a manga para que os espigões em seus cotovelos não rasguem o tecido. *Devia ter me escutado quando estávamos no navio*, ele diz em silêncio. *Agora, se quiser seu amigo de volta, terá que entrar no joguinho de Meguh.*

Antes que eu consiga perguntar o que isso quer dizer, um gongo ressoa. O ar se preenche com o som, e, sob o véu das conversas, Hokzuh torce minha mão até que eu solte seu braço. Ele apanha a colher antes que ela caia, e a coloca alinhada ao seu lado na mesa.

— Não acabamos — sibilo para ele. — Se você entrar na minha cabeça de no...

Olhe pra cima.

O rei Meguh chegou. Seu chapéu roxo e dourado, largo feito a cauda de um pavão, balança ao longo do salão. Estico o pescoço para ver melhor, mas Hokzuh pega minha corrente, fazendo com que eu caia de volta na almofada.

Não faça nada idiota, ele diz com severidade.

Não preciso. O próprio Meguh para diante do meu assento, e seus guardas usam a corrente para me levantar, erguendo as espadas até meu queixo.

— Durante anos, fui até Sundau para visitar uma criatura rara e bela, nascida do sol: a Dourada — Meguh declara. Depois faz uma pausa poética. — Esperava trazer aquela garota para Shenlani, para que sua beleza agraciasse nosso reino. Mas voltei com algo ainda melhor: sua irmã.

Ele se inclina para perto de mim, abaixando a voz para amplificar o drama:

— Contemplem o horror secreto de Sundau, escondido durante anos atrás da luz incandescente da Dourada. A monstruosidade dessa guerreira se equipara à beleza de sua irmã. — Ele retira minha máscara. — Channari, a Senhora Serpente de Tambu!

A corte é tomada pelo silêncio. Até os músicos ficam quietos.

Ergo o queixo de modo desafiador, embora por dentro esteja queimando de raiva e humilhação. Ninguém consegue desviar o olhar de mim, e sei que estão todos se perguntando a mesma coisa. *O que ela é?*

Não me importo mais com as espadas no meu queixo. Avanço para cima de Meguh.

Para ser sincera, eu não tinha a menor chance. Dois dias sem comer me enfraqueceram, e esses são os melhores guardas do rei. O capitão que tentei estrangular mais cedo está ali, e em um piscar de olhos seu chicote está estalando em minha direção.

Meu corpo cai sobre o chão. Não grito, mesmo enquanto as chicotadas açoitam minha pele repetidamente.

— Observem sua ferocidade — o rei Meguh fala, batendo palmas lentamente. — Quando a vi pela primeira vez, pensei em acrescentá-la à coleção real, mas não... ela é uma guerreira. Amanhã, meus amigos, veremos essa senhora serpente... na arena!

Nesse momento, os nobres batem palmas estrondosas, que abafam o que Meguh diz em seguida. Mesmo se fosse uma sentença de morte, pouco me importaria.

Acerte-me de novo, penso. Mais uma chicotada e minha pele vai se rasgar, e aí será a vez dos guardas de gritar.

— Já basta — diz uma voz nova e suave.

O gongo soa uma segunda vez enquanto uma bela mulher aparece: a rainha, com uma guarda de cada lado. Servos balançam enormes leques de penas para refrescá-la, e um calafrio desce pela minha nuca.

O andar da rainha lembra lírios flutuando em um lago: é tão fluido que não consigo diferenciar um passo do outro. Quando ela passa por mim, uma nuvem de perfume toma minhas narinas. É um aroma floral, com notas de laranja e almíscar, mas também há algo que não deveria estar ali. Algo pungente e cinzento. Um cheiro que já senti antes. Só que, antes que eu consiga identificá-lo, minhas pálpebras começam a pesar.

Uma letargia súbita me acomete. Minha visão fica embaçada, e mal consigo enxergar a mulher, que supostamente tem o mesmo coração e rosto de Su Dano.

— Descansou bem, minha rainha? — Meguh pergunta, com a voz coberta de afeição.

— Bem o suficiente. Por que não deixa nossa convidada aproveitar o jantar?

Aquela voz. Grave e calma feito o sopro de uma concha. Há algo familiar ali, gravado no fundo de minha memória.

Aperto os olhos para ver a rainha, mas ela é uma névoa de luz de velas e ouro. Que estranho, para qualquer direção que eu olhe, vejo tudo nítido. Meguh me dá um chute com seu sapato.

— Levante-se.

A enorme pedra da lua se agita contra sua barriga enquanto ele fala. Eu me imagino forçando-a goela abaixo, estrangulando-o até que fique tão roxo quanto seu lenço.

A música volta a ressoar. Uma dançarina vestida de tigre entretém os nobres do outro lado da mesa enquanto seu magnífico casaco de pele reluz sob as velas. Dois outros dançarinos a cercam: a princesa e o soldado. Devem estar representando um conto de Shenlani que não conheço. Tento pescar trechos da história, mas o jantar chegou.

Surgem na mesa pirâmides altas de arroz com açafrão, cobertas de folhas dobradas de bananeira, seguidas de travessas de porcelana contendo espetinhos de carne aromatizada com coco, e tigelas de cobre com camarões e peixes temperados com caril, exalando um cheiro tão bom que minhas narinas formigam de prazer.

Pena que perdi o apetite.

Minhas costas e minhas costelas ainda estão ardendo, tornando difícil respirar. Não consigo nem me sentar ereta sem estremecer. Nesse pequeno detalhe — apesar de achar que estarei bem na manhã seguinte —, Meguh venceu, e odeio isso.

Os nobres brincam de jogar amendoins em mim, não parando sequer quando Hokzuh os encara com um olhar severo. Maldito seja o dragão por empurrar meu prato para mim.

— Deixe-me em paz — falo com a voz rouca. — Você não é meu amigo.

— Você precisar comer. Vai lutar amanhã.

— É isso que você é pra Meguh? Um de seus valiosos guerreiros?

Hokzuh não responde. Talvez não esteja tão bêbado quanto pensei.

— Vi os guardas te dando uma surra no navio — murmuro. — Foi só um espetáculo? Por que me deixou vencer em Puntalo se você ia me entregar pra Meguh?

— Eu disse que te ajudaria. Mas você não me deu ouvidos. — Ele pega meu braço. — Ouça-me agora. Precisamos cuidar das suas costas.

Eu me desvencilho.

— Estou ótima.

— Não grite.

Esse é o único aviso que ele dá antes de erguer uma asa e usá-la de escudo para que ninguém o veja derramar a taça de vinho em minhas costas. A dor é extraordinária e eu dou um salto, atingindo a mesa com os joelhos.

Hokzuh me segura.

Uma maldição dourada

— É melhor não pegar nenhuma infecção antes da luta — ele explica tarde demais. — Confie em mim, já vi isso acontecer.

Em seguida, ele seca minha pele com um guardanapo. Ele é surpreendentemente gentil para alguém que tentou me matar mais de uma vez. Já vi suas garras; ele está tomando muito cuidado para não me machucar, e eu mal consigo sentir seus dedos me tocando.

— Pronto — ele diz, erguendo a asa. — Você vai me agradecer amanhã.

Estou respirando com dificuldade. Minhas feridas estão ardendo por causa do vinho, mas é um calor bom. Só que jamais irei admitir isso.

— Vou estar bem longe daqui antes de amanhã.

— Belas palavras finais. — Hokzuh ergue um braço coberto de tinta, indicando com a cabeça as fileiras organizadas de escrita que envolvem sua pele escamosa. — Cada linha é o nome de alguém que matei na arena.

Deve haver mais de uma centena de nomes ali, mas não demonstro nem medo nem espanto.

— Meguh os gravou em seu braço — afirmo. Não é uma pergunta. — O que são essas palavras em vermelho?

— Nomes de demônios.

Meu interesse aumenta. Há demônios na arena?

— Mas demônios não podem ser mortos...

— Coma primeiro.

Hokzuh afunda o rosto na travessa que os criados deixaram para nós. Pego um espetinho, mas não mordo.

— Não está envenenado — ele diz, entretido com minha hesitação. — Você deve estar com fome.

Não é com envenenamento que me preocupo. Examino os pratos diante de nós e olho para o que os outros estão comendo. Frango, não cobra. Espinafre e folhas de mandioca, não cobra.

Não Ukar.

Por fim, mordo a coxa de frango. A carne está úmida, ainda quente, então sorvo um pouco de ar. Enquanto mastigo, os temperos permanecem em minha língua, abrindo meu apetite. Aos poucos, ele vai voltando, mas me recuso a denunciar prazer. Me recuso a dar qualquer coisa a Meguh.

Mas murmuro para Hokzuh com uma voz tão baixa que espero que ele não ouça:

— Obrigada.

A orelha dele se apruma e um canto de sua boca se levanta. Ele ouviu.

Eu como e como, enchendo-me de forças. Estou na minha terceira tigela de arroz quando os nobres param repentinamente de atirar amendoins e os dançarinos fazem uma profunda reverência.

Rainha Ishirya se levantou de seu assento. Estranho, eu tinha me esquecido dela até aquele momento. Ela se move feito uma sombra, deslizando com elegância até onde os dançarinos estavam se apresentando. Algo em seus olhos me captura. Nunca vi olhos como aqueles em um ser humano: tão antigos quanto ouro velho, quanto o interior de uma chama, quanto...

A rainha gira a cabeça, prendendo-me em sua armadilha. Ela sorri.

A mesma letargia me domina mais uma vez. Depressa, antes que seja tarde demais, jogo vinho em meu rosto. E respiro.

E respiro mais uma vez.

Ninguém parece notar. Nem os criados, nem o rei Meguh, aposto que nem Hokzuh.

Estou tremendo toda e lanço um olhar para o dragão. Partículas douradas brilham em suas pupilas. Não estavam assim um momento atrás, mas não é só com ele. Os olhos de *todos* estão brilhando, como se cobertos por uma névoa cintilante.

Uma poeira dourada flutua pelo salão, mas Meguh e os nobres continuam comendo como se nada tivesse acontecido. Os músicos seguem tocando, e a corneta produz o mesmo zumbido calmo de antes. O que eu faço?

Se Ukar estivesse ali, ele me diria para não agir feito uma humana, tão impulsivamente. Ele falaria para eu me acalmar e pensar no meu próximo

Uma maldição dourada

passo. Mas Ukar *não* está ali, o que me deixa com raiva, impulsivamente humana. E com uma certeza mortal de que isso não é um erro.

Eu me levanto, investindo na direção da rainha.

Aproximo-me o suficiente para ver meu reflexo nas pérolas negras penduradas em suas orelhas, no cordão de opalas e rubis envolvendo seu pescoço, e naquelas pupilas intensamente familiares.

Então sou interceptada. Uma das guardas dela me agarra pelo pulso. Sua pele é fria e pouco natural. Úmida também, feito um cadáver. Sou jogada para o lado, e ouço minha coluna bater contra a pedra. A guarda inclina a cabeça para mim quando solto um grunhido. Parece decepcionada por eu não ter me quebrado.

Está prestes a me arremessar de novo quando Hokzuh aparece, com os olhos ainda salpicados de ouro. Usando as asas, ele a afasta e me levanta com uma garra. Ele me prende contra a parede e eu me preparo. Minhas costelas estão machucadas, minhas costas estão inchadas e não tive tempo de me recuperar. Não estou pronta para lutar de jeito nenhum.

Para minha surpresa, ele retrocede o soco. Ele me segura contra a parede, bloqueando a visão de todos com as asas enquanto seu punho atinge a pedra em vez de meus ossos.

Olho para ele, confusa. *Hokzuh*, digo. *O que você está...*

Ele se inclina para frente e fica tão perto que nossos hálitos se mesclam; consigo ver as linhas prateadas entre suas escamas e os cortes em seus lábios rosa-acinzentados. Consigo sentir o cheiro de suor em suas sobrancelhas. *Jamais ataque a rainha*, ele diz.

Depois, ele me deixa cair.

Os nobres estão de pé, rogando para que eu seja açoitada de novo. Suas bocas estão meio cheias, e comida voa para todo lado. É um nojo, mas não consigo parar de olhar. Seus olhos já não emitem mais brilho algum. Nem os da rainha Ishirya.

No meu delírio, quase me pergunto se imaginei tudo aquilo. Quase.

Meguh se apressa para se posicionar ao lado da rainha.

— Se machucou, minha pombinha?

— Não, não. — Ishirya concede ao marido uma risada encantadora. — Estou me divertindo.

— Por causa da cobra? — Meguh me olha de cima, grudada à parede.

— Uma coisinha feroz, não é?

Os ombros de Ishirya chacoalham de alegria, e embora eu mantenha os olhos firmemente abaixados, sinto seu olhar sobre mim.

— Você fez bem em trazê-la pra cá. Mas onde está a irmã? — Ela faz uma pausa. — A bela.

A bela. Duas palavras que viram meu mundo de ponta-cabeça. Apenas uma pessoa já descreveu minha irmã dessa forma. As palavras ressoam em minha mente sem parar, abafando as desculpas que Meguh está dando sobre Vanna.

Meu estômago se aperta, e a cor some do meu rosto, deixando-me gelada.

— Você não parece bem, Channari — a rainha comenta. Quando foi que ela chegou tão perto? Ela descansa uma mão na minha. Suas unhas são afiadas e pressionam os ossos do meu pulso. — Deve ser difícil pra você estar tão longe da sua irmã. Ouvi dizer que vocês duas são próximas.

Não me mexo. Será que sou a única que consegue ver além dela? Todos a adoram, até mesmo os criados. Imagino que seja ela quem implora para Meguh não espancá-los, que se certifica de que recebam ataduras e cuidados enquanto sussurra seu doce veneno nos ouvidos do rei.

Hokzuh tinha razão. É *mesmo* a rainha quem governa Shenlani.

Ela instrui os criados a me trazerem água.

— Venha, sente-se comigo. Não vai reconsiderar minha gentileza?

Não à toa, a rainha Ishirya costuma ser comparada com Su Dano. Para todos os presentes no salão, parece um convite para retornarem à paz do jantar. Mas sou mais esperta que isso.

Uma maldição dourada

Jamais trairei Vanna.

— Nunca.

O sorriso dela desaparece, e ela estala a língua de forma dramática, como se minha veemência a tivesse magoado. Eu poderia rir pelo absurdo da coisa toda, mas a maneira como todos se movem para defender Ishirya dá uma amostra amarga de seu poder.

Os guardas me cercam.

— Escoltem-na para o quarto — Ishirya diz, fingindo apreensão. — A coitadinha comeu demais. Vai precisar descansar antes da luta de amanhã.

O cheiro dela se aguça em minhas narinas, e sou levada de volta ao fatídico dia na selva. Enquanto sou arrastada para longe, tenho certeza de que a rainha Ishirya é um demônio — e não qualquer demônio...

Ela é Angma.

CAPÍTULO DEZESSEIS

Não consigo dormir.

Sempre que fecho os olhos, penso em Angma, a menos de mil passos de distância, enganando toda Shenlani sob o disfarce de sua amada rainha. É por isso que nunca a encontrei. Ukar tinha razão. Todo esse tempo, ela nem ao menos estava em Sundau.

Meu corpo está rígido, cada músculo está tenso. *Ukar!*, tento chamá-lo.

Não recebo nenhuma resposta, não importa o quanto eu expanda meus pensamentos. Mas ele está vivo em algum lugar. Eu saberia se não estivesse.

É inútil cavar o chão. Chutar as paredes e a porta apenas incomoda meus vizinhos, que não precisam de muito incentivo para me odiar.

— Espero que esteja pronta pra morrer, cobra coroca — eles tiram sarro de mim. — Nenhuma garota nunca sobreviveu à Arena dos Ossos.

Ignoro as provocações. Depois de um tempo, desisto de fugir. Conto os ratos e o ronco dos outros prisioneiros.

Não há o menor sentido em fugir. A pessoa que preciso matar está aqui.

Uma faixa solitária de luar ilumina minha cela, e a silhueta tenebrosa do Monte Hanum'anya preenche minha visão. Eu tento, pela centésima vez: *Ukar?*

Silêncio. Então...

Vá dormir.

Inspiro ruidosamente. Não é Ukar.

Hokzuh?, falo com cuidado.

Um instante se passa. *Vá dormir*, ele repete. *Você vai acordar os outros... e eles precisam descansar.*

Ele parece cansado. Pergunto-me quanto tempo ele teve que ficar no jantar depois que fui embora. Pergunto-me por que ele está ali, dormindo em uma cela imunda, quando é o grande campeão de Meguh.

A rainha, digo. *Você disse que ela é a verdadeira governante de Shenlani. Você sabia que ela...*

No que estava pensando quando a atacou?, ele pergunta de modo brusco, interrompendo-me. *Se quer viver, fique longe dela. Agora, vá dormir.*

O que você sabe sobre ela?

Vá dormir.

Ele rompe nossa conexão, e eu solto um grunhido de frustração.

Eu me deito. A raiva se agita em meu peito, encurtando cada respiração. Mas o dragão tem um bom ponto: preciso descansar para curar minhas feridas. Preciso descansar para encarar o amanhã.

Fecho os olhos. "*Uma coisinha feroz, não é?*", Angma dissera.

Amanhã vou lhe mostrar quão feroz eu posso ser.

Que Gadda me acuda, porque, se preciso, irei queimar a ilha inteira.

Não estou sozinha quando acordo.

Dois jovens criados estão se inclinando sobre o meu corpo. Estão tão próximos que consigo sentir o cheiro de folhas de bétele em seus hálitos, de óleo de sândalo em suas peles. Um pincel faz cócegas na lateral do meu pescoço, frio e molhado, roçando as maçãs de meu rosto. Estão me pintando!

Elizabeth Lim

— O que estão fazendo?

Tento me levantar num salto, esquecendo-me de que há correntes me prendendo.

Rosno e dou socos e chutes, mas os servos são mais corajosos que a maioria. Provavelmente foram instruídos, sob a ameaça de morrerem, a ignorar minha resistência. A garota evita olhar em meu rosto e se concentra no próprio trabalho, e o garoto, nervoso, olha de soslaio por cima do ombro, para os guardas supervisionando aquele espetáculo.

Algemas de ferro prendem meus tornozelos um ao outro, então uso os cotovelos como apoio para me levantar. Os servos trocaram minhas roupas para uma fantasia espalhafatosa enquanto eu estava dormindo. Ao redor de meus braços há videiras recém-tiradas da floresta tropical, e contas de madeira estão trançadas e enroladas em meu cabelo acima das têmporas. Como toque final, fui adornada com um chapéu encrustado com serpentes folheadas a ouro.

— Pronto — a garota diz, dando uma pincelada gelada sobre o meu ombro. O pincel está úmido de tinta amarela viva, e só consigo imaginar o estado horroroso em que ela me deixou. — Terminei.

Olho para baixo. Listras! Das tantas maneiras que ela poderia ter degenerado minha pele, ela pintou listras de tigre em meus braços. Tento desesperadamente esfregar a tinta, mas os guardas da prisão puxam minhas correntes até que meus braços caem nas laterais do meu corpo.

O garoto ergue uma caixa de madeira e abre a tampa.

— Um presente da rainha Ishirya pela sua primeira luta.

É outra máscara. Não sei o que aconteceu com a que Meguh me deu no dia anterior, mas esta parece feita com muito mais cuidado. A superfície é lisa e brilhante, com as beiradas cobertas por uma suntuosa pele de cobra cor de rubi. O toque dela faz minha pele se arrepiar.

— O que é isso? — exijo saber.

— Seu traje de batalha — responde uma nova voz.

Uma maldição dourada

É a própria rainha Ishirya. Um criado desenrola um carpete às pressas, para que ela não precise macular os pés com a sujeira da minha cela. Eu a analiso, desde suas sapatilhas de cetim roxo até a capa de seda que envolve seus ombros. Ela parece tão frágil na sua forma humana: sua pele e as finas rugas que se espalham ao redor dos olhos são de alguém na meia-idade. Mal daria para imaginar que, sob tudo aquilo, há uma tigresa.

Quando ela inclina o queixo, os servos entendem e se retiram.

— Ora, ora, Channari — Ishirya diz. — Você ficou muito bonita.

Odeio como essas palavras me pegam de surpresa.

— Eu sei quem você é.

— Sabe mesmo? Então deve saber como é rude recusar um presente de sua rainha.

— Você não é minha rainha — digo, fervilhando de raiva. — Você é Angma!

Os lábios dela se curvam em um sorriso gentil.

— Cuidado, Channari. Já cortei línguas fora por ofensas muito menores. Agradeça por eu ser piedosa.

Tento agarrar seu pescoço, mas os olhos da rainha Ishirya se transformaram em duas gemas douradas. Seu cabelo preto esvoaça para fora do chapéu, erguido por uma brisa invisível, enquanto fica branco feito osso, e seus dentes perfeitos crescem no formato de presas. Enfim, estou diante da tigresa que estive procurando.

A breve visão de sua forma verdadeira é tão estarrecedora, tão fascinante, que não me lembro de desviar o olhar até ser tarde demais. Seu olhar me penetra, suas pupilas vítreas estão fixas em mim. Elas brilham tanto quanto os sulcos de uma moeda de ouro sob a luz do verão.

Não consigo mais me mexer.

Angma, xingo em meu interior. Minhas mãos não formam punhos e não consigo estrangular a Bruxa Demônio.

— Como?

Ela inclina a cabeça, e as pérolas penduradas em seu chapéu tilintam.

— Estou vendo que você nunca ouviu falar da história. É bem popular em Shenlani, talvez até mais famosa que a do nascimento de sua irmã. A princesa Ishirya já foi considerada o futuro de seu reino, e era tão brilhante, charmosa e gentil que o pai dela refez as leis e fez dela, uma *mulher*, a sua sucessora. Mas uma terrível tigresa andava devastando Shenlani, matando crianças e jovens inocentes. O rei se preocupou com a segurança de sua preciosa filha e prometeu que qualquer homem que capturasse aquela tigresa com olhos de ouro poderia se casar com a princesa e se tornar rei um dia.

Os pelos da minha nuca se eriçam. Essa é uma história que ela contou uma infinidade de vezes, uma história que foi acolhida pela corte e transformada em canções e danças. Eu lembro da dançarina com o casaco de pele de tigre. Por que não prestei mais atenção durante o jantar?

Angma continua falando:

— Então aconteceu de, um dia, um pobre soldado se deparar com a tigresa na selva. A tigresa com olhos de ouro. — O sorriso dela se alarga. — Ele a capturou e a levou ao rei, que cumpriu sua palavra e casou a princesa Ishirya com o soldado. Infelizmente, o rei faleceu logo em seguida, e Ishirya, agora rainha, começou a ter pesadelos de que foi uma tigresa que causara a morte de seu pai. Para se redimir, ela soltou o animal da jaula. Mas a criatura voltou-se contra ela.

Angma inclina a cabeça.

— Ishirya gritou à procura de seu marido soldado, que surgiu e matou a tigresa. — A bruxa lambe os lábios. — Ela correu para os braços dele, grata por ter sido salva, e enterrou o rosto em seu ombro. Ele nunca viu que os olhos dela ficaram dourados feito os da tigresa.

— Você! — Eu enfim entendo, horrorizada. — *Você* era a tigresa. Você matou o rei, depois Ishirya. Você roubou o corpo dela...

— E me tornei a rainha — Angma termina a frase por mim.

Durante todos esses anos, pensei que ela estivesse se escondendo por ser fraca. Mas eu estava enganada. Ela estava apenas aguardando, acumulando força e recursos.

— E a sua história, Channari? — Angma sussurra em meu ouvido. Ela inspira, sorvendo o cheiro do meu sangue. — Você não mudou. Continua tão venenosa quanto sempre.

— Por que não me mata? — questiono. — Se esteve aqui esse tempo todo, por que esperou até agora?

— Ah, Channari, Channari — Angma diz, segurando minha bochecha. A palma da sua mão é quente e macia. — Nunca planejei matar você. Apenas sua irmã. Sua bela e doce irmã mais nova.

O sangue retumba em meus ouvidos, mas não importa o quanto me esforce, não consigo me mexer.

— Você nunca contou a Vanna sobre a oferta que lhe fiz, não é? — ela fala. — Teme o que ela poderia dizer. Teme que ela lhe diria, altruísta como é, que se sacrificaria para acabar com sua maldição.

O que Angma está tramando?

— A escolha é minha. Não dela.

A bruxa solta uma risada rouca.

— Sempre bancando a irmã mais velha bondosa.

— Afinal, o que você quer com ela? — Essa é a pergunta que me faço há dezessete anos. — Por que não a deixa em paz?

— Você prometeu à sua mãe que protegeria sua irmã... mas a que custo? Você não merece essa punição, Channi. Dê-me sua irmã e você terá o rosto que sempre deveria ter tido. Você será humana de novo. — Ela faz uma pausa cheia de intenções. — Você se parecerá com sua mãe novamente.

Você se parecerá com sua mãe novamente.

Como ela sabia que essas palavras me destruiriam? Ranjo os dentes, tentando conter o turbilhão de emoções. De lembranças.

Às vezes, quando tenho coragem de encarar o espelho, quando sou capaz de ver além da linha ao redor das minhas pupilas, imagino os olhos de Mama dentro dos meus, como costumava fazer antes de ser amaldiçoada. Imagino que herdei seu nariz e sua boca sinceros, que voltei a ser aquela linda menina com cara de lua, como ela costumava me chamar.

O que eu não daria para ver Mama de novo, para me parecer com ela de novo.

Angma sabe que estou encurralada. A voz dela se abranda.

— Basta uma palavra, Channi. Uma palavra, e você terá o rosto que sempre deveria ter tido. Os olhos de sua mãe.

Fico chocada com o quanto quero isso. Eu daria qualquer coisa em troca disso.

Qualquer coisa, exceto Vanna.

— Você jamais terá minha irmã — sussurro. — Jamais.

O rosto de Angma reluz, e suas veias ficam douradas.

— Há uma escuridão dentro de você, Channari. Uma bela, bela escuridão. Achou mesmo que, depois de eu ter deixado uma marca em você, eu não veria além de seus segredos? Eu a ouvi todas as vezes que você visitou a pedra em que a amaldiçoei. Todas as vezes que você implorou pra que eu levasse sua irmã...

— Eu jamais faria isso.

— ... e lhe desse o rosto que você deveria ter tido.

— Chega! — grito. — Você está mentindo. Se visitei aquela pedra, foi pra te chamar de volta... pra matá-la!

Angma está sorrindo como se já tivesse vencido. De certa forma, ela venceu. Estou atordoada, e meus pensamentos estão em polvorosa.

Ela se retira em direção ao sol entrando pela janela, e seu cabelo volta a ser preto mais uma vez. As presas se foram, e seus olhos estão límpidos, revelando um castanho quente.

Ela amarra a máscara atrás da minha cabeça e aperta o fio.

Uma maldição dourada

— Você vai precisar de um nome. Como é que a chamam na selva mesmo? Ah, sim: senhora Cobra Verde.

Eu me encolho por ela saber. Os filhotes me deram aquele nome há anos, pensando que eu era uma enorme cobra. O nome pegou e até acabei gostando dele. Mas parece chacota nos lábios de Angma.

— Senhora Cobra Verde — ela repete, pensativa. — Não é muito o que precisamos, mas tenho outra ideia.

Ela toca a mecha branca em meu cabelo.

— Ouvi dizer que o Rei Serpente nunca nomeou um herdeiro. Que trágico. Sempre pensei que deveria ser você, Channi. Vamos anunciar seu nome como Rainha Serpente.

Fico boquiaberta.

— Eu não sou...

— A rainha? — Angma se aproxima, interrompendo-me com um sussurro. — Nem eu.

Aquilo me deixa em silêncio, e ela bate palmas para chamar os guardas.

— Levem-na.

As mulheres se mexem. São as mesmas que estavam ao seu lado antes, aquelas com olhos cinzentos e pálidos e lábios tão comprimidos que pareciam costurados. Suas mãos são tão frias quanto a pele de uma cobra, apesar do calor aumentando no ar, e elas me puxam até eu ficar de pé, arrastando-me pelos braços para fora da cela.

— Vejo você lá fora — Angma diz com um aceno.

Paro de resistir. Acredito que, se vou lutar na arena, Angma terá que soltar minhas correntes ou me dar uma arma. Sou valiosa demais para ir a combate de mãos vazias. Assim que estiver equipada, irei acabar com a Bruxa Demônio.

Mesmo que custe minha própria vida.

CAPÍTULO DEZESSETE

Tambores tocam no momento em que piso na Arena dos Ossos. É bem dramático, assim como o séquito de guardas me escoltando. Não sei se é para simbolizar o quanto sou perigosa ou se é apenas pelas aparências.

A capital inteira deve estar ali. Milhares assistem de bancos de madeira sob largas palmeiras, envoltos por uma cerca de ferro para protegê-los dos lutadores. Tambu possui uma longa tradição de duelos de campeões por honra, mas nunca como esporte. Este lugar é uma barbaridade.

Sou arrastada para frente. Mais de uma vez, algo estala sob meus sapatos. Fragmentos de ossos e crânios esbranquiçados pelo sol se projetam da terra, enterrados sobre trechos irregulares de ervas daninhas. Além da cerca da arena, há um muro alto de falésias, lançando-se para cima feito dentes de pedra. Não há para onde correr.

Meguh e Ishirya estão terminando as preces públicas, e embora não consiga imaginar que deus daria ouvidos à Bruxa Demônio sem exterminá-la, seu semblante sóbrio engana a multidão com facilidade. Para eles, ela é a mais devota das rainhas.

Os tambores rufam e a multidão vibra enquanto ela sobe um lance de escadas sinuoso para o pavilhão dourado que compartilha com Meguh.

— Nossa valente rainha! — eles gritam de admiração.

Decido que esta ilha está repleta de idiotas.

Mas será que são tão diferentes dos idiotas que veneram minha irmã?

Uma maldição dourada

Um dos guardas ergue uma chave de bronze e abre minha coleira.

Conforme a corrente cai, eu a pego com uma das mãos. Poderia facilmente dar conta dos guardas... mas e depois? Angma está sentada bem acima da arena, com uma fileira de arqueiros às suas costas. Cada um está segurando o próprio arco com uma flecha apontada para a minha cabeça.

— Sua Majestade é piedosa — um dos guardas diz quando solto a corrente. — Ela deseja que eu os informe que, se a qualquer momento um de vocês quiser se render, ela escutará o pedido.

Eu cuspo no chão.

— Jamais vou me render.

— Então morra com honra, senhora Cobra.

Os guardas se retiram, deixando-me sozinha na arena.

Xingando a situação em que me encontro, encaro os espectadores. Estão implorando para ver meu rosto, e tenho a impressão de que é raro que uma mulher dure muito tempo na arena.

Contra quem irei lutar?

— Príncipe Dragão! Príncipe Dragão! — a multidão clama.

Meguh não me botaria para lutar até a morte contra Hokzuh, não é?

Ele é o rei de Shenlani. Pode fazer o que quiser.

Então o rei Meguh se ergue de seu assento e abre os braços.

— Ouço o seu clamor! — ele grita. — As lutas dentro da Arena dos Ossos devem ir até a morte. Nossa Rainha Serpente é nova em Shenlani. Ainda temos muito tempo pra colocá-la contra o Príncipe Dragão.

Ele fecha as mãos uma na outra, e uma nuvem esconde o sol. Seus olhos estão salpicados de dourado pela magia de Angma. Meu sangue gela. Fica ainda mais gelado quando o capitão da guarda entrega a ele um cesto coberto.

Meguh ergue o cesto no alto para que todos o vejam. O que quer que esteja lá dentro está tremendo e sibilando.

— Agora, Rainha Serpente. As regras são simples. Lute e sobreviva. Vença pra salvar a vida de seu amigo.

— Ukar — sussurro.

Por fim, sinto o toque dele em minha mente. É fraco.

Channi, ele diz, rouco e baixo. *A coleção de animais.*

A fragilidade de sua voz me arrasa. Ukar nunca parece fraco. Nunca. Não é à toa que ele não conseguiu me chamar mais cedo.

Estou a caminho, falo para ele. *Vou te salvar.*

O capitão pega o cesto e desaparece atrás da fileira de arqueiros. Levando-o de volta para a coleção de animais, como Ukar disse. Eu o sigo com os olhos até onde consigo.

Os tambores estão ficando mais rápidos e mais altos. Os portões da arena se abrem com um rangido.

Alguém me joga uma lança. Eu esperava que as armas que providenciassem seriam rústicas, feito os bastões e lanças curtas que eu fazia em casa. Mas esta lança foi feita por um mestre.

Seu peso parece natural nas minhas mãos e instantaneamente se torna uma extensão de meu braço. Embora o cabo esteja desgastado, com tinta preta descascando da madeira de freixo polida, a lâmina é afiada em ambas as pontas. E é reluzente, o que fala muito por si só. Ou a arma é nova ou foi empunhada apenas por perdedores. Chuto que seja o último caso.

Ergo a lança, tão interessada quanto os espectadores ao meu redor em descobrir contra quem irei lutar. Ou contra *o quê*.

Uma brisa fria faz cócegas em meus tornozelos, tão de leve que não noto o mau presságio. Até que uma cauda peluda se lança para fora das sombras.

É tão grossa quanto a de um lobo. Então, conforme meu oponente surge à vista com um giro, aparecem os chifres, posicionados para arrancar os ossos do meu corpo. A cabeça de um urso irrompe na escuridão, mas é claro que não é um urso normal. Ele tem presas curvadas e três cintilantes olhos vermelhos — é um demônio!

A multidão ruge em aprovação.

O demônio me ronda, contido por uma longa corrente. Do pescoço

Uma maldição dourada

para baixo, seu corpo malhado é de leopardo, com patas grossas e musculosas e cascos de cavalo no lugar dos pés. Ele cheira a carne podre e, mesmo desta distância, prendo a respiração.

Nem tenho chance de me preparar.

Com um salto, a criatura já cruzou metade da arena. Eu mal consigo escapar a tempo.

Meus instintos ficam completamente alertas. O demônio tenta abocanhar minhas pernas, e eu revido com a lança, mas ele é rápido demais. Ele se choca contra minha arma usando os chifres e me empurra para trás. As solas dos meus sapatos queimam ao raspar no solo. Minhas costas despencam no chão com um estalo.

— Lutem! Lutem! — a multidão grita. — *Lutem!*

As correntes do demônio retinem, o único aviso antes de ele atacar de novo. Eu me esquivo dessa vez, deslizando por baixo dele e enfiando a lança na carne macia de seu pescoço.

O demônio emite um grito estridente e agudo, e eu fico de joelhos, esperando a vitória. Mas a multidão não está comemorando. Eles estão rindo.

Será que eles são idiotas ou eu é que sou?

O demônio se ergue. Minhocas, besouros e fumaça jorram do buraco que deixei em seu pescoço, mas a criatura não está morrendo. Usando as garras, ela pega a haste da lança e retira a arma de si. O som molhado que aquilo emite faz meu estômago embrulhar.

Carne nova e horripilante se forma sobre a ferida, e o demônio ergue minha lança enquanto solta um grito de guerra que faz o chão tremer. Eu o enfureci.

Eu murmuro cada insulto e xingamento que conheço e corro em direção aos portões, esmurrando meus punhos contra a barricada de ferro.

Os guardas pensam que estou tentando escapar, e me cercam com as pontas de suas espadas.

— Volte pra lá. Lute, sua covarde!

Eu os ignoro, evitando por pouco as lâminas de suas armas enquanto tento escalar o portão. Ao longe, Meguh grita uma ordem para os arqueiros. Flechas voam e várias delas aterrissam perto demais da minha cabeça.

O aviso é claro: se eu não lutar, vou morrer.

Mas, se eu lutar, vou morrer da mesma forma.

Eu me seguro aos portões, aproveitando aqueles segundos para pensar. Apenas magia pode matar um demônio, e eu não tenho qualquer talismã nem armas encantadas. Como vou derrotar um oponente imortal?

Com o meu sangue.

É meu último recurso. Não matará o demônio, mas com certeza irá atordoá-lo.

Eu olho por cima do ombro, me perguntando por que a criatura ainda não veio atrás de mim. As pessoas estão atirando pedras nela, e meu peito se contrai.

Em vez de me perseguir, o demônio está usando minha lança para abrir a própria corrente. Seus cascos e suas garras não têm a destreza necessária para empunhar a arma, e a lança cai antes de alcançar o ferro. Sinto o terror esfriar e se tornar algo inesperado enquanto o observo.

Compaixão.

Já lutei contra uma porção de demônios em Sundau. Comecei briga com cada um que vi.

Deixe-os em paz, Ukar diria. *Nem todo demônio é aliado de Angma. Eles não são perigosos se você os deixar em paz.*

Infelizmente, essa opção não existe aqui.

Tomo uma decisão e enfio as unhas no braço. A dor se espalha em pontadas quentes, e eu estremeço enquanto minha carne se abre e o sangue jorra contra a minha pele. Com um movimento rápido, molho as mãos e volto para a arena.

Vaias e deboches da multidão alertam o demônio sobre o meu retorno, e ele se vira, erguendo-se nas patas traseiras. Ele avança com os

Uma maldição dourada

chifres afiados feito lâminas apontados para o meu tronco. Minha imaginação se precipita no tempo, para o meu futuro de carcaça balançando naqueles chifres.

Eu encho as mãos de pedras e ossos velhos, munindo-os de veneno, então os atiro.

Uma pedra acerta seu ombro, a próxima, seu olho. O efeito é imediato. A criatura se detém pela dor, e eu pulo em suas costas, apanhando a lança.

— Junte-se a mim — falo em seu ouvido. — Nós dois somos prisioneiros. Juntos podemos nos libertar.

Os olhos vermelhos do demônio se reviram, encontrando os meus. Não consigo adivinhar o que está pensando.

— Junte-se a mim — repito. Ergo a lança só um pouquinho. Meu veneno perde a potência conforme o sangue seca, e sob o sol impetuoso de Shenlani, as manchas que deixei na pelagem do demônio já estão começando a formar crostas.

O que significa que, a menos que minha aposta dê frutos, vou acabar me tornando um enorme borrão vermelho no chão da arena.

— Posso te libertar se você me ajudar a matar a rainha e me levar até Ukar.

A rainha, não, o demônio insiste em minha mente. *Ela é poderosa demais. Mate o rei.*

— Mas...

O rei.

Não há tempo para discutir.

— Tenho sua palavra?

Imortais estão sujeitos às próprias promessas, e com uma única garra o demônio retira um fio vermelho quase invisível da parte de trás do meu pescoço e envolve nossas mãos com ele. É um pedaço da minha alma para selar o juramento.

Elizabeth Lim

Com isso, o acordo está feito, e tudo o que resta é fazer minha vitória parecer convincente. Giro a lança e acerto a lâmina entre os olhos do demônio.

Ele gorgoleja, mantendo-se à sombra da cerca e longe do sol escaldante. O suor pinica os cortes em minha pele, e as roupas se grudam ao meu corpo, molhadas de muco e sangue.

— Venci! — grito, erguendo a lança em triunfo enquanto a multidão comemora.

E então ajo tão rápido quanto consigo. De longe, vai parecer que estou empalando a garganta do demônio, mas, na verdade, estou abrindo sua coleira. Golpeio com toda a minha força. Minhocas e fumaça escapam do pescoço dele, e eu murmuro um pedido de desculpas silencioso antes de usar mais força bruta.

Enfim a corrente se quebra.

Pule nas minhas costas, diz o demônio, cujas feridas já estão se fechando. *Rápido.*

Não perco um único segundo. Juntos, damos um salto alto, cruzando a arena. Meguh está gritando e os espectadores estão fugindo. O caos se instala, e é disso que os demônios gostam.

Preparo a lança enquanto avançamos em direção ao pavilhão dourado. Por uma fração de segundo, miro em Angma, não no rei. Mas o demônio tem razão. Tenho uma única chance de acabar com um inimigo, e não devo desperdiçá-la em quem não pode ser aniquilado por uma espada ou uma lança.

Tenho uma chance, uma tentativa.

Ao nos aproximarmos, penso na história que Angma me contou, no soldado que ganhou o amor de Ishirya. Era Meguh. Pergunto-me como ele era, se era cruel desde o início ou se os anos vivendo com um demônio o corromperam e o transformaram no monstro que se tornou. Mas não passo muito tempo pensando nisso.

Uma maldição dourada

Arremesso a arma no ar. Ela voa em uma linha reta e precisa, carregada por anos de ódio, e perfura o coração de Meguh.

Assim como sonhei durante anos, ele cambaleia, já pálido pelo choque. O tempo desacelera, e cada memória que tenho dele retorna. O jovem elefante, as víboras… todas as criaturas que ele já matou e torturou foram vingadas. Todo o terror que causou na vida da minha irmã e na minha foi vingado. Meu único arrependimento é que a agonia dele será breve, mas sou uma caçadora esperta, não indulgente. Morte é morte.

Minha lança se projeta para fora de seu peito, e a morte o recolhe em meio a um suspiro. A pedra da lua em seu pescoço é banhada de vermelho com seu sangue.

É o primeiro homem que matei.

— Peguem-na! — Angma grita.

Nem eu nem o demônio esperamos. Saltamos por cima das barricadas.

Uma centena de arcos zunem ao mesmo tempo. O ar tensiona, e eu olho por cima do ombro, esperando encontrar uma saraivada de flechas na nossa direção. Mas meu olhar recai sobre uma imensa figura azul-esverdeada atirando-se através dos portões da arena.

Vejo um brilho dourado nos olhos de Hokzuh conforme suas asas se abrem, projetando uma larga silhueta sobre as falésias e os dentes de pedra.

Pela primeira vez, sinto medo dele. Sem sombra de dúvida, ele está vindo atrás de nós, pronto para buscar vingança. E não vai parar até que eu esteja morta.

CAPÍTULO DEZOITO

O Mar de Kumala ressoa feito trovão. Ou talvez seja apenas meu coração. Enquanto corremos para longe da arena, as águas quebram contra os penhascos, e eu mal respiro até estarmos sobre terra firme mais uma vez.

Chegamos à coleção de animais, e o demônio me joga para fora de suas costas. O fio vermelho envolto em sua garra e em minha mão se dissolve no ar. Sem nem se despedir, no tempo que levo para piscar duas vezes, ele dispara para longe e some.

Passo correndo pelas jaulas e não consigo evitar me perguntar se alguma delas foi feita para mim.

Esgueiro-me atrás de três sentinelas vigiando um leopardo que geme de fome, fraco demais para sequer mexer a mandíbula. Os guardas riem e cutucam o animal com um caule seco de bambu. Há um pedaço de carne trespassado pelo graveto, fora de alcance, para provocá-lo.

Queria ter tempo de quebrar o pescoço deles. Mas isso vai ter que esperar.

Escondo-me atrás de enormes tecas fazendo sombra na coleção, passo de fininho pelo leopardo, pelos elefantes definhando numa vala coberta de lama, e vou em direção a um buraco na terra rodeado por uma cerca de folhas de sagu. Lá dentro, vou encontrar aliados.

Eu me aproximo do buraco das víboras. Há mais de uma centena delas, em variedades de vermelho, verde e dourado vivazes, enredadas umas nas outras, retorcendo-se.

Uma maldição dourada

Senhora Cobra Verde!, elas me cumprimentam em uníssono. Cobras são lendárias fofoqueiras, e ouviram falar do que fiz por seus irmãos e irmãs em Sundau. *Você tem que nos libertar!*

O buraco é fundo, e as paredes são revestidas por um vidro escorregadio que as cobras não conseguem escalar. Quebro um galho da árvore mais próxima e o inclino sobre um lado para que elas possam escapulir. Uma por uma, elas me agradecem com um movimento rápido da língua.

— Onde encontro Ukar? — pergunto.

As cobras meneiam as cabeças para a esquerda dos leopardos. Assomando acima de uma fileira de bananeiras está uma cúpula pontuda pintada de branco feito a cabeça de uma águia.

O aviário, responde um de meus amigos. *Ele está no aviário.*

Minhas narinas se dilatam.

— Cuidem dos guardas — peço.

Enquanto as cobras se dispersam para me obedecer, um nó apertado fecha minha garganta. Claro, o aviário. O único lugar em que o meu pobre e apavorante amigo será tratado como uma presa.

Sigo o som do piado dos pássaros.

As paredes do aviário são altas, e as treliças deixam espaços no formato de diamantes. Bicos afiados despontam das ripas, e eu torço para que não seja tarde demais.

— Ukar! — grito, correndo em torno de um caminho de mármore para encontrar a entrada.

Quando faço a curva, as duas portas do aviário se abrem com um estalo. Minha respiração, até então curta e rápida, vacila.

— Então você ainda está viva — uma voz cruel constata.

A porta se fecha com um estrondo, mas o capitão da guarda de Meguh não sai. Ele segura Ukar pela cauda, mantendo-o perigosamente perto de um falcão faminto que avança pelos espaços na treliça das paredes do aviário.

Meu coração gela de medo e fúria.

— Meguh está morto — falo entredentes. — Você também vai morrer se não o soltar.

O capitão não estremece diante da ameaça nem da notícia sobre o rei, mas olha para o céu, para a forma escura do dragão se aproximando depressa. Aquilo o faz sorrir de desdém.

— Minha rainha não vai gostar disso.

— Solte-o — sibilo.

— Ou o quê?

Ele segura Ukar mais para baixo.

Meu amigo não está em condições de lutar. As manchas em sua pele estão opacas, e seus olhos, vítreos. Ele sibila para o falcão em uma tentativa desesperada de afastar o predador, mas sua boca está amarrada. Ele não consegue morder.

Ukar, fique parado. Eu vou te salvar.

— Solte-o — repito. Minha voz fica baixa, proferindo um juramento solene. — Ou vou te matar.

O capitão sorri daquela maneira presunçosa que detesto. Depois deixa Ukar cair nas ávidas garras do falcão.

— Não!

Avanço, mas o capitão me bloqueia com o próprio corpo, e o falcão puxa Ukar para dentro do aviário através do buraco.

Invisto contra o homem, mas ele é mais rápido do que parece. Sua espada surge, cintilando prateada contra as paredes brancas, e ele a aponta para o meu tronco. Dou um pulo para trás, com a mente em polvorosa e o pulso acelerado.

Ele se vangloria com os olhos. Juro que ele não vai me superar. Não vou me tornar o troféu de ninguém.

O capitão me chuta contra a parede do aviário, e os pássaros famintos ali dentro bicam minhas panturrilhas antes de provarem meu veneno e se encolherem.

Uma maldição dourada

Outro golpe vem em minha direção, mas desta vez eu vou ao seu encontro, o que o surpreende. Ele não esperava que uma garota fosse enfrentar um ataque de propósito. Erro seu. O impacto é reduzido; sinto dor, mas vou ficar com apenas um hematoma. Já ele não vai ter tanta sorte.

Agarro o braço que empunha a espada. Seus olhos se arregalam e eu arranco a lâmina de suas mãos, que cai, tinindo contra as pedras sob os nossos pés.

Agora ele é meu. Cravo as unhas em seu rosto, enfiando os dedos em suas bochechas encovadas.

Ele fica roxo, com um tom mais violento que a mais suntuosa cor de amora de seu traje. Ele tenta apanhar a adaga no quadril enquanto as longas veias azuis de seu braço se dilatam, e ele a puxa para fora do cinto. Pobre capitão. Eu lhe dou um soco na cabeça e quebro sua mandíbula do jeito que imaginei. Ele solta a adaga.

Seus olhos se tornam desafiadores, porém suplicantes. Há algo a mais também, algo que já vi antes, só não de uma maneira tão feroz.

Horror.

Viro o rosto dele para longe e passo um braço ao redor de seu pescoço. Parte de mim sabe que estou descontando nele o que queria fazer a Meguh e que eu deveria parar, mas não consigo. Começo a enforcá-lo, apertando o cotovelo ao redor de seu pescoço grosso e palpitante. Os músculos se contraem e resistem, os ombros dele se enrijecem e o sangue escapa de sua cabeça, tornando sua pele pálida feito osso.

Aperto mais forte.

Mais forte.

Os pulmões se rendem, e um último arquejo deixa seu corpo.

Ele cai, pesado pela morte, e eu me deixo afundar junto. Acabei de matar um homem com minhas próprias mãos. E não sinto nada, nenhum peso na alma ou na consciência — apenas arrependimento por não ter matado o rei Meguh assim.

Atiro o cadáver do capitão para o lado e pego sua espada no chão de mármore. Depois, abro caminho para o aviário.

Os pássaros se dispersam das árvores quando entro, guinchando alto. Rosno para eles.

Os animais raspam as garras contra a minha pele e bicam meus dedos. Não consigo lutar contra todos com apenas uma única espada, então deixo que eles venham para cima. Os pássaros de olhos tresloucados que provam meu sangue caem sem vida no chão. O caminho está limpo, e empunho a espada contra aqueles que ainda ousam se aproximar.

— Ukar! — grito. — Ukar, onde você está?

Sei que ele ainda está vivo.

— Ukar!

Aqui..., ouço a voz rouca de Ukar, tão fina quanto gaze. *Atrás do ninho.*

Ergo o olhar para uma das árvores nodosas. Os resquícios de um ninho estão alojados entre dois galhos, e Ukar está encaixado por baixo. Está enrolado contra o próprio corpo, retorcido ao redor de si mesmo, tenso e grosso feito uma concha. É sua melhor defesa, mas não vai durar muito tempo.

Com cuidado, eu o retiro do galho e o trago para meus braços. Depois, pulo da árvore e disparo para fora do aviário, fechando as portas com violência atrás de mim.

Caio atrás de uma fonte, aninhando meu amigo.

— Ukar, Ukar...

Beijo sua testa.

Ukar se curva contra mim. Suas escamas ficaram cinzentas; ele está em estado de descanso. Sua cauda está surrada, desfigurada por mordidas e marcas de garras, e quando removo a faixa de sua boca, a língua dele pende, flácida. Ele nem sequer tem forças para me cumprimentar, e quando toco a mente dele com a minha, sinto apenas uma dor fria e dormente.

— Descanse — sussurro, envolvendo-o com gentileza ao redor do meu pescoço, certificando-me de que ele esteja confortável. — Se recupere.

Uma maldição dourada

Estou de pé mais uma vez, mas demorei demais.

Uma sombra cruza o sol, mergulhando em minha direção. Hokzuh está aqui.

Dou um salto, investindo contra ele com a espada, mas ele me atira para o lado com uma asa. Ele atira a espada para longe, arremessando-a nos arbustos.

Cambaleio para trás, preparando-me para outra luta. Mas, em vez de me matar, como Angma ordenou, Hokzuh pisca, e o ouro rodopiando em seus olhos some. Seu olho vermelho cintila, vívido.

Ele fala com um sorriso estonteante:

— Que esperteza usar o demônio pra te ajudar a escapar. Você conquistou o meu respeito, senhora Cobra Verde.

Ele não me dá um segundo para ficar surpresa. Ele coloca Ukar e eu sobre um dos ombros e dispara em direção aos céus.

CAPÍTULO DEZENOVE

Disparamos muito acima do Mar de Kumala, alcançando as nuvens em uma questão de segundos, e enquanto a adrenalina corre para a minha cabeça, percebo que não gosto de alturas. Nem Ukar. Ele enrola o corpo ao redor do meu pescoço com tanta força que mal consigo respirar. Acho que isso é bom, já que me impede de vomitar no ombro de Hokzuh.

— Pensei que você fosse me matar! — exclamo. — Os seus olhos, eles...

— Se eu quisesse te matar, você já estaria morta — ele responde sem rodeios. — Chega de conversinhas. Você já está me atrasando o suficiente.

Bem nessa hora, uma saraivada de flechas passa zunindo por nós feito um enxame de gafanhotos.

— Pra esquerda! — grito, empurrando meu peso contra a asa dele para que seu corpo se incline. — Mais pra cima!

Outra saraivada de flechas passa raspando por baixo das nuvens. Hokzuh dá uma guinada, até que estamos tão alto que uma camada de geada se forma sobre o meu nariz e o palácio fica parecendo um brinquedo, pequeno o bastante para que eu o pegue entre dois dedos.

Não sei o alcance da magia de Angma, mas o céu escurecendo e os ventos se acumulando não podem ser só coincidência. Somos arrastados para baixo, através das nuvens, capturados por uma rede invisível.

Lá embaixo, a silhueta turva de um navio penetra a névoa. De repente,

Uma maldição dourada

o navio começa a emitir um brilho, e as velas roxas são iluminadas por uma auréola laranja. São disparos de canhões.

As explosões chegam rápido e sem piedade. Hokzuh desvia. Ele se esforça para nos levar mais para o alto, para além da trajetória dos canhões, mas o vento está muito forte. Nós damos guinadas pelo céu, ziguezagueando pelas nuvens... até que nossa sorte acaba.

Um tiro de canhão passa raspando pela asa esquerda de Hokzuh. Fumaça explode em todas as direções, e eu inalo enxofre puro. Não consigo respirar. Nem ver qualquer coisa. Tudo que consigo ouvir é a dor no rugido de Hokzuh.

Ele continua voando. A asa estala, e pedacinhos de carne chamuscada se soltam.

Minha mente está acelerada. Ele não vai conseguir ultrapassar os navios voando assim, e, quando se cansar — quando desacelerar —, Angma irá nos alcançar. Ela vai nos seguir até que cheguemos a Tai'yanan, se for preciso. A única maneira de a despistarmos é destruindo seu navio.

— Voe mais perto.

É uma ideia ridícula, e o dragão tem razão de ignorá-la, o que me força a agir. Esticando a mão sobre o ombro dele, eu me esforço para fechar suas asas.

— O que você está...

— *Cala a boca.*

Dou uma joelhada em suas costelas e mantenho suas asas juntas.

Conforme despencamos em direção ao mar, Hokzuh começa a entender meu plano.

— Mais perto — repito, afrouxando o aperto de minhas mãos em suas asas. — Por cima das velas.

— Você vai nos matar.

Finjo que não o ouço e, com cuidado, enrolo Ukar nos ombros de Hokzuh.

— Vou pular. Cuide de Ukar.

Antes que Hokzuh consiga fazer uma objeção, agarro o mastro e me coloco sobre as velas roxas. O vento ruge, o tecido afunda com o meu peso...

E eu caio.

Eu me atrapalho com as velas, tentando agarrar uma das vigas que atravessa o mastro. No último instante, dou um chute contra o tecido que se agita e minhas pernas se fecham para fazê-lo parar.

Recupero a respiração, mas infelizmente fui vista.

— Peguem-na!

Flechas passam raspando por mim, perfurando as velas, e eu caio sobre o deque. Em minha visão periférica, Hokzuh está dando a volta, distraindo os arqueiros para que eu possa correr ao longo do navio. Meu alvo são as lanternas de latão penduradas no castelo de proa. Vão servir direitinho para o que tenho em mente.

O ar se adensa com a neblina, e mal consigo ver as asas de Hokzuh. Mas há homens gritando de maneira estridente em todas as direções, corpos caindo no mar e espadas retinindo contra o piso do deque. Esse dragão é um aliado bem útil.

Estou quase chegando às lanternas quando duas soldadas se esgueiram para fora da bruma. Já me deparei com seus olhos embaçados e ombros esqueléticos antes: são as guardas pessoais da rainha Ishirya.

— Onde está Angma? — questiono.

Em uníssono, elas emitem uma névoa cintilante dos lábios. Ela se espalha sobre as minhas pálpebras, tão suaves quanto um véu. Tudo desacelera. O tempo fica suspenso.

Quem sabe, se eu não possuísse a marca de Angma, eu teria sido enganada. Mas consigo ver os fios de magia que compõem sua rede, e não caio na armadilha.

Agarro meu rosto, resistindo à névoa. Eu me desvencilho dela e avanço para as lanternas.

Uma maldição dourada

Antes que eu consiga desencaixar uma delas, uma das guardas me pega pelo braço. Sua mão é forte o suficiente para esmagar meus ossos, e, enquanto tento me libertar, a névoa a cerca.

Sua pele fica translúcida, revelando um emaranhado horrível de músculos e veias pulsando sob sua carne. Camadas de cabelos brancos brotam de seu braço, abrindo-se feito asas. Seus olhos já não estão mais embaçados, mas escuros e vorazes, e quando ela finalmente arreganha os dentes, eles têm formato de serra — e estão manchados de sangue.

Ela é uma suiyak!

Suiyaks já foram bruxas. Ukar as chama de mosquitos do inferno, já que voam como se estivessem pulando, da mesma maneira que os mosquitos, em disparos velozes. E também se alimentam de sangue.

As unhas dela afundam em meu braço, e eu resisto à vontade de chutá-la para longe. Angma não deve ter informado seus servos sobre mim. Meu sangue se acumula na minha pele, borbulhante e vermelho, queimando as unhas da suiyak. Com um grito agudo, ela solta meu braço.

Suiyaks nunca viajam sozinhas. Assim que o berro dela ressoa pelo céu, mais uma aparece. Dessa vez, estou preparada. Eu a afasto com o braço, usando o lado sangrento. Meu veneno chia ao entrar em contato com a criatura, queimando sua pele acinzentada. Enquanto ela se debate, arranco uma flecha do corrimão e a enfio em seu peito. Um grito gorgolejante escapa de sua garganta. Eu a jogo ao mar e a suiyak desaparece na neblina.

Mas a outra ainda está ali. Ela esteve me observando. Quando me viro para encará-la de novo, ela salta no ar, e simplesmente fica ali. Eu me preparo, mas ela não avança. Em vez disso, ela sorri, com névoa escapando de suas narinas, depois se dissolve na neblina, assim como sua irmã.

Tenho a impressão de que a verei de novo.

Rápido, Channari!, Hokzuh grita. *Não estou me sentindo muito bem-vindo nessa festa.*

Eu me apresso, olhando por cima do ombro para uma das lanternas de latão balançando no corrimão. Eu me inclino para desprendê-la.

Por trás, alguém puxa meu cabelo, depois sinto a ardência gélida do metal em meu pescoço.

Angma está segurando a lança que atirei no rei Meguh.

— Renda-se a mim.

A suave melodia de flauta de sua voz desapareceu. Sua ordem é ríspida, e embora a magia cubra seus olhos, ainda percebo que, durante o breve instante sem vê-la, seu cabelo embranqueceu. Há listras pálidas e translúcidas em seu pescoço e em suas bochechas.

— Renda-se — Angma ordena.

— Nunca.

Giro a lanterna para atingir sua cabeça. Enquanto ela cambaleia, prendo a ponta da lança entre as mãos. Ela fura minha pele, arrancando sangue, mas não preciso dele para acabar com isto. É só para machucar. Com uma joelhada, derrubo a lança das mãos de Angma. Então enfio o lado sem ponta em seu coração.

No mesmo instante, a pele dela fica branca, e suas pupilas, vermelhas, tão vívidas quanto o sangue escorrendo por sua túnica real.

— Salvem a rainha! — os guardas gritam. — Depressa!

Largo a lanterna e o óleo se espalha sobre o deque, levando o fogo a todas as direções. As chamas rugem, ganhando vida, rapidamente percorrendo todo o navio. Uma parede se ergue, separando Angma e eu dos soldados.

Eu me ajoelho ao lado dela. Foi para este momento que me preparei a vida toda, foi para este momento que treinei incansavelmente. Não vou falhar.

Pressiono os dedos contra os seus lábios, forçando o sangue em minha pele para a sua língua. Esperava ver os olhos dela perderem o brilho, esperava que meu veneno tomasse sua vida de uma vez. Mas, em vez disso, a carne dela começa a descascar sob os meus dedos; o cabelo preto, o nariz e os lábios se desintegram feito uma massa. Em instantes, ela não passa de

Uma maldição dourada

ossos frágeis e cinzas. Então isso também se desintegra sob os meus dedos, e eu me afasto, horrorizada, enquanto uma tigresa de pelo branco emerge.

A transformação é fascinante. Começa com o pelo, que cobre suas mãos, se espalhando por seus braços e costas enquanto músculos poderosos se dilatam de seus membros e seu corpo se alarga. Com um baque suave, ela cai de quatro. Uma cauda se desenrola atrás, e bigodes perfuram suas bochechas, rígidos e perolados em contraste com as listras pretas feito ébano se ramificando por suas costas. Por fim, surgem sombras irradiando de seu pelo. São como a própria noite desabrochando, um abismo infindável e profundo, e onde quer que ela toque, as águas escurecem.

Vocês me darão sua força, ela ronrona sem usar palavras.

A ordem se espalha pelo navio, e três dos arqueiros que estavam atirando em Hokzuh se viram. Seus rostos ficam vazios enquanto eles caminham a passos largos e débeis até Angma. Um deles até começa a pegar fogo no meio do caminho, mas não grita. Nem sequer se queixa.

— Minha força é sua, minha rainha — ele murmura antes que Angma o agarre.

Em um piscar de olhos, tudo que resta do homem é o sangue manchando os dentes de marfim dela, e um retalho de uma manga roxa.

A bile sobe pela minha garganta enquanto a Bruxa Demônio se vira para outro guarda, repetindo o mesmo sacrifício repugnante para renovar as próprias energias.

Preciso pará-la. Aperto a lança nas mãos, com o sangue ainda úmido nas pontas dos dedos. Então encontro meu ritmo, minha coragem — e ataco.

Estou a um passo, a um fôlego, a um golpe de empalar seu coração quando Hokzuh surge acima e me carrega para os céus.

— Não! — grito. — Me solta!

Chega, Channari!, é Ukar quem fala. Ele vira a cabeça sobre o ombro de Hokzuh. *O que eu falei sobre ser impulsiva? Ela é forte demais.*

Olho para o navio abaixo, mas ele já sumiu em meio ao fogo.

Sinto gosto de fumaça na boca.

— Eu quase a peguei.

— Você quase morreu — Hokzuh me corrige —, e quase *nos* matou com você. Isso foi egoísta. E, como a cobra falou, impulsivo.

Cerro os dentes, revivendo a batalha contra Angma na cabeça. Embora eu não vá admitir, eles têm razão.

A ferida em minha mão ainda sangra, e eu arranco um pedaço da manga para enfaixá-la. Hokzuh pode até entender a linguagem das cobras, mas não é uma delas, e não é imune ao meu veneno.

Há flechas em suas asas, e, embora ele não demonstre, consigo perceber que está sofrendo. Conforme os últimos resquícios do sol afundam no mar, nós deslizamos sob a lua. Sua silhueta está afiada esta noite, e o céu sangra o mesmo vermelho dos olhos de Angma.

CAPÍTULO VINTE

Em algum momento após o anoitecer, Hokzuh se depara com uma ilha do formato de uma barbatana e nos deixa na praia. A areia é úmida e causa uma sensação incrível na minha pele queimada pelo vento. Ukar já está procurando um lugar onde se embrenhar para se curar, enquanto Hokzuh apenas se deita, imóvel.

Eu me arrasto em sua direção.

— Hokzuh? *Hokzuh?*

O dragão não responde. Ele está de costas para mim, com os músculos rígidos enquanto solta um suspiro. Sob a fraca luz da lua, o sangue dele se infiltra na areia. Estendo a mão para dar uma olhada em suas asas. Uma flecha está alojada em seu metacarpo musculoso, praticamente pregando duas membranas uma à outra. Antes que ele tenha a chance de se opor, eu a puxo para fora.

Ele estremece para longe de mim com um rosnado.

— Você tem sete flechas nas asas, duas nas costas e mais uma na coxa — comento. — Quer ficar assim? Está parecendo uma alfineteira.

Ele rosna de novo, depois se põe de pé antes que eu consiga me aproximar. Está respirando com dificuldade, com os ombros subindo e descendo.

As asas dele não se fecham mais sobre as costas como costumavam fazer. Estão abertas, uma torta e a outra flácida. Um rasgo na asa direita está particularmente feio.

Elizabeth Lim

— Eu costumava fazer pomadas para Vanna que ajudavam as feridas dela a cicatrizarem mais rápido — digo, dando meu melhor para mascarar a preocupação na minha voz. — Está escuro agora, mas vou reunir as ervas de manhã. Por enquanto, vou usar a lança como tala para a sua asa.

— Não preciso das ervas e poções de uma menininha idiota. Só me ajude a entrar na água.

Um pedido estranho, mas obstinado.

Estou cansada e ele é pesado, mas dou um jeito de arrastá-lo até a beirada do mar. Consigo ver o reflexo das minhas mãos enquanto o ajudo, e desvio o olhar. É o mais perto do mar que eu vou chegar. Eu me sento com as pernas cruzadas na areia enquanto ele se afunda na água apoiando-se em seus cotovelos.

Hokzuh não comenta nada sobre a minha relutância com a água.

— Então você não tem força suficiente pra me levantar — ele fala, mais calmo. — Estava pensando no assunto.

— Eu *poderia* te levantar — retruco. — Só que não quero o seu suor nas minhas roupas.

Dou uma fungada em mim mesma e faço uma careta.

— Pelos deuses, como estou fedendo.

Hokzuh torce o nariz, concordando.

— Fiquei preocupado quando soltaram aquele demônio na arena — ele comenta, depois de um breve momento em silêncio. — Você é meio desleixada com os pés, mas é veloz. E forte. *Muito* forte.

Ele balança a cabeça como quem ainda não consegue acreditar.

— Está aproveitando o banho? — pergunto, ácida.

— Muito — ele responde. — Até que não é uma ilha tão ruim pra descansar por uns dias. Vai demorar um tempo até que eu consiga voar de novo.

Eu me levanto com um salto.

— Espero que não leve tempo demais. O aniversário da minha irmã é daqui a dois dias.

Hokzuh dá de ombros.

— E daí?

— A Bruxa Demônio vai matá-la.

Hokzuh inclina a cabeça para o mar. Daqui, ainda é possível ver a fumaça do navio de Angma.

— Acho que sua Mamãe Bruxa tem mais com o que se preocupar.

— Bruxa Demônio — eu o corrijo.

— Angma não é um demônio.

— É sim.

— Não é — Hokzuh repete. — Ela é uma bruxa. O *demônio* no nome dela é só pra enganar e causar medo. E deu certo.

O olho vermelho dele cintila, e algo me diz para confiar no que ele tem a dizer sobre demônios.

Afundo as unhas na areia.

— Então como é que ela possui tanto poder? Você viu como ela hipnotizou a corte, como controlou Meguh. Nunca ouvi falar de uma bruxa com tais habilidades.

Hokzuh joga água no próprio rosto, esfregando os olhos para limpá-los, antes de enfim responder:

— Sua Angma tem algo que é meu. Isso lhe deu grandes poderes, embora não sem trazer grandes consequências também. — Ele sorri de maneira presunçosa. — Ela não consegue sustentar o corpo humano por muito tempo. Aposto que gostava do corpo de Ishirya, mas agora ele é só um monte de pó... graças a você. Ela será um tigre até que encontre um novo.

Ele torce o longo cabelo para secá-lo, que irrompe atrás dele feito uma chama.

— Acho que é por isso que ela quer sua irmã — ele conclui. — Um corpo jovem e novo. Que em breve será o de uma rainha, segundo ouvi dizer.

Cerro os punhos.

— Isso não vai acontecer. Assim que suas asas sararem, você vai me levar até ela.

— Vou, é? Não é você que tem uma dívida comigo? — Hokzuh fixa o olhar em mim. — Eu te salvei de Angma. Se não fosse pela confusão que você causou, eu saberia onde está minha pérola.

— Sua pérola de dragão? — Minhas sobrancelhas franzem com a revelação. — Você não tem uma?

Isso explica muita coisa, Ukar comenta, farejando.

Encaro meu amigo.

— É *você* quem deveria estar descansando.

Todos os dragões têm pérolas, Ukar insiste. *A menos que tenham sido exilados dos mares e dos céus.*

O olho vermelho de Hokzuh brilha.

— A minha foi tirada de mim ao nascer, partida ao meio e jogada nos confins de Lor'yan.

Partida ao meio? Ukar lança a língua para fora da boca feito uma flecha. *Impossível.*

— Acha que estou mentindo? — Os olhos de Hokzuh se acendem, como se estivesse desafiando-o.

Não, não. Ukar recua, recolhendo a cauda. Mas nós trocamos um olhar em segredo. Estamos pensando a mesma coisa: que Hokzuh é apenas meio-dragão, e meio outra coisa totalmente diferente.

— Está dizendo que Angma tem uma parte da sua pérola? — pergunto.

— Ela a encontrou há mais de um século. A pérola se fundiu com seu coração e a concedeu grandes poderes.

Impossível, repete Ukar. *O meu povo conhece Angma há gerações, desde... desde...*

— Desde que eu nasci — Hokzuh interrompe. — Angma não é tão velha quanto as histórias a fazem parecer.

Uma maldição dourada

— Mas agora ela é imortal, não é? — questiono. — Ou essa parte da lenda também está errada?

— Depende de como você interpreta a situação. Angma desejou ser imortal, e a minha pérola assim o fez, mas não exatamente como ela imaginou. — Hokzuh sorri com malícia. — Parece que a pérola tem senso de humor, assim como eu.

Estremeço, lembrando-me de como Angma ingeriu carne e sangue humano para recuperar as forças. Se esse é o preço da imortalidade, eu passaria a oportunidade com prazer.

Ainda assim, uma centelha de esperança se acende em meu coração. Se Hokzuh conseguir tomar a pérola, o estrago que Angma causou com ela será desfeito. Isso significaria que Vanna estaria segura, e que talvez... talvez minha própria maldição seria desfeita.

Viro-me para o dragão. Preciso de todo o meu autocontrole para soar indiferente, para agir como se ele precisasse de mim, e não o contrário.

— Você anda procurando a sua pérola há uma centena de anos? — indago. — É tempo demais. Não parece que você fez muito progresso.

Hokzuh me encara feio.

— Estou procurando há dezessete anos. Dormi durante um século depois de ter nascido. Acordei apenas depois que minha metade dragão encontrou o caminho para a terra.

Dezessete anos. Estremeço de novo, sem saber por quê.

— Mesmo assim — digo. — Parece que te faria bem ter uma ajudinha. Que tal se você me levar até minha irmã e, em troca, eu garantir que você recupere a sua pérola?

Channi!, Ukar sibila. *Não faça acordo com um dragão.*

Com um chute, cubro de areia meu amigo. *Quieto.*

A reação de Hokzuh entrega o que ele está pensando. Uma mera humana como eu pedir um favor desses é ridículo. Mas então sua testa se franze. Está lembrando da potência do meu sangue.

— Seu sangue funciona contra ela?

— Funcionou contra Angma no corpo de Ishirya — admito. — Não sei que efeito terá contra Angma na forma de tigre.

— A forma de tigre dela é a única que importa. As outras são apenas carapaças.

— Eu sei, mas...

O sangue de Channari carrega o veneno do último Rei Serpente, Ukar interrompe, sempre se intrometendo, mesmo ferido. *Nenhum outro soberano foi escolhido desde que ele a mordeu. O sangue dela é o maior veneno que já existiu em Lor'yan.*

— Estou familiarizado com a magia das serpentes de Sundau — Hokzuh diz. — E com seu veneno.

Então sabe que nem Angma é imune a ele, Ukar responde enfaticamente e se enterra na areia. *Nem você.*

Um músculo salta na enorme mandíbula de Hokzuh.

— Então parece que não tenho escolha. Muito bem, levarei você até sua irmã. Não serei capaz de voar, mas podemos fretar um barco de manhã. Devemos chegar em Tai'yanan a tempo, se conseguirmos um. Ou...

— Ele inclina a cabeça. — Poderíamos fazer uma visitinha à bruxa de Yappang.

Meus olhos se arregalam.

— A Bruxa de Nove Olhos?

— Por que está tão surpresa? Aterrissamos na ilha dela.

— Não achei que ela fosse real.

— Se a sua Angma existe, por que ela não existiria? — Hokzuh ri do meu espanto. — A Velha Nakri deve ter *alguma* mistura nojenta pra consertar minhas asas.

Ele boceja.

— Podemos conversar com ela amanhã. Está tarde. Até monstros como nós precisam dormir.

Uma maldição dourada

Está *mesmo* tarde. A maré está subindo, e o mar roça os dedos dos meus pés, frio o bastante para causar um arrepio na minha espinha.

Enterrado na areia, Ukar já está dormindo. Também respiro com mais tranquilidade ao ouvi-lo respirar em silêncio, de maneira constante. Eu faria bom proveito descansando um pouco. Mas não tanto quanto Hokzuh.

— Obrigada, aliás — digo, baixo o suficiente a ponto de não ter certeza se Hokzuh irá me escutar. — Por ter voltado atrás de mim em Shenlani.

O dragão escuta. Seu tom é áspero, mas gentil, quando diz:

— De nada.

Com um aceno da cabeça, eu me dirijo até uma duna.

— Pra onde está indo? — ele pergunta.

— Vou ficar de guarda.

— Contra o que, crocodilos? Eles gostam de ficar ao lado da bruxa.

Eu não respondo. Não estou preocupada com os crocodilos nem com a Yappang, a Bruxa de Nove Olhos, e Hokzuh sabe disso. Teimosa, escolho um ponto no declive de uma duna, de onde posso ficar de olho em Angma.

Não sei por quanto tempo fico acordada observando as estrelas piscando, tão brilhantes quanto o coração de Vanna, mas não há sinal de Angma, nem de suas suiyaks. O mundo permanece calmo, apenas com a longínqua percussão do vento nas árvores embalando meu sono.

Resisto o máximo que consigo. Pela primeira vez em anos, permito que a esperança se esgueire para dentro do meu coração. Talvez eu consiga quebrar esta maldição e salvar minha irmã. Talvez tudo fique bem no final das contas. Posso viver o resto dos meus dias junto da minha família, do jeito que sonhei.

Com esses pensamentos me confortando, os nós dos meus músculos se desfazem contra a areia, e eu mergulho em um mar de sonhos.

Já tive esse sonho milhares de vezes. Começa com a selva me chamando, mas sou uma Channi diferente. Uma Channi que acena para cumprimentar as outras garotas no mercado, que morre de medo de cobras e aranhas e lagartixas que pulam mais rápido do que ela pode correr. Uma Channi que não dá ouvidos aos chamados da selva porque não os ouve.

Meus braços estão repletos de carambolas e macarrão de arroz e peixe envoltos em papel e, quando chego em casa, Adah pega o cesto de minhas mãos.

— Channi — ele me chama —, deixe que te ajudo com isso.

O tom carinhoso de sua voz e a forma como ele me olha nos olhos, sem hesitar, lembra-me de que é apenas um sonho. Não me importo. Esse é o Adah que sempre quis. Essa é a vida que desejei em segredo. Fico feliz de permanecer ali, mesmo sabendo que não é real.

— Os bolos estão quase prontos. São seus favoritos.

Sigo o perfume de bolo de coco até a cozinha. Lá dentro, encontro a mulher que se parece comigo, só que é mais rechonchuda na cintura e nos quadris, com olhos terrosos e um nariz cheio de sardas e queimado de sol.

O cabelo dela está mais branco do que eu me lembro, e mechas prateadas roçam sua testa, mas eu reconheceria aquele rosto em qualquer lugar. É meu rosto favorito.

Os braços de Mama me envolvem.

— Minha Channi — ela sussurra com sua voz cantarolante. — Minha menina com cara de lua. Por que está me encarando desse jeito?

Em seus olhos, sou bonita, de pele lisa e bronzeada, com um nariz e uma boca normais. E não me lembro de ter uma irmã.

— Isto é real, Mama? Você, eu, Adah. Somos uma família.

— É claro que é real.

Pressiono o rosto contra o pescoço dela, procurando pelas batidas de seu coração, mais ritmado que os tambores do templo ao alvorecer. Suas unhas estão pegajosas por causa do açúcar, e há farinha em seu cabelo e nas linhas das palmas de suas mãos.

Uma maldição dourada

É nesse momento que meu sonho costuma acabar, e eu acordo com um sorriso afortunado no rosto, verdadeiramente contente por alguns segundos antes que a verdade venha à tona.

Mas, desta vez, o sonho continua. Uma nuvem preta se esgueira ao longo do céu, e de repente o teto da cozinha sai voando. Um dilúvio de cinzas cai, sufocando nossa casa, as árvores, a grama. O ar se adensa, e Mama e Adah tossem.

Assim como eu. Enquanto cubro a boca com a manga da roupa, meu olhar se ergue do braço de Mama, desejando que a tempestade pare. Mas não para. Que estranho. Normalmente, eu controlo meus sonhos.

Mama me abraça mais forte, mas algo parece errado. Suas mãos empalideceram e seus dedos murcharam. E as unhas… são garras!

— Não! — grito, empurrando Mama para longe. Ela não é minha mãe, mas Angma.

Ao meu redor, meu lar desaparece. A selva me engole, e subitamente estou caindo cada vez mais fundo através de um túnel de árvores e videiras e cinzas.

Aterrisso de costas em uma pedra achatada coberta de musgo. Um lugar que conheço muito bem. O lugar onde tudo começou.

— Você sente falta da sua mãe, não é? — Angma pergunta, colocando-se ao meu lado. Ela acaricia minha bochecha com uma pata macia. — Se ao menos seu pai tivesse me trazido a filha certa dezessete anos atrás, eu teria salvado sua querida mãe. Você teria crescido feliz. E amada.

Eu me encolho, mas, contra a minha vontade, o meu maior desejo é voltar para aquela vida alternativa. Aquela com que sonho com tanta frequência. Pelos deuses, como eu queria não ser seduzida tão facilmente.

— Mas que pena… — Angma continua. — Nem mesmo a mais forte das magias consegue mudar o passado.

Há traços de tristeza em sua voz. É a primeira vez que ela soa remotamente humana. Eu me recobro com um sobressalto. Não posso ser enganada pelos truques de Angma.

Minha lança se materializa em minha mão. Em meus sonhos, nunca erro o alvo. Mas isto já não é mais um sonho.

Avanço. Antes que eu consiga enfiar a lança no coração dela, ela estala a língua... e minha arma desaparece.

Recuo com um salto, mas Angma me agarra pelo pescoço. Apesar de anos e anos de treinamento, sou simplesmente capturada.

— Precipitada como sempre, Channi — ela murmura com uma risadinha. — Vejo que Hokzuh lhe contou sobre a pérola. Acha mesmo que tirá-la de mim irá me matar? Acha que isso irá desfazer a maldição? Você se esquece que eu lhe fiz uma promessa. Foi bem aqui, exatamente nesta pedra, que eu lhe dei o rosto de um monstro. E jurei que não desfaria a maldição... a menos que você me trouxesse Vanna.

Os pelos da minha nuca se eriçam. Estou começando a entender aonde ela quer chegar.

— Por mais corrompida que a pérola esteja — ela diz —, até ela está ligada ao poder de uma promessa.

Todas as esperanças que nutri em meu coração desmoronam quando me dou conta do que ela está falando.

— Não me importo com minha maldição — esbravejo. — Não me importo com meu rosto. Vou matar você.

Angma ri e ri. Ela viu meus sonhos, e agora irá usá-los contra mim.

Vejo meu reflexo na superfície vítrea de seus olhos: o reflexo da garota que me torno em meus sonhos. Então, de repente, ela some. Escamas rasgam minha pele lisa, rígidas, sulcadas e verdes. Meus olhos ficam amarelos e comprimidos feito os de uma cobra; minhas bochechas coradas ficam encovadas e meu nariz se achata até que não exista mais.

— Pare! — grito.

Este é o meu sonho. Por que não consigo controlá-lo? Por que não consigo fazer com que termine?

— Dois dias — Angma sibila. O hálito quente dela toca minha pele.

— Traga-me sua irmã ou irei atrás de você. Esta é sua última chance, Channari. Não cometa o mesmo erro que seu pai.

Lá no alto, o sol devora a si mesmo de dentro para fora. As beiradas são a primeira coisa a chamuscar, enrugando feito um pergaminho alimentando fogo. A escuridão envolve a terra, e enquanto as garras de Angma afundam em meu peito, meu grito rasga o mundo inteiro em pedacinhos.

CAPÍTULO VINTE E UM

Acordo com um engasgo.

Acima de mim, um novo sol nasce. Graças a Gadda ele está cheio e luminoso, narcisista demais para se importar com os pesadelos de uma menina amaldiçoada. Ele aquece a areia debaixo de mim, mas ainda estou com frio. Meu corpo todo está dormente, e minhas veias estão azuis de tanto cerrar os punhos. Algo no fundo do meu peito lateja de forma aguda e mordaz, bem onde Angma tentou me matar.

Foi só um sonho, digo a mim mesma. Mas não acredito nisso.

O gosto de cinzas na minha boca é real demais, e meus ouvidos ainda estão zumbindo com os rugidos de Angma.

Ela falou a verdade nos meus sonhos. Essa certeza está entalhada em meus ossos.

Não posso ter as duas coisas, percebo com uma clareza dolorosa. Minha irmã e meu rosto. Só posso escolher um.

A escolha é fácil. Passei dezessete anos com uma maldição que drenaria as esperanças dos homens mais poderosos, quase a vida inteira me parecendo com um monstro. Não vai ser muito diferente viver o resto de meus dias assim. Eu pagaria esse preço com prazer para salvar a vida de Vanna.

Mesmo assim, uma pontada dentro de mim simplesmente não some.

Por algumas horas preciosas, pensei que poderia ter tudo. A verdade é como um curativo removido cedo demais do ferimento. Não há bálsamo que possa curar as cicatrizes.

Está tudo bem?

A voz me assusta. Ao meu lado, Hokzuh pisca um olho azul sonolento.

Eu geralmente consigo dormir em meio a uma monção, mas você... estava gritando.

Ele parece preocupado de verdade. O tom azul de seu olho é mais límpido que o céu, e embora seu rosto esteja coberto de escamas verdes da cor do mar, há algo humano em sua preocupação.

Ver aquilo faz meu estômago dar uma cambalhota. Aperto os lábios com força.

— Não foi nada, só um pesadelo.

— Conheço pesadelos muito bem — ele diz, sério. Sua voz está rouca. — Se quiser falar sobre isso ou sobre o que aconteceu na arena...

— Não foi nada — repito, com mais firmeza do que pretendia. Meus ombros murcham, e eu acrescento com mais suavidade: — Volte a dormir. Você precisa.

Hokzuh não discute. Ele recosta a cabeça na areia e murmura:

— Saiba que você não está sozinha, Channari.

Você não está sozinha. Não esperava ser confortada assim por um meio-dragão. Fico tão impressionada que não sei o que dizer. Mas não importa, porque dentro de instantes ele já voltou a roncar.

Balanço a cabeça de um lado para o outro, meio com inveja e meio tocada por ele ter me perguntado aquilo.

Uma bola de musgo seco rola pela areia, conduzindo meu olhar para o oeste, para além da praia. Conforme ela se afasta, um pouco de esperança volta ao meu coração.

Talvez a bruxa de Yappang tenha respostas. Talvez ela saiba como derrotar Angma.

Eu me sento devagar e tiro a poeira da barriga. Uma aranha está escalando meu colo, com as patinhas ágeis e peludas me pinicando enquanto sobe a montanha que são as minhas pernas. Estou surpresa por ela ousar se aventurar tão perto com Ukar dormindo ao meu lado, mas é então que percebo que meu amigo sumiu.

— Ukar?

Aqui. Ele está circundando Hokzuh, desconfiado, chacoalhando a cauda todas as vezes que o dragão silva durante o sono. Mesmo machucada, a cobra apresenta um semblante ameaçador.

E se eu arrancar uma escama ou duas com uma mordida?, Ukar pergunta. *Deve haver um vilarejo nesta ilha. Podemos vender as escamas dele por um belo barco, velejar pra longe...*

— Nada de mordidas. Ele está machucado.

Não o defenda só porque ele é o Hokzuh da profecia. Meu pai não enviaria um dragão pra te ajudar contra Angma. Não é possível.

— Por que não? Você mesmo disse que dragões e serpentes são parentes.

Não significa que confiemos uns nos outros.

— Talvez esteja na hora de se livrar de velhos preconceitos.

Diz a garota que odeia todos os tigres por causa de Angma.

Para alguém que quase morreu no dia anterior, a língua de Ukar continua mordaz como sempre. Isso quase me faz sorrir.

Antes que ele me pergunte por que estou tão taciturna, arregaço a saia e me dirijo até as árvores.

— Venha, vamos atrás de suprimentos antes que o dragão acorde.

Assim que adentro a selva, uma onda de nostalgia me domina. Quando meus calcanhares afundam na terra úmida, sou tomada por um desejo de me perder entre as árvores, de desaparecer nesse mar esverdeado e esquecer que Angma está atrás de minha irmã.

Uma maldição dourada

Ukar e eu nos embrenhamos na floresta. Macacos nos seguem pelas árvores, nos intimidando com uma variedade de grunhidos e sibilos.

— Eles não gostam de mim — murmuro.

Eles não te conhecem. Só ande mais rápido. Eles não irão além da ravina.

Com a sugestão de Ukar, eu me apresso, mas ainda estou apreensiva. Na selva de Sundau, meu rosto assusta poucos. Todas as criaturas na natureza conseguem detectar seus inimigos, e deveriam saber que não precisam me temer. Quando passamos pela ravina e os macacos recuam, pergunto ao meu amigo:

— O que foi isso?

Ukar dá o bote em uma lagartixa, engolindo-a rapidamente antes de responder: *Eles disseram que Angma está procurando uma garota com rosto de cobra.*

Eu fico paralisada.

— Angma está aqui?

Não, mas ela mandou um sinal por toda Tambu atrás de você. Ele para, emboscando uma aranha demônio de dez patas espreitando fora das sombras. Quando ele a engole, suas escamas cintilam vermelhas antes de desbotarem e se combinarem com a terra granulosa. *Ela está oferecendo uma recompensa pra quem quer que leve você até ela.*

— Qual é a recompensa?

Um vínculo de sangue... pra viver tanto tempo quanto ela.

Muitas criaturas achariam esse prêmio formidável. Mas, por sorte, as cobras não. São mais espertas e sábias que a maioria, espertas demais para querer viver para sempre.

Ainda assim, fico aflita.

— Acha que o que Hokzuh disse sobre ela é verdade? Que ela é humana... e que a pérola dele a deixou assim?

Não acho que ele esteja mentindo.

Nem eu. Em todas as histórias, Angma começa como bruxa. Ela desejou a imortalidade, mas seu feitiço deu tremendamente errado.

— Em sua ânsia, sem querer, ela devorou a própria filha — murmuro. — Em meio ao desespero, ela vasculhou as mil ilhas de Tambu em busca de uma maneira de desfazer sua maldição, mas não foi bem-sucedida. A cada ano que passa, ela se torna mais demônio que humana.

Se for verdade que a pérola de Hokzuh a transformou no que é e lhe deu a aparência e a fome de um demônio, então quase me compadeço dela. Quase.

A tigresa dentro dela é a única forma que não envelhece, Ukar diz, *mas ela precisa se alimentar pra continuar forte. Ela conta com pessoas como o seu pai, desesperadas o suficiente pra lhe oferecer sangue jovem.*

— Como bebês? — pergunto sem emoção.

Ela também come adultos, Ukar responde. *Mas prefere os jovens. Eles a sustentam por mais tempo.*

Eu conheço Angma. Sei que ela toma crianças apenas se forem levadas até ela. Sei que o motivo pelo qual tem esperado Vanna crescer e ainda não a matou é por causa da filha que perdeu. A menina anônima e infeliz que foi erroneamente assassinada quando sua mãe foi possuída por um demônio.

À sua própria maneira distorcida, Angma tem honra. Às vezes, pergunto-me se ainda é humana o suficiente para sofrer. E se é por isso que concede um desejo para cada pai que sacrifica uma criança.

Bom, quase toda criança.

Se ao menos seu pai tivesse me trazido a filha certa dezessete anos atrás, ela disse, provocando-me, *eu teria salvado sua querida mãe. Você teria crescido feliz. E amada.*

Mama se foi e não posso trazê-la de volta, mas posso salvar Vanna.

Não importa o quanto custe, vou salvar minha irmã.

Os pássaros se reúnem acima de nós, disparando em meio às árvores. Sigo o rastro deles até um lago.

Uma maldição dourada

— Lá na frente — digo a Ukar de repente —, vamos encontrar as ervas de que precisamos.

Disparo sem esperar por ele.

Encontro, com facilidade, cânfora e raiz de gengibre ao lado do lago. Lagartixas e sapos se deleitam com o banho matutino, e Ukar as observa com um olhar esfomeado. Há uma protuberância reveladora em seu pescoço quando o encontro minutos mais tarde, depois de reunir minhas ervas, e o envolvo em meu braço antes que ele fique muito guloso.

É mais difícil localizar espigueta-de-fiar. É um arbusto espinhoso com flores brancas que pendem para baixo e crescem feito ervas daninhas lá em casa, mas os pássaros adoram se banquetear com os botões e as raízes, o que torna quase impossível encontrar uma planta madura.

Levo mais de uma hora para localizar um punhado escondido atrás de uma árvore caída. Retiro a quantidade máxima respeitável e amarro os talos com uma fina videira.

A maioria das pessoas conhece a espigueta-de-fiar por causa dos espinhos, já que são venenosos. Basta uma única picada para seus músculos cederem. Comê-la fará com que sua mente fique nebulosa e você caia em um sono profundo. Às vezes durante dias.

O que a maioria *não* sabe é que, quando você tritura os espinhos junto das flores de uma determinada maneira, seus respectivos venenos formam uma pasta que acelera a cicatrização. Foram as cobras que me ensinaram isso.

Às vezes, o veneno é um remédio disfarçado.

— Deve ser o bastante — digo, colocando a espigueta-de-fiar em um saco que fiz com um retalho da saia.

Leve uns espinhos a mais, Ukar fala em um tom seco. *Caso você precise conter o dragão.*

— Ukar, se você não confia mesmo nele, *você* deveria mordê-lo.

Seria desperdício de veneno.

Meu amigo abafa um bocejo. Ele sempre fica sonolento depois de comer, só não gosta de admitir.

Ainda acho que você deveria deixar o dragão pra trás, ele continua. *Podemos roubar um barco e velejar até Tai'yanan sozinhos.*

— Entendo por que você não confia em Hokzuh, mas você não confia em *nenhum* dragão?

É uma história longa. E antiga.

— Temos tempo o bastante antes de chegarmos na praia. Conta.

Lembra quando falei que Hanum'anya traiu minha espécie?

— Lembro.

É só isso que você precisa saber.

Encaro meu amigo. Nos deparamos com uma pequena clareira, e eu salto para cima de uma rocha.

— Veja — digo, gesticulando para o mar. — Consigo ver o focinho de Hanum'anya daqui.

Ergo Ukar para que ele veja um pedacinho de uma montanha longínqua.

— Conte a história ou vou te amarrar neste galho. — Eu o levanto até uma árvore. — Vai ter que olhar para Hanum'anya o dia todo até que eu te solte.

Ukar chia com um desgosto profundo. *Você sabe como ele se tornou aquela pedra?*

— Sei.

Já que as cobras mal falam sobre Hanum'anya, tive que aprender com outros humanos. Há muito tempo, ele tentou destituir Niur, o deus criador, e falhou. Como punição, Niur tomou sua pérola de dragão, baniu-o do céu e o transformou em uma montanha.

Enquanto as escamas de Hanum'anya ficavam rígidas feito pedra, ele viu sua pérola suspensa no céu, uma provocação por parte de Niur. Ele

Uma maldição dourada

tentou pegá-la para que sua magia o guiasse de volta para casa, mas a pérola estava longe demais e o tempo havia se esgotado.

Ele se tornou uma montanha, com fumaça e fogo sendo expelidos de suas mandíbulas, seu último empenho imortalizado para toda a eternidade no meio do Mar de Kumala.

Não costumo acreditar em lendas, mas o formato da cabeça do dragão encarando o céu furiosamente é inquestionável.

— Diga-me por que as cobras o desprezam tanto assim — peço. — Por favor.

Ukar se rende com um suspiro, e eu o coloco de volta no meu ombro. *Antigamente, nós, cobras, tínhamos asas*, ele começa. *Deslizávamos pelas nuvens junto com as gaivotas e os pardais, e, na água, costumávamos usar as asas para nadar junto das tartarugas e das damas do mar. Nós tínhamos magia em nosso sangue, uma magia poderosa.*

Ele faz uma pausa para me lembrar, com orgulho: *Sundau foi a primeira ilha criada, sabia? Todos os seus xamãs se esqueceram disso. Durante séculos, as cobras de Sundau, o meu povo, foram consideradas seres sagrados.*

— Isso você já me falou uma centena e meia de vezes — respondo com ironia e finjo bocejar. — É por isso que a serpente soberana é sempre escolhida a partir da sua linhagem.

Ukar bufa, indignado. *Não é só isso. O meu povo é o mais antigo de todas as cobras de Tambu. Somos descendentes da Grande Traição de Hanum'anya.*

Inclino a cabeça, curiosa.

— O que é isso?

Viu? Você não sabe de tudo.

— Se não sei é porque você não me ensinou.

Ele solta outra bufada. *Um dia, Hanum'anya, o primeiro governante dos dragões do céu, se dirigiu à minha espécie. "Saudações, primo", ele* disse. "Estou planejando dar um presente para o grande deus Niur e preciso de suas asas. Eu poderia pegá-las emprestadas?"

Minha antepassada, a Rainha Serpente, não era boba. Ela se recusou. Mas Hanum'anya foi insistente. "Ora, permita-me pegar suas asas emprestadas. Eu as devolverei melhores do que são."

"Estamos felizes com nossas asas do jeito que estão."

"Mas vocês não conseguem voar alto o suficiente para alcançar os dragões no céu, nem conseguem nadar fundo o suficiente para chegar em Ai'long, o reino dos dragões do mar. Empreste-as a mim e, quando eu as devolver, nenhum reino lhes será desconhecido, seja mortal ou imortal. É tudo do seu melhor interesse. O que me diz?"

A Rainha Serpente pensou bastante e por muito tempo. "Pode pegar minhas asas emprestadas", ela respondeu afinal. "Mas preciso da sua palavra."

"É claro. Eu prometo."

Então Hanum'anya pegou as asas emprestadas, mas o dragão havia mentido sobre duas coisas. Primeiro: ele não usou as asas para criar um presente para Niur, pelo contrário.

As escamas de Ukar passam a ficar escuras feito as nuvens cruzando o sol.

Nunca se perguntou por que o Monte Hanum'anya também é chamado de Berço dos Demônios?

— Pra ser sincera, não posso dizer que pensei muito no assunto.

Ukar solta um suspiro exasperado. *Vanna teria sido uma aluna muito melhor que você. Ele roubou nossas asas para formar um exército de novas criaturas. Monstros que destituiriam Niur.*

— Demônios — digo em um único fôlego, compreendendo repentinamente. Os demônios mais antigos e poderosos conseguiam voar.

Sim. Ukar sibila de desgosto. *Nós lamentamos nossa participação em sua criação e como ela moldou nossa reputação diante de todos.*

Fico pensando na frequência com que xingo usando as palavras *serpentes do inferno*. Não vou mais fazer isso.

— Mas vocês foram enganados.

Apenas as cobras sabem a verdade. Hanum'anya e seus herdeiros espalharam sua própria versão. É por isso que muitos em toda Lor'yan desprezam cobras e pensam que somos traiçoeiras.

— Qual foi a outra mentira que Hanum'anya contou?

Ele formulou sua promessa de maneira muito esperta, para que tivesse que nos dar acesso a todos os reinos apenas depois que devolvesse nossas asas. Ele nunca devolveu.

— Então você não confia em dragões. — Reviro os olhos. — Isso aconteceu com um dragão há centenas, se não milhares de anos atrás.

As lendas sempre têm um resquício de verdade. Dragões não são confiáveis. Menos ainda os que possuem sangue de demônio.

Ukar está esperando que eu concorde, que eu continue seguindo para o norte até o outro lado da selva, que eu procure um vilarejo e um barco. Mas não consigo.

Penso em quão preocupado Hokzuh parecia de manhã quando acordei do pesadelo. Havia uma compreensão em seus olhos e um momento de angústia e vulnerabilidade compartilhadas que nunca senti com mais ninguém.

Sei que é uma conexão tênue essa que eu e Hokzuh dividimos, e que mal o conheço. Mas parte de mim esperou dezessete anos para encontrá-lo. Estávamos destinados a cruzar o caminho um do outro, e agora isso aconteceu.

— Hokzuh veio até mim por um motivo — digo, por fim. — Se existe a chance de que ele possa me ajudar a salvar Vanna, preciso tentar. Preciso confiar nele.

Eu me viro para voltar à praia, sabendo que Ukar virá atrás quando estiver pronto.

CAPÍTULO VINTE E DOIS

Hokzuh ainda está adormecido quando voltamos.

Ukar bufa ao vê-lo, e está prestes a acordar o dragão com uma mordida quando pisoteio sua cauda para impedi-lo.

— Não faça isso. Ele está ferido. Mais do que quer admitir.

Eu me agacho ao lado do dragão. Suas escamas ficam mais escuras quando ele está dormindo, e é lindo ver como brilham sob a pálida luz do sol, quase como obsidianas. Ele não deve ter envelhecido durante o século que passou hibernando. Nem parece mais velho que eu; suas escamas são simétricas e vibrantes como as de um jovem. Ele tenta manter a voz grave e rouca, mas quando se esquece de fazer isso, tem um tenor jovial, não muito diferente da de Oshli.

Um cardume de peixes pequeninos fez lar nas frestas molhadas de sua asa. Eu os recolho e os devolvo ao mar com as mãos.

O sangramento estancou, mas, fora isso, ele não parece muito melhor. Toco um dos cortes de sua bochecha. É sabido que dragões se recuperam rápido, assim como demônios. Mas Hokzuh não parece ter essa habilidade. Pergunto-me se é porque os dois lados dele, dragão e demônio, estão travando guerra um contra o outro, mesmo em seu sangue.

Cubro seu rosto com folhas para protegê-lo do sol, depois coloco a mão na massa. Quebro as espiguetas-de-fiar com os dedos, descascando os espinhos e triturando-os com as pétalas brancas. Amasso a raiz de gengibre

Uma maldição dourada

com uma pedra e misturo os dois ingredientes. Depois, umedeço a pasta com água fresca e, com cuidado, a esfrego sobre as asas de Hokzuh.

Seus braços espasmam em meio ao sono, e me mantenho longe, atenta aos espigões em seus cotovelos. Quando o ajeito sobre a lateral do corpo, noto as cicatrizes ao longo da sua coluna. Algumas são pequenos cortes, como os ferimentos no rosto e no tronco, enquanto outras parecem mais severas. Tenho minhas próprias cicatrizes, a maioria de chicotadas de Adah, mas nenhuma é tão profunda quanto as dele.

Isso faz com que eu me pergunte sobre seu passado. Sobre os pesadelos *dele*. Faz com que eu me pergunte se eles o assombram mesmo acordado, como acontece comigo.

Durante uma hora, espalho a pasta de espigueta-de-fiar sobre os machucados, trabalhando rápido e com cuidado para não o acordar, mas ele está *mesmo* em um sono profundo. Mesmo quando reposiciono a asa quebrada contra um galho, amarrando-a com retalhos da saia, ele mal se mexe. Para passar o tempo, começo a cantar. A antiga canção de ninar de Mama escapa da minha garganta. Gosto de pensar que é a minha voz, baixa e suave, que mantém Hokzuh no mundo dos sonhos.

Por fim, ele começa a se mexer, e eu recuo quando ele se senta e solta um grunhido ao ver o que fiz com suas asas.

— Não toque. O graveto vai ajudar a mantê-la ereta. — Franzo os lábios, observando enquanto ele se levanta com dificuldade. As asas machucadas lhe tiram o equilíbrio. — Como está a dor?

— Consigo lidar com ela.

Hokzuh não me agradece por cuidar de seus ferimentos.

Quando você conseguirá voar de novo?, Ukar não se dá ao trabalho de esconder suas intenções interesseiras.

— Hoje não. — Hokzuh analisa as águas. — Com essa maré, teremos que partir antes do anoitecer, se quisermos resgatar sua irmã da Mamãe Bruxa.

— Bruxa Demônio.

Elizabeth Lim

— Que seja. — Hokzuh amarra o cabelo atrás da nuca. — Precisamos encontrar um barco. Deve haver um ou outro à venda no vilarejo.

— À venda? Achei que você fosse roubar um.

— Eu roubaria, mas Nakri não iria gostar. Ela gosta de dar os ladrões para os crocodilos comerem.

— Então o que faremos? Não temos dinheiro nenhum.

Ele enfia a mão no bolso e revela a pedra da lua branca que o rei Meguh usava ao redor do pescoço. Ainda há sangue nela.

Meus olhos se arregalam.

— Você...

— Arranquei do pescoço dele depois que você o matou — Hokzuh diz sem um pingo de remorso. Ele balança a corrente. — Deve render uns bons trocados. Nakri sempre teve um fraco por ouro. — Ele dá batidinhas na própria têmpora com os nós dos dedos. — Agradeça por alguém pensar adiantado.

Depois disso, ele se dirige à selva a passos largos.

Vou atrás dele às pressas.

— Como sabe que esta é a ilha dela?

— Porque já viajei pela maior parte de Tambu, diferente de você. Eu reconheço o vilarejo. — Ele acena para que eu o siga. — Venha, Yappang não deve estar longe. Aperte o passo.

Para ele é fácil falar, já que suas pernas têm duas vezes o tamanho das minhas. Preciso correr para acompanhá-lo.

— Aliás, obrigado — ele fala, parando abruptamente no meio da caminhada. Ele espera até que eu o alcance. — Pelo que quer que você tenha colocado na minha asa.

Ele faz uma pausa.

— E pela cantoria. Você tem uma ótima voz, sabia? Talvez, quando seus dias de caçadora de demônios chegarem ao fim, você possa se juntar a uma trupe e se tornar cantora.

— Não tire sarro de mim.

Uma maldição dourada

— Por que acha que estou tirando sarro de você?

O olhar do dragão fica penetrante. Ele está mesmo curioso.

— Porque... porque... — gaguejo — Ninguém diz coisas assim pra mim.

— Dizem que você parece um demônio. Pra eles, essa é a verdade. Eu digo que você tem uma bela voz. Pra mim, essa também é a verdade. O fato é que você é uma garota cobra, imune a veneno. Por que deixa que palavras venenosas te machuquem?

Não sei como responder.

— Como você fica tão confortável perto de pessoas assim? — digo sem pensar. — Elas também são cruéis com você.

— Eu não tenho coração — Hokzuh responde simplesmente. — Não me importo se as pessoas gostam de mim ou não. Você, por outro lado, tem coração. E ele não é tão forte quanto você gosta de fingir.

Minha resposta encolhe na garganta enquanto me lembro da traição de meu pai. Talvez tenha sido ideia de Dakuok me vender. Talvez Adah tenha se sentido relutante. Não importa, pois, no final, eu não valia mais que um saco de moedas para ele.

Sigo em frente pela selva.

— Eu mostro o caminho.

O verão está no seu auge, e cubro meus braços e pescoço com uma fina camada de lama, indicando ao dragão que faça o mesmo antes de partirmos. Vai amenizar o calor e, para Hokzuh, afastar os mosquitos.

É estranho ter Hokzuh na selva junto comigo e Ukar. Seus passos são surpreendentemente leves para uma criatura tão enorme, mas suas asas dificultam que ele passe despercebido. As beiradas afiadas raspam contra a vegetação rasteira, ocasionalmente se enroscando em raízes e videiras nodosas. Mas, apesar disso, ele não nos atrasa tanto assim.

Elizabeth Lim

Ukar se mantém dez passos atrás, ziguezagueando pelas ravinas e comendo ratinhos. Não me preocupo muito com sua demora. Se ele comer agora, não sentirá fome durante dias, e ele fica menos mal-humorado quando está de barriga cheia.

A única pessoa que já entrou em uma selva comigo foi Vanna. Lembro de amarrá-la nas minhas costas quando ela era pequena e levá-la para alimentar um ninho de cobras.

— Estes são meus amigos — eu lhe disse quando Ukar e seus primos apareceram para nos cumprimentar.

— São cobras! — Vanna exclamou.

— Não, são meus amigos. Você sabe o nome de todas as crianças do vilarejo e eu sei os nomes de todas as cobras da selva.

Vanna apertou os bracinhos em volta do meu pescoço, pressionando a bochecha contra as minhas costas. Ela estava com medo.

— Elas não mordem — eu lhe garanti. Apontei para uma cobra verde com manchas perto do ninho. — Olha, este é Ukar. É o meu melhor amigo.

— Seu melhor amigo? — Vanna deu batidinhas nas minhas costas para que eu a deixasse descer.

— Bom, meu melhor amigo além de você. Não fique com medo.

— Não estou! — Ela deslizou de minhas costas e esticou a mão para Ukar. Para minha surpresa, ela o beijou. — Se você é amigo da Channi, então é meu amigo também.

Desde aquele dia, Ukar tem um fraco por Vanna. Ele quer salvá-la tanto quanto eu, e isso está bem visível no momento. Ainda mais considerando o quanto ele está tentando tolerar Hokzuh.

— Quer? — Hokzuh puxa alguns bagos roxos de um arbusto. — São doces.

— São venenosos — respondo. — São frutos de cerda. Fazem com que sangue roxo jorre de sua boca e minhocas nasçam em suas entranhas.

Hokzuh me encara por um minuto, depois enfia o bago na boca.

Uma maldição dourada

— Muito engraçado.

Ukar e eu rimos.

— Não está com fome? — pergunta o dragão.

— Já comi. Como é que *você* está com tanta fome? Pensei que imortais não precisassem comer.

— Não sou imortal.

É por isso que escolheu ficar com Meguh por tanto tempo?, Ukar indaga, incapaz de segurar a língua afiada. *Pelos banquetes reais?*

Hokzuh bufa com as narinas dilatadas. Ukar pisou em seu calcanhar.

— Meguh não me alimentava de forma alguma.

Não foi o que pareceu durante o jantar.

— Acha que eu comia à mesa especial dele todas as noites? — o dragão esbraveja com Ukar. — A noite anterior foi só uma encenação. Pra *ela*.

Ele acelera o passo por conta da irritação, e eu percebo que está falando a verdade. Sua coluna se projeta das costas, e quando ele se inclina para frente, vejo cantos protuberantes em seu rosto pela falta de carne.

De repente, minha boca fica amarga. Engulo em seco, alcanço Hokzuh e digo com gentileza:

— Você nunca me contou como foi parar em Shenlani.

Ele fica quieto por tanto tempo que acho que não vai responder. Mas por fim ele fala:

— Eu já tive amigos. Uma tripulação de homens que me acolheram quando eu mal era crescido. Pode nos chamar de piratas, mas nunca machucamos ninguém que não merecesse. Saqueávamos navios atrás de dinheiro, e gastávamos a maior parte em comida e bebida. Não, retiro o que disse. Usávamos a maior parte em bebida.

Ele abre um sorriso fraco.

— Durante uma viagem, fomos pegos por uma monção. Perdi tudo: meu navio, minha carga, quase toda minha tripulação. Um dos navios de Meguh nos encontrou e, quando dei por mim, estava em uma jaula.

— Angma te prendeu — sussurro.

— Talvez. Mas foi Meguh que se deleitou com meu sofrimento. Ele me deixou sem comida por um ano. — O olho vermelho de Hokzuh cintila. — Ele gostava do que eu me tornava quando perdia o controle.

— Você não poderia ter voado pra longe?

— Ele quebrou minhas asas — o dragão responde entredentes. — Encostou um ferro quente em minha carne, depois esmagou meus ossos. Então colocou eu e meus homens na arena no dia seguinte. Como me recusei a lutar contra eles, Meguh fez seus guardas os matarem. Ele deixou os cadáveres na minha cela.

O que eu poderia lhe dizer? Minhas pernas viram chumbo e eu paro, com gravetos estalando sob meus pés.

— Sinto muito. Eu não sabia.

— Não preciso da sua pena.

São palavras que já falei tantas vezes que soam estranhas na boca de outra pessoa.

Ainda não sei o que dizer, então caminhamos em silêncio, pisoteando o matagal, antes que eu finalmente mude de assunto.

— Você realmente é o príncipe dos dragões?

— Meu pai é o rei — ele responde, tenso.

Rei Nazayun?, Ukar pergunta. Interessado, ele levanta a cabeça, e suas pupilas em forma de fendas se arregalam como se ele estivesse juntando as peças de um grande mistério.

— Não o Rei do Mar — Hokzuh esbraveja. — Aquele que vive nos céus.

— O Rei do Céu — digo. O segundo filho de Hanum'anya.

Ukar já me contou várias histórias sobre os herdeiros do primeiro dragão: os dois irmãos costumavam governar o mar juntos, até que o ciúme dividiu o trono e um permaneceu no mar, enquanto o outro se retirou para o céu.

— E sua mãe? — pergunto.

— É um demônio. Não me pergunte como aconteceu. Ela está morta.

Uma maldição dourada

Ele está esperando minha reação, e eu o decepciono ao não demonstrar espanto.

— O quê? — Dou de ombros. — Não é difícil adivinhar, considerando seu olho vermelho... e o que sua pérola fez com Angma. Você poderia ter me contado desde o início. Tendo sangue demoníaco ou não, não tenho medo de você.

— Isso é porque não sou um demônio no momento — ele responde de maneira sombria.

E eu achando que Ukar era o dramático.

— Se isso for verdade e seu pai for mesmo o rei dos dragões do céu, ele não pode te ajudar a voltar pra casa?

— Não. — Os olhos de Hokzuh estão duros. — Ele me odeia. Eu o lembro de seus erros.

A maneira como ele fala causa uma pontada em meu coração. Sei bem como é a sensação de ser indesejada.

— Então como você pode voltar pra casa? — pergunto com a voz suave.

— Preciso encontrar as duas metades da minha pérola. Quando estiverem unidas, eu poderei me tornar um dragão completo. Até lá, estas asas só me lembram de que consigo voar alto o suficiente pra tocar as nuvens, mas não o bastante pra voltar pra casa.

Sinto minhas pegadas afundando com mais pesar na terra. As asas dele são como minha máscara: um lembrete cruel do que não posso ter.

— Qual a aparência da sua pérola?

— Se eu soubesse, já a teria achado há anos.

Há um sinal de ressentimento se infiltrando em sua voz, e ele toca a pedra da lua branca que roubou de Meguh. Ela está pendurada em uma corrente de ouro simples, parando pouco acima do peito do dragão.

Por que você ficou?, Ukar se intromete. *Você poderia ter deixado Shenlani facilmente, ao que parece.*

Elizabeth Lim

A pergunta faz Hokzuh ficar rígido.

— Por causa da sua Bruxa Demônio.

É a primeira vez que ele reconhece que a rainha Ishirya é Angma.

— Se sabia que ela estava com sua pérola, por que não a tomou? Por que fingiu estar sob seu controle?

Os olhos de Hokzuh dilatam de desgosto.

— Acha que é fácil assim apunhalar seu coração e arrancar minha pérola? — Ele bufa de desdém. — Talvez, se eu tivesse a outra metade, a metade *dragão*, eu teria alguma chance... Mas apenas Angma sabe onde ela está.

— A metade dragão — repito. — Ela te deu algum indício de onde estaria?

— Se tivesse, eu não estaria aqui.

Hokzuh segue em frente. Estamos quase nas colinas, e consigo ver os telhados que formam o vilarejo Yappang.

— Ela adorava me atormentar com o que sabia, e eu não. No fim, ela só falou que eu logo a teria — Hokzuh ri. — Vai saber. Ela andava tão preocupada em fazer Meguh comparecer ao leilão de sua irmã que mal a mencionava.

Minha mente está em polvorosa. Consigo sentir que há algo a ser descoberto. Uma fraqueza ou um segredo que a Bruxa Demônio escondeu.

— Ir ao leilão foi ideia da rainha?

— Ela encorajou Meguh a ir. Disse a ele pra oferecer tanto ouro quanto fosse preciso.

Hokzuh afasta um enorme capim-elefante enquanto subimos uma colina baixa. A grama faz cócegas em meus braços, e o vento sopra pelo suor se acumulando em minha nuca.

— Ela falou o que queria com Vanna?

— Não é óbvio? Uma jovem e bela donzela que capturou a atenção de todos os reis das ilhas... Meu palpite é que a Dourada seria seu próximo corpo. O de Ishirya estava ficando... velho.

Uma maldição dourada

Lembro-me da pele de Ishirya se dissolvendo quando destruí sua carapaça. Faz sentido que Angma cobiçasse a juventude e a beleza de minha irmã. Mas ela tem desejado Vanna desde que ela era um bebê. Qualquer idiota apostaria que tinha a ver com a luz do seu coração. Estranho Hokzuh não a mencionar uma única vez.

É mesmo muito estranho. Minhas costelas se contraem com uma conclusão repentina.

— Quem diria que a Bruxa Demônio seria tão vaidosa? — digo, de um jeito tão casual quanto consigo. Meu coração está retumbando, e espero que Hokzuh não consiga ouvir.

Ele bufa.

— Eu falei que ela era uma bruxa. Beleza e juventude são as únicas coisas com o que essas velhas corocas se importam.

— Você não viu nada... de especial em Vanna?

— Especial? — O dragão franze a testa. — O que vi foi uma garota mimada e sem graça que não defendeu nem a própria irmã, que dirá a si mesma.

Ukar e eu trocamos um olhar. Será que Hokzuh não conseguia ver a luz dourada irrompendo do coração de Vanna?

Ukar se enrola em meus ombros, com a sua pele pulsando contra meu pescoço. Não ouso falar com ele, caso Hokzuh possa ouvir.

Caminho rápido para que o dragão e eu fiquemos lado a lado.

— Você disse que não sabia a aparência de sua pérola. E se a metade dragão estiver no fundo do oceano ou escondida em uma nuvem? Como você iria identificá-la?

— Essa é a parte cruel disso tudo — Hokzuh fala com uma risada dolorida. — Eu não conseguiria identificá-la mesmo se ela estivesse diante de mim. Essa é minha maldição.

— Mas você encontrou a metade demônio.

As narinas dele se inflamam.

— Só por causa do efeito que ela teve em Angma.

— O que a metade dragão faria a alguém?

— A pérola de um dragão é a própria essência de um poder puro e perfeito — ele responde. — Caso alguma criatura possuísse essa metade de meu coração, ela se tornaria... extraordinária.

Extraordinária. Como Vanna.

Aquele sentimento perturbador se intensifica. Mal consigo firmar a voz quando digo:

— E para recuperá-la você precisaria...

— Matar — Hokzuh afirma com frieza. — Estou contando que seu sangue me ajude a acabar com Angma. Com sorte, também iremos pegar o desgraçado que está com a minha metade dragão.

Eu me forço a sorrir, mas por dentro meu mundo está desmoronando. Com a mesma certeza de que o sol irá trazer um novo dia e a lua irá carregar a noite, tenho certeza de que a pérola que Hokzuh procura com tanto ardor... é a luz do coração de Vanna.

Mas é claro que Hokzuh não faz ideia do que estou pensando. Ele me observa com curiosidade.

— Por que está tão abatida, Channari? Você sabe o que é um sacrifício. Chegou aonde está agora porque matou.

Fica difícil respirar, e mais ainda esconder o que estou pensando quando olho em seus olhos.

— Só matei Meguh e o capitão, e foi porque mereceram. Não sou o monstro que aparento ser. Eu não mataria qualquer um.

— Nem mesmo pra salvar sua irmã?

Eu me encolho, e Hokzuh sabe que tocou num ponto sensível.

— Não vai chegar a esse ponto — respondo. — Angma é o único inimigo que me resta.

Mesmo quando digo isso, sei que não é verdade. Conforme os relatos sobre a luz da Vanna se espalharem, mais pessoas passarão a cobiçá-la. Mais pessoas irão atrás de seu poder.

— Vamos torcer pra que você esteja certa — Hokzuh diz. — Quando chegar a minha vez, *eu* não hesitarei. Farei qualquer coisa pra ter minha pérola de volta.

— Você vai matar pessoas inocentes.

— O que quer que seja necessário, será feito.

— Você mataria seus amigos? — pergunto baixinho. — Aqueles que velejaram com você?

As escamas no rosto de Hokzuh escurecem. Ele não olha para mim.

— O que quer que seja necessário, será feito — ele repete.

Ele aumenta o ritmo, mas eu toco seu braço.

— Você diz isso, mas não acredito em você. Você também não é o monstro que aparenta ser — digo em um sussurro.

Fico esperando que ele me afaste, que murmure que sou uma tola, mas ele não faz isso. Em vez disso, seus ombros afundam. Há uma fragilidade em sua voz quando ele fala:

— Não quero ser.

Entendo essas palavras mais do que qualquer outra pessoa. São palavras que apagam a apreensão crescendo em meu interior e a substituem por uma esperança familiar. O aperto em meu peito relaxa, e eu respiro fundo.

— Vamos nos ajudar — eu prometo. — Vamos dar um jeito.

Hokzuh assente uma única vez, e é como se o ar entre nós tivesse mudado. Ele gesticula em direção ao vilarejo, e em vez de se adiantar por conta própria como antes, ele anda comigo, lado a lado.

No fundo de minha mente, sei que percorrer esse caminho será perigoso — tornar-me amiga do dragão que está atrás do coração de minha irmã. Mas não volto atrás.

CAPÍTULO VINTE E TRÊS

O vilarejo Yappang é como qualquer outra cidade pesqueira. Há cerca de trinta casas construídas ao longo da costa, com telhados inclinados em ângulos íngremes para captar água das chuvas. No meio do dia, mulheres colocam as roupas para secar e homens alimentam fogueiras enquanto crianças arremessam e chutam bolas pelas areias. Meia dúzia de barcos de madeira se espalham pela praia, ancorados a bangalôs suspensos em palafitas sobre um mar raso. Nada de estranho.

Exceto pelo fato de, caso se olhe com mais atenção, haver um amontoado de crocodilos se agitando nas águas turvas.

Hokzuh continua andando em frente a passos largos, mas eu me agacho em meio aos bambus.

— Preciso de um minuto — digo, ajustando as cordas para firmar a máscara.

O dragão ergue uma sobrancelha desgrenhada.

— Ontem você lutou contra um demônio e empalou o coração de um rei. Não me diga que está com medo de um bando de pobres aldeões.

— É pra evitar uma cena. Não me dou bem com estranhos.

— E por acaso *eu* pareço receber boas-vindas calorosas?

Não, mas, pelo menos com seus chifres, garras e asas pretas e espinhosas, ele parece grandioso. Ninguém em sã consciência se atreveria a atirar pedras nele, ou golpear sua cabeça com o cabo de uma lança de pesca.

Já eu? Posso até ter o rosto de um monstro, mas meu corpo ainda é o de uma garota magricela.

— Tire a máscara — Hokzuh diz. — Você não tem nada a temer. Sou amigo de Nakri; já fiz negócios com ela. Os aldeões vão se lembrar de mim. Talvez até me tragam presentes.

— Presentes? — É minha vez de erguer a sobrancelha. — Pra você?

Ele sorri.

— Diversos vilarejos cultuam dragões, sabia?

— Não os que se parecem com você. A maioria não anda sobre duas pernas e tem braços e asas...

Hokzuh faz questão de me ignorar.

— O bagre grelhado daqui é delicioso — ele continua, estalando os lábios. — É uma especialidade local. Devem me trazer algumas travessas, talvez com colares de pérolas e orquídeas amarelas pro seu cabelo. Confie em mim, sou popular por estas bandas.

Abaixo a máscara. Ele parece confiante, então por que minhas entranhas se reviram de apreensão?

Porque você desenvolveu o sexto sentido de uma cobra, Ukar me informa.

E o que é isso?

Pessimismo.

Solto uma gargalhada enquanto sigo Hokzuh até Yappang.

Dentro de instantes, chegamos. O lugar ficou silencioso. Não há ninguém na orla, e os crocodilos estão morbidamente quietos. Há uma névoa se erguendo das águas, deixando o ar viciado e pesado. Quando abro a boca para dizer a Hokzuh que deveríamos voltar, uma grossa rede é jogada por cima da minha cabeça.

Eu me atiro na areia. A rede cai a centímetros dos meus calcanhares, mas outras disparam pelos ares. Hokzuh abre as asas machucadas. Nenhuma delas é grande o suficiente para aprisioná-lo.

Ukar sobe até meu ombro e se esconde atrás do meu pescoço. Ele encara Hokzuh. *Muito bom, dragão. Ainda acha que este vilarejo é amigável?*

Os residentes de Yappang se esgueiram para fora da névoa, saindo de trás de barcos e carroças. Não quero que ninguém se machuque. Abaixo a lança e estendo as mãos.

— Nós não estamos aqui pra...

— Sou amigo de Nakri! — Hokzuh grita, interrompendo-me.

Ele começa a falar em um dialeto que não conheço, mas os aldeões o cortam dando berros e cutucões de suas lanças de pesca nas asas quebradas dele.

Hokzuh recua e volta para o meu lado. Ele abre um sorriso nervoso.

— Parece que eles se lembram *mesmo* de mim. Acho que fui bem encantador por aqui.

Não tenho tempo de responder. Mais golpes são direcionados a nós.

— Demônios! — os aldeões gritam.

Poderíamos facilmente subjugá-los, mas meu companheiro não está atacando, então também não atacarei. Eu me afasto, assim como ele, até que estamos a um fio da beirada do píer do vilarejo.

Mais um passo e seremos o almoço de crocodilos, Ukar diz, tanto um aviso quanto um lamento. *Talvez não te achem apetitosa, mas eu sou uma cobra carnuda. Minha carne é doce.*

Tento não revirar os olhos para o meu melhor amigo, mas encaro Hokzuh, furiosa.

— Pensei que você fosse amigo da bruxa.

— Ela virá — Hokzuh insiste, mas não parece tão confiante quanto antes.

Nessa velocidade, estaremos mortos antes de ela chegar.

Os crocodilos estalam os dentes sob os meus pés. Suas mandíbulas são tão compridas quanto a minha perna inteira, e, para me defender, empurro o cabo da minha lança abaixo do deque.

Uma maldição dourada

— Mais um golpe dessa lança e esse seu lindo bracinho irá voar pra dentro das goelas deles — avisa uma voz fraca.

Uma mulher mais velha desce com dificuldade o estreito passadiço conectando os bangalôs, batendo uma bengala pelas tábuas tortas enquanto caminha.

— A Bruxa de Nove Olhos — murmuro enquanto os aldeões se afastam para que ela passe.

De fato. Veja, Ukar diz, chamando a minha atenção para os crocodilos. Eles estão erguendo as cabeças em respeito.

Já ouvi histórias de que ela consegue falar com eles da mesma forma que eu faço com as cobras. Que ela é uma suiyak, mas que, diferente de Angma e suas seguidoras, manteve a sede de sangue sob controle.

De perto, ela é bem mais baixa do que imaginei, e tão velha que as rugas de seu rosto projetam sombras profundas pela sua face. Um cordão com sete contas de âmbar pende de seu pescoço, cada um com uma pupila negra no formato de uma lágrima. Em sua mão está uma bengala coberta com dentes de crocodilo afiadíssimos. Assim como as histórias contam.

— Nakri — uma das residentes exclama —, eles saíram da névoa. São demônios, os dois...

A bruxa a silencia ao levantar uma das mãos, com seus longos dedos tremendo.

— Este aqui é uma peste. — Ela aponta para Hokzuh. — Mas, às vezes, é uma peste útil. São meus convidados até segunda ordem.

As armas são abaixadas, e Nakri dispensa os aldeões com um movimento dos dedos.

Assim que partem, ela se volta para mim.

— Um de nossos caçadores viu um tigre esta manhã. Tive a impressão de que significava que a filha de Angma viria fazer uma visita.

Fico boquiaberta.

— Não sou filha de Angma.

— E pode provar o contrário? — Ela ergue a bengala para indicar a mecha branca em meu cabelo. — Você tem a marca dela. Sem falar na criatura ao seu lado.

O olhar dela se desloca para Hokzuh e, com a bengala, ela cutuca os espigões nas asas dele e as marcas em seus braços.

— Vejo que ainda está amaldiçoado. Falei que estaria assim da próxima vez que voltasse.

O olho vermelho de Hokzuh se inflama, e ele afasta bruscamente o braço.

— Precisamos de ajuda. Desta vez, consigo pagar.

— Meus ouvidos devem estar me enganando... você disse que consegue *pagar*?

— Precisamos de um barco — Hokzuh fala, ignorando-a. — E algo pra curar minhas asas. Channari precisa chegar até Tai'yanan pra salvar a irmã.

— Eu sei por que ela está aqui. — Nakri ergue o cordão da pedra da lua do pescoço de Hokzuh e o segura na altura dos olhos. — Tem certeza de que quer entregar isso assim tão perto do anoitecer? — Ela inclina a cabeça. — Não vou deixar você pegá-lo de volta tão fácil assim.

Os ombros de Hokzuh se tensionam, e não faço ideia de qual é o assunto deles.

— Eu não ofereci a pedra.

— E eu não falei que a queria. Não preciso de um décimo olho, ainda mais um tão grande quanto esse. Que tal essa corrente de ouro? — Nakri inspira fundo. — Tem cheiro de sangue abastado.

— O rei de Shenlani estava usando-a quando Channari o matou.

— Ah, então estou na presença de uma regicida.

— Isso significa que vai nos ajudar?

— Ela — Nakri esclarece. — Vou ajudar *ela*.

A bruxa encara Hokzuh e os dois ficam fixos no que parece uma competição que dura horas. Os crocodilos afundam para baixo do passadiço, seus olhos amarelo-esverdeados flutuando acima da água.

Uma maldição dourada

— Um barco e uma poção — Nakri diz por fim —, e tenho uma visão pra entregar à garota. O dragão e a cobra vão esperar do lado de fora.

O maxilar de Hokzuh se tensiona, mas ele assente. Assim como Ukar.

Para alguém que aparenta ter mil anos, a bruxa é veloz. Ela manca em direção ao último bangalô, e já está na metade do caminho quando percebo que devo segui-la.

Sua casa se destaca entre as outras, sustentando-se em palafitas tortas de bambu, com um sapé tão cabeludo quanto a barba de um velho. Os crocodilos se amontoam ao redor, e seus olhos desconfiados me seguem.

E o cheiro! Não consigo evitar torcer o nariz.

Nakri atira a corrente de ouro dentro de uma panela, depois me oferece uma tigela de água fedendo a peixe, mas estou com sede demais para me importar. Eu a termino em um único gole, depois abaixo a tigela.

— Não sou filha de Angma — repito.

— E eu não sou a Bruxa de Nove Olhos. Mas nós não escolhemos os nomes pelos quais nos chamam, não é?

— Qual é o seu ponto?

— Ouvi as histórias que contam sobre sua irmã. Você nem existe nelas. — Ela esfrega o queixo, depois joga a tigela atrás de si. — Em cem anos, você nem ao menos terá existido.

— Eu ficaria feliz de ser esquecida.

Nakri apoia o queixo no cabo pontudo da bengala.

— Uma garota que caça os próprios pesadelos, mas recua diante dos sonhos. Isso vai mudar. Você é bem diferente de como nós a vimos, Channari.

— Nós?

As contas em volta de seu pescoço se movem juntas, até que as sete pupilas me encaram. Nove delas, incluindo as da bruxa. *Nós.*

— Que visão você tinha pra compartilhar comigo? — pergunto, com tanto respeito quanto consigo.

— "Uma irmã precisa cair para que a outra ascenda" — Nakri responde. — Você se lembra dessas palavras?

A profecia do Rei Serpente causa um calafrio na minha espinha. Não a ouço há anos, e não gosto de ser lembrada dela.

— Lembro.

— O Rei Serpente não daria a própria vida pra qualquer pessoa. — Os olhos de Nakri vão de um lado ao outro, e as várias contas me lançam olhares furtivos. — Nos perguntamos há anos por que ele sacrificou tanto pra protegê-la. E por que ele lhe contou que você precisaria de Hokzuh.

— Ele previu que Hokzuh me ajudaria.

— Te ajudaria? — Nakri repete. — Você realmente acha que Hokzuh a ajudará... se souber qual é a verdadeira origem da luz de sua irmã?

Meu corpo todo se enrijece. *Ela sabe.*

— Não há nada a temer. Eu não contarei a ele. — Nakri se inclina para frente em sua bengala. — Também não recomendaria que você contasse.

— Não sou boba. — Um nó se aperta em meu peito. — Ele a mataria.

— Angma tem brincado com vocês dois — ela diz. — Aproximando-os como aliados, sabendo que vocês estão destinados a se tornarem inimigos. Tigresa esperta.

Aperto os lábios.

— Então a profecia estava errada.

— As serpentes são guardiãs de uma magia antiga — Nakri afirma. — Magia que nem elas compreendem mais. Suas visões do futuro chegam em pedaços que costumam ser difíceis de encaixar. Minha teoria é de que previram que sua irmã precisaria ser protegida de Angma. Que precisaria de alguém que sacrificaria o que fosse necessário.

— Ele decidiu que essa pessoa seria eu — digo, sem emoção. Sempre soube que era eu quem deveria cair.

— De fato. Por isso envenenou seu sangue... pra lhe dar a força de que precisaria pra lutar contra Angma.

Uma maldição dourada

Nakri pega as duas tigelas vazias e as junta para formar uma esfera e imitar uma pérola.

— Amanhã, quando Vanna completar dezessete anos, ela irá adquirir o poder total de sua pérola. Assim que isso acontecer, Angma irá matá-la. Se conseguir a posse de ambas as metades, ela terá os poderes extraordinários tanto de dragões quanto de demônios. Ela se tornaria a feiticeira mais poderosa de toda Lor'yan.

É minha vez de me inclinar para frente.

— Diga-me como detê-la.

Os olhos de Nakri reviram até ficarem completamente brancos.

— Os fios do passado e do presente já estão terminantemente costurados e não podem ser desfeitos. Mas os fios do amanhã ainda podem tecer um caminho diferente. Escolha os certos e sua irmã viverá.

Isso não responde minha pergunta.

— E depois? Se Vanna viver, Hokzuh irá atrás dela.

— Enquanto a pérola estiver partida, sempre haverá quem a persiga — Nakri murmura. — Essa é a sua sina.

Meu coração acelera.

— Então vou matar Angma e dar à Vanna a pérola *dela*? Seu poder irá para a minha irmã.

Nakri assente.

— Essa é a única forma de ela ter o poder pra derrotar Hokzuh. É a única forma de ela sobreviver.

Começo a me levantar, mas Nakri me pega pelo ombro. Seus olhos ainda estão brancos.

— Esteja avisada. A pérola não é a salvação de ninguém, a não ser de Hokzuh. Por mais poderosa que seja, ela possui vontade própria... e possuí-la será mais uma maldição que uma benção.

Não me deixarei abater. Afinal, nada disso é novidade. Hokzuh disse a mesma coisa quando comentou que a pérola tem vida própria.

— Vanna é forte — respondo. — É por isso que a pérola *a* escolheu.

As duas tigelas nas mãos de Nakri se partem ao meio. Sua voz vira um sussurro.

— Quem disse que a pérola a escolheu?

Não tenho chance de lhe perguntar o que ela quer dizer. Do lado de fora, os crocodilos açoitam o passadiço com suas caudas, chiando com uma sugestão sutil de terror.

Nakri pisca, e seus olhos voltam mais uma vez a serem pretos feito cinzas. As contas em seu cordão se reviram repetidamente, ficando cada vez mais velozes.

— Suiyaks — ela murmura. — As suiyaks estão aqui!

CAPÍTULO VINTE E QUATRO

Nakri me empurra e abre o baú de madeira em que eu estava sentada. Dentro dele, há punhados de folhas secas, sacos de dentes em pó e cortes de barbatana de peixe, assim como vidros identificados com secreções de animais que eu não queria ter visto. Não à toa, a casa fedia terrivelmente.

A bruxa pega um frasco fino. O líquido dentro dele tem um tom questionável de verde.

— Dê isto a Hokzuh.

Coloco a garrafinha em meu bolso, e Nakri me empurra porta afora.

— Tenho um barco debaixo da casa. Pegue-o e vão embora. Meus crocodilos irão manter as suiyaks longe, mas não por muito tempo.

Uma suiyak irrompe das paredes de palha, e seus olhos esbranquiçados nos contemplam com alegria.

— Senti seu cheiro, irmã — ela cumprimenta Nakri, levitando enquanto fala. — Mãe Angma lhe deseja prosperidade.

A resposta de Nakri é um golpe duro de sua bengala. Ela erra e, com uma risada, a suiyak salta novamente. Mas Nakri está alerta. Ela sobe em um de seus baús antigos e, sem dó, dá uma marretada no pescoço da criatura, separando a cabeça do corpo com um corte limpo.

— É a forma mais rápida de matá-las — Nakri explica, ofegante. Aos meus pés, o cabelo branco da suiyak está se desmanchando em névoa, os ossos ficando tão macios quanto os de um peixe. Ela se dissolve em uma poça turva, que Nakri direciona para um vão no chão. — Vá!

Ao longe, os aldeões estão gritando. Mais suiyaks estão a caminho.

A testa de Nakri franze de aflição.

— Vá! — ela me apressa novamente. — Estão atrás de você, não de Yappang.

Apanho minha lança. Uma suiyak aparece à porta e eu não hesito. Quando saio, esmago seu crânio com um estalo gratificante.

Hokzuh está me esperando no barco de pesca de Nakri. Salto para dentro e, imediatamente, pego um remo.

— Lá está ela! — as suiyaks exclamam umas para as outras. Elas se agrupam no céu, formando uma massa parecida com uma nuvem de pássaros brancos.

Hokzuh e eu remamos o mais rápido que conseguimos, levando a luta para longe do vilarejo. Não perco o ritmo, nem quando meus músculos começam a queimar e o vento fustiga meus olhos. Estamos nos afastando da praia, já quase em alto mar, quando as suiyaks mergulham sobre nós. Já devem estar sabendo do meu sangue, porque ignoram o corte que inflijo em minha perna e me agarram pelos braços, erguendo-me do barco.

Ukar vai ao meu socorro no mesmo instante. Ele afunda as presas na suiyak mais próxima enquanto ataco seus pescoços, mas elas pegam meus pulsos e os torcem até que eu urre de dor. A lança despenca de minhas mãos, e não tenho mais nada para me proteger enquanto elas me erguem mais e mais alto, para longe do alcance de Ukar, com meus pés chutando contra o vento.

Mordo e arranho, arrancando-lhes sangue preto feito piche. Mesmo assim, elas continuam voando. Arranco montes de cabelos brancos. Mesmo assim, elas continuam voando. Droga, sem minha lança, não consigo rasgar suas gargantas pálidas.

Por sorte, não estou sozinha.

Lá embaixo, Hokzuh e Ukar estão cercados.

Uma maldição dourada

— Ataquem as cabeças! — grito para eles. — É a única forma de matá-las.

O dragão vai direto ao trabalho. Ele dispara para cima, decapitando os monstros com as próprias garras. Cabeças saem voando, explodindo feito frutas podres, jorrando líquido preto — e as suiyaks ao meu redor começam a se afastar de medo. Elas abrem os braços, os cabelos brancos esvoaçando feito asas.

Nesse momento, aproveito a chance. Mordo meu lábio até sentir gosto de sangue, depois o cuspo na suiyak mais próxima. A bochecha dela fervilha, vazando névoa enquanto ela berra de indignação. Ou, pelo menos, ela tenta berrar. Eu lhe dou uma cabeçada com tanta força quanto consigo reunir. Não tenho certeza de como as coisas acontecem, mas há um borrão de escamas pretas e espigões, e, quando dou por mim, estou caindo.

Hokzuh habilmente me pega em seus braços e me coloca de volta no barco, onde minha lança aterrissou.

Estamos pensando a mesma coisa. Lambuzo a arma com sangue.

— Aqui. Tome cuidado.

Com um aceno de cabeça, ele se lança alto nos ares. Sua asa esquerda ainda está quebrada, mas com a direita ele traça um arco mortífero pelo céu, conduzindo minha lança com maestria por um enxame desvairado de suiyaks. Esquerda, direita, esquerda, direita, ele ataca uma dúzia delas, e seus corpos se curvam para trás. Uma a uma, seus cabelos brancos se desmancham em direção à espuma do mar.

As últimas suiyaks sibilam.

— Venham aqui — provoco, depois ergo as mãos ensanguentadas. — Venham!

Elas não ousam fazer isso. Pairam a vários metros de distância, e prometem, em uníssono:

— Hoje a vitória é sua, mas ainda há o amanhã. Veremos você em breve. Vamos, irmãs. Ela foi avisada. Mãe Angma irá tomar conta do resto.

Depois desaparecem, e Hokzuh aterrissa de volta no barco com um baque. Os músculos dele relaxam de exaustão, e preciso tirar sua asa ferida da água antes que ele nos desvie do curso.

— Nunca fico entediado quando estou com você — ele diz, esticando as pernas. — Você é uma garota especial, Channari Jin'aiti. Nunca conheci ninguém como você.

Eu poderia dizer o mesmo, quase digo. Mas, em vez disso, respondo:

— Cuidado com Ukar. — Chuto seu tornozelo para longe do meu melhor amigo, que está enrolado na proa. Comer sempre o deixa sonolento. — Ele precisa descansar.

— Você também.

Preciso mesmo. Estou cansada e meus braços queimam enquanto remo, mas todo segundo importa. Nem olho para trás até que a Ilha Yappang tenha desaparecido para além da curvatura da terra.

Por fim, deixando o remo sobre o colo, eu me viro para o dragão.

— Obrigada por cuidar das suiyaks. Sua asa deve estar doendo.

— Não dava pra deixar você e a cobra virarem almoço. — Hokzuh joga minha lança de volta. — Pegou o remédio com Nakri?

— Peguei.

— Você deveria beber primeiro. Vai precisar, quando for encarar Angma de novo.

— É pra sua asa machucada.

— Não discuta comigo, Rainha Serpente.

Faço cara feia para o apelido, mas desarrolho a tampa do frasco de Nakri e bebo. Estava esperando que o remédio tivesse gosto de peixe, mas ele tem um azedume agradável, como cunquate a alguns dias de estar totalmente maduro.

Lambo os lábios.

— Pronto. Você bebe o resto.

Ofereço o remédio e o dragão o pega entre as garras. Ele hesita.

Uma maldição dourada

— Pode me ajudar?

Levo um segundo para perceber que o frasco é pequeno e frágil demais para ele. Está com medo de esmagá-lo.

— Estique a cabeça pra trás — falo.

Ele obedece e, com cuidado, derramo o remédio em sua garganta.

— Melhor agora?

Ele nem teve tempo de engolir, então ri.

— Apressadinha, não é? É um remédio, não magia, Channari. Não se preocupe, vamos chegar à sua irmã a tempo.

Ele abre as asas com cautela. Quando elas esvoaçam ao vento feito velas, ele volta a remar.

Eu também faço isso, e nossas braçadas se sincronizam com naturalidade. Ganhamos velocidade pela água, e acabamos competindo em silêncio para ver quem vai se cansar primeiro. Isso ajuda a passar o tempo, já que não há muito para se ver além do subir e descer das ondas e as correntes de nuvens passando por cima de nós. Para a minha surpresa, depois de mais ou menos uma hora, Hokzuh coloca o remo de lado e solta um grunhido.

— O que foi? Está com dor?

— Muita. — O rosto dele se contorce em uma careta. Um segundo se passa. — Acabei de perceber que esqueci de pegar meu prêmio na Arena dos Ossos.

Meus ombros murcham. Não consigo decidir se rio ou se lhe dou uma porrada com meu remo.

— Você é impossível.

— Apostei em você. — Ele abre um sorriso, com presas e tudo. — Eu teria faturado uma bela quantia de trinta cobres.

Trinta cobres?

— Que fortuna — digo, seca. — Bom saber que minha vida valia duas galinhas. Talvez três. Quer voltar pra pegar?

— E encarar aquele exército de suiyaks de novo? Não sou tão desequilibrado. — Hokzuh pega o remo. O humor dele se esvai, e ele encontra o meu olhar. — Eu teria apostado mais, se tivesse dinheiro pra isso. Já vi você lutar.

Não tenho certeza de onde ele quer chegar, mas um calor estranho sobe pelas minhas bochechas, e não gosto da sensação.

— Que bom que Meguh não me colocou contra você na arena.

Isso faz Hokzuh rir.

— Teria sido constrangedor, não é? Mas nós formamos uma bela dupla: o Príncipe Dragão e a Rainha Serpente. — Ele faz uma pausa. — Sabe, eu estava pensando... Talvez, quando tudo isso acabar, você possa me acompanhar em umas aventuras.

Eu o olho de esguelha.

— Você quer que eu me torne uma das suas lacaias piratas?

— Seria melhor do que ser uma caipira de lugar nenhum. Pelo menos você veria o mundo.

— Não sou uma caipira de lugar nenhum — retruco. — E tenho uma irmã, caso tenha esquecido. Vou viver com ela.

— Em Tai'ya? — Hokzuh bufa de desdém. — Conheço você, Channari. Um dia enclausurada naquelas torres altas de marfim e você vai estar escalando os muros pra escapar, assim como fez na Arena dos Ossos. Uma prisão ainda é uma prisão, não importa quão deliciosa seja a comida.

Cruzo os braços.

— Você fala por experiência própria.

— Falo porque *sou igual a você*.

Aquelas palavras ficam ecoando em meus ouvidos. *Sou igual a você*.

Mordo o lábio. A verdade é que nunca pensei muito no meu futuro depois que Angma morrer. Nunca pensei muito no que eu *gostaria* de fazer assim que Vanna estivesse em segurança. As possibilidades me deixam tonta.

— Você não precisa decidir agora — Hokzuh diz. — Mas confie em mim, compartilhar o sofrimento é melhor que sofrer sozinho.

Uma maldição dourada

Eu não estaria sozinha com Vanna, quase digo. Mas as palavras não saem. Sei que Hokzuh tem um ponto. Sempre imaginei que eu ficaria feliz de passar o resto dos meus dias com minha irmã. Mas nossos caminhos estão divergindo de maneiras que ela não consegue conciliar, não importa o quanto tente. Ela será uma princesa, e eu... serei *eu mesma*.

E se eu aceitasse a oferta de Hokzuh de velejar pelo mundo? A ideia de juntar meu destino ao de alguém que entende o que é ser visto como um monstro me anima de uma maneira que não consigo ignorar.

O barco balança, e eu me permito chegar mais perto dele.

— Pra onde você vai, agora que está livre de Meguh?

— O ideal seria caçar tesouros nos desfiladeiros de Guimon. Caçar penas de fênix, beber barris de vinho roubado. — Ele suspira. — Mas, primeiro, vou encontrar minha pérola.

A pérola. Claro.

Que pergunta idiota, Channi, eu me repreendo. Tinha quase me esquecido da pérola. A culpa se aguça em minhas entranhas, e eu me viro para o mar, incapaz de encará-lo.

— O que foi? — ele pergunta. — Nakri disse algo que você não me contou?

— Não — minto, respondendo rápido demais. Volto a remar com mais força do que antes, saindo do compasso com o dragão. — Não.

Ele não me questiona, o que só torna tudo pior. Ele acredita em mim. Confia em mim.

Lembro a mim mesma que Hokzuh não é meu amigo. Fizemos um acordo, e eu não lhe devo mais nada depois disso. Por outro lado, Vanna é minha irmã. Eu a protegerei até meu último suspiro.

Enterro meu segredo lá no fundo. A cada remada, o futuro com Hokzuh se afasta cada vez mais. O dragão começa a assobiar, e é a canção que eu cantei para ele enquanto cuidava de seus ferimentos.

Mordo o lábio e finjo não escutar.

CAPÍTULO VINTE E CINCO

Não me lembro de cair no sono, mas já está amanhecendo quando acordo, e Hokzuh está voando. As asas já melhoraram bastante e batem com força enquanto ele reboca nosso barco ao longo do mar, usando uma corda amarrada ao redor do tornozelo.

Ukar faz cócegas na minha bochecha com a cauda. *Finalmente! Eu já estava prestes a tentar te acordar te estrangulando.*

Minhas pálpebras estão remelentas, e meu cabelo está grudando no rosto, pegajoso de suor. *Você me deixou dormir?*

O dragão me falou pra deixar. Ele disse que você precisava estar revigorada pra matar a Bruxa Demônio.

Lanço um olhar a Hokzuh. *Quanta consideração.*

— Onde estamos? — pergunto em voz alta.

— Tai'yanan está logo à frente — ele responde, afastando com a mão uma gaivota que pousa em seu ombro.

Devemos estar perto da terra, se há pássaros por perto.

Protejo os olhos com a mão e estendo o olhar até onde consigo.

Ao norte está Tai'yanan, a Ilha das Montanhas do Céu. O ar está limpo e azul, e as montanhas formam abóbadas perfeitas no horizonte. Espuma do mar se choca contra os rochedos, parecendo que estão de fato flutuando sobre as nuvens. É lindo.

— Estamos quase lá — anuncia Hokzuh, fechando as asas e fazendo

Uma maldição dourada

com que o barco oscile quando ele pousa. — O vento irá nos levar pelo resto do caminho.

— Você parece melhor — comento, assentindo a cabeça em agradecimento.

— A poção funcionou.

Em mim também. O corte da perna sumiu.

Estico a mão para pegar a rede de pesca sob meus pés e corto um pedaço da corda. É uma coisinha esfarrapada, nem de longe tão robusta quanto a corrente de ouro que Hokzuh costumava ter, mas eu a ofereço a ele.

— Pra sua pedra da lua.

Eu o peguei de surpresa, e a julgar pela maneira como os ombros dele murcham, pergunto-me quanto tempo faz desde que alguém lhe demonstrou gentileza.

Suas mãos são grandes demais para passar a corda pela pedra da lua, então tomo a iniciativa e a amarro ao redor de seu pescoço.

— É mais do que só um troféu por causa de Meguh, não é? — comento, segurando a pedra. — Tem magia nela.

Os ombros de Hokzuh se tensionam.

— Dizem que cobras são sensíveis à magia. Eu deveria ter adivinhado que isso incluiria você.

Reconheço o tom categórico. Adah fala assim quando um assunto está encerrado e não devo abordá-lo de novo. Mas Hokzuh simplesmente muda a conversa de direção. Ele toca no próprio tornozelo, onde prendeu uma adaga.

— Pegue isto — ele diz, colocando a arma na minha mão. De fio duplo, é a mesma que ele usou para matar as suiyaks. — Duvido que vão deixar você entrar no palácio com a lança.

O cabo da adaga tem cheiro de peixe, o que faz sentido, já que foi só isso que comemos no dia anterior.

— Quando vir um demônio, não mire no coração. Escolha os olhos ou a garganta.

— Por que não o coração?

— É imbatível.

Ele espera até que eu entenda a piada.

— Pelos deuses, Hokzuh — engasgo, rindo mesmo que não seja engraçado. — Foi péssima.

Hokzuh permite que um pequeno sorriso surja em seu rosto.

— Na verdade, nem todos os demônios têm coração, e, mesmo quando têm, poderia estar no pé, na cabeça, nos olhos. É melhor mirar em outra coisa.

Meu humor se esvai.

— Você fala como se não fosse junto comigo.

— Vou te levar até o Porto de Kimai. De lá, será fácil encontrar sua irmã. — Não é uma resposta. Ele inclina o queixo para a minha nova lâmina. — Por que não testa?

— A adaga?

— Não, o remo. — Hokzuh revira os olhos. — Óbvio que é a adaga.

Ele paira sobre a popa do barco e gesticula para que eu avance contra ele.

— Lute contra mim. Finja que sou Angma.

Giro a adaga na mão.

— E se eu te machucar?

Hokzuh mostra os dentes e sorri.

— Espero que machuque.

O sorriso do dragão faz uma onda indesejada de calor se espalhar em meu estômago. Não gosto disso, então dou um salto à frente e desfiro meu primeiro golpe.

O espaço é apertado, o que torna complicado lutar. Ele me bloqueia de imediato, mas eu estava esperando por isso. Não demonstro piedade. Na primeira chance, dou uma joelhada em sua virilha. Enquanto ele se encolhe, eu o imobilizo com todo o meu peso. Eu poderia facilmente atingir sua garganta em seguida, uma ideia que deixo clara ao deslizar a ponta da adaga pela região macia de seu pescoço, bem acima da artéria.

Estamos a um fôlego de distância, e é estranhamente íntimo o quanto conheço o emaranhado de suas veias, os pontos da pulsação palpitante de seu corpo, os músculos definidos cobrindo seus braços. O quanto quero vencê-lo.

Franzo os lábios, sentindo aquele estúpido frio na barriga mais uma vez.

Hokzuh tenta se levantar, mas enterro os cotovelos em seu pescoço e faço questão de deslizar a adaga de volta para dentro da bainha.

— Venci — declaro.

— Venceu mesmo? — Ainda deitado de costas, ele abre suas enormes asas e inclina a cabeça; há um brilho travesso em seu olho azul. — Você sabe que, se eu não estivesse machucado, você é que estaria deitada.

Odeio como o olhar dele me desestabiliza.

— Não tenha tanta certeza — respondo secamente. — Admito que você é rápido, mas, machucado ou não, você tem os reflexos de uma lesma. E seus ataques são previsíveis. Você depende demais das suas asas.

— É mesmo?

Hokzuh me derruba de cima dele com a cauda, e eu xingo ao cair de costas.

Sempre me esqueço daquela maldita cauda.

— Pelo menos, não hesito antes de atacar, como você. — Ele pega minha máscara. — Ainda mais quando está usando isto.

Meu cabelo cai em uma cascata negra por cima de meus olhos.

— Devolva.

— Por quê? Se as pessoas querem sentir medo do seu rosto, deixe que sintam. Por que você é que deveria ter medo?

— Devolva!

— Não! — Hokzuh segura minha máscara fora de meu alcance. — Pra eles, você é um monstro. Isso nunca vai mudar, não importa quão grossa seja sua máscara.

Pego minha lança e disparo em sua direção, mas o ataque é desajeitado e impulsivo.

Hokzuh o contém com facilidade. Ele bloqueia minha lança com o braço. Uma piscada de seus olhos dissonantes me avisa de antemão que sua cauda está batendo contra meus tornozelos de novo, o que me joga para trás.

Dentro de instantes, é ele que está me imobilizando, armado com um sorriso complacente.

— Sempre me esqueço dessa sua cauda estúpida — murmuro.

— Você se esquece porque está distraída. — Hokzuh se abaixa até que sua respiração esteja em minha orelha. — Pelos deuses, Channari. Nunca conheci ninguém tão obcecada por uma pessoa quanto você.

— Angma é...

— Não estou falando dela — ele me interrompe. — Estou falando de sua irmã. Vanna é a sua fraqueza. Ela te impede de atingir o seu verdadeiro potencial. Será que ela lutaria por você da mesma forma que você luta por ela?

Uma resposta morre em meus lábios. Já me fiz essa pergunta antes, e fico atordoada por não conseguir dizer que sim.

— Como pensei — Hokzuh conclui, soltando-me. — Eu já vi o que você é capaz de fazer. Poucas pessoas têm meu respeito, mas você? Você é destemida, forte... poderia ser invencível, só que, pelo amor de Gadda, por que você não luta por si mesma?

A reprimenda é familiar demais. Eu disse essas palavras para Vanna apenas alguns dias atrás, logo antes da seleção. Nunca pensei que elas se voltariam contra mim.

Eu me sento.

— Pelo que eu poderia lutar? — pergunto, ácida. — Não posso ter o que eu mais quero. Uma família, uma vida normal, uma chance de...

— Amar? — ele completa quando minha voz vacila.

Uma maldição dourada

Minhas bochechas esquentam de repente, e eu afasto o olhar, odiando a maneira como ele notou uma parte tão vulnerável de mim com tanta facilidade.

— Você já viu o que as pessoas fazem quando veem meu rosto. Sou um monstro.

— Pros Nove Infernos o que as pessoas dizem! *Você* se acha um monstro?

Engulo com dificuldade. E balanço a cabeça.

— Ótimo. — Ele toca meu ombro. — Porque, pra mim, você não é.

Ergo o olhar para o meio-dragão, o calor inundando meu rosto, e me contenho com um suspiro. Ali está alguém como eu. Alguém que sabe o que é se sentir fora de lugar, o que é ser ferido pelos outros simplesmente por não se encaixar. Por fora, somos monstros. Rejeitados. Mas e por dentro?

Eu estaria mentindo se dissesse que não me sinto atraída por ele. Quer sejam os deuses entrelaçando os fios do nosso destino, quer seja a profecia ou qualquer outra coisa... é um pequeno milagre que tenhamos nos encontrado.

— Você também não é um monstro — digo. — Não pra mim.

Uma sombra passa por seus olhos. Dura apenas um instante antes que ele pisque e ela suma. Como se nada tivesse acontecido, ele sopra a própria franja e mostra seu sorriso de sempre.

— Você finalmente admitiu que gosta de mim.

— Eu não falei que gostava...

— Você vai ser o meu fim, não vai?

— O quê?

Ele dá uma piscadela.

— São esses olhos de cobra. Não consigo resistir.

Sei que ele está brincando, e reviro meus olhos de cobra, fingindo estar exasperada, mas meu coração falha quando Hokzuh me devolve a máscara. Quando, pelo mais breve instante, nossos dedos se tocam.

— Obrigada — murmuro, praticamente arrancando-a de sua mão.

— Pode me agradecer por não morrer.

Eu me viro, mas quando levo a máscara até o rosto, hesito. Eu me inclino sobre a lateral do barco para encarar a Channi na água, e passo os dedos pela superfície áspera da minha pele. Escamas estalam sob minhas unhas até que eu alcance a nuca, onde minha pele humana assume o controle. O som sempre me fez estremecer, mas hoje ergo o queixo.

Este é o meu rosto, digo com ferocidade para o meu reflexo. *Nada vai mudar isso. Nada.*

Antes que eu perca a coragem, atiro a máscara ao mar.

Ela flutua para longe junto com a corrente antes que a madeira escureça e comece a afundar. Durante anos e anos, usei uma máscara. Mas já chega.

Com um suspiro lento, viro-me para Hokzuh, que está sorrindo de aprovação.

Ao ver aquele olhar, a solidão enraizada em meu interior desaparece. Sinto cócegas surgindo em meu nariz, e, quando as deixo escapar, uma risada acaba saindo. Uma risada, vinda do fundo da minha barriga e do meu coração. Mesmo quando paro para respirar, não sinto amargor nenhum.

Hokzuh me olha de canto de olho, sem entender o que é tão engraçado. Depois, balança a cabeça e começa a rir também.

Percebo como é bom rir com alguém. Meu sangue vibra de afeição, diferente da adrenalina inquieta que sinto durante uma caçada, e me sinto leve o bastante para cantar.

— Parabéns — Hokzuh diz. — Chega de máscaras. Chega de se esconder. Você está pronta pra lutar, Channari. Está pronta pra vencer.

Solto o ar demoradamente.

— Pode me chamar de Channi.

Ele está irradiando de alegria. Isso muda seu rosto, abrandando a dureza de seu maxilar e iluminando seus olhos dissonantes, deixando-o quase jovial. E a maneira como a luz do sol passa por suas costas, fazendo suas escamas azul-esverdeadas brilharem... é linda.

— Quer dizer que agora somos amigos, não é? — ele pergunta. — Isso merece uma comemoração.

Antes que eu consiga protestar, ele pega Ukar e eu e irrompe em direção aos céus, deixando nosso barco para trás.

CAPÍTULO VINTE E SEIS

Chegamos em Tai'yanan em uma hora. Há um pequeno palácio prateado no centro da ilha, visto de longe. A luz do sol brilha de seus pináculos em todas as direções, banhando tudo com seu esplendor — os vilarejos e as fazendas, as florestas, as costas. É mesmo um reino apropriado para Vanna governar.

Uma vez na vida, não estou preocupada com minha irmã. Sempre que as asas de Hokzuh emparelham com o vento, dando-nos impulso, grito de alegria. Ele ri nesses momentos, e faz uma manobra através das nuvens para tornar a viagem ainda mais emocionante.

É empolgante voar sobre o Mar de Kumala, permitindo que a brisa jogue meu cabelo para trás enquanto os pássaros grasnam de surpresa, deixando cada medo e preocupação para trás. Não consigo me lembrar da última vez que me senti tão livre e feliz. Não quero que esse momento acabe.

Precisa acabar, Ukar se intromete em meus pensamentos. A cobra está envolta em meu pescoço, praticamente me estrangulando toda vez que o dragão faz uma descida. *Ou já se esqueceu do que Nakri disse?*

Minha risada morre na garganta. Ukar é sempre um estraga-prazeres, é claro que ele estava ouvindo escondido. *Não precisamos virar inimigos,* digo, tão fraco quanto consigo. *Já pensei no assunto. Vou lhe contar a verdade.*

Perdeu o juízo?

Ele merece saber.

Ele irá matá-la.

Não se fizermos um acordo, insisto. *Um novo acordo. Preciso dele, Ukar. Não consigo derrotar Angma sozinha.*

As escamas de Ukar ficam vermelhas de desaprovação. *Isso é um erro, Channi. Uma paixãozinha.*

Não estou apaixonada.

O rubor nas suas bochechas diz outra coisa. E a velocidade do seu coração.

Isso é porque estamos voando.

Mentirosa.

Quero jogar as mãos para o ar de frustração. *É tão ruim assim querer um amigo? É tão ruim assim não querer estar sozinha?*

Não, Ukar admite. *O que é ruim é deixar que esses desejos te tirem a razão. Tome cuidado, Channi. Haverá consequências.*

Estou tomando cuidado.

Penso em como Hokzuh me salvou de Angma, em como me olhou nos olhos e disse *Você conquistou o meu respeito, senhora Cobra Verde.* Sinto uma pontada no coração com a possibilidade de não estar sozinha, afinal de contas. De talvez ainda restar gentileza nesse mundo... para alguém como eu.

Ukar deve pensar que sou estúpida, e não consigo lhe tirar a razão. Mas ele não entende o que significa para mim ter encontrado Hokzuh. Desde o nosso duelo em Sundau, quando nossas mentes se tocaram pela primeira vez, senti que nossos destinos estavam inevitavelmente entrelaçados.

Com ele, tenho a sensação de ser aceita por completo e de pertencer a algum lugar, o que nunca senti antes, mesmo entre as cobras. Mesmo com Vanna.

Para ele, não sou diferente. Sou como ele. Se há alguém para quem eu *não* deveria mentir, esse alguém é ele.

Ele confia em mim, digo a Ukar, *e eu confio nele. Espere só pra ver. Vou te mostrar.*

Ukar não tem tempo de responder, porque Hokzuh vira a cabeça para nós.

— Está tudo bem? — ele pergunta.

A atenção dele me assusta.

— Sim — minto rapidamente. — Ukar só está reclamando por estar enjoado de voar.

— Então tenho boas notícias. Desceremos em breve.

— Já?

Hokzuh sorri para a minha consternação.

— A maioria das cobras odeia voar, faz com que sintam que foram apanhadas por um pássaro. Mas você não é uma cobra, Channi. Você gostaria de ter suas próprias asas, não é?

Gostaria. É verdade, eu amo ver as nuvens sob mim, amo me agarrar ao vento e deixá-lo nos levar para onde quiser. Mas, acima de tudo, eu amo como me sinto livre nos céus, sem o peso das regras ou das paredes ou de olhares intrometidos.

— Não precisa ser seu último voo — Hokzuh diz.

Não falo nada, fingindo que estou olhando para as nuvens.

— Sabe qual é a *minha* parte favorita de ter asas? — ele continua. — É que você nunca precisa cair.

Você nunca precisa cair. É um comentário casual, mas sou imediatamente jogada dezessete anos de volta ao passado, para a profecia do Rei Serpente: *Uma irmã precisa cair para que a outra ascenda.*

— Espera — eu digo, mas os ventos estão muito ruidosos e abafam minhas palavras. — Hokzuh, espera!

Ele não consegue me ouvir, já que começou a descida em direção ao palácio de Rongyo.

Ukar me lança um olhar mordaz. *Não faça isso.*

Estou dividida. Hokzuh é meu amigo. Ele me provou isso ao longo dos últimos dias, e fizemos um pacto para lutar juntos contra Angma. Preciso contar a verdade para ele.

Eu sei onde está sua pérola, falo, invadindo a mente do dragão. *Eu sei o que Angma não te disse.*

Hokzuh se vira e me encara como se eu tivesse ficado maluca, mas não hesito. É nesse momento que ele percebe que estou falando sério, e seu corpo todo se retesa. Ele interrompe o pouso abruptamente, quase nos sufocando no meio do ar.

Estamos suspensos logo abaixo das nuvens.

— Fale.

A palavra soa áspera, mas ele não está com raiva. Pelo menos, ainda não.

— Estou te contando porque você é meu amigo — começo a dizer. — Confio em você.

— Agradeço — o dragão responde.

Ele está cauteloso, como era de se esperar. Mas não consegue esconder o brilho ansioso nos olhos quentes e frios ao mesmo tempo. Não sei em qual deles focar, mas o azul nunca foi uma escolha ruim. É como olhar para o oceano, para as águas rodopiando e transbordando de esperança.

Vê-lo me deixa tensa, mas sigo em frente.

— Metade da sua pérola está dentro da minha irmã, Vanna. Dentro do coração dela.

Leva um segundo para as palavras fazerem efeito, e as sobrancelhas grossas de Hokzuh se franzem.

— Sua irmã?

— Quando você disse que quem possuísse a pérola seria banhado por algo extraordinário, eu… — Mordo o lábio, reunindo coragem. — Suspeitei que fosse minha irmã.

Hokzuh desconsidera minha fala com um gesto da mão.

— Chega de brincadeiras, Channi. Você disse que estávamos com pressa, e agora…

— Chamam Vanna de Dourada por um motivo — falo sem pensar.

— *Você* não consegue ver, mas ela tem um brilho tão radiante quanto o sol. Aquela luz é a sua pérola.

Aos poucos, as escamas de Hokzuh escurem, as beiradas azul-esverdeadas se tornam pretas, como se queimadas por um fogo invisível. É uma transformação assustadora, e Ukar se esconde atrás do meu cabelo.

— Dourada — Hokzuh murmura. — Ela esteve diante de mim esse tempo todo.

Ele rosna, e a rapidez com que sua voz muda é preocupante. A receptividade e a simpatia desapareceram em um piscar de olhos.

— Você escondeu isso de mim.

— Não te falei porque você ia querer matá-la. Nakri me avisou...

— Você disse que não falou com Nakri sobre minha pérola.

Fui pega e não consigo negar.

— Eu menti. Desculpe. Mas estou te falando a verdade agora.

— Por quê? Não... Eu sei o motivo. — O olho vermelho dele emite um brilho enquanto ele força as palavras a saírem. — Pra implorar que eu não a mate.

Não vou deixá-lo me desestabilizar.

— Olha, você tem sangue de dragão. Mesmo sem sua pérola, você vai viver muitos anos a mais do que Vanna. Deixe-a viver a própria vida, depois tome o coração dela quando ela falecer.

— E Angma?

— Fique e me ajude a derrotá-la. Você irá recuperar metade da sua pérola quando matá-la.

— A metade demônio — ele diz sem emoção. Ele agarra a pedra da lua de Meguh. — Preciso das duas. Isso é inegociável.

— Por quê?

Em vez de responder, ele nos leva à terra com a força de um estilingue. Meu estômago se revira e eu reprimo um grito. Não consigo respirar. O ar está passando rápido demais para que eu inspire, e Ukar se agarra em

Uma maldição dourada

meu rosto. Ele está tremendo de medo e as cores de suas escamas mudam sem parar.

Sem avisar, Hokzuh me larga, e Ukar e eu caímos em uma praia rochosa. Rastejo e fico de joelhos, trêmula, enquanto recupero o fôlego.

Quando olho para cima, minha visão é tomada por um litoral salpicado de rochas brancas. As nuvens estão escuras e baixas, e, embora as gotículas que fazem cócegas em minhas bochechas venham do mar, sinto cheiro de uma chuva se aproximando.

Aqui não é Tai'ya. O palácio está pálido no horizonte, com os pináculos prateados e as muralhas brancas cercadas por uma linha de colinas cobertas de vegetação. As Montanhas do Céu.

— É aqui que acaba a nossa jornada — Hokzuh declara com frieza. — Nosso acordo está encerrado.

— Espera — começo a dizer, colocando-me de pé num salto. — Você disse que...

— Eu disse que a levaria até sua irmã. Você está em Tai'yanan. Não temos mais acordo.

Ele se vira de costas e se preparar para voar.

— Espera. — Eu o pego pela asa. — Não íamos lutar juntos contra Angma? Você não ia me ajudar, como prometeu?

Hokzuh abre a boca e, por um momento, ouso ter a esperança de que ele mude de ideia.

— Ajude-me — sussurro. — Por favor. Vamos recuperar sua pérola e salvar minha irmã. Você não me disse que éramos uma bela dupla? Há um motivo para o Rei Serpente ter previsto que nos juntaríamos. Vamos dar um jeito.

É nesse momento que Hokzuh balança a cabeça. Seu olho vermelho está brilhando de maneira feroz, e nunca o vi tão perturbado.

— Eu gostava de você, Channi — ele diz. — Você me fez sorrir depois de anos sem nenhum motivo pra isso. É por isso que estou te deixando pra trás. — Ele solta um grunhido baixo. — Confie em mim, *estou* te ajudando.

Jamais ouvi palavras tão doces e tão cruéis ao mesmo tempo. Cerro os punhos, e a decepção cresce dentro de mim feito a maré.

— Então somos inimigos?

Um músculo salta no maxilar dele.

— Inimigos querem machucar um ao outro. Eu não quero te machucar. Consigo ler as entrelinhas das suas palavras.

— Mas você vai machucar minha irmã, não vai? — Minha voz fica gélida. — Se você chegar a *tocá-la*, você não vai viver pra contar a história.

Hokzuh simplesmente curva a cabeça em uma reverência.

— Angma irá atrás dela hoje. Assim como eu. — Ele me joga minha lança. — Você está longe do palácio. Se eu fosse você, me apressaria.

Depois disso, ele se lança nos ares, e suas asas produzem um vento violento contra o meu rosto. Protejo os olhos enquanto ele desaparece entre as nuvens.

Chuto a areia, xingando o dragão. Raiva e traição formam um nó flamejante em meu peito, e tenho vontade de gritar. Eu acreditei nele. Confiei nele.

Ukar sai debaixo do meu cabelo. *Bom, o que foi que eu falei? Essas são as consequências.*

Não preciso disso agora, Ukar, respondo com as bochechas quentes. Percorro a areia, enfurecida, arrancando os sentimentos do meu coração e transformando-os em uma arma.

Fui ingênua de achar que Hokzuh era meu amigo, mas não me arrependo de ter dito a verdade.

A traição torna as coisas mais fáceis. Agora, quando precisar lutar contra ele, não irei me conter. Se tiver que machucá-lo, ou mesmo matá-lo, não vou hesitar.

Eu me viro, tomando os pináculos prateados do Palácio de Tai'ya como meu destino.

Vou vencer a qualquer custo.

CAPÍTULO VINTE E SETE

Meus sapatos chiam enquanto eu corro. As solas de palha ainda estão molhadas. Embora uma tempestade esteja a caminho, o sol está escaldante, queimando minhas pegadas na areia. Ukar se esconde sob minha camisa, segurando-se em meus ombros como se meu corpo fosse uma pedra quente.

Juntos, seguimos para Tai'ya. Ao contrário das colinas que a circundam, a cidade é um terreno bem-cuidado de estradas de pedra polida, jardins extravagantes e templos em formato de sino, com espirais em direção aos céus. Dizem que é a cidade mais bonita de todas as Ilhas Tambu, mas as construções poderiam ser de ouro, e os canais, fluir mercúrio, e mesmo assim eu não perceberia. Meu único foco é encontrar minha irmã.

Minha pulsação retumba em um ritmo errático em meu pescoço. Carrego a lança abaixada, recusando-me a permitir que seu volume me atrase. Vanna nasceu durante o fim da manhã, quando o sol estava quase em seu zênite. Se tivesse que apostar, diria que tenho duas horas. Não é fácil prever com todos os fiapos cinzentos se entrelaçando pelo céu. A tempestade faz eu me apressar até a cidade.

Eu me esforço mais. Preciso chegar até Vanna.

Torturei minha mente durante dezessete anos imaginando todas as maneiras de Angma atacar no dia de hoje. Quebrando o pescoço de Vanna com um movimento das patas, abrindo sua garganta com uma garra, arrancando seu coração com aquelas presas tão brancas quanto pérola...

Elizabeth Lim

Mas o meu maior medo é que eu não esteja lá a tempo de pará-la.

Corro mais rápido, até que meus sapatos começam a se despedaçar e meus joelhos vacilam tanto que não sinto mais dor. O Porto de Kimai ficou para trás; os falcões lá em cima estão guinchando sobre a cobra em minhas costas e os fazendeiros nos arrozais gritam, perguntando-me: "Pra onde está indo, garota?". Eu passo voando; eles não conseguem ver minha feiura, sou apenas uma garota correndo contra a tempestade iminente.

Corro até ouvir os coros de "Princesa, princesa!". O chão treme, e o ritmo do nome de Vanna vibra na grama sob meus pés. As palmeiras que me ladeiam se tornam casas de terracota, as trilhas de grama pisoteada se tornam estradas de terra, e as flores silvestres desabrocham em pessoas... milhares delas.

Não consigo mais correr. É impossível. Estou me espremendo por entre as multidões, cortando caminho por becos. Arranco um leque do bolso de trás de alguém e o uso para cobrir o rosto. Fogos de artifício explodem, pipas voam, lulas chiam em chapas e ambulantes esticam colares de coral em minha direção, prometendo que me darão o melhor preço. Empurro-os com os ombros, mantendo os olhos no sol.

Sempre que esbarro em uma mulher velha, aperto a mão mais forte ao redor da lança. Angma poderia ser qualquer pessoa nessa aglomeração. Poderia estar em qualquer lugar.

Vou adentrando mais fundo na cidade, um labirinto de estandartes vermelhos e paredes pintadas de dourado, com flores em todas as portas. Por fim, chego aos arcos principais, onde todos estão reunidos para ter um vislumbre de minha irmã. Mas tudo que vejo são criados usando cinturões escarlates e jogando arroz e pétalas de hibiscos, assim como monges em trajes laranja vívido entoando preces. A multidão se divide em grupos, e todas as mulheres e homens estão se lamentando:

— Você a viu?

— Não, ela estava no palanquim, como eu a veria?

Uma maldição dourada

— Eu vi o véu. Só isso. Um véu bonito.

Eu a perdi.

Preciso chegar até a frente, mais perto do palácio.

Na metade da procissão, Ukar reconhece um rosto familiar. *Olha lá, aquele ali não é...*

— Oshli! — grito.

Se ele está aqui, então Vanna também deve estar. Mas o xamã não me ouve. Grito de novo, mais alto, e por fim seus olhos castanhos se viram em minha direção. Ele não me vê. Está marchando com uma expressão soturna junto com os outros sacerdotes e sacerdotisas.

Enfim surgem as liteiras... carregando Adah e Lintang! Atrás deles, há um palanquim escarlate sendo carregado por criados. A luz de Vanna emana de dentro da cobertura de seda. Vejo de relance seu chapéu dourado e as orquídeas rosas e roxas caindo em cascatas ao lado das suas bochechas.

Eu me embrenho pela multidão, seguindo-os enquanto a procissão se aproxima dos portões do palácio. Assim que a realeza pisar em terreno imperial, terei perdido minha chance.

O desespero me dá coragem, e vou me espremendo pelo bando de espectadores até estar na estrada.

— Vanna! — eu grito, correndo atrás do palanquim. — Vanna!

A sacerdotisa andando atrás de Vanna bloqueia meu caminho, e os guardas imediatamente partem para cima de mim. Suas espadas miram minha garganta, mas eu não paro. Eu empurro uma das sacerdotisas na direção deles e fujo.

— Vanna!

Ela não me ouve. Quanto mais perto chego dela, mais fanática se torna a multidão. Eles se espalham pela estrada, atirando-lhe flores de bétele de seus cestos para desejar boa sorte e um futuro brilhante com seu marido.

— Felicidades ao nosso príncipe! Felicidades à nova princesa!

Ela está passando pelos portões. Estou prestes a perdê-la.

— Vanna! Vanna!

Gritar é inútil. Ela não consegue me ouvir. E se eu mostrar meu rosto, é a multidão que me verá primeiro. Eles se virarão contra mim em vez de me deixarem passar.

Alguém agarra meu braço por trás. O gesto é tão súbito e inesperado que minha mão imediatamente vai até a adaga, e eu me viro, pronta para lutar.

É Oshli.

Ele joga o lenço laranja sobre minha cabeça como se fosse um véu. Sua mão está firme em meu braço, e, enquanto as pessoas se amontoam ao nosso redor, ele me empurra na direção do palanquim de Vanna, agitando seu cajado cerimonial.

— Deixem-na passar! — ele exclama.

Os guardas hesitam, mas apenas por um instante. Isso é tempo o suficiente, e Oshli, que nunca me ajudou antes, me empurra através dos portões, um segundo antes de se fecharem.

Eu disparo em direção a Vanna. Antes que eu consiga chamar seu nome, um golpe duro acerta a parte de trás de minhas pernas, e eu saio voando para frente.

Os tambores param. Passos vêm em minha direção, um grupo de guardas de espadas erguidas. Estou me levantando com as mãos apoiadas no chão quando percebo que perdi a lança. Está rolando para debaixo da carruagem, fora do meu alcance.

Channi, cuidado!

O aviso de Ukar chega tarde demais, e os guardas desferem outro golpe em minhas costas. Meus músculos se contraem de dor, e meu queixo se choca contra o chão. Me levanto mais depressa dessa vez, vendo um borrão de sapatos e joelhos antes que eu note a bengala de madeira vindo em minha direção mais uma vez. Eu a apanho com uma mão e a

Uma maldição dourada

torço, esmagando o rosto do guarda com sua própria arma. Seus amigos aparecem por trás, me agarrando pela cintura e me erguendo. Ukar pula em um dos guardas, com as presas pingando veneno.

— Parem! — Vanna pula para fora de sua carruagem e levanta o véu. — Ordeno que a soltem.

Os guardas imediatamente me soltam. Um espanto familiar se espalha pela estrada, encantando todos que colocam os olhos em minha irmã.

— Tragam-na até mim — ela ordena, e os guardas obedecem, de repente tão dóceis quanto ovelhas.

Sou escoltada até Vanna, e eles nos cercam para que a futura princesa tenha um momento de privacidade.

— Channi! — minha irmã exclama, me abraçando. — Você está aqui! É você mesmo!

Eu relaxo em seus braços e, diante de meu próprio alívio, eu não consigo falar. Encosto a bochecha na dela, apreciando esse momento ininterrupto que passamos juntas.

Ela me segura pelos ombros. Sob o véu, seus olhos estão vermelhos e inchados, e parece que ela andou chorando.

— Fiquei tão preocupada. Ninguém sabia pra onde você tinha ido, se estava machucada ou se tinha sido sequestrada. — Ela faz carinho no meu cabelo, sem se importar que esteja sujo e coberto de areia. — Que bom que você está aqui. Senti sua falta.

Ela me abraça de novo, e eu pouso o queixo em seu ombro. As orquídeas penduradas em seu chapéu fazem cócegas em meu rosto. Nunca estive tão consciente do quanto nossos caminhos se separaram.

Três dias pareceram três anos. A aparência e a voz de Vanna parecem mais maduras. Não é apenas sua confiança, o jeito como ordenou aos guardas para deixarem de me surrar, ou mesmo sua elegância cortês. É tudo. Até sua luz está mais forte, mais radiante. Será que finalmente aprendeu a usar o poder da pérola?

Elizabeth Lim

— Você cresceu bastante em três dias — comento. — Parece uma rainha.

— Devo ter perdido uma década de vida enquanto estava preocupada com você — Vanna fala com ironia. Ela não consegue soltar minha mão. — Mas agora você está aqui.

Preciso piscar para tirar a umidade dos olhos. O que aconteceu com minha irmãzinha, que costumava correr atrás de mim, apanhando lagartixas com as próprias mãos? Que trançava laços em meu cabelo enquanto eu dormia para que eu sorrisse ao acordar? *Você anda parecendo tão desanimada, irmã,* ela diria. *Isto irá colocar um sorriso no seu rosto.*

Esses dias já se foram, mas as memórias estão gravadas em meu coração.

— Ouça, Vanna — digo, passando o braço entre o dela. — Não vim só pro seu casamento. É seu aniversário, e vi Angma...

— Depois, Channi — ela me interrompe. — Rongyo está esperando com a mãe. A rainha! Tivemos que aguardar no porto porque ela ficou furiosa quando descobriu que ele foi pra Sundau. Mas agora ela está feliz com o casamento!

Os tambores voltam a tocar, e eu mal consigo ouvir minha irmã. Os guardas a apressam para que volte ao palanquim, mas Vanna não vai se mover sem mim.

— Sente-se comigo, irmã. — Ela dá tapinhas no assento acolchoado ao seu lado. — Venha, tem espaço pra nós duas. Ukar também. Sei que ele está escondido debaixo da sua camisa.

Eu me espremo para me sentar ao lado dela. Conforme o palanquim começa a se mexer de novo, Vanna faz carinho na cabeça de Ukar.

— Você emagreceu, querido Ukar. Sua comida favorita ainda é rato? Vou providenciar um banquete com os roedores mais deliciosos.

Enquanto ela continua falando, eu me lembro de minha lança. Inspeciono a estrada, tentando encontrar a arma, mas ela sumiu.

Uma maldição dourada

O vento sopra as flores de bétele e o arroz para longe da carruagem. Depois, uma névoa fina faz cócegas em minha pele.

— Tinham prometido que não choveria hoje — Vanna diz, puxando-me para longe da janela.

Suas unhas raspam acidentalmente uma ferida que ainda está sarando, e eu me encolho.

— Você não deveria se sentar tão perto de mim. Talvez eu tenha sangue...

— Não me importo com quão suja você esteja — minha irmã interrompe. — Senti sua falta. Seus novos trajes não serão tão ásperos quanto os meus, nem tão pesados... Espero que goste. Vamos te levar direto para o banho, e mandarei alguém pra te ajudar com seu cabelo. Também vou pedir pra que um dos criados faça uma nova máscara a tempo do jantar.

— Não preciso de uma máscara nova.

O sorriso dela fraqueja.

— Eu sei. — Ela morde o lábio do mesmo jeito que eu faço quando estou nervosa. — Mas Adah irá insistir. Isso vai tornar as coisas mais fáceis pra ele. Ele não vai ficar feliz de saber que você voltou.

— E alguma vez ele *já* ficou feliz de me ver?

— Bem... — Os olhos castanhos de Vanna encontram os meus. — É só que ele... disse que você matou Dakuok.

Eu me recosto. Ah, o que eu não faria com meu Adah se ele não fosse meu pai. Depois de me vender para Meguh, ele ainda inventa mentiras dizendo que eu assassinei Dakuok?

— Não matei — respondo com frieza. — Agradeça ao rei Meguh por isso.

— Não preciso de explicações — Vanna diz. — Eu disse a ele que não era possível que você tivesse feito isso. Sei que você jamais machucaria ninguém.

Penso na lança que enfiei no coração de Meguh e no capitão que assassinei brutalmente em Shenlani, nos inúmeros guardas e suiyaks que dizimei para voltar para minha irmã. Que Vanna acredite no que quiser. Estou cansada e não quero mais falar sobre monstros.

Enquanto nosso palanquim sobe os degraus do palácio, coloco a adaga de Hokzuh na mão dela.

— Pegue. Angma virá atrás de você.

— Uma faca? — Vanna ergue as sobrancelhas. — Muito engraçado, Channi. É presente de aniversário? Não é muito auspicioso presentear alguém com facas, sabia?

— É pra você se proteger.

— Serpentes do inferno. — Vanna balança a cabeça, recusando-se a pegar a arma. — Você ainda acha que Angma está vindo atrás de mim.

Agarro o braço de minha irmã, apertando a seda bordada.

— Eu a *vi*. Ela é forte e tem um exército de suiyaks...

— Olhe ao redor — Vanna me interrompe. — Está vendo as centenas de soldados do palácio? Cada um jurou me proteger com a própria vida. Fique feliz por mim. É meu aniversário e o dia do meu casamento. Uma celebração dupla.

— Vanna, Ang...

— Não quero mais ouvir falar de Angma — ela fala, erguendo a voz.

A luz do coração de minha irmã alcança seus olhos, e eu me afasto, espantada por não conseguir mais dizer uma única palavra sobre a bruxa.

É a pérola, Ukar murmura. *Ela a está usando em você.*

Eu não deveria ficar surpresa. Nakri avisou que Vanna iria adquirir o poder total da pérola em seu aniversário. Faz sentido que ela tenha ficado mais forte no tempo em que estive longe.

— Sei que é difícil pra você entender — Vanna continua a dizer em voz baixa —, mas não precisa se preocupar comigo. Agora tenho uma abundância de guardas e meu próprio príncipe para me proteger.

As escamas de Ukar ficam roxas para combinar com as almofadas. *Eu gostaria de ver aquele principezinho se defender dos demônios de Angma. Você deveria contar a ela pelo que passou pra estar aqui hoje.*

Não respondo. Não consigo.

Uma maldição dourada

— Você vai pentear meu cabelo como nos velhos tempos? — Vanna pergunta. — Você me dará sua benção?

É uma tradição antiga em Sundau, mas provavelmente considerada antiquada em uma ilha como Tai'yanan.

Hesito.

— Encontrei um bilhete no seu bolso mês passado — falo baixinho. — Dizia que você era a luz que fazia a lanterna de alguém brilhar.

Vanna aperta as dobras da saia, o único sinal de que a peguei desprevenida.

— Não é nada e não é de ninguém. Só um bilhete bobo de amor. Recebo coisas assim o tempo todo.

Ela está mentindo.

— Era de Oshli?

Vanna se encolhe.

— Não importa. Por favor, não fale mais sobre isso. — Ouro cintila em seus olhos por um momento, e ela retira um pente do próprio cabelo. — Penteie meu cabelo. Por favor. Você é a única que ainda não o fez.

Pego o pente. Não há um único nó na cascata de cabelo preto e sedoso de suas mechas, e, conforme as escovo, tomando cuidado com as flores trançadas em sua coroa, o movimento familiar acalma meus nervos. Nós duas costumávamos ter problemas para dormir, e nos revezávamos penteando o cabelo uma da outra, contando em voz alta até que os espíritos do sono nos visitassem.

— Um... dois... — murmuro.

Estou no dezessete quando Vanna se vira e aperta minha mão. Ela respira fundo.

— Perdoe-me se soei mal-agradecida, Channi. Eu sei o quanto você abriu mão das coisas por mim. — Ela pressiona as pontas dos nossos dedos umas contra as outras. — Tudo que quero é cuidar de você, pra que fiquemos juntas pra sempre. Eu te amo.

Meu coração amolece. No começo, quando Vanna era um bebê, eu a protegia para cumprir a promessa que fiz a Mama. Agora, eu a protejo porque não consigo imaginar a vida sem ela.

— Também te amo.

Devolvo-lhe o pente e noto as flores em seu cabelo: hibiscos e lírios. Uma bela combinação. Mas não são suas favoritas.

— O que posso te dar de presente? — eu costumava perguntar todos os anos.

— Uma orquídea-da-lua, como aquelas que você colhia no lago. As borboletas gostam delas.

— Só uma?

— Vou dar mais valor se for apenas uma.

A tradição começou quando ela tinha cinco anos, na primeira vez que a levei ao lago e lhe mostrei as flores. Desde então, durante doze aniversários, eu vasculhava a selva com as cobras de Sundau atrás da mais perfeita orquídea-da-lua e a levava para Vanna. Durante doze aniversários, um ciclo inteiro no calendário de animais de Tambu, a tradição seguiu ininterrupta.

Enquanto entramos no palácio do príncipe Rongyo, cercado por estátuas de dragões guardiões e pilares de proteção, é só nisso que consigo pensar: que me esqueci de trazer uma orquídea-da lua-para ela.

Que coincidência esse ser o ano do tigre.

CAPÍTULO VINTE E OITO

As nuvens transbordam chuva. Primeiro, apenas algumas gotas, depois aos borbotões, feito água sendo derramada de um jarro.

Um guarda-chuva se abre sobre minha irmã, largo o bastante para me cobrir também. De mãos dadas, Vanna e eu descemos da carruagem e entramos no jardim real. Mantenho a cabeça abaixada, observando a chuva afogar as pétalas de hibisco que as criadas jogam aos pés calçados do príncipe Rongyo. Ele está correndo na nossa direção. Seu chapéu, ainda mais alto que o de Vanna, está escorregando para fora da cabeça de uma maneira pouco principesca. Isso faz com que eu goste mais dele do que quero admitir.

— Você está bem? — ele pergunta, parecendo preocupado de verdade. — Ouvi uma comoção.

O jeito amoroso como Rongyo olha para minha irmã me faz pensar em uma ovelha. Sua afeição não é intensa, mas inocente e desprovida de malícia. Não duvido que ele será bom para ela. Mas ovelha nenhuma é capaz de protegê-la de um tigre.

— Não foi uma comoção — Vanna responde. — Apenas a chegada de Channi.

Ele foca a atenção em mim. Meu rosto sem máscara o faz piscar, mas ele é educado o bastante para sorrir.

— Bem-vinda de volta, Channari — ele me cumprimenta. — Agora que você voltou, este é realmente o dia mais feliz da vida de Vanna.

Minha irmã está radiante ao dar o braço para o príncipe. Já eu estou tão rígida que não consigo sequer fazer uma reverência. Ela mal o conhece, mas está agindo como se estivessem apaixonados há anos.

Sei que não é verdade. Assim como eu, Vanna cresceu usando uma máscara, só que a dela esconde não apenas seu rosto, mas também seu coração. Preocupa-me que ela tenha ficado tão boa em fingir que é capaz de enganar a si mesma.

— Vistam lady Channari — Rongyo instrui uma das criadas. — Quando ela estiver pronta, vamos nos reunir para o banquete.

— Não preciso...

— Vá com elas — Vanna diz, acariciando minha bochecha com a mão. — Descanse e aproveite o que o palácio tem a oferecer, Channi. Você merece.

Sua voz está mais uma vez envolta em poder.

— Vejo você quando tiver se banhado e trocado de roupa.

Capturada pela magia de suas palavras, obedeço.

Vanna e o príncipe se dirigem para uma das galerias ao ar livre, deixando-me sozinha com duas criadas que têm por volta da minha idade. O jeito que seus rostos empalidecem ao me ver é familiar, e sei que mais tarde serei o assunto de fofocas cruéis. Mas isso já não me machuca mais. Aposto que nós três queríamos estar em qualquer outro lugar, menos ali.

Em silêncio, elas me escoltam através de inúmeras galerias e jardins. Estou consciente demais de cada minuto desperdiçado antes de chegarmos aos meus aposentos. No instante em que chegamos, eu as dispenso.

A garota mais alta protesta.

— Mas Sua Alteza pediu para que você se banhasse e...

— Posso me banhar sozinha — digo a ela. — Agora, vão.

Elas fazem reverências rápidas e somem de vista, e eu encaro o entorno por conta própria. Balaústres dourados, excesso de tapeçarias de seda... é um espaço magnífico, digno da irmã de uma princesa. E me desagrada de imediato. Não há lagartixas subindo pelas pernas das cadeiras, todos os vasos de árvores estão podados até as folhas, e não consigo evitar me sentir culpada pela sujeira que meus sapatos estão deixando no piso.

Conforme adentro o banheiro, noto uma mesa com uma tigela de madeira repleta de frutas frescas. A tigela é larga e pesada, e um pequeno sorriso se abre em meus lábios.

Vanna dorme com uma tigela como essa cobrindo o próprio coração, para que seu esplendor não a acorde no meio da noite. Tive essa ideia muito tempo atrás, quando éramos crianças.

— *Você está de volta?* — *pergunto quando a pequena Vanna espia meu quarto. Está tarde, e até as cobras estão dormindo. Exceto eu. Sempre sei quando minha irmã está acordada.*

Ela remexe o cobertor no peito e esfrega os olhos.

— *Não consigo dormir. Posso tomar espigueta-de-fiar?*

— *Queria nunca ter te contado sobre ela. Não. Você pode acabar dormindo pra sempre.*

Olho ao redor da cozinha, atrás de alguma ideia. Pego a enorme tigela que deixo ao lado do fogão. É feita de nogueira, uma madeira densa e escura. Costumo usá-la para apagar pequenas chamas.

— *Tente isso aqui.*

— *Não seja boba. Não vou usar uma tigela pra dormir.*

— *Será como um escudo* — *digo.* — *Vamos tentar.*

Eu a coloco em minha cama e posiciono a tigela sobre seu peito. Como era de se esperar, ela cobre a maior parte da luz de Vanna. E seu peso acalma o coração agitado dela.

Suas pálpebras começam a pesar, e eu a provoco:

— *Ainda parece bobagem?*

Ela me mostra a língua, a única coisa que faz para admitir que a tigela funciona. Então eu canto baixinho, do jeito que Mama costumava cantar para mim, e passo os dedos pelos fios desordenados que caem sobre sua testa.

Vanna procura minha mão por baixo do cobertor e a aperta.
— Boa noite, Channi.

Coloco a tigela de frutas sobre a mesa, com a garganta repentinamente apertada de emoção. Faz anos desde a última vez que cantei para minha irmã dormir.

Ouço o som de passos vindo de uma câmara interna que ainda não explorei. Em seguida, escuto barulho de água. Alguém deve estar preparando um banho lá dentro.

Num primeiro momento, penso que é Lintang. Mas então um xamã baixo, de cabelo encaracolado e sem lenço aparece, e solto um grunhido mudo.

— Vou cuidar dela — Oshli informa às outras criadas que surgem do cômodo para banhos. — Seu espírito precisa ser purificado.

As criadas assentem, visivelmente aliviadas por não terem que lidar comigo.

— Sim, senhor.

Elas se retiram, e meu humor azeda na mesma hora.

Oshli, o garoto que costumava atirar pedras no meu rosto junto com as outras crianças, que tentou me exorcizar com preces imbecis que seu pai ensinou. Depois, ele se apaixonou por Vanna, como todo mundo, e começou a passar todo o tempo que conseguia com ela, fingindo que eu não existia.

É óbvio que não tenho qualquer afeição pelo jovem sacerdote, mas tenho *curiosidade* sobre o motivo de ele estar aqui. Sobre a razão da expressão de Vanna ter mudado quando o mencionei na carruagem.

— O que está fazendo aqui? — pergunto sem rodeios. — Veio me acusar de assassinar seu pai? Bom, odeio ter que te desapontar. Não fui eu.

— Eu não teria te ajudado a passar pelos portões se pensasse que você assassinou o Sumo Sacerdote de Sundau.

Oshli nunca se refere a Dakuok como seu pai, mesmo agora que ele está morto. Entendo o que é ter um pai que não se respeita. Costumávamos trocar segredos sobre os nossos pais na época em que Oshli era meu amigo, não amigo de Vanna. Quando costumávamos cavar buracos na terra para procurar minhocas, quando eu vivia em minha antiga casa e não conhecia mais ninguém da mesma idade. Faz tanto tempo que essas lembranças não passam de um sonho agora. Eu as afasto e as enterro fundo. Duvido que ele se lembre.

— Então o que você quer?

O jovem xamã observa Ukar. Para minha surpresa, ele assente com respeito para a cobra, depois se vira para mim, e simplesmente responde:

— Você perdeu meu lenço.

— Pergunte aos guardas de Vanna onde ele está — respondo, ácida. — Foram eles que o arrancaram de mim.

Muito pouco perturba o filho de Dakuok. Chega a parecer que eu lhe falei que pombos alçaram voo e levaram o lenço embora. Ele muda de assunto.

— Ouvi dizer que você recebeu a ordem de se banhar.

Então ele sabe sobre o poder recém-descoberto de Vanna. Parece que ela o adquiriu bem a tempo de se tornar princesa.

Oshli gesticula para a banheira, preenchida com água fumegante e perfumada com pétalas de jasmim recém-colhidas e flores de lótus. Devia parecer luxuoso, mas a única vez que me banhei com flores foi em um lago repleto de sapos.

— Não preciso de purificação espiritual coisa nenhuma.

— Não acho que você tenha escolha.

Ele tem razão. Não importa o quanto eu lute, não consigo resistir à ordem de Vanna. Meu ressentimento aumenta na mesma velocidade que a água sobe. Eu deveria estar por aí, vasculhando o palácio, perseguindo Angma, não relaxando em uma banheira laqueada, lavando a minha sujeira e o meu fedor com bolhas cheirosas.

Ukar não hesita. Ele desliza para dentro da banheira, soltando um suspiro de deleite. *Está quentinho*, ele diz. *E cheio de bolhas. Você vai ficar aí trocando farpas com o xamã? Entre logo aqui.*

Puxo as beiradas das minhas roupas.

— Posso até parecer uma cobra — esbravejo com Oshli —, mas ainda sou uma mulher. Um pouco de privacidade seria bom.

Meu comentário consegue enfim acabar com a atitude insensível do xamã. Ele se vira, retirando-se para trás de um biombo de madeira.

— Vou vigiar daqui.

— Consigo me proteger sozinha.

— Não foi isso que ouvi dizer lá em casa.

Tenho a ânsia de jogá-lo na banheira e afogá-lo. Mas ele é um sacerdote, então me comporto. Bom, minhas mãos se comportam. Minha boca tem ideias diferentes.

— Você não é o líder dos xamãs, agora que seu pai morreu?

— Sou.

— Então não deveria estar no templo com minha irmã? Ou ela não te quer lá?

A silhueta de Oshli se empertiga e enrijece. Consigo praticamente ouvi-lo rangendo os dentes.

— Vou esperar você lá fora.

Enfim ele sai do cômodo de banho, e eu retiro as roupas em paz. Sua saída me faz sentir vitoriosa e podre ao mesmo tempo, mas não me demoro nesse pensamento. Atirando uma flor para fora da banheira, coloco um dos pés na água.

Ukar está completamente submerso, com as escamas cintilando para combinar com os azulejos azuis. Mergulho a cabeça e esvazio a mente. Por mais que odeie admitir, é magnífico poder me limpar.

Sinto um formigamento no rosto. Cobras podem ser sensíveis à magia, e também consigo sentir o poder de Vanna. Conforme me banho, obedecendo sua ordem, a pressão se dilui feito a sujeira em minha pele.

Assim que me livro dela, não me demoro. Levanto-me e me seco. Um vestido de seda está à minha espera, bordado e ornamentado, assim como Vanna prometeu. Abomino a ideia de vesti-lo, mas não há outra opção.

Uma maldição dourada

A seda é refrescante contra minha pele áspera, e mais leve do que tudo que já vesti. Sua cor turquesa é de um tom suntuoso, tão vibrante quanto a água de uma lagoa.

Uma pena que irei sujá-lo com o sangue de Angma.

Logo que coloco as roupas e os sapatos, Oshli reaparece com um novo lenço dobrado nos braços. É laranja e tem borlas douradas nas extremidades, lembrando esfregões.

— Para esconder a cobra — ele explica, gesticulando para Ukar em meu ombro.

Não o agradeço. Ele está tentando aos poucos desfazer anos de desconfiança, esforçando-se para me fazer esquecer do tormento incessante que me causava quando era criança. Pena que sou boa em guardar ressentimentos.

Enrolo o lenço ao redor da cabeça, e Ukar se acomoda embaixo dele. Depois, viro-me para a porta, mas Oshli ainda não terminou. Ele bloqueia o caminho de propósito.

O que, nos Nove Infernos, Vanna vê nesse homem?

— Saia da frente, sacerdote — digo, segurando-me para me manter na linha. — Tenho mais o que fazer.

Ohsli não se mexe. Ela abaixa a voz.

— Angma está aqui, não está?

Não estava esperando por isso.

— O quê?

— Alguns anos atrás, notei que os demônios eram atraídos pela luz do coração de Vanna. Demônios como Angma. — Ele mexe o cajado, um lembrete sutil de que é um xamã treinado. — Deixe-me ajudá-la.

— Você? — Balanço a cabeça. — Você costumava rir dos meus avisos. Do que foi que me chamou? "Menininha cobra delirante."

Oshli finalmente se encolhe.

— Eu era jovem. Estava errado.

Eu o encaro com cautela, escondendo a surpresa.

— Se quer protegê-la, por que não está ao lado dela agora?

— Tentei alertá-la, mas ela acha que estou tentando impedir o casamento, então me dispensou. Não posso vê-la até ela me chamar.

— Ela usou o poder em você.

O silêncio de Oshli confirma minha suspeita.

Então não foi minha imaginação. Ela ficou *mesmo* mais forte nos dias que passamos separadas. E mais teimosa, ao que parece.

Mas não digo nada disso.

— Talvez seja melhor ficar longe dela — eu zombo. — Você só vai acabar se matando.

— Você pode até pensar que tudo que tenho são preces — Oshli diz, erguendo o cajado —, encantamentos contra demônios comuns. É verdade, não tenho nenhuma magia grandiosa para usar contra a Bruxa Demônio. Mas não sou completamente inútil.

Ele não vai me convencer. Começo a empurrá-lo para o lado com o ombro, mas ele estica a mão atrás de uma cortina e retira uma lança.

— Acredito que isto seja seu.

Arregalo os olhos. Eu praticamente arranco a arma de suas mãos, mas, por dentro, estou grata. A adaga que Hokzuh me deu é melhor que nada, apesar de eu lutar melhor à distância. A lança é uma parte de mim.

— Obrigada — murmuro.

— Vi você lutando por ela. Não sabia que você conseguia se mover daquele jeito. Derrotou o dragão. É bom você ter voltado. Vanna vai precisar de você hoje. Todos precisaremos.

É estranho escutar Oshli falar de mim com tom de aprovação. Contra minha vontade, suas palavras diminuem meu ressentimento. Não há como ignorar a intenção e a intensidade de sua voz. Assim como eu, ele não poupará esforços para salvar Vanna.

— Minha irmã trocou você por um palácio e um príncipe que ela mal conhece. Ainda assim você a ama?

Uma maldição dourada

A testa de Oshli se franze.

— Acha que ela está fazendo isso por um príncipe e um palácio?

— Por qual outro motivo seria?

O xamã balança a cabeça, deixando claro que me acha estúpida.

— São muitos os motivos. E você é o principal.

Suas palavras demoram um tempo para fazer efeito.

— Eu?

— Nós brigamos por sua causa antes da seleção. Ela disse que se casar era a melhor forma de te proteger. Se Vanna se casasse com um nobre, encontraria uma maneira de lhe conceder aquilo que você mais deseja: acabar com sua maldição.

Ela já me disse isso antes, mas sempre achei que estava apenas justificando seu próprio desejo de se tornar rainha. Estava errada. De repente, minha garganta dói. *Ah, Vanna.*

Preciso ir. Mas, primeiro, subo as saias para pegar a adaga escondida em minha panturrilha. Tenho a impressão de que Oshli tem a coragem, se não o treinamento certo, para usá-la, caso seja necessário.

— Vanna não aceitou isto — digo, entregando-lhe a adaga. — Pegue pra você.

Ele segura o cabo. Seus olhos estão obstinados e duros, confirmando minha suposição.

— Por favor, peça a ela para me chamar assim que a encontrar.

— Pode deixar. Onde ela está?

— Indo ao templo pra rezar com a família real. É a construção de telhado dourado. Não tem como errar.

— Você não vem?

— Duvido que serei capaz de manter o seu ritmo. Darei meu próprio jeito.

Certo, justo.

— Fique de olho no céu — digo, empurrando a porta. — Angma estará aqui em breve.

Elizabeth Lim

Ainda está chovendo enquanto cruzo o terreno do palácio. Os caminhos lavados pela chuva estão escorregadios, e as árvores oscilam conforme o tempo fica mais violento. Não paro até chegar ao templo.

Encontro Adah e Lintang sob o pavilhão, ajoelhados diante de um altar. Atrás deles há um séquito de sacerdotisas, cada uma carregando um cesto de orquídeas amarelas. A mais velha está usando um lenço azul sobre a cabeça, liderando a prece.

Contra todo o bom senso, diminuo o passo. Vanna me avisou que Adah não ficaria feliz de me ver, mas às vezes eu consigo me iludir. Talvez os hematomas em meus braços e os cortes em meu rosto amoleçam o coração dele. Talvez se arrependa de ter me vendido a Meguh.

Como sou ingênua.

— A irmã da princesa — a sacerdotisa com lenço azul me cumprimenta, inclinando a cabeça para mim. — Gostaria de se juntar à nossa prece?

Com a minha chegada, minha madrasta se levanta com uma elegância cerimonial. Ela inclina a cabeça, e não consigo dizer se está aliviada ou chocada por me ver. Com Adah, sei que não preciso nem pensar.

Quando ele se levanta, meus joelhos fraquejam por instinto, mas Ukar acerta minhas costas com sua cauda e eu me endireito, erguendo o queixo com ousadia.

— Estou de volta, Adah.

— Ao menos tenha a decência de colocar sua máscara — ele sibila. Depois nota minha arma. — Você trouxe uma lança para os rituais de casamento de sua irmã?

Ele tenta pegá-la de mim, mas não permito. A demonstração insolente do quanto sou mais forte que ele o enfurece, e apesar de estarmos cercados por sacerdotisas e criados, ele levanta a mão para me dar um tapa.

É engraçado como eu costumava me sentir pequena perto de Adah.

Sou tão alta quanto ele. Sou mais forte que ele. Mesmo assim, em sua presença, meus instintos sempre me diziam para me retrair. Meus ombros se curvavam, e eu me encolhia... feito um rato.

Mas hoje não.

Pela primeira vez, eu bloqueio seu golpe, agarrando seu pulso com facilidade. Ele solta uma exclamação muda. Sua raiva esfria e se torna medo. Eu poderia partir seus ossos com uma única mão, e ele sabe disso.

— Channi, por favor. — Nervosa, Lintang se coloca entre meu pai e eu. — Não cause confusão. Hoje é o casamento da sua irmã.

Em respeito a ela, solto a mão de Adah.

Lintang ergue um guarda-chuva sobre minha cabeça, mas eu recuo, colocando-me sob a chuva.

— Eu? Confusão? — Frustração explode em meu peito, tornando difícil respirar. — Vocês permitiram que Dakuok me vendesse a Meguh, e agora que estou aqui, tudo com que se importam é... é...

Bile sobe pela minha garganta, e as palavras falham. Consigo ver que me explicar para Adah e Lintang será apenas perda de tempo.

Dou meia-volta.

— Espere, Channi! — Lintang me chama, erguendo a voz para que eu a ouça em meio à tempestade. — Channi, volte aqui!

Ela ainda está gritando quando viro uma esquina, mas eu a ignoro. Depois de anos desejando que ela fosse como uma mãe para mim, que pelo menos uma vez na vida Adah demonstrasse que se importa comigo, aprendi da maneira mais difícil que isso jamais acontecerá.

Não olho para trás.

CAPÍTULO VINTE E NOVE

O templo real está cercado por estátuas de deuses. Ele possui cinco paredes, cada uma representando a pétala de um botão de lótus.

Do lado de fora, diante da escadaria do templo, guarda-chuvas estão armados no alto. Parecem um punhado de pipas, e elas preenchem minha visão. Xingo por não conseguir ver o sol, escondido atrás das nuvens carregadas, aproximando-se de seu zênite. A escuridão se agarra a cada beiral, apesar da hora, e sombras se lançam sobre os telhados inclinados do templo, espalhando-se para recantos que nem a luz de Vanna consegue alcançar.

Só me restam mais alguns minutos.

Tambores tocam, vindos do pavilhão da música do lado oposto do pátio, tentando rivalizar com o estrondo dos trovões. Seguindo seu ritmo, Vanna e o príncipe Rongyo sobem pelos grandiosos degraus do templo, cumprimentando pessoalmente cada membro da corte de Tai'yanan.

Estou numa caçada, e sei, por experiência própria, que isso vai exigir espera e discrição. Pensando bem, fico feliz por Vanna ter me forçado a me banhar. É melhor não chamar atenção com meu fedor de peixe.

Envolvo o lenço de Oshli ao redor da cabeça e me embrenho nas multidões, passando despercebida. Minha lança atrai alguns olhares furtivos de preocupação, mas desapareço antes que cheguem aos meus olhos de cobra.

Enquanto me afasto da nobreza e dos ministros, tomo consciência de cada mudança do vento, cada murmúrio e cada sussurro, cada vacilo e

Uma maldição dourada

cada passo. O ar esfria mais a cada minuto, mas meu corpo está ardendo de pânico. Angma está aqui, em algum lugar, à espreita em plena luz do dia. Consigo sentir.

Estamos a poucos instantes da hora exata do nascimento de Vanna. A luz em seu coração não entrega nada, banhando-a em uma coroa dourada, como sempre... mas consigo sentir os fios de seu poder vibrando, o pulso acelerando. Quando Vanna chega ao topo dos degraus, a chuva enfim começa a enfraquecer. Trovões ainda roncam, mas o sol se derrama por entre as nuvens.

E enfim atinge o pico.

Cercada pelas Montanhas do Céu de Tai'yanan, Vanna se vira para encarar a multidão. Estou a meros passos de distância, tão perto que consigo sentir o cheiro de hibisco de seu cabelo. Se Angma vier, estarei pronta.

— Neste dia, há dezessete anos — Vanna está se dirigindo à corte —, eu nasci com esta luz em meu interior. Ela me trouxe grande felicidade... e grande aflição. Sempre a considerei uma maldição dourada.

Sua voz se atenua.

— Desconheço a origem dela, mas prometo que irei promover apenas alegria e esperança. — Ela toca o próprio coração, e seu esplendor aumenta, espalhando-se por todo o templo e além dele. Até eu sinto um toque caloroso cobrindo meus cílios. Pisco para me livrar dele. — Agradeço por terem me acolhido em seu belo reino. Ficarei honrada de chamá-lo de lar.

É um discurso estranho, mas Vanna poderia estar recitando os Lamentos Eternos e ninguém notaria. Sua luz hipnotizou a corte, e eles murmuram palavras de devoção a ela, fazendo-lhe reverências como se ela fosse uma rainha. Só eu estou inspecionando o jardim, o templo, o céu. Um trio de pássaros grasna ao longe.

Ukar brota de meu lenço para dar uma olhada. *Estão voando alto demais para pássaros*, ele comenta.

Aperto os olhos, examinando suas longas asas e seus pés balançando. Meu corpo todo se enrijece de temor. *Não são pássaros.*

— *Suiyaks!* — grito. — Suiyaks!

Ninguém me dá ouvidos. De fato, as pessoas soltam exclamações por minha insolência ao sair atropelando a multidão. Avanço com mais empenho. Com os poucos segundos que tenho, abro caminho até as escadas.

Estou na metade da subida quando a multidão reconhece as suiyaks e o pânico irrompe. Os guardas reais se colocam em ação, mas estão lamentavelmente despreparados. Vai ser uma chacina.

Enquanto os guardas cambaleiam, chocados, agarro o arco e a aljava mais próximos. Quatro flechas.

Você nunca foi boa nisso, diz Ukar, não oferecendo qualquer ajuda.

Agora não é hora, Ukar. Não é hora.

Solto a primeira flecha, mas a suiyak a pega e a parte ao meio com a boca, grasnando feito um corvo.

Ukar tem razão. Não sou boa nisso. Mas aprendo rápido, e desta vez pressiono a segunda flecha contra a pele, espalhando nela o meu sangue, antes de soltá-la. Quando a mesma suiyak a pega, ela não ri.

Ótimo. Uma a menos.

A essa altura, Vanna, Rongyo e a rainha se recolheram para dentro do templo. Devem pensar que estão a salvo lá dentro, mas as suiyaks estão se embrenhando pelos arcos do palácio, estilhaçando janelas e enfiando as garras em quem quer que se coloque em seu caminho. Não demora para que cerquem o templo, procurando uma maneira de entrar. Corro atrás delas até ouvir os gritos esganiçados de Adah e Lintang.

Repassei essa cena na cabeça milhares de vezes, prometendo a mim mesma que se Adah estivesse em apuros, eu não ergueria um dedo para ajudá-lo. Que eu me lembraria de todas as vezes que ele me deu uma surra, de todas as vezes que me disse que eu era detestável.

Mas, nesse momento, vou atrás dele. Não há nada que possa corrigir todos os erros que ele cometeu comigo. Não importa o quanto eu possa odiá-lo, ele ainda é meu pai.

Então, um segundo antes que uma suiyak drene a vida de Adah, jogo-me na criatura e cravo a lança em seu pescoço. Sangue preto e espesso salpica em meu rosto, e os olhos dela ficam vazios. Seu corpo amolece em meus braços.

— Corram! — grito para Adah e Lintang.

Eles disparam até as portas do templo. A sacerdotisa azul está lá, ajudando as pessoas a entrar.

— Depressa! — ela grita, conduzindo Adah e Lintang para dentro. Eles são os últimos a procurar refúgio.

A sacerdotisa começa a fechar as portas. Sozinha no topo dos degraus do templo, ela é um alvo vulnerável, mas as suiyaks a evitam completamente. Estão se alimentando dos mortos.

Antes de trancar as portas, a sacerdotisa se detém por um momento para inspecionar o ataque. Com uma das mãos, ela desata o lenço azul da cabeça. Seu cabelo se agita ao vento, tão branco quanto osso, e o sol doura seu rosto. Seus olhos brilham, amarelos e vívidos feito os de um tigre.

Angma!

Saio em disparada até o templo, pulando três degraus de uma vez só até chegar ao topo. As pesadas portas de madeira se fecham em meu rosto, mas enfio a lança entre elas e forço-as a abrir uma fresta larga o suficiente para que eu consiga passar. Lá dentro, ataco a sacerdotisa.

Assim que a toco, o amarelo de seus olhos some e seu rosto se desfaz em cinzas. Enquanto cambaleio para trás de horror, o restante dela também se dissolve, levado por uma rajada de vento que me seguiu através das portas.

— Que os deuses acompanhem seu espírito até em casa — murmuro, na esperança de que, para onde quer que a alma da verdadeira sacerdotisa vá, ela possa me escutar.

Pelo menos, seu corpo não será mais um receptáculo para a Bruxa Demônio.

— Saiam daqui! — grito para a multidão, mas a trovoada abafa minha voz. O templo inteiro estremece e, com uma lufada de vento ameaçadora, todas as velas se apagam.

A escuridão toma conta das paredes. Mal consigo distinguir minha sombra ou a silhueta da cauda de Ukar. Mas é fácil saber para onde ir: no canto mais afastado do templo, uma luz dourada brilha feito um farol. Vanna não consegue conter o esplendor de seu coração como alguém apagando uma vela. A menos que eu faça alguma coisa, é essa luz que fará com que seja morta.

Estão vindo, Ukar sussurra.

Garras arranham o lado de fora das paredes, unhas raspam contra a madeira. A porta está chacoalhando, e os guardas se reúnem em volta dela com as espadas em riste.

— Saiam daí! — grito. — Saiam de perto das portas!

Ocorre uma explosão. Homens são jogados para trás e destroços voam para todos os lugares, bombardeando as pessoas do lado de dentro. Protejo o rosto. Olho para cima e vejo que as portas de madeira foram estraçalhadas e estão estalando em chamas.

Fumaça inunda o templo. Todos estão em pânico — ouço a voz de Lintang entre o coro de gritos —, mas nunca estive mais calma. Os próximos segundos irão determinar nossos destinos, e eu não os desperdiço. Agarro Vanna.

Ela está paralisada pelo choque. O brilho de seu coração diminui e pisca enquanto coloco meu lenço sobre ela, enrolando-o ao redor de sua luz. Ela não me impede.

Quando éramos crianças, ela acreditava na história de Angma. Ela mentia por mim quando eu ia até a selva para procurar tigres; até me ajudava a treinar, para me fortalecer. Foi só depois que nos mudamos para o vilarejo Puntalo e ela se tornou amiga de pessoas como Oshli que começou a pensar que minhas histórias eram apenas invenções.

Onde será que estaríamos se ela continuasse acreditando? Não faz sentido me perguntar isso, mas minha mente não resiste a essa tortura.

Eu a arrasto para uma antessala atrás de uma estátua de Niur. Com um corte ágil, abro uma ferida em meu braço e salpico um pouco de sangue no vestido de Vanna e nas flores de seu cabelo.

Minha irmã arfa.

— O que você está...

— Não toque — eu a lembro bruscamente. — Você vai se queimar se tocar nele.

As suiyaks não estão mais atacando, Ukar anuncia, rastejando para o meu lado. *Acha que Angma está vindo?*

— Ela já está aqui.

Por todo o templo, as pessoas se reúnem ao redor do altar, e os sacerdotes e as sacerdotisas entoam cânticos, invocando sentinelas de proteção. Eles só conseguem adiar o inevitável.

Um ronronar suave faz as paredes vibrarem. A princípio, mal dá para notar o zumbido sob os cânticos.

— É só o vento — Rongyo diz, tentando acalmar a todos.

Então o ronronar aumenta e se torna um rugido. A parte mais perturbadora é que a criatura que o produz nem toma fôlego. Logo a multidão percebe que o som pertence a algo que não é humano nem besta.

Mas um demônio.

Rongyo carrega apenas uma espada cerimonial, com mais contas e borlas do que cantos afiados. Ele não conseguirá proteger Vanna. Nem seus soldados ou guardas. Estão mal equipados para lutar contra demônios. Mal conseguem lutar contra mim.

Enquanto todos se perguntam qual a origem do rugido, inspeciono o templo. Noto as três antessalas de trás, os pilares largos, as vigas do teto. Vejo as estátuas de Gadda e Su Dano, e observo seus olhos para ver se estão se mexendo.

Uma silhueta colossal se esgueira ao longo da parede anterior do templo, escondida por nuvens de fumaça. Não a vejo, mas consigo sentir seu cheiro. Eu o reconheceria em qualquer lugar.

Tapo a boca de Vanna com a mão, mantendo-a quieta. Depois mudo de ideia e cubro seus olhos, para que ela não veja o que vai acontecer em seguida. Em três segundos, o tigre derruba dois guardas reais, abrindo suas gargantas com uma garra antes que eles possam mexer as espadas. O ar fica tenso e a confusão cessa.

— Apareçam — a tigresa fala. Sua voz é profunda e densa, agarrando-se ao ar e fazendo as paredes tremerem. — Apresentem-se, familiares da Dourada.

Reconheço o som de Lintang orando para que Gadda seja misericordioso.

— Ajude-os— Vanna sussurra. — Channi!

Balanço a cabeça de maneira vigorosa. Não vou deixá-la.

— Ajude-os — ela repete com um resquício de poder em suas palavras. — Por favor.

Minha irmã sabe exatamente o que está fazendo.

Mas eu também sei. Eu já senti seu poder antes. Agora que estou consciente dele, preparo a mente para resistir a ele. Não consigo ignorar completamente sua ordem, mas consigo contorná-la.

— Chame Oshli — digo. Vanna pisca, confusa, mas não tenho tempo para explicar. Meu tom fica duro. — Faça isso. Agora.

— Oshli — ela fala em uma voz fraca. — Oshli, volte.

— Fique aqui — peço à Vanna. — Não se vire e não faça som algum.

Troco olhares com Ukar, ordenando que ele fique de olho nela.

Enquanto Ukar se enrola nos tornozelos de minha irmã, o poder de sua ordem me deixa alerta. Mas a melhor forma de salvar Adah e Lintang é caçando a tigresa. E é isso que faço.

Angma se mescla com perfeição à fumaça, desaparecendo em suas

Uma maldição dourada

dobras de forma que apenas suas pupilas vermelhas feito sangue fiquem visíveis. Elas brilham nas sombras, e eu sigo seu reflexo nas espadas caídas aos meus pés.

Finjo que estou na selva, mas, em vez de árvores, as paredes estão entalhadas com histórias de céus e infernos, adornadas com estátuas de madeira de imortais e deuses de olhos vazios. As tábuas rangem sob o meu peso, mas não me incomodo de ser furtiva. Sei que Angma consegue sentir meu cheiro.

Estou prestes a atacar quando Rongyo, o idiota, decide aproveitar o momento e se colocar em risco.

— Venha, demônio! — ele grita, brandindo a espada contra a fumaça, nem um pouco perto de onde Angma está. — Mostre-se!

— Como desejar.

Angma se lança sobre ele por trás de suas costas, mas estou um passo à sua frente. Pulo no príncipe, empurrando-o contra um punhado de vasos de cerâmica. A cabeça dele atinge a parede e pende para um lado conforme ele cai, atordoado.

Salvar Rongyo tem um preço. Quase não percebo quando Angma me toma como seu próximo alvo.

Ela me derruba, golpeando e me imobilizando com seu peso. Tudo acontece tão rápido que não consigo posicionar a lança para atacar, mas ela não é minha única arma. Passo os dedos pelo corte no meu braço e o afundo no pelo de Angma. Consigo quase ouvir sua pele queimando, e em meio ao zumbido doloroso em meus ouvidos, esse som é o mais magnífico de todos.

— Criança problemática — ela fala, rouca, pressionando-se contra mim com todo o seu peso. Perco o fôlego, sentindo minhas costelas rachando e meus pulmões se esforçando para respirar. — Olhe para mim.

Não olho. Não sou mais uma criança. Conheço o poder do olhar de Angma.

Fecho os olhos enquanto sua voz invade minha mente. *Você acha que eu não a entendo, Channi. Acha que sou um monstro, mas nem sempre fui assim.*

— Não me importa o que você costumava ser — respondo.

Sua mãe estava morrendo. Se seu pai tivesse trazido a irmã certa, eu poderia tê-la salvado... mas apenas alguns anos, no máximo. Ela era fraca, como todos os humanos. Até você era, mas olhe só agora. Veja no que eu a transformei.

Você quer seu rosto de volta para poder ver sua mãe no espelho, ela diz, arrancando cada palavra dos recantos mais secretos do meu coração. *Você quer que seu pai a ame. Mas e depois? Você ficará feliz?*

— Vou ficar feliz quando você estiver morta — respondo entredentes.

O que nós queremos não é tão diferente. Angma parece mais próxima. Sua voz é branda, quase como uma carícia. *Eu posso ser como uma mãe... para você.*

As palavras são tão repugnantes que não consigo acreditar que as ouvi.

Não vou abandonar você como sua mãe fez, Angma diz. *Como sua irmã vai fazer. Nós seremos uma família. A família que você sempre quis.*

As cobras são a família dela!, Ukar exclama, saltando no pescoço de Angma. Ele afunda as presas na pele dela com um sibilo.

Desvencilho-me das mãos de Angma, apunhalando sua garganta. Em vez disso, minha lança encontra seu ombro. Seguro a haste com ambas as mãos e dou um golpe amplo, rasgando músculos e ossos.

O grito dela é um som terrível, acentuado pelo estalo de um trovão. Ela recua, adentrando nas sombras. Sangue preto e fumegante jorra do ferimento que causei, mas ela se volta para a escuridão e retira um retalho de sombra para remendar a ferida.

E, simples assim, ela está mais uma vez inteira.

Para a minha surpresa, ela torce os lábios em um sorriso selvagem.

Uma maldição dourada

— Seu sangue é potente, mas não é o bastante para acabar comigo.

Suas patas apertam o pelo pulsando sobre seu coração, que esconde uma escuridão turbulenta. Nunca vi algo assim antes. É como se fosse um pedaço de noite contra o branco de seu peito. É sua metade da pérola de Hokzuh.

— Eu lhe dei uma chance, mas agora devo cumprir minha promessa. Considere-me misericordiosa por não permitir que você esteja aqui para assistir sua irmã morrer.

Uma flecha dispara para fora da fumaça, perfurando a bochecha de Angma. Ela solta um uivo e se vira para encarar o agressor.

Parece que subestimei as habilidades de Oshli com o arco. Seus dedos estão bem treinados para encaixar uma nova flecha. Mas, antes que ele consiga soltá-la, Angma ataca. Ela está prestes a quebrar o pescoço dele com um poderoso movimento dos braços quando a luz de Vanna se acende.

— Pare! — minha irmã grita, atirando-se na frente de Oshli. — Se você me quer, pode me levar.

— Não, Vanna! — berro, mas ou ela não me ouviu, ou escolheu não ouvir.

As tranças intricadas de seu cabelo se soltaram, e seu vestido está arruinado pelas manchas pretas do meu sangue. O brilho em seu coração arde mais intensamente que antes.

— Pode me levar — Vanna repete. — Deixe os outros viverem.

Os cantos dos lábios de Angma se contraem em um sorriso. Ela se vira devagar para confrontar minha irmã.

— Como desejar, Dourada.

Como se por um passe de mágica, as portas se abrem com um estrondo, e as pessoas correm para fora do templo. Rongyo tenta chegar até Vanna, mas os guardas o arrastam para longe com a ajuda de sua mãe.

Em um minuto, o templo está vazio, exceto por mim, Ukar, Oshli e minha irmã. Com um movimento condescendente do pulso de Angma, as suiyaks restantes atacam.

Ou, pelo menos, elas *tentam*, mas não conseguem avançar em Vanna. A luz dela é forte demais. As criaturas recuam, como se tivessem sido queimadas por seu toque.

Aproveito a confusão das suiyaks e ataco duas de uma vez só, encontrando o ponto vulnerável entre seus olhos leitosos e enfiando a lança em seus crânios. A experiência me concede habilidades, e eu mato mais três com facilidade enquanto Oshli usa minha adaga para apunhalar uma quarta.

Mas mais suiyaks se agrupam do lado de fora do templo enquanto perdemos segundos preciosos tentando afastá-las.

Pela primeira vez, testemunho o verdadeiro e fantástico poder da pérola de Vanna. A luz queima em seu coração, combatendo as sombras que se erguem de Angma. Uma força tremenda surge no local onde as duas convergem. Não vai durar muito tempo. As paredes pulsam e o chão chacoalha.

Uma onda de choque atravessa o templo, e meus instintos me dizem para dar o fora dali.

Pego Ukar e Vanna.

— Corra! — grito para Oshli.

O templo está desmoronando.

Engasgo com a poeira enquanto corro. Os pilares tombam; o teto está afundando. Não vamos escapar a tempo, mas empurro Vanna com toda a força que consigo em direção às portas.

Estou me preparando para a ruína do templo quando, de repente, asas pretas surgem das fissuras no telhado. Hokzuh. Eu o ouço grunhir quando um pilar cai contra suas costas, mas ele o atira para longe como se fosse um galho irritante, e não pedra sólida. Depois, ele pega Vanna, Oshli e eu um segundo antes de as paredes virem abaixo.

Mal noto que estamos voando. Estou ocupada demais cuspindo destroços e tossindo. Mas é mesmo ele. *Hokzuh!*

Você estava prestes a virar panqueca. E não das gostosas. Ele me lança um olhar amargurado. *Acho que o Rei Serpente tinha razão. Você precisa mesmo de mim.*

Estou toda dormente e, sinceramente, assustada por ainda estar viva. Raios lampejam perto demais, mas os trovões estão enfraquecendo.

Quando Hokzuh aterrissa no jardim, além dos pomares e das lagoas de lírios, não o agradeço. Vou até minha irmã. Ela está inconsciente, e a luz em seu coração empalideceu, tremeluzindo cada vez que ela respira. Mas Hokzuh não a solta.

O fedor da traição toma conta do ar, e eu não me atrevo a respirar.

— Entregue Vanna pra mim.

O dragão nota meu medo com um estalo de sua língua.

— E pensar que senti falta desses seus olhos de cobra. — Ele se vira furtivamente para Oshli. — Diga-me, xamã, ela sempre teve esse olhar venenoso?

— Entregue Vanna pra mim — repito.

Hokzuh deixa o humor de lado.

— Você não vai conseguir fugir dos monstros a pé — ele diz baixinho. Depois abre as asas, erguendo-se no ar. — Vou levar sua irmã para um lugar seguro. Prometo.

Não tenho chance de responder.

Atrás de você, Ukar alerta, usando a cabeça para indicar o templo arruinado.

Angma está se soltando dos escombros. Sua pelagem está coberta de pó, e ela se chacoalha para se limpar com um movimento de sua enorme cabeça. Depois, abre as mandíbulas e emite um rugido que faz a terra tremer.

É uma ordem. As suiyaks se reúnem acima dela e deslizam para as nuvens escuras que persistem ali, desaparecendo em um mar cinzento.

— Vá! — grito para Hokzuh. — Depressa!

Ele se lança aos céus.

Elizabeth Lim

É surpreendente quão rápido as suiyaks alcançam Hokzuh. Se ele não estivesse com Vanna, provavelmente seria capaz de se livrar delas, mas suas asas ainda estão se recuperando, e o peso dela o desestabiliza. Ele mal será capaz de voar mais rápido que os demônios.

Droga, xingo. *Lute contra elas, Hokzuh. Lute!*

Estou correndo para mantê-los no meu campo de visão, mas não há nada que eu possa fazer.

Então, com um último estalo de trovão, as suiyaks desaparecem. Observo Hokzuh contra a vastidão do céu desolado e vazio, parecendo menor que um pássaro, com as asas pretas retintas dobradas sobre si.

Ele está despencando, e, assim como ele, meu estômago também.

Não há sinal de Vanna.

CAPÍTULO TRINTA

Raios partem o céu. Cada lampejo branco feito osso parece um dedo fantasmagórico, estendendo as garras na direção de Hokzuh enquanto ele despenca pelas nuvens.

Não vejo Vanna em seus braços. Meu coração paralisa de horror, minha mente congela, mas meus pés estão se mexendo. Estou correndo. O sangue está disparando para os meus ouvidos em uma torrente ensurdecedora.

O bom senso me diz, aos gritos, que não há chance de eu chegar a Hokzuh a tempo. Que muito provavelmente minha irmã está ferida em algum lugar do jardim real.

Avanço mais rápido.

Olhe para o céu, Channi, Ukar diz enquanto eu me apresso. *Ele não está caindo. Está mergulhando.*

A tempestade voltou. A chuva é feroz, e quando olho para cima, as gotas perfuram meus olhos feito alfinetes. Mas Ukar tem razão. Hokzuh *não* está caindo. Está dando uma guinada em direção ao chão enquanto as suiyaks fogem.

Cerro os punhos nas laterais do meu corpo. O que o faria abandonar Vanna desse jeito?

O templo desmoronou, e a poeira e os escombros obscurecem a cena diante de mim em uma nuvem cinza escura. Preciso prender a respiração

Elizabeth Lim

enquanto corro; meus pulmões vão explodir. Atravesso o que resta do pátio à procura de Hokzuh e Vanna. Minha mente está tão focada em um único ponto que não vejo meu pai cambaleando, saindo de trás de um pilar de prece.

— Você! — ele grita, derrubando-me no chão. — Você fez isso!

Ele me imobiliza. Levo um primeiro tapa, mas nem o sinto. Minha cabeça não dá um solavanco para trás, como costumava acontecer. Adah está gritando, só que não consigo ouvir suas palavras.

Caio de costas contra o gramado e encaro o céu.

Hokzuh não está lá em cima.

O que quer dizer que Vanna sumiu.

Sumiu.

A chuva tamborila no topo da cabeça de Adah. Ela encharca sua barba e suas longas mangas cor de ocre, e a água verte de seus braços, desenhando arcos em minha direção. Mais um tapa.

Desta vez, eu o sinto. Não machuca, mas meus ouvidos estão zumbindo pelo impacto, e vejo a marca das minhas escamas na palma da mão de Adah.

A raiva ferve em meu peito. Como assim é culpa minha?

Minhas inibições se foram. Reúno toda a minha força contra ele, livrando-me de suas mãos. Quebro seu pulso com um estalo alto, e a respiração dele fica ofegante enquanto eu o arremesso nos arbustos, onde Lintang está se escondendo das suiyaks.

Minha madrasta corre até ele, aninhando seu pulso quebrado feito um ovo. Seus olhos aflitos encontram os meus, e eles estão repletos de medo pelo que sou capaz de fazer.

Abro a boca com uma desculpa na ponta da língua. Mas minhas bochechas estão ardendo pelos tapas da Adah, e cerro os dentes para que nenhuma palavra escape. Jamais irei me desculpar por ser o monstro que eles me transformaram.

Uma maldição dourada

Coloco Ukar ao redor do pescoço. Desta vez, quando me viro, ninguém me chama.

Onde está você?, grito em meus pensamentos, em busca do dragão. *Hokzuh?*

Minha lança está numa extremidade do jardim real, escondida entre duas samambaias. Eu a pego e corto caminho pelas plantas, procurando e gritando.

Não sei para onde estou indo. Por causa de Adah, perdi Hokzuh de vista. Estou prestes a escalar uma árvore para ter uma visão melhor quando me deparo com uma lagoa. A água está transbordando para o gramado. E então vejo o meio-dragão flutuando ali dentro.

Os olhos de Hokzuh estão fechados, e as asas estão completamente abertas. Ele está agarrando a pedra da lua com ambas as garras, e a tensão nos largos nós dos seus dedos é o único indício de que ainda está vivo.

Onde está Vanna?

Eu pulo na lagoa, avançando com dificuldade na água, passando pelas carpas para pegar o corpo molenga de Hokzuh. Ele é incrivelmente pesado, mas, pelo visto, *consigo* levantá-lo.

As garras de seus pés arranham o gramado, esmagando os lírios da água que deslizaram para fora da lagoa. Seu corpo está coberto de cortes e mordidas. Assim que o repouso no chão, dou uma pancada com a palma da mão contra o peito dele.

Hokzuh acorda, tossindo.

— Serpentes do inferno, Channari!

— Onde está Vanna? — exijo saber.

Ele tosse de novo. Não tenho tempo para isso. Eu o ataco de novo, dessa vez com a parte achatada da ponta da minha lança.

— *Onde ela está?*

— As suiyaks a levaram.

— Levaram? Como? Você estava com ela!

Ele afasta a lança com um tapa. É nesse momento que percebo que a pedra da lua não está mais na corda que eu lhe dei... e que há um corte coberto de sangue em seu pescoço.

Não, não faz sentido. Não pode ser!

Afundo a lança em sua ferida aberta, e ele ruge de dor.

— Você soltou Vanna por causa da pedra da lua — digo, gaguejando. — O que foi? Conte-me.

Ele não responde, e preciso me controlar para não o empalar. O dragão me deve respostas, mas elas podem esperar. Há coisas mais importantes a fazer.

— Levante — digo. — Precisamos encontrá-la.

— Está desperdiçando seu tempo. Ela se foi.

— Eu quis dizer Angma! — esbravejo.

Quando digo seu nome, o rugido de um tigre rasga o ar, perto o bastante para que partículas de poeira estremeçam.

Meu sangue gela, e o restante do mundo fica borrado enquanto sigo o som do animal.

Esperei dezessete anos para matar Angma. Desta vez, não vou deixá-la escapar.

CAPÍTULO TRINTA E UM

Disparo para os jardins, perseguindo Angma por um emaranhado de arbustos de jasmim, seguindo o suave farfalhar sobrenatural ao longo da vegetação.

A perseguição não dura muito.

Para minha surpresa, ela está parada diante de uma lagoa, bebendo água sem a menor vergonha, como se minha busca não significasse nada para ela.

Se fosse qualquer outro tigre, eu levaria o tempo que fosse preciso. Agacharia nos arbustos e me aproximaria aos poucos, mantendo distância para mascarar meu cheiro. Mas não vou fazer isso com Angma.

Atiro-me sobre ela a toda velocidade. Cada passo é vigoroso, e estou a um fio de apunhalá-la nas costas quando seus bigodes se enrijecem e ela ergue a cabeça. E então gira.

Seus olhos são de um âmbar líquido, mas dessa vez estou preparada. Marquei o local exato de seu coração. Desvio o olhar e, reunindo toda a minha força, afundo a lança.

— Channi! — Angma exclama. — Não faça isso!

Seu grito me pega de surpresa, mas não hesito. Ataco-a. Quase a pego, mas ela pula para dentro da água. Atinjo a lateral de seu corpo, em vez do coração.

Os uivos dela são como música para os meus ouvidos. Mas não irei comemorar até que ela esteja morta.

Enquanto ela se contrai de dor, engancho seu pescoço sob o braço.

— Onde está minha irmã?

— Channi! — Angma fala, rouca. — Channi, sou eu.

A voz é de Angma, mas seu tom tem o jeito gentil e melódico de Vanna falar. Só que sou mais esperta do que isso. Angma já tentou me ludibriar antes. Empurro a cabeça dela para dentro da água com a intenção de afogá-la.

Chuva morna escorre por minhas têmporas enquanto sinto o sangue de Angma pulsando, agitado, sob meus dedos. Ela está tremendo e mal resiste a mim.

Esta não é a Bruxa Demônio com quem lutei antes.

Mesmo assim, não a solto. Puxo sua cabeça ensopada apenas para exigir:

— Onde está minha irmã?

— Sou eu — Angma grita de novo, tentando respirar. — *Eu* sou sua irmã!

Ela se debate, enfim reunindo força suficiente para se erguer da água.

Não, não é. Pulo em suas costas e dobro ambos os braços ao redor de seu pescoço. Ela está gritando, mas mesmo se eu pudesse entender suas palavras, não lhe daria ouvidos. Tenho uma única missão, e ela chegará ao fim com sua morte.

Tombamos nas flores, lutando uma contra a outra. Ukar afunda as presas no pescoço dela enquanto eu a imobilizo, estrangulando-a com minhas próprias mãos. Mas então ela solta, esganiçada, uma palavra que me faz prender a respiração.

— Bolo.

Nunca antes uma única palavra teve tanto significado. Encosto os lábios em sua orelha.

— O que foi que disse? — sussurro com aspereza.

— Bolo — ela gagueja. — Bolo.

— O que tem o bolo?

— O ingrediente… secreto… é… gergelim branco.

Uma maldição dourada

Meus braços se afrouxam, e, conforme eles pendem ao lado do meu corpo, solto o pescoço dela.

Não pode ser.

Esta é Angma. A tigresa que me atormenta há dezessete anos. Que tem pelo laranja enferrujado com listras pretas e grossas e cabelo branco amaranhado ao longo dos sulcos de suas costas.

Não pode ser Vanna.

Mas é. Eu saberia se tivesse olhando seu coração. Ele ainda brilha. A água do lago pinga de seu pelo e escorre na minha pele. Ajoelho-me ao lado dela.

— Vanna? — murmuro. — *Vanna?*

Um gemido suave e oprimido rasteja para fora de sua garganta. Eu poderia chorar naquele instante. O que foi que fiz?

Meu corpo inteiro treme enquanto a retiro com cuidado da lama. A lateral de seu corpo está sangrando. É um corte feio, longo e molhado, mas graças a Gadda não é profundo.

Afundo o rosto no pelo de Vanna.

— Desculpe.

Não há tempo para indagar o que aconteceu. Seus bigodes se enrijecem mais uma vez, alertando-me segundos antes de eu ouvir espadas abrindo caminho pela vegetação e passos marchando em nossa direção.

Os soldados do palácio nos encontraram.

Há uma legião deles, armados até os dentes. Para onde podemos ir? Se sairmos do jardim, os arqueiros vão acertar Vanna no momento em que colocarmos os pés nos caminhos de tijolos vermelhos.

Protejo minha irmã com meu corpo.

— Não toquem nela.

— Afaste-se, irmã de lady Vanna — um dos guardas diz. — A Bruxa Demônio a enfeitiçou com sua magia. Se não se mexer, seremos forçados a machucá-la.

Elizabeth Lim

— Esta aqui *é* lady Vanna! — sibilo, erguendo a lança. — Angma se apoderou do corpo dela. Se alguém a atacar, terão que responder a mim.

— E a mim — Hokzuh fala, descendo dos céus e pousando ao meu lado.

O chão estremece sob o peso dele, e ele abre as asas negras de maneira dramática.

Os soldados se afastam, incertos sobre o que mais temem: o dragão ou o tigre.

Ukar me mostra a língua. *Vão.*

Não preciso pensar duas vezes. Enquanto Hokzuh lida com os soldados, conduzo Vanna em direção às árvores. O Jardim Real de Tai'ya é uma das maravilhas de Tambu. É tão grande quanto a ilha de Sundau, entremeada de pomares exuberantes de frutas roliças. O local perfeito para se esconder. Juntas, passamos por limoeiros e árvores de fruta-pão, mas Vanna está arfando. Ela precisa descansar.

Encontramos abrigo sob uma enorme palmeira, não muito longe de um bosque de árvores de durião. Sei por experiência própria que frutas espinhosas dão ótimas armas. O cheiro pungente irá impedir que as pessoas nos encontrem... pelo menos por um tempo.

Vanna nunca gostou de durião, e o jeito que ela grunhe ao sentir seu cheiro acaba com qualquer dúvida que restava de que essa é minha irmã.

Caio ao lado dela e uso a manga para dar batidinhas leves em seu ferimento. O sangue já está secando. A luz em seu coração faz sua pelagem emitir um brilho, e, embora ela esteja portando as listras, o pelo, o cabelo branco e os chifres de Angma, ela não carrega a sombra da Bruxa Demônio. Ela é imponente e bela.

Chuva escorre pelo meu rosto, e várias gotas caem em meus olhos, que ardem com lágrimas.

— Desculpa por ter te machucado.

— Eu mereci.

Uma maldição dourada

A boca de Vanna forma o que parece ser um sorriso. É horrível vê-lo, repleto de dentes curvados e uma enorme língua rosada, mas, mesmo assim, noto algo de minha irmã nos cantos suaves de seus lábios.

— Foi tolice minha ir direto para o lago. Mas este corpo é pesado e eu estava com sede.

Por mais que ela tente, sorriso nenhum consegue esconder sua tristeza. Sua luz sempre denunciou suas emoções e, embora ainda esteja radiante, está mais fraca que de costume. Coloco a cabeça dela sob o meu queixo, e ela respira pesado contra minha túnica. A parte mais difícil é engolir minha raiva.

— O que aconteceu?

— Ela venceu — Vanna sussurra. — Foi como um jogo, o coração dela contra o meu. O dela era mais forte, mas não o bastante para me matar. Então ela tomou meu corpo e me deu o dela.

Dou um soco na lama. Que inteligente Angma foi ao trocar de corpo com minha irmã. Ela sabe que não vou matá-la enquanto ela tiver o rosto de Vanna.

— Vou atrás dela — declaro, fervendo de raiva.

— Não! — Vanna exclama com um rugido. — Você não pode.

Não estou mais escutando. Vou encontrar Angma. Vou forçar meu sangue por sua garganta e observá-la se contraindo e morrendo.

— Channi... — Vanna suplica. — Não faça isso. Eu posso viver assim, mas não posso viver sem *você*. Se você tentar enfrentá-la...

— Meu destino sempre foi lutar contra ela — digo. Cada palavra é tão pesada quanto o mais solene juramento. — Pra lutar por você. É por isso que o Rei Serpente me picou.

Vanna responde com um suspiro. Ela se deita toda encolhida.

— Eu devia ter acreditado em você — ela fala baixinho. — Devia ter ido com você pra dentro da selva naquelas manhãs que você me pediu.

Finjo bufar.

— Você, acordar de manhã cedo? Você nunca conseguiria acordar a tempo. E treinar ao meio-dia é horrível. Você teria desmaiado de calor.

Ela ri, e sua voz profunda de tigre provoca calafrios na minha pele. Esfrego suas bochechas, tentando enxugar a água da chuva, e noto uma porção de pelos pretos entre os brancos. O oposto da mecha branca em meu cabelo.

Que bela família nós somos. Ela, um tigre. Eu, uma cobra.

— Você me protegeu a vida toda, Channi — Vanna diz. — Eu costumava torcer pra que a maldição não fosse real, pra que você pudesse enfim viver sua própria vida. Pra que pudéssemos desaparecer juntas nas árvores e não nos importar com o que pensassem de nossos rostos. Era tudo que eu queria.

— Então é isso o que nós teremos — prometo. — Depois que Angma se for.

Afasto o pelo dos olhos dela. Ela não parece convencida.

— Você conseguiria lutar contra ela de novo? — pergunto. — Angma está com seu corpo. Se você vencer, vai recuperá-lo.

— Eu não venceria — Vanna sussurra.

— Vanna, você tem metade da pérola de um dragão no coração. Você tem magia!

Ela estremece, como se suspeitasse disso, mas nunca ousou acreditar. Ela balança a cabeça.

— Não olhe pra mim desse jeito. Eu vi o que ela planejou fazer, não podemos vencê-la.

— O que ela planeja?

— Ela vai convocar os demônios do Monte Hanum'anya. Haverá centenas deles. Milhares. Quando forem reunidos, ela vai pintar o mundo de cinzas e trovões... e...

Mantenho-me indiferente.

— E depois?

Uma maldição dourada

As pupilas de Vanna ficam pretas e vazias sob suas pálpebras caídas.

— Depois ela vai voltar pra casa. Voltar pra onde tudo começou. E tudo vai acabar.

Sundau. A selva com a árvore retorcida.

— Que grande ocasião vai ser — digo, seca, raspando a lama das solas dos meus sapatos. A chuva enfim está diminuindo. — Precisamos ir. — Inclino a cabeça. — Podemos pedir a ajuda de Rongyo.

Diante dessa sugestão, Vanna estremece.

— Vá você. Eu vou ficar.

— Debaixo dessa árvore de durião?

Quase dou risada de novo, mas meu humor desaparece quando imagino os guardas encontrando-a e matando-a.

— Venha comigo — peço com gentileza. — Ele vai entender.

Vanna solta um rosnado teimoso. Ela não vai se mexer.

Tento uma tática diferente.

— E Oshli?

Ao ouvir esse nome, a cabeça dela se ergue só um pouquinho.

— Onde ele está?

Então ela se importa mesmo com ele.

Eu não deveria estar surpresa. Oshli sempre esteve presente. Foi ele quem surrupiou o macarrão de camarão favorito dela quando Lintang decidiu que ele era gorduroso demais para a família, foi ele quem transcreveu a duras penas os romances favoritos de Vanna da biblioteca do templo para que ela tivesse suas próprias cópias para ler em casa. Oshli é a única outra pessoa que zela pelo bem de Vanna, mesmo que isso a desagrade.

— Não sei onde ele está — respondo por fim. — Vamos encontrá-lo.

Sei que isso é tentador para ela, mas seu lábio inferior treme, e ela fecha os olhos gigantes e peludos com força.

— Posso te contar um segredo?

— Pode me contar qualquer coisa.

Elizabeth Lim

Ela mantém a cabeça baixa.

— Estive torcendo hoje de manhã... pra que eu não precisasse seguir em frente com o casamento. Você acha que...

— Que é tudo culpa sua? — Balanço a cabeça veementemente. — Não acho.

— Eu realmente quis ser uma rainha, Channi — ela diz, pesarosa. — Foi com o que sonhei durante anos. Mas acho que o que eu queria de verdade... era ficar sozinha. Não ser definida por esta... por esta...

Ela solta um grunhido baixo para a luz pulsando em seu peito.

A confissão me silencia. Sempre soube que a luz de Vanna era uma espécie de maldição, predeterminando seu valor diante dos outros. Mas, até agora, nunca tinha percebido o quão infeliz ela deve ter se sentido. Nunca percebi o quanto ela *teme* sua luz.

— Até pensei em fugir... da competição e de hoje — ela admite. — Mas não tive coragem o suficiente. Pensei que seria pega e arrastada de volta.

— Você se subestima — falo. — Você tem mais poder do que consegue imaginar. Eu teria te ajudado.

Eu me detenho.

— Ainda posso ajudar.

Ela não responde. Sei que não quer decepcionar Lintang e Adah. Durante toda sua vida, ela agradou a todos simplesmente pelo fato de existir. Não está acostumada a ser motivo de decepção.

Passo o braço em volta de suas costas e encosto a bochecha na dela, escamas contra pelo.

— Encontre a luz que faz sua lanterna brilhar — digo suavemente. — E segure-se nela, mesmo quando a escuridão a cercar. Nem o vento mais forte vai ser capaz de apagar seu brilho.

Ela fica paralisada. Nem um único fio de sua pelagem se move.

— Oshli é essa luz, não é? — pergunto em voz baixa. — E você é a dele, assim como ele escreveu naquela carta.

Uma maldição dourada

Perguntei duas vezes sobre o bilhete que encontrei no bolso de Vanna. Desta vez, ela enfim assente de leve.

— Ele me disse que vocês brigaram por minha causa — comento. — Mas essa não é a única razão pela qual você o afastou, não é?

— Vocês dois têm mais coisas em comum do que imaginam. Assim como você, ele quase nunca sorri. — Vanna bufa uma risadinha. Depois fica séria. — E assim como você, o lugar que ele mais ama é Sundau. Ele nasceu e foi criado pra se tornar o xamã do templo de lá.

Minha irmã fica em silêncio.

— Se ele se vincular a mim... nunca terá uma vida tranquila. Talvez tenha que deixar Tambu. Talvez para sempre.

— Se ele for como eu, não vai se importar. Ele escolheria ficar com você.

Vanna puxa o ar.

— Sabe, o que eu sempre quis foi que vocês fossem amigos. Ele me disse que vocês costumavam ser, quando eram crianças. Ele disse que você foi a primeira amiga dele.

E ele foi o meu primeiro amigo. Ergo a cabeça, surpresa pelo fato de ele se lembrar.

— Eu costumava perguntar a ele como você era antes do seu rosto ser amaldiçoado — Vanna confessa.

É minha vez de ficar paralisada.

— O que ele disse?

— Disse que a nossa casa era a mais longe do vilarejo, a que ele mais gostava de visitar com o pai. Disse que vocês costumavam apostar corrida pelas estradas, e que vocês cutucavam minhocas juntos, e que uma vez você inundou a cozinha.

— Fazíamos isso mesmo — digo, quase sorrindo. — Mesmo depois de ser amaldiçoada, ele não zombou de mim como as outras crianças... pelo menos, não a princípio. Ele segurava minha mão quando eu chorava, e eu costumava pensar que não seria tão ruim, já que tinha um amigo.

Elizabeth Lim

Não compartilho o resto da história. Não conto que um dia Oshli mudou. Que parou de me procurar quando visitava a casa de Adah, parou de reconhecer minha existência. Doeu, mas pelo menos eu tinha minha irmã, Vanna, que me amava sem se importar com a minha aparência.

Faço carinho nas orelhas dela.

— Você tem razão quando diz que ele e eu temos muito em comum. Aonde quer que você vá, ele irá com você. Se você se perder, ele irá te encontrar. Eu farei a mesma coisa, e estarei lá com ele.

Nunca vi um tigre chorar. Não sabia que eles eram capazes de fazer isso. Mas as pupilas de Vanna ficam úmidas, e as lágrimas molham as bordas de seus olhos cor de âmbar, assim como o pelo ao redor deles.

Meus olhos também ficam enevoados. Eu os limpo, assim como meu nariz, depois seguro a pata de Vanna para levantá-la. Minha mão é pequena se comparada à dela, quase como a de uma criança.

— Vamos. Vamos encontrá-lo.

Os bigodes dela se remexem, e seu rosto se ilumina de esperança, mais parecendo um gato de rua do vilarejo que acabou de receber leite que um tigre demônio aterrorizante.

— Tudo bem, eu vou.

Meu coração vibra por ela e, de mão e pata dadas, nós nos erguemos.

CAPÍTULO TRINTA E DOIS

Os arqueiros aprontam suas flechas quando Vanna surge do jardim. É um milagre eles não atirarem, mas o milagre real é a luz no coração dela. A cada passo que ela dá, a luz brilha mais, banhando as flores e o gramado.

Os soldados hesitam. Estão confusos. Conseguem sentir que ela é diferente. Ela já não está mais envolta em sombras, e sua presença não causa mais medo.

— Larguem as armas — digo. — Esta é a Dourada.

A atenção dos guardas se volta para mim.

— Esta é a Dourada — repito. — Angma se apoderou do corpo dela. Ela precisa ver o príncipe Rongyo.

— Você não pode levar essa... essa *besta* até o príncipe — um dos guardas declara.

— Ah, não posso?

Dou um passo à frente, mas os guardas bloqueiam meu caminho. *Agora sim* estão com as armas em riste.

Estou exaurida pela batalha, mas estou pronta para lutar de novo. Levo a lança ao alto, até que Vanna me empurra para trás com sua cauda.

— Deixem-nos passar — ela ordena.

E assim o ar fica em silêncio. O poder em sua voz faz com que eu me aprume, ficando mais ereta, e os guardas abrem caminho feito ondas diante da proa de um barco.

Elizabeth Lim

— Você encontrará Sua Alteza nas casas de cura atrás do templo — um dos guardas diz, em tom de espanto. Enfeitiçado pela magia de Vanna, ele acrescenta: — O príncipe Rongyo e a rainha estão cuidando dos feridos.

Vanna abaixa a cabeça para agradecer, e lá vamos nós para o templo. Só que ela está machucada, com a respiração curta e pesada, e eu praticamente preciso empurrá-la para frente. De repente, ela se detém no meio da estrada. Seus bigodes se retesam e ela fareja o ar.

As sebes ao nosso redor se remexem. Começo a aprontar a lança, mas não há necessidade.

É Oshli. Quando vê o tigre ao meu lado, sua compostura vacila. Ele corre até Vanna e se ajoelha ao lado dela, e os dois trocam um olhar pesaroso.

Ele sabe.

Presumi que Oshli amasse Vanna por sua beleza, não pela pessoa que ela é. Sinto uma pontada no peito, mas fico feliz por estar errada.

— Vou levá-la ao príncipe Rongyo — digo a ele. — Precisamos de um navio pra voltar a Sundau.

— Ela está ferida.

— Foi só um arranhão — Vanna diz.

Oshli não fala nada, mas o jeito como desenrola o lenço laranja e o passa sobre a ferida dela, depois a toca, afundando a mão em seu pelo...

— O príncipe pode esperar — Oshli afirma. — Recebi treinamento de curandeiro. Deixe que eu cuide disso.

Oshli abre a palma da mão, esquecendo-se de mim completamente, e a magia pulsa de seus dedos. Enquanto ele começa a tratar o ferimento de minha irmã, ela abaixa o corpo até o gramado.

— Me desculpe, Oshli — ela fala tão baixo que mal a ouço.

— Me desculpe também.

Não importa pelo que estão se desculpando. Vanna por deixá-lo para se casar com um príncipe que ela nunca viu, Oshli por algum segredo que apenas os dois conhecem... há algo predestinado e autêntico na união dos

Uma maldição dourada

dois. Como se os deuses concordassem comigo, duas borboletas voam sobre a cabeça deles. Uma pousa no ombro de Oshli, a outra no nariz de Vanna.

Desvio o olhar, sentindo-me uma intrusa nessa história. Não consigo evitar sentir o ciúme se agitando em meu interior. Desejo tanto um amor como o deles. Ao ver Oshli perdoar minha irmã por seus erros e amá-la mesmo na forma de tigre, sou forçada a ver a luz do mundo, não apenas a escuridão.

Eles estão tão absortos um no outro que não notam o príncipe Rongyo caminhando em nossa direção, com Hokzuh a apenas alguns passos atrás. As finas roupas do príncipe estão rasgadas, e a julgar pela sua careta ansiosa, parece que seu coração também está partido.

Começo a fazer uma reverência, mas Rongyo agarra meus antebraços, sacudindo-os.

— É verdade que... a Bruxa Demônio está com o corpo dela?

— E Vanna está com o dela.

O rosto dele fica pálido, e seus olhos se voltam para Vanna. Ao contrário de Oshli, ele não se aproxima. Mal consegue olhar para ela sem estremecer.

— O que foi? — falo sem pensar. — Ela não é mais digna para você?

— Não é isso — Rongyo responde, ofendido. — Claro que não.

Seus ombros murcham, e eu me arrependo de ter sido ríspida. Não é fácil para ninguém ver Vanna no corpo de Angma. Minha irritação vai se dissipando. Se eu soubesse lidar melhor com pessoas, talvez lhe dissesse algumas palavras de conforto, mas não sou assim.

— Isso pode ser desfeito? — o príncipe pergunta.

— Vamos encontrar a Bruxa Demônio primeiro — respondo. — Vanna disse que ela foi para Sundau.

— Então é para lá que devemos ir. Os ventos estão fortes e meu barco é veloz. Se partirmos esta noite, podemos chegar lá em dois dias.

— *Um* dia — retruco. — Se *meu* dragão conduzir o navio, podemos chegar amanhã.

Vanna levanta a cabeça e as orelhas do colo de Oshli.

Leva um segundo para que eu entenda o motivo, e então minhas bochechas queimam de vergonha. Eu disse *meu* dragão. Maldito seja, Hokzuh também ouviu. Ele ergue uma sobrancelha grossa e entretida, mas não se recusa a fazer o que falei.

— Amanhã — ele confirma, leve. — Eu garanto.

Ele olha para mim. Para manter as aparências, assinto de maneira solene. Mas se Hokzuh acha que o perdoei por abandonar Vanna, está cometendo um grave erro.

Paro de ouvir enquanto o príncipe e Hokzuh ponderam sobre a logística da operação. Estou pensando em Oshli. Em como sua expressão, sempre tão impassiva, abrandou-se quando viu Vanna como tigre. Como seus olhos se inundaram não de dor, mas de alívio. Do mais puro alívio.

Indiferente ao príncipe, Oshli está sentado de pernas cruzadas no caminho de tijolos, com a cabeça peluda da minha irmã em seu colo. Magia vibra de suas mãos, pairando acima da ferida de Vanna. Seu rosto deixa claro que não há nenhum outro lugar onde ele desejaria estar.

— Levaremos Oshli — interrompo-os.

Rongyo pisca.

— Quem?

— Oshli. — Gesticulo para ele. — O filho do falecido xamã. Ele veio do vilarejo com nossos pais.

Rongyo franze a testa, como se o visse pela primeira vez.

—Ele não é um dos curandeiros do palácio?

Não consigo dizer se Rongyo é jovem ou obtuso.

— Ele *é* um curandeiro, mas veio de Sundau — digo, com tanta paciência quanto possível. — Ele conhece bem Vanna, e ela confia nele.

O olhar do príncipe se desvia para as borboletas voando acima do xamã e de minha irmã. Sentindo o ciúme de Rongyo aumentando, acrescento:

— Ele é como um irmão para ela.

Uma maldição dourada

É mentira, mas o truque funciona.

— Muito bem — o príncipe concorda. — Ele pode vir.

— Ninguém vai a lugar algum.

A voz da rainha de Tai'yanan ressoa detrás das árvores. De altura modesta, mas presença formidável, ela irrompe no jardim sem ser anunciada.

— Eu proíbo.

Rongyo se vira.

— Mãe!

— Essa garota o enfeitiçou — ela diz. — Eu o proibi de comparecer àquela maldita seleção, e mesmo assim você foi. Você apostou a fortuna acumulada a duras penas por nosso povo só para ganhar a mão dela, e arriscou tirar Tai'yanan da irmandade dos reis e rainhas de Tambu. Apesar de meus receios, eu a aceitei e permiti que vocês se casassem. Mas agora…

A rainha gesticula para o templo real, para as estátuas quebradas e os arcos arrasados. Os criados ainda estão reunindo os mortos, colocando véus de musselina sobre seus corpos. Há tantos que a passagem de tijolos vermelhos parece coberta de neve.

Subitamente, não consigo tirar-lhe a razão.

— Vanna será minha esposa — o príncipe Rongyo afirma. — Ela foi amaldiçoada, e eu devo encontrar uma maneira de desfazer a maldição.

— Você colocará seu povo em perigo por uma garota que mal conhece? — a rainha questiona. — Veja esses cadáveres, Rongyo. Tenha juízo!

Permaneço quieta, mas sei que o esplendor de Vanna encantou Rongyo profundamente. Vi a mesma coisa nas crianças do vilarejo e em seus pais, em Adah e Lintang, nas borboletas e nos pássaros e até mesmo nas lagartixas, em todos cujas vidas foram tocadas pela luz da minha irmã.

Não há qualquer profundidade ou nuance no amor de Rongyo; ele será fiel até o dia que morrer.

Assim como Oshli.

Assim como eu.

— Não posso ter juízo — Rongyo diz, tirando as palavras da minha boca. — Por favor, me perdoe. Mas irei com ou sem sua permissão, minha mãe.

O silêncio da rainha está carregado de raiva e decepção.

— Se não me dará ouvidos, então vou agir. O rei Meguh está morto, assim como a rainha Ishirya. Os navios de Shenlani estão a caminho... atrás da cabeça dela. — Ela aponta para mim. — Não aceitarei guerra em minhas terras.

A rainha olha de relance para os guardas, que rapidamente cercam Vanna e eu.

— Parem! — minha irmã rosna.

Ela me protege com o próprio corpo, e sua luz se intensifica, forçando os guardas a recuarem com os olhos marejados. De canto de olho, vejo que Hokzuh está encarando Vanna, apertando os olhos para a luz no coração dela. Somente ele não a vê.

— Não é necessário nos levar à força — Vanna fala para os guardas. — Minha irmã e eu iremos embora, e não retornaremos. Só pedimos um navio.

— Vanna... — Rongyo a chama.

— Deixe-me falar.

A luz de minha irmã diminui, ficando menos radiante e ardente, e ela abaixa a cabeça em respeito à rainha, depois a Rongyo.

— Príncipe Rongyo — ela diz, com tanta gentileza quanto um tigre conseguiria. — Eu lhe agradeço por me demonstrar gentileza nos últimos dias, mas não posso me casar com você. Não desejo passar o resto da minha vida fingindo amar alguém que não amo. Seria mentir para nós dois.

Vanna se afasta até que esteja entre mim e Oshli.

Rongyo está encarando o xamã, e seu rosto jovial demonstra que entendeu a situação.

Fico esperando-o se enfurecer e fazer um escândalo, afinal, ele é o filho de um rei; um príncipe, cuja criação real provavelmente o preparou para alimentar a expectativa de que podia ter o que — ou quem — desejasse.

Uma maldição dourada

Sua fisionomia nobre e silhueta robusta são exatamente o que Vanna teria invocado de seus sonhos, enquanto Oshli... é apenas uma moeda de cobre ao lado de uma pilha de ouro.

Ele precisa de um momento para lutar contra o próprio orgulho, mas, no fim, tem mais honra que imaginei.

— Seu coração é especial, lady Vanna — ele diz por fim. — Tive o privilégio de conhecê-lo... e de conhecer você.

A rainha solta um suspiro ruidoso de alívio.

— Iremos preparar um navio pra vocês dentro de uma hora. Guardas, levem-nas ao porto...

— Gostaria de acompanhar lady Vanna e sua irmã até em casa — Rongyo fala por cima da mãe. — Se o povo de Shenlani está a caminho, como você falou, então Vanna e Channari precisarão do mais veloz navio de nossa marinha, assim como a melhor tripulação.

— Você e seu navio não vão a lugar algum — a rainha lembra o filho com frieza. — Ainda não é o rei, e pode não vir a ser por um bom tempo, se continuar a me desafiar dessa maneira.

— Eu imploro. Se eu tiver trazido infortúnio a Tai'yanan, permita-me ser aquele que irá fazer a coisa certa pela minha terra. Permita-me ser aquele que busca redenção perante os olhos dos deuses.

A rainha hesita diante da menção aos deuses. Ela é uma mulher verdadeiramente devota, o que é visível por seu humilde vestido marrom, sua trança simples presa com um único grampo de ouro e os amuletos de proteção em volta dos pulsos e tornozelos.

Se há uma coisa que Oshli herdou do pai é a habilidade de saber quando aproveitar uma oportunidade. Ele diz:

— Shenlani não possui mais rei ou rainha. Seus navios são a menor de suas preocupações. Mas o príncipe Rongyo *tem* razão quanto a acalmar a ira dos deuses. — O aro de metal do cajado de Oshli tilinta quando ele o aponta para o céu. — Vejam.

A princípio, não vejo nada. Os raios e a chuva cessaram. Mas, quando aperto os olhos, noto traços alaranjados entre as nuvens. Estão distantes, agrupados em sua maioria sobre o Monte Hanum'anya.

Não tinha visto isso antes, Ukar murmura.

Meu peito se comprime.

— Angma está reunindo os demônios no Monte Hanum'anya — digo. — Se minha irmã e eu não retornarmos a Sundau...

Deixo a voz morrer, porque, de verdade, não sei o que vai acontecer. Mas todos nós temos suposições, e sabemos que não será nada bom.

Os olhos da rainha se demoram no céu ardente.

Por fim, ela cede.

— Leve seu navio, Rongyo. Você irá escoltá-las até seu lar, mas apenas isso. Você não deverá colocar os pés no litoral de Sundau. Ambas as irmãs são amaldiçoadas. Eu não deixarei que sejam a ruína de nosso reino.

— Entendido, minha mãe.

A rainha não terminou. Seu olhar pousa sobre mim, tão aguçado que sinto uma pressão imaginária em minhas costelas.

— Já perdi meu marido — ela me alerta. — Se perder meu filho, não há lugar algum deste mundo onde você poderá se esconder da minha fúria. Nem em sua próxima vida você estará a salvo.

Acredito nela. O amor de uma mãe é especial; é a mais pura forma de amor. É absoluto, incondicional, inabalável. É o tipo de amor que mais sinto falta.

— Sim, Vossa Majestade.

Faço uma profunda reverência.

A rainha se volta para o templo, seguida de seu séquito de guardas. Assim que está fora de vista, agarro a asa de Hokzuh e corto a corda que ele amarrou mais uma vez ao redor do pescoço.

A pedra da lua cai exatamente na minha mão.

— O que está fazendo? — ele rosna. — Eu te ajudei, te salvei do templo...

— Quieto! — eu o interrompo. — Se quiser a pedra de volta, vai vir comigo. Você me deve algumas explicações.

CAPÍTULO TRINTA E TRÊS

Não sei de fato para onde estou indo, só sei que tenho uma hora até que o navio esteja preparado e não vou desperdiçá-la sufocando no meio do jardim real de Tai'yanan.

Estou dentro de um dos mais magníficos palácios de toda Tambu: tenho o direito de escolher entre pavilhões dourados, galerias externas retratando cenas de romances épicos de Gadda e campanários elevados com azulejos entalhados com motivos florais. Toda essa beleza é incompreensível para mim. Estou mais interessada no fino rastro de fumaça atrás do templo. Não entendo muita coisa de palácios, mas onde há fumaça, há fogo. E onde há fogo, costuma haver uma cozinha.

— Por aqui — digo, saindo dos jardins.

Mas Oshli não se move.

— Preciso terminar de tratá-la.

Não discuto. Agacho-me e encosto a testa na de minha irmã, destreinando minha mente de anos de temor desses olhos cor de âmbar.

— Quer bolo? — pergunto com gentileza.

Vanna balança a cabeça em negativa.

Parece cruel demais lembrá-la de que hoje é seu aniversário.

— Acho que tigres não comem bolo — digo, desajeitada, tentando fazê-la sorrir. — E sopa?

— Não estou com fome. — A luz de Vanna pisca, agitada. — Pode ir.

Uma maldição dourada

Vou ficar aqui descansando. Oshli vai me levar até o porto.

— Tudo bem.

Eu a abraço. Ela tem cheiro de chuva e orquídeas-da-lua e... escondo meu sorriso.

— Você deveria fazer Oshli lavar seu pelo — sussurro no ouvido dela. — Está com cheiro de durião.

Por fim, sou recompensada com uma risada. Mesmo como um tigre, o riso de Vanna soa como música. Parece uma corneta suave que eu poderia escutar durante horas. Quase me esqueço da fome.

Quase.

Lutar sempre me deixa faminta. Serei inútil até preencher o vazio no meu estômago. Preciso recobrar as energias antes da próxima batalha contra Angma.

A fumaça de fato leva a uma cozinha. É grande o suficiente para acomodar até Hokzuh, que me segue sem dar uma única palavra. Os criados se dispersam assim que chegamos, e eu aproveito a deixa.

A maior parte da comida das celebrações foi para os feridos nas casas de cura, mas há cestos de ovos e inhame e pimentões, pães recém-cozidos no vapor sob telas de malha e espetinhos de carne crua.

Eu me coloco ao lado de uma panela de sopa de peixe e jogo cenouras ali dentro para adoçar o sabor, depois atiro alguns pedaços de pão em uma frigideira de cobre e quebro um ovo por cima deles.

— O que está fazendo? — Hokzuh pergunta, farejando o ar, faminto.

— Pra um dragão demônio, até que você gosta de comida humana.

Ele estala os lábios carnudos.

— Isso é banha pra macarrão com carne de porco?

— É pra fritar o pão.

— E as cenouras?

Há um traço de repulsa em seu tom enquanto ele olha dentro da panela. Acho que dragões demônios não gostam de vegetais.

— Só confie em mim.

O pão é para me deleitar com uma fritura gordurosa, e a sopa é para esquentar meu sangue frio. O café da manhã ideal. Vou fazer uma porção extra para Vanna e embrulhar para a viagem no mar.

— Você gosta de cozinhar.

É verdade. Cozinhar me acalma e me dá um senso de propósito.

— Cresci na cozinha. — Raspo pedacinhos de pão frito grudados na frigideira. — Vanna costumava dizer que não era justo eu dormir com as panelas e os pratos. Ela tentava pedir a Adah pra me dar meu próprio quarto.

— Mas ele não deu.

— Eu sempre a impedia de pedir. Concluí que, se fosse pra estar cercada de paredes, que fossem paredes de uma cozinha. Afinal...

— É onde todas as facas ficam — Hokzuh completa minha frase.

Sim, exatamente. Sinto meu estômago se revirar de novo, e não é de fome. Apertando os lábios, espeto uma fatia de pão com um graveto.

— Bom, naquela época só tínhamos uma faca boa.

Enquanto o óleo quente estala na frigideira, Hokzuh se empanturra de espetinhos de carne.

— Talvez você pudesse ser cantora e cozinheira. Uma cozinheira cantora. Eu pagaria pra te assistir.

— Pare de tentar me seduzir, demônio. Você não vai ter sua pedra da lua de volta.

Hokzuh contém o próprio sorriso.

— Achei que você tivesse perguntas a me fazer.

— E tenho. Mas se mentir pra mim...

Ergo um ovo e o esmago no punho para demonstrar minha intenção.

— Não vou receber nenhum crédito por voltar? — Hokzuh protesta.

— Eu te salvei.

— Mas não salvou minha irmã.

Uma maldição dourada

Retiro uma fatia de pão do calor da frigideira, sabendo que o aroma gorduroso de levedura atormenta o dragão. Dou uma mordida ruidosa, mexendo a cabeça de satisfação enquanto mastigo.

Então começo o interrogatório.

— O que é essa pedra da lua? Não é só uma lembrancinha mórbida. É magia. Pra que serve?

— É um talismã — Hokzuh confessa. — Um feiticeiro em Cipang o criou em troca de um... preço. Enquanto eu a tiver por perto, consigo reprimir meu lado demônio.

— Seu lado demônio. — É a primeira vez que o ouço se referir a essa parte desse jeito. — O que isso quer dizer?

— Sem o talismã, eu me torno um demônio quando o sol se põe — ele explica. — Essa é a minha maldição de dragão sem pérola.

Recosto-me contra uma mesa, notando como as escamas dele brilham, oscilando de pretas a azul-esverdeadas, dependendo de onde as sombras se projetam. É um efeito sutil, mas agora que sei para onde olhar, não consigo mais não notar.

— Angma te atraiu até Shenlani — concluo. — Ela sabia quem você era.

Hokzuh afunda em um banco.

— Ela me tirou a pedra da lua.

— E depois mandou Meguh matar seus homens.

— Não. — A voz de Hokzuh está rouca. — Eu falei que os guardas de Meguh mataram meus homens, mas não é verdade. Queria que fosse.

Aguardo, dando-lhe espaço.

— Já que não lutamos uns contra os outros na arena, Meguh nos colocou na mesma cela. — A cauda dele se curva enquanto ele encara o chão. — Ele sabia o que aconteceria naquela noite. Sem minha pedra da lua, não consigo me controlar. Matei meus próprios homens. Meus amigos.

Já esqueci completamente do pão.

Hokzuh puxa o ar.

— Às vezes, quando estou sozinho no escuro, ainda ouço os gritos deles.

Viro-me para não ter que encará-lo, e me ocupo passando o resto do pão para um prato. Mas, por dentro, é difícil fingir que não estou abalada. Sei bem como é ser assombrada pelo mesmo sonho noite após noite. Sei o que é temer o que eu seria capaz de fazer caso minha escuridão fosse libertada.

— Viu só? — Uma risada rouca escapa do dragão. — Te falei que seria capaz de matar meus melhores amigos pela pérola. Cumpri minha palavra.

Não digo nada. Com uma concha, sirvo a sopa de peixe em uma tigela, mas não provo.

— O que aconteceu depois?

— Ishirya me deu para Meguh. Ele me privou de comida durante semanas, depois me colocou na arena. Disse que me alimentaria cada vez que eu vencesse. No início, resisti, mas depois ele parou de deixar a pedra da lua perto da minha cela à noite. Cadáveres apareciam de manhã, e até hoje não sei de quem eram. Só sei que eram inocentes. E que suas mortes foram minha culpa.

Pelos deuses, espero que Meguh esteja apodrecendo no Nono Inferno.

— Então você se tornou o campeão dele.

— Sim. Perdi a conta de quantos matei. Alguns eram demônios, outros não. — Suas asas se dobram. — Sempre tentei fazer com que fosse rápido.

Sento-me ao lado dele no banco e pego seu braço, virando-o para ver os nomes marcados a tinta em sua carne. Agora que conheço sua história, cada linha ganha um novo sentido.

Por mais que eu esteja com raiva por ele ter escolhido a pedra da lua em vez de Vanna, entendo seu medo.

— Você não está sozinho — digo por fim, repetindo o que ele mesmo me disse uma vez. — Sei bem como é sentir medo de si mesmo.

— Não sabe, não — ele afirma sem emoção. — A *sua* mente é sua. Essa não é a sua maldição.

Abro a boca, mas Hokzuh não me dá chance de falar.

— Sabe o que é se transformar em um demônio contra a sua vontade? — ele rosna. — É como beber vinho demais e ser forçado por alguém que você despreza a fazer coisas que você odeia. Tudo isso enquanto você mal se lembra do próprio nome.

Eu me lembro do demônio que me ajudou a fugir da Arena dos Ossos. Não consigo acreditar nas palavras que digo:

— Nem todo demônio é um assassino. Alguns temem humanos mais do que nós os tememos.

— Esses demônios têm coração — Hokzuh responde. — Um coração mais sombrio e diferente do que o de vocês. Mas continua sendo um coração. Eu não tenho nenhum.

— Então vamos trabalhar juntos para encontrar seu coração. Aceite minha oferta... Não vou perguntar de novo.

— Oferta? — A testa larga dele se franze. — Esperar até que Vanna morra?

— De morte natural — afirmo. — Você tem sangue tanto de dragão quanto de demônio. Algumas décadas não significam nada pra você. E você nos ajudará a matar Angma.

— Não posso ficar só com a parte demônio — ele diz, sombrio.

— E não vai ficar. Vanna, sim. Ela terá as duas metades até morrer, e depois disso você pode pegá-las.

— As duas metades? — Hokzuh quase derruba uma mesa, tamanha sua incredulidade. — Isso a manteria viva por bem mais que algumas décadas.

— Então você terá que esperar mais um pouco... — Eu me antecipo a seus protestos com um gesto. — Não estou negociando.

O maxilar de Hokzuh se tensiona.

— Você é impossível.

— E você não tem escolha. Você não quer lutar contra mim, Hokzuh.

— Tudo bem — ele murmura. — Tudo bem. Eu aceito.

— Não é um acordo. É uma promessa. Vai ter que jurar.

Faça-o jurar com o nome verdadeiro, Ukar diz, deslizando para dentro da cozinha através de uma das janelas. As escamas dele combinam com o batente, e eu não ficaria surpresa se ele estivesse ali o tempo todo, ouvindo às escondidas. *Com seu nome de nascimento.*

Hokzuh lança um olhar feio para a cobra.

— Não preciso jurar com meu nome verdadeiro. Se Vanna tiver a pérola inteira, será mil vezes mais poderosa do que é agora. Será capaz de me derrotar com facilidade.

— Então não vai lhe custar nada fazer um juramento — digo. — Não vou arriscar. Faça um juramento. Agora. Com o seu nome verdadeiro.

Depois de uma longa pausa, ele puxa o ar.

— Khramelan — ele diz enfim, tão baixo que preciso me esforçar para ouvir. — Não o repita. Nomes só ganham poder quando são mantidos em segredo. Quando são esquecidos.

Faço que sim com a cabeça, sentindo o poder de *Khramelan* fazendo cócegas contra a minha nuca. Pergunto-me há quanto tempo ele não o pronuncia.

— Faço este juramento inviolável a Channari Jin'aiti: juro com meu nome verdadeiro, Khramelan, que não irei ferir Vanna Jin'aiti de Sundau, e que irei ajudá-la a acabar com a Bruxa Demônio.

Nenhum relâmpago brilha e nenhuma chama se acende no fogão quando ele faz a promessa. Mas o ar entre nós fica imóvel e pesado com a intenção compartilhada.

Promessas não são brinquedos pra serem jogadas pra lá e pra cá, Channi, Mama costumava me dizer. *São um pedaço de si que se oferece e não é devolvido até que elas sejam cumpridas.*

Em sua última noite nesta terra, Mama me uniu a uma promessa feita para Vanna. E agora estou unida a Hokzuh.

Eu lhe atiro um pedaço de pão frito.

— Coma.

Enquanto Hokzuh mastiga, eu o ajudo a amarrar a pedra da lua ao redor do pescoço. O talismã é mais frágil do que parece.

— Por que você voltou? — pergunto.

Ele dá outra mordida. De repente, parece muito interessado no próprio prato, e quase penso que não vai responder. Mas então ele diz:

— Não é óbvio?

— Não.

A boca dele fica entreaberta por um segundo.

— Por causa da sua comida — ele responde enfim, exibindo o resquício de um sorriso. — O pão está delicioso, aliás. Você usou banha de porco? Preciso pegar a receita.

Reviro os olhos e tento puxar o pão de volta, mas Hokzuh é rápido. Ele joga o último pedaço na boca, e eu acabo pegando sua mão vazia.

É como se o ar tivesse sumido do cômodo. Prendo a respiração quando nossos dedos se desdobram ao mesmo tempo, com as palmas de nossas mãos se tocando. É quase tão íntimo quanto um beijo.

— Obrigada por ter voltado — digo. — Fico feliz que tenha mudado de ideia.

— Eu também.

Nós dois nos esquecemos de Ukar. A cobra desliza entre nós, subindo pelo meu braço. Ele lança um olhar de desaprovação enquanto Hokzuh recua um passo.

O momento foi arruinado, e nunca estive tão aliviada e aborrecida ao mesmo tempo.

O navio está pronto, Ukar anuncia. Tambores soam ao longe.

Do lado de fora da janela, o sol está enfraquecendo. Ainda está lá no céu, mas um manto de escuridão cai sobre as ilhas, a noite chega várias horas adiantada. As estranhas linhas flamejantes ainda permeiam as nuvens, espalhando-se feito uma doença. Eu sei para onde estão convergindo.

— Venha — digo, tocando o braço de Hokzuh. — A corrida até Sundau começou.

CAPÍTULO TRINTA E QUATRO

Zarpamos ao crepúsculo. O mar é uma poça de tinta preta até onde os olhos alcançam, mas, quando anoitece, há tanto fogo no céu que até a espuma do oceano se agita em tons alaranjados.

Em uma noite normal, o Monte Hanum'anya estaria bem atrás de nós, fora de vista. Mas, hoje, sua cabeça de dragão está iluminada com rochas fundidas, e sua bocarra cospe fogo continuamente. Os mares roncam, e cinzas cobrem o deque do navio.

Ninguém com bom senso se voluntaria para a viagem, mas Rongyo não estava mentindo quando disse que sua tripulação era leal. Ukar tem passado as noites tentando resolver o mistério de como ele convenceu os homens a se juntarem a nós.

Hokzuh apelidou nossa galé de *Centopeia*, já que, juntos, todos os remos lembram centenas de pezinhos rastejando ao longo do oceano. Travamos uma guerra contra o mar, remando até que nossas mãos criem bolhas. Mas seguimos em frente, e não demora para que minhas pálpebras pesem mais do que ferro, e Ukar precise beliscar minhas canelas toda vez que quase caio no sono. Em meu estado meio dormente, eu queria ter feito bolo.

— Descanse — Hokzuh diz, pousando no deque durante um intervalo. — Você foi a única que ainda não descansou.

Finalmente concordamos em algo, diz Ukar, bufando. *Vá em frente.*

Uma maldição dourada

— Estou bem — minto. As palavras saem arrastadas, me entregando.
— É uma ordem, Channi.

Não é a primeira vez que Hokzuh me chama por esse nome, então não sei por que fico surpresa. Ergo o olhar e vejo a asa dele sobre a minha cabeça, cobrindo-me da chuva de cinzas. É um gesto tão pequeno, e mesmo assim um nó se aperta em minha garganta. Há marcas de queimadura em sua pele por causa das brasas que caem.

O barco oscila quando me levanto, e Hokzuh me mantém de pé com uma mão. Seus dedos estão quentes.

— Anda — ele fala. — Eu te acompanho até a cabine.

Em silêncio, faço que sim com a cabeça. Estou tremendo e encharcada de água do mar, mas não adianta me secar antes de chegar ao convés inferior. O vento carrega cinzas. Não importa quanto eu cuspa, não consigo tirar o gosto da boca.

— Você guardou espigueta-de-fiar? — Hokzuh pergunta. — Durma um pouco, se precisar.

Tenho um talo da erva no bolso, mas não será necessário.

— Obrigada.

Quando entro no porão, Oshli está ali, adormecido e encolhido contra minha irmã, respirando suavemente.

Não importa quão cansada eu esteja, não vou dividir o quarto com os dois. Viro-me para sair, mas o jovem xamã se mexe.

— Fique com ela — ele sussurra, colocando-se de pé. — Vou remar.

— Não se esqueça do lenço — aviso quando ele o deixa para trás. — Está frio lá fora.

Oshli me encara. Há olheiras cinzentas em seus olhos, e suas bochechas estão pálidas. Ele envelheceu vários anos em apenas algumas horas. Quando pega o lenço, noto uma mancha de sangue fresco no tecido trançado. Oshli logo o dobra para escondê-la e murmura:

— Obrigado.

— Por que laranja? — pergunto ao jovem algo que sempre quis saber.

Há um momento de silêncio, e então ele responde:

— Ele é radiante mesmo no escuro. Me lembra de Vanna.

Quando a portinhola se fecha atrás dele, Vanna coloca uma pata no meu ombro.

— Viu? Ele não é tão ruim assim.

Viro-me para ela.

— Pensei que estivesse dormindo.

— Estava fingindo. Foi você quem me ensinou.

— Ele não é tão ruim pra um xamã — concordo, atrasada. Não consigo evitar provocá-la. — Mas você poderia ter tido um rei... até mesmo a alta soberana de Agoria.

Vanna bufa uma risadinha.

— A rainha não veio. Se tivesse vindo, talvez eu a tivesse escolhido no lugar de Rongyo. Pense como nosso mundo seria melhor se fosse governado por mulheres. Não por porcos como Meguh ou Dakuok.

— Eu ficaria feliz com qualquer escolha que você fizesse, fosse um príncipe, um xamã, ou ninguém. Contanto que fosse uma escolha sua.

— Eu escolheria você acima de qualquer outra coisa, irmã — Vanna responde, e sei que está sendo sincera.

— Não duvido — digo —, mas, nesta vida, você está destinada a ficar com um xamã pobretão.

Ela ri.

— Adah vai ter um troço.

— Quem liga? — Eu com certeza não. — Nem toda riqueza ou poder do mundo poderiam comprar alguém que te ama de verdade.

Faço uma pausa cheia de significado.

— Esse é o maior dos tesouros.

— E você encontrou um tesouro desses? — Vanna pergunta com os olhos cintilando de leve. — Você e o dragão são um belo...

Uma maldição dourada

— Somos parceiros de combate.

— Parceiros de combate — Vanna repete. Seus olhos estão maliciosos. — Dá pra chamar assim.

Ela está prestes a zombar de mim mais um pouco, mas começa a engasgar. Dou tapinhas em suas costas. Meu bom humor foi sufocado pelo cheiro doentio de bile no hálito de minha irmã.

Preocupada, pergunto:

— Você não está se sentindo bem?

— Só estou enjoada por causa do mar. Também passei mal durante a viagem pra Tai'yanan.

Um chiado escapa por trás de seus dentes, e demoro um momento para reconhecer o ronco de seu estômago.

— Que ironia, não é? Durante toda minha vida, eu quis ver o mundo, mas meu corpo só quer ir pra casa.

— Volte a dormir. Vai ajudar.

— Não posso. — Vanna inclina a cabeça, encabulada. — Não descobri o que fazer com meus chifres.

Dou risada de alívio. Mesmo em momentos de desespero, ela tem motivo para rir. Essa é sua força.

— E se eu te contar uma história? — sugiro. — A sua favorita? Sobre a deusa da lua e os coelhos e os bolos...

— Isso só vai me deixar com fome — Vanna responde sombriamente. — Não vai ser bom eu ficar com fome.

A princípio, não entendo o que ela quer dizer. Depois... *é claro*. O corpo de Angma é sustentado por vida humana. Por isso o pelo de Vanna está opaco e sem vida. Notei assim que a vi na cabine. Não à toa ela se isolou de todos, exceto de Oshli.

Ela está faminta.

Torço os lábios, lembrando da mancha de sangue no lenço de Oshli e de sua aparência lívida. Não preciso perguntar para saber que ele alimentou Vanna com o próprio sangue, para nutri-la. Mas não será o suficiente. Nem de perto. *Ela precisa do corpo dela de volta.*

A adaga que dei ao xamã está no chão, perto o bastante de onde ele estava dormindo. Eu a pego e a guardo na cintura.

Vanna se deita em cima das patas dianteiras.

— Sente-se e pare de me olhar desse jeito, ou vou começar a te chamar de mãe. — Ela reprime um bocejo. — Você seria uma ótima mãe, sabia? Se fosse só um pouquinho menos controladora.

Vanna sempre sabe como me fazer sorrir. É verdade, eu amo crianças. Os filhotes de cobra lá de casa adoram quando eu os visito, e os bebês do vilarejo não choram quando eu converso com eles ou faço careta. Eles sabem que estão seguros comigo. Eu preferia morrer a trair a confiança deles.

Eu me sento.

— Agora, me conte uma história, como prometeu — minha irmã fala. — Me conte sobre a Luz de Gadda.

— Por que essa?

Vanna sorri debilmente.

— Sempre me ajuda a dormir.

Solto uma risadinha abafada, e começo a falar.

— Niur é nosso deus criador, pai do mundo que nós conhecemos, mas é Gadda quem mais nos ama, já que ele ama os seres humanos, apesar de nossos defeitos, e demonstrou piedade conosco quando seu irmão Niur tentou refazer o mundo com uma grande monção.

Faço carinho no pelo de Vanna.

— Gadda nos salvou. Ele pediu aos dragões que permitissem que os humanos voassem em suas costas enquanto o mundo era submerso pelas chuvas e pelos mares. Gadda também espalhou sementes nos oceanos para que as Ilhas de Tambu se formassem, dando origem a uma centena de ilhas verdejantes e terra fértil onde pudéssemos prosperar.

Uma maldição dourada

— Sundau foi a primeira ilha a ser criada — Vanna comenta. — É por isso que as serpentes de Sundau possuem magia no sangue.

— É verdade — murmuro.

Se Ukar estivesse contando essa história, ele começaria uma lenga-lenga sobre os feitos heroicos de seus ancestrais da realeza. Mas meu amigo está dormindo em um barril vazio em algum lugar, sabiamente poupando energia para o que está por vir.

— Niur ficou furioso quando descobriu o que Gadda fez e, como punição, transformou-o em um mortal. Mas antes de partir em direção à terra, Gadda roubou a mais brilhante estrela do Céu e deu sua magia para os humanos. Agora, acreditamos que as faíscas dos primeiros encantamentos são o que ilumina aquela estrela, a Luz de Gadda, um lembrete de tudo o que ele sacrificou para que nós pudéssemos viver.

Quando termino a história, Vanna já está roncando suavemente, ofegando um pouco. Encosto o rosto no pelo de seu peito branco feito a neve, subindo e descendo a cada respiração.

Ukar e eu costumávamos pensar que a luz do coração dela era a mesma que ardia na estrela de Gadda.

Beijo sua cabeça e ajeito seu cobertor. Ela não precisa dele, mas o gesto faz eu me sentir mais protetora.

Deito-me ao seu lado. Sinto falta das noites em que costumávamos dormir exatamente assim. Das noites em que Vanna se esgueirava para a cozinha, sempre com a tigela de madeira sob um dos braços. Eu guardava um saco de amendoins para o nosso lanche, assim como pele frita de peixe quando tinha tempo de fazê-las, e os bolos de Mama para adoçar nossos sonhos. Juntas, aninhadas sob as cobertas, contávamos segredos e reclamávamos e ríamos até o amanhecer.

— O que aprendeu hoje? — eu lhe perguntava sempre, por curiosidade.

— Li um livro inteiro sozinha. Era sobre dois amantes que se transformavam em borboletas.

Eu revirava os olhos.

— Deixe-me adivinhar: são os épicos de Su Dano. Ukar diz que livros só acertam metade das lendas, Vanna. Somente as serpentes sabem a verdade.

— Não é só a verdade que vale a pena ser lida, Channi. — Os olhos dela brilhavam. — Venha, vou te mostrar.

Mesmo naquela época, Vanna sempre estava atrás de um jeito de escapar. Ela me contava histórias sobre mundos que ficavam além da nossa pequena cozinha em Sundau; ela levava livros para mim e, à luz das velas, ensinava-me a ler e escrever. *A lição de hoje foi chata*, ela dizia, *mas se eu puder dividir meus deveres com você, elas ficam um pouco mais suportáveis.*

Então eu também vou ficar entediada?

É pra isso que servem as irmãs. Minhas alegrias são suas alegrias...

... e suas tristezas são minhas tristezas. Eu fazia careta, mas meu coração vibrava de afeição. *Acho que é bom eu aprender a ler, nem que seja para escrever as histórias de Ukar.*

E de fato aprendi, graças à Vanna. E com ela, noite após noite, escapávamos para mundos completamente novos. Ainda visito alguns quando estou dormindo.

Mas agora, quando fecho os olhos, sei que não há para onde escapar, porque Angma sempre irá me encontrar.

O fato de eu não sonhar nesta noite é uma pequena dádiva dos deuses.

CAPÍTULO TRINTA E CINCO

Passei a vida toda em Sundau, e mesmo assim nunca a vi do ponto de vista de um navio se aproximando do porto. Vejo sob um novo ângulo locais que conheço desde sempre: a árvore gigante com cogumelos brotando de sua copa, a praia de areia branca com gaivotas sentadas no rochedo torto, a ravina que me leva de volta à minha primeira casa, onde Mama morreu.

Mas, enquanto minha terra natal surge por trás da névoa e da neblina, meu olhar se fixa no firmamento flamejante acima. A lua está vermelha e inchada, e o sol está azulado ao desaparecer entre as nuvens. Essa visão faz um calafrio descer pela minha espinha.

Brigamos contra o Mar de Kumala a noite toda, mas agora as águas zombam de nós com seu silêncio. Não há um único barco pesqueiro pontilhando o litoral. Há somente sombras movendo-se furtivamente sobre a terra e o mar, tão densas e escuras quanto o temor cobrindo meu coração.

Encontro Oshli junto dos remadores. Os sulcos sob seus olhos ficaram mais profundos. Quanto sangue será que deu a Vanna?

Ofereço-lhe o último pedaço de pão frito. Ele tenta me devolver, mas balanço a cabeça.

— Você costumava me trazer café da manhã quando me visitava.

Ele ergue o olhar. Ele se *lembra*.

— Channi...

Sacudo a cabeça de novo. Não é hora para me demorar em lembranças.

Elizabeth Lim

— Coma — digo, fechando os dedos dele em volta do pão.

Chegaremos ao nosso destino dentro de instantes. Consigo sentir o cheiro das árvores, do solo, das flores. É um perfume que me atrai. Que me chama. *Em casa, Channi. Você está em casa.*

Antes que nosso navio atraque no litoral, já estou pulando para fora do deque traseiro. Desço até a água rasa e avanço pela praia, quase correndo. A fumaça me comprime cada vez que respiro. O poder de Angma está forte aqui. Consigo senti-lo permeando a ilha inteira, mas não me importo. Eu poderia beijar a areia branca sob os meus pés.

Ukar também está entusiasmado. Ele cavouca a areia, enterrando-se até que apenas seus olhos estejam visíveis. Ele costumava adorar a areia, desaparecendo sob seus grãos, mas reaparece depressa e desliza para uma pedra. Suas escamas estão tremendo, as cores piscando. Está agitado e eu sei por quê.

— Angma — murmuro. Também consigo sentir. Assim como Hokzuh.

Desde que chegamos a Sundau, suas escamas ficaram quase pretas, seu olho demoníaco assumiu um vermelho vívido contra a fumaça. O jeito como ele aperta a pedra da lua deixa Ukar nervoso.

— Eu não iria muito além se fosse você — digo a Rongyo, antes que ele desça da prancha de embarque e coloque os pés na praia. — Você deveria dar meia-volta e ir pra casa.

O príncipe obviamente quer ir conosco. Ele é jovem e anseia por uma oportunidade de se provar. Mas é o futuro rei, não um guerreiro que luta contra demônios.

— Sua tripulação está cansada — continuo falando —, e sua mãe está te esperando. Você fez uma promessa a ela.

O príncipe, teimoso, balança a cabeça.

Vanna se coloca ao seu lado com passos pesados e silenciosos.

— Rongyo — ela fala, com tanta gentileza que quase parece seu eu antigo.

Há uma longa pausa, durante a qual espero que use seu poder nele, mas ela não faz isso. Minha irmã encosta a testa no dorso da mão do príncipe. A respiração dela fica presa na garganta enquanto diz:

— Obrigada. Fico feliz de ter te conhecido.

Ela se vira depressa, antes que Rongyo consiga responder, e me empurra para frente com a cabeça.

Ela não olha para trás. Eu também não.

Pela primeira vez, é Vanna quem mostra o caminho até a selva, não eu. Seu ritmo é apressado, e todos nós, exceto Hokzuh, precisamos correr para acompanhá-la. Ela não hesita uma única vez, nem sequer olha para os lados para conferir se está seguindo na direção certa.

Por outro lado, eu não consigo parar de olhar ao redor. A selva é como uma velha amiga que se tornou uma desconhecida. O solo está frio sob meus pés, e o ar, que costuma grudar em minha pele em uma neblina viscosa, pinica feito pequenas lascas de gelo. A parte mais estranha é que cobra nenhuma surge para cumprimentar Ukar e eu.

— O caminho até a rocha não é por aqui — digo, tomando fôlego quando Vanna desvia para um bosque de bambus. Aninhados entre as sombras, os talos se tornaram um cemitério de espinhos.

— É por aqui que ela quer nos levar — Vanna responde.

Engulo em seco.

— Angma?

— Sim.

— Você consegue ouvi-la?

— Consigo *senti-la*.

Quando ela diz isso, a luz fraca pulsando em seu peito fica mais intensa.

— O seu coração e o de Angma são duas partes de um todo — Hokzuh comenta. — Faz sentido que sejam atraídos um pelo outro.

Sem responder, Vanna vagueia, mas consigo adivinhar no que está pensando: que se uma delas deve morrer, não será ela.

Ao meio-dia, horas depois de termos começado, ela nos guia pelos arrozais e pelas colinas baixas. Eu preferia evitar Puntalo, mas é a maneira mais rápida de chegar à árvore retorcida.

Vanna repentinamente se vira para mim nos arredores do vilarejo.

— Fique perto — ela me pede, quase implorando.

— Não vou deixar Angma te machucar.

Vanna torce o nariz.

— Não é isso.

Ela olha à frente para os telhados de barro aparecendo por entre as árvores e para o início da estrada de terra de Puntalo.

— Angma é a menor das minhas preocupações.

Não consigo entender.

— Então o que é?

— Fique perto pra que eu consiga sentir o cheiro do seu sangue — Vanna explica. — Isso me ajuda a perder o apetite.

Ah. Um tremor surge em meu coração. Ela está com fome.

Aperto os braços ao redor de seu pescoço, esticando a mão até cobrir sua luz e permitir que ela sinta o cheiro do veneno em meu sangue.

Vanna respira fundo, depois um tremor atravessa sua espinha. Consigo sentir sua pulsação desacelerando, ficando estável.

— Obrigada.

Subo em suas costas e abro um sorriso amargurado.

— Nunca pensei que teria a chance de montar num tigre. Eles costumam estar ocupados demais tentando me atirar pra longe.

Damos risada. O som é como música, e a luz de Vanna reluz com um pouco de seu antigo esplendor.

Está vendo, Angma?, penso. *Não importa o quanto você escureça o mundo, Vanna sempre o iluminará.*

Uma maldição dourada

Ainda assim, queria que Vanna não tivesse que vir. Mas apenas ela tem o poder de derrotar Angma. Essa é a verdade desde o dia em que nasceu.

— Vamos — digo. — Vamos voltar pra casa.

Os demônios nos derrotaram em Puntalo.

Tudo está em ruínas. O mercado, o templo, a fileira de casas de madeira vermelha onde a família de Oshli costumava viver, até mesmo a estátua de Su Dano à beira da lagoa de banho. Tudo o que restou são mastros estraçalhados, rodas quebradas e uma estrada pegajosa de frutas e carne podres.

A cena provoca uma emoção visceral em mim. Gosto de dizer que não me importo com o vilarejo Puntalo, que se um tigre o atacasse, eu lutaria contra ele apenas para salvar minha irmã. Mas isso não é verdade.

Apesar do meu rosto de cobra, meu coração é humano. Embora Sundau nem sempre tenha sido boa comigo, eu nunca lhe desejaria mal. Este é o meu lar, assim como o de Ukar.

Meu corpo esquenta de raiva, e Ukar se enrola ao redor dos meus ombros, refrescando-me com sua pele.

Não há nada que você podia ter feito, ele diz.

Demônios nunca atormentaram nosso vilarejo antes. Estremeço, notando as longas marcas de garras rasgando os telhados. O templo levou a pior. As paredes estão chamuscadas, e as velas e estátuas quebradas estão espalhadas pelo caminho de terra.

— Olá? — Oshli chama, pegando uma lanterna do chão.

Não há abutres ao redor, nem corpos se alastrando pelas ruas. Isso é o bastante para alimentar nossas esperanças. Com mais urgência, o xamã ergue a luz em direção ao templo.

— Olá? — grito. — É Channari, a filha de Khuan. Estou de volta.

Algumas lanternas piscam ao longe, e detecto o som de vozes. Conforme nos dirigimos para elas, começa a chover. Muito.

— Por aqui — digo, guiando-nos pela estrada.

Pancadas de chuva desse tipo são comuns em Sundau. Não vão durar muito tempo, mas precisamos nos abrigar. Hokzuh nos protege com as asas enquanto corremos, e o coração de Vanna ilumina o caminho.

Seguimos até a casa de Adah. Ela fica na interseção entre duas estradas, a maior do vilarejo. O portão está quebrado, e algumas árvores do pátio estão caídas. Azulejos do telhado estão despedaçados por cima das pedras largas.

— Sinto pena dos demônios que fizeram isso — Vanna murmura. — Lintang vai quebrar o pescoço deles com a vassoura.

Dou risada. Costumávamos brincar que essa casa é o verdadeiro amor de nossa madrasta, não Adah.

— Ou ela vai gritar tão alto que eles vão murchar e morrer.

— Ninguém grita igual Lintang.

— Ninguém — concordo em um sussurro. — Pelo menos o resto da casa ainda está de pé.

Pulo por cima de uma árvore caída, depois vou até a cozinha. Tenho armas guardadas no quarto.

— Espere.

A meio caminho do jardim, Vanna se detém. Suas narinas inflam.

— Não estamos sozinhos.

Fico alerta imediatamente.

— Demônios?

— Não. — Uma risada baixa e abafada lhe escapa. — São crianças... na cozinha. Vão você e Oshli. Eu só as assustaria.

São palavras que ela nunca falou na vida.

Hokzuh fica com ela.

— Meus ossos se quebrariam tentando passar por uma porta tão minúscula — ele diz, acenando com a cabeça para a cozinha. — Vou esperar aqui com sua irmã e bolar um plano.

Juntos, Vanna e Hokzuh se retiram para os armazéns, e eu me pergunto sobre o que conversarão enquanto eu não estiver. Será que Hokzuh vai lhe contar uma de suas piadas horríveis ou vai apenas encarar com ganância a pérola que não consegue ver, mas que sabe que está lá? Quando ouço Vanna rir, sei que ele escolheu a primeira opção. E respiro um pouco mais tranquila.

A cozinha cheira a potes de açúcar abertos, e moscas zumbem felizes sobre a mesa. Oshli pega uma tigela de madeira quebrada do chão. É a que Vanna costumava usar para cobrir o coração quando dormia.

Minha irmã tem razão. Isso não é obra de demônios, mas de crianças. Cinco delas, escondidas do outro lado da cortina de musselina. Mal dá para ver seus dez pezinhos.

— Sou eu — digo com tanta gentileza quanto consigo. — Channari. E Oshli.

Silêncio.

Mordo o lábio.

— Lembram?

Começo a cantar, rouca:

Channi, Channi, Monstra Channi.
Chuva e vento e tristeza o tempo todo.
Quando o sol te vê,
Ele esconde o rosto...

Um rosto corajoso espia por trás da cortina. É a mais velha, até onde consigo ver. Quando vê Ukar em meu ombro, ela dá um passo à frente.

— Olha! É *mesmo* ela.

É uma menina de oito ou nove anos cuja mãe costumava agitar a vara de bater em lagartixas para mim quando eu passava pela casa delas. Mas a garotinha faz o que nenhuma outra criança de Puntalo já fez: corre *em minha direção*, quase nos derrubando com um abraço inesperado.

— Channi! — ela berra.

Não sei o que fazer a não ser abraçá-la de volta, e enquanto ela chora na minha túnica, seguro seus pequenos ombros.

— Está machucada?

Ela balança a cabeça, sem dizer nada.

— E sua família?

— Tão dormindo na casa ao lado. Quase todo mundo tá dormindo.

Oshli e eu trocamos um olhar. Ele se agacha ao nosso lado e toca com gentileza no braço da menina.

— Você foi muito corajosa, Liyen, e fico feliz que esteja aqui. Pode nos contar o que aconteceu?

Em silêncio, as outras crianças começam a sair de trás da cortina para se juntar a Liyen, que se senta em uma almofada.

— Demônios apareceram ontem à noite e acabaram com o vilarejo. — Ela abaixa os cílios. — Não machucaram ninguém. Ainda. Mas disseram que nos matariam se Channi não desse a Dourada pra Angma. Depois, todo mundo dormiu. Exceto a gente.

Nervosa, ela olha de relance para seus amigos.

— Corremos pra cá. A névoa não chegou nesta casa.

Consigo ver tudo claramente. A névoa sórdida brinca com a mente das pessoas. Ranjo os dentes, furiosa por Angma ter se valido de ameaças contra o meu vilarejo.

Faço carinho no cabelo preto e curto de Liyen.

— Nada vai acontecer com você — prometo. — Vou manter vocês seguros. Todos vocês.

Recolho a mão.

— Assim que a chuva passar, vou atrás de Angma.

Uma maldição dourada

— Com a Dourada?

Liyen é uma garota esperta, e deve ter visto a luz de Vanna quando estávamos do lado de fora.

— Por que ela é uma tigresa igual à Angma? — um dos meninos pergunta em voz baixa.

— É só por um tempo — Oshli responde. — Ela não vai te machucar.

Ofereço um sorriso para as crianças ainda próximas da cortina, depois me viro para Liyen.

— Você e seus amigos estão com fome?

Ela balança a cabeça, envergonhada.

— Comemos os bolos que estavam no armário. Desculpe.

Ela está falando dos bolos que cozinhei no vapor para Vanna antes da seleção. Tinha me esquecido deles.

— Também achou os do pote de latão? — pergunto, pegando o segundo estoque perto do fogão.

Com a possibilidade de comer mais alguns bolos, os olhos das crianças mais novas brilham.

Abro o pote e distribuo as fatias. Oshli pega uma, depois começa a mexer na tigela quebrada sob o braço. Uma sensação de paz se espalha pelo seu rosto. Eu o deixo curtir esse momento.

— Não sabia que você sabia fazer bolo — a irmã de Liyen comenta. Há açúcar em suas bochechas, e eu a limpo com um dedão. — Está uma delícia. Melhor que os da minha mama.

Quase dou risada.

— Não diga isso a ela. Mas, sim, eu sei fazer bolo.

Outro menininho encosta a cabeça contra o meu ombro.

— Não estávamos com medo ontem. Bem, só um pouquinho. Sabíamos que você ia voltar. Estávamos te esperando.

Pisco, surpresa.

— Estavam?

— Eles viram você lutando contra Hokzuh — Oshli explica. — Você se tornou uma heroína, especialmente entre as crianças.

Ele faz uma pausa.

— Não te contei porque sabia que você não acreditaria em mim.

Sim, eu não acreditaria.

Mas é verdade. Não há temor nos olhos das crianças. Em vez disso, há fascínio e admiração. E algo ainda mais valioso: uma camada reluzente de esperança.

A última menina a sair de trás da cortina é a criança que gritou para a multidão não me machucar. Sem aviso, ela joga os bracinhos ao redor do meu pescoço, e os outros a imitam. Dou um abraço apertado em todos e até distribuo beijos na bochecha de alguns. Meu coração fica mais leve só de saber que passaram ilesos pelos males que caíram sobre Sundau.

— Você vai lutar contra a Bruxa Demônio, igual fez com o dragão!

— Podemos ir junto, Channi? Por favor.

— Não — respondo. — Vai ser perigoso demais.

Os rostos das crianças ficam desanimados, então ofereço a melhor coisa que posso:

— Mas vocês podem segurar Ukar.

Meu amigo me mostra a língua para deixar claro seu ressentimento por ter se tornado um animal de estimação, mas sei que no fundo ele aprecia a atenção. Enquanto as crianças afagam sua cabeça e dão gritinhos por causa de sua cauda multicolorida, ele se enrola de felicidade.

Liyen não brinca com Ukar. Em vez disso, ela dá uma mordidinha no bolo antes de oferecer o resto para a irmã mais nova. A cena me traz lembranças da minha própria infância.

Durante anos, Dakuok e Adah me proibiram de ir ao vilarejo. Eles me convenceram que ninguém jamais superaria o medo do meu rosto, que eu era um demônio, uma praga sobre a ilha. Mas, agora, meu coração vibra por todas as coisas que poderiam ter acontecido caso eu tivesse sido

Uma maldição dourada

mais corajosa, menos obediente. Nem todo mundo teria atirado pedras em mim. Eu poderia ter feito amigos.

Sempre pensei que minha luta contra Angma fosse por Vanna. Mas a verdade é que também estou lutando por mim. Pela *minha* vida e pelo *meu* futuro.

Enquanto as crianças comem, esgueiro-me para o canto onde eu costumava dormir. Procuro, sob a cama, calças e sapatos limpos. A chuva está diminuindo, e rapidamente amolo a lança antes de mergulhar na coleção secreta de armas que acumulei. Não tenho muita coisa. Duas estacas de lutar, uma variedade aleatória de lâminas e flechas, uma espada enferrujada que roubei de um soldado que visitava. Não estou tão preparada assim para acabar com Angma.

Mas é isso que vou fazer. No fundo, sei que vou.

Quando a chuva passa, uma fumaça pesada cerca Sundau feito uma jaula. A ilha inteira cheira a centelhas, a uma faísca de entrar em combustão. Por trás do ar cinzento e ondulante, o sol começa a se pôr.

— Espere! — grita uma das crianças, sentindo que estou prestes a ir embora. — Temos uma coisa pra você.

Elas colocam talismãs de papel em minhas mãos, para dar sorte e proteção, e me trazem oferendas: bananas, um pacote de arroz grudento, uma boneca e uma cobra de madeira. Os presentes são escassos, mas fico emocionada. Ukar adora a cobra de madeira, insistindo que é ele.

Reúno as crianças em um abraço.

— Obrigada — agradeço, com a voz embargada. — Tentem dormir à noite. Não importa o que vocês vejam ou ouçam, não saiam desta casa.

Faço cada um deles me prometer, depois vou para fora. Oshli e Hokzuh estão nos esperando com tochas na mão.

No pouco tempo em que estive com as crianças, Vanna ficou ainda mais abatida; sua luz está bem fraca. Mas os olhos brilham como sempre.

— Seu dragão tem uma personalidade e tanto — ela me diz quando me junto a eles. — Ele encontrou o esconderijo de vinho de Adah.

Olho para ela.

— Está bêbada?

— Você acha que *este* corpo consegue se embriagar com apenas um copinho? — Vanna questiona, e com razão. Ela abaixa a voz. — Não. Além disso, queria ouvir cada palavra que o dragão disse sobre você. E com clareza.

— O que ele disse?

— Que seu pai tem um vinho *horrível* — Hokzuh interrompe. — Mal dá pra adubar as árvores. É um milagre que tenhamos conseguido bolar um plano com um humor tão péssimo.

Olho de relance para Vanna, que está sorrindo. Malditos sejam os dois, tornando-se aliados pelas minhas costas. Mas vou aceitar qualquer laço que nós quatro conseguirmos formar esta noite. Pode ser a única coisa a nos manter vivos.

Eles explicam o plano: assim que nos aproximarmos da árvore torcida, eu irei atrás de Angma primeiro para enfraquecê-la com meu sangue, depois é a vez de Vanna. Caso tudo aconteça como planejado, vamos acabar com a Bruxa Demônio juntos e tomar seu coração. Caso as coisas *não* aconteçam como planejado... não quero nem pensar no que isso pode significar.

Vanna sempre foi sortuda, então talvez minhas preocupações não deem em nada, e tudo termine bem.

Uma única coisa é certa: a noite será longa.

CAPÍTULO TRINTA E SEIS

Logo após o anoitecer, o fogo de nossas tochas se rende à presença dos demônios, e nossa única fonte de luz é o brilho fraco do coração de Vanna. Mas isso não nos detém. Mesmo na mais completa escuridão, sei chegar até a rocha. Mesmo que o mundo acabasse, ainda seria capaz de encontrá-la.

Os mangues são o primeiro sinal de que estamos no caminho certo. Não há muitos macacos em Sundau, mas eles gostam de brincar entre as raízes retorcidas e se molhar no riacho reluzente que entremeia as árvores densamente agrupadas.

Mas não há macacos. Já me esgueirei por este caminho em noites mais escuras que esta, e mesmo então havia sapos nas lagoas coaxando baixo para invocar parceiros, morcegos raspando a copa das árvores, demônios zumbindo de dentro de suas covas.

Não consigo me lembrar de ter visto a selva tão quieta. Isso *me* deixa inquieta.

Enquanto cavalgo nas costas de minha irmã, Ukar desliza de meus ombros, serpenteando pelas grossas camadas de vegetação rasteira coberta de musgos. Nós nos movemos pela floresta. A ele se unem seus muitos irmãos e irmãs, meu corajoso exército de cobras. Elas sibilam com frequência para Hokzuh e conversam sobre ele enquanto nos seguem. *Será que nossa senhora Cobra Verde perdeu o juízo? Aliando-se assim a um dragão demônio?*, elas murmuram. *Não, não. Devemos confiar nela. E em Ukar.*

Elizabeth Lim

As cobras são sempre umas fofoqueiras. Mais do que nunca, encontro conforto em suas conversinhas. Elas preenchem o silêncio mórbido entre os nossos passos. O mais barulhento dos silêncios é o de minha irmã.

Agarro-me às costas de Vanna, perguntando-me o que deve estar se passando por sua mente enquanto ela nos leva pela floresta, passando pela cachoeira onde a ensinei a nadar.

— Esquerda — sussurro em seu ouvido. — Siga em frente para além das colinas escondidas.

Nunca a levei na árvore retorcida onde Angma me amaldiçoou, mas ela ouviu a história milhares de vezes, então não precisa me pedir para repetir as direções. Assim como eu, ela conhece o caminho por instinto.

Por fim, o ar fica gélido, e eu saio das costas de minha irmã.

Sinto cheiro de cravo.

O odor está fraco, soterrado debaixo de camadas de fumaça e fungo e podridão. Mas é inconfundível.

Recupero o fôlego, inspirando fundo. A pérola de Vanna mal consegue iluminar o que está à frente: o bosque de árvores de cravo sem copa, todas doentes e murchas. Luzes dançam por ali, baixas e em padrões oscilantes. Parecem vagalumes zumbindo sobre poças de chuva, mas o brilho de vagalumes não é vermelho.

Suiyaks brotam das árvores, enquanto seus cachos brancos se enroscam nos galhos quebradiços feito teias de aranha.

— Vanna! — eu a chamo.

Elas começam a nos cercar enquanto seus rosnados explodem em uma cacofonia violenta. E não estão sozinhas. Demônios saltam da escuridão, juntando-se a elas em quantidades surpreendentes.

Conheço esses demônios. Eles moram nas fissuras escuras da floresta, dentro de árvores ocas, debaixo de cachoeiras. À primeira vista, a maioria se parece com bestas comuns, exceto por alguns traços peculiares: uma orelha a mais, pele de lagartixa em vez de pelo, uma cauda díspar. E olhos

Uma maldição dourada

vermelhos sempre. Eles florescem em meio às suas travessuras, roubando enfeites reluzentes de armários e convidando formigas a invadir nossas cozinhas. Não é do feitio deles atacar.

Mas essas criaturas não são como os outros demônios: seus olhos estão embaçados de dourado. Estão sob o controle de Angma e precisam obedecer às suas ordens. Infelizmente, isso quer dizer que irão nos matar.

Luto com vigor. Não quero machucá-los, mas precisamos chegar à árvore retorcida.

Enquanto Hokzuh e Oshli focam nos demônios, volto a atenção para as suiyaks. Elas estão aglomeradas ao redor de Vanna, tentando alçá-la aos céus. Juntas, eu e minha irmã resistimos. Vanna, que nunca foi capaz nem de afastar mosquitos, surpreende com sua violência. Ela dilacera pescoços e rasga gargantas. Quando olho em sua direção, ela está bebendo o sangue de uma das suiyaks.

Se minhas mãos estivessem livres, eu bateria palmas. Não sei se sangue de suiyak vai saciar sua fome, mas é algo muito gratificante de se ver.

Mais demônios aparecem, e, apesar de nossas pequenas vitórias, a verdade desagradável é que, quando o inimigo é mais forte, está em maior número e é quase impossível de matar, a sorte vem a seu favor.

— Fiquem juntos! — grito, trazendo Vanna para perto e agarrando Oshli pelo braço.

O jovem xamã arfa enquanto corre. Acabaram suas flechas, e a ponta afiada de seu cajado cerimonial foi quebrada. Estou surpresa por ele ainda estar vivo. E inteiro. Talvez todas as suas preces tenham valido a pena, afinal.

Enquanto Hokzuh investe contra os demônios, abrindo o caminho para que sigamos em frente, aceno para as cobras.

Chegou a hora, informo-lhes.

O povo de Ukar nunca deixa de me impressionar. Em um movimento fluido, elas usam seus corpos para formar um círculo ao redor de Vanna e

Elizabeth Lim

Oshli, entrelaçando as caudas e amarrando os pescoços até que formam um círculo contínuo.

Assim que ele se completa, os demônios não conseguem atravessá-lo, não importa o quanto tentem. As suiyaks também estão em choque. Sempre soube que as cobras tinham um poder misterioso contra demônios. Mas, agora, acredito que seja uma espécie de reparação divina contra a Grande Traição de Hanum'anya.

— Elas vão te proteger — digo a Vanna. — Fique aqui até que Hokzuh dê o sinal.

Nossa proteção não vai durar pra sempre, Ukar alerta. *Vá imediatamente.*

Corro depressa para além da linha de árvores, em direção à rocha. No meio do caminho, os demônios me cercam. Se não conseguem pegar Vanna, então sou a melhor opção. Penetro suas barreiras, engasgando com o cheiro pungente de sangue de demônio. Mas não importa o quanto eu me esforce para seguir em frente, mais demônios surgem. Meus braços começam a cansar, e meus músculos se distendem. Solto um grito. Não cheguei tão longe, e tão perto, para colocar tudo a perder.

Alguém agarra meu pulso. Viro-me, pronta para atacar, mas é Hokzuh. Sem uma única palavra, ele dobra os braços ao redor de meus ombros e dispara para frente.

A ilha está em chamas, e há marcas demoníacas por toda a sua pele, mas, pelo menos uma vez, por um segundo precioso, fico feliz por ele estar aqui. Por não precisar ficar sozinha.

— Estou com medo — confesso baixinho enquanto Hokzuh aterrissa na clareira. Logo à frente fica o vale, a árvore retorcida e a rocha.

— Devo ir com você?

Balanço a cabeça.

— Preciso ir sozinha.

Ele está segurando minha mão, que é pequena se comparada à dele,

Uma maldição dourada

mas igualmente calejada, áspera e forte. Começo a puxá-la de volta, mas ele continua segurando-a.

— Toda vez que permito que alguém se aproxime, a pessoa morre — ele fala com um sussurro quase impossível de escutar. — Não preciso me preocupar com isso em relação a você, Channi. Você vai vencer.

Assinto com a cabeça, entorpecida, e passo a correr, mas Hokzuh ainda não terminou.

Olhe nos olhos dela quando você a apunhalar, ele diz, falando em minha mente. *Torça a adaga bem fundo até que as sombras sangrem do seu coração. Depois, arranque minha pérola.*

Faço que sim, e depois é minha vez de falar.

— Quando isto tudo acabar, quero velejar com você. Serei uma das suas piratas... desde que eu seja a primeira a pegar algo de qualquer tesouro que você encontrar.

— A primeira? — Hokzuh ergue uma sobrancelha grossa. Ele inclina a cabeça. — O que você vai fazer com o seu tesouro?

Dou de ombros, tentando soar despreocupada, mas minha voz está rouca.

— Vender bolo, construir um templo pra minha mãe. Vou ter tempo pra pensar no assunto.

Hokzuh fecha as mãos sobre as minhas.

— Vou ficar te esperando.

Que se dane a espera. Envolvo o braço ao redor de seu pescoço e encosto a testa na dele. Isso o surpreende, mas não por muito tempo. Ele leva os dedos até o meu rosto e traça o contorno de minha bochecha. Sua pele é fria como a minha, e cada escama é um fragmento liso de obsidiana.

— Eu já te falei que verde é minha cor favorita? — ele sussurra.

Eu poderia jurar que meu coração para naquele instante, e não consigo encontrar palavras. Mas não preciso delas, já que a boca de Hokzuh encontra a minha... ou talvez seja o contrário. Nós nos beijamos. É um beijo que não estávamos esperando, doce e desajeitado e feroz, tudo ao mesmo tempo, mas nenhum de nós se afasta. Não podemos nos prolongar ali, mas sei que vou cristalizar esse momento em minha memória. Mesmo quando nos soltamos, o calor de sua respiração permanece em meus lábios.

— Te vejo logo, Channi — ele diz, ainda tocando minha bochecha.

Então ele recua em direção à floresta sombria, e eu me permito um minuto para respirar antes de erguer a adaga ao lado do corpo.

Usei meu sangue como arma inúmeras vezes, o que não muda o fato de todo corte doer. Mordo a bochecha, contendo um grito ao passar a lâmina pela minha coxa.

Enquanto faço isso, uma cobra verde-folha se enrosca em meu tornozelo.

— Ukar! — exclamo. Será que ele estava voando conosco? Eu coro. — O que está fazendo aqui?

Vou com você.

— De jeito nenhum.

Ukar sobe pela minha perna e minha cintura, finalmente parando para repousar em meus ombros. *Não insulte uma cobra dessa maneira. Especialmente esta cobra.*

Cobras são teimosas, e Ukar é a mais teimosa de todas.

— Tudo bem, mas se você se machucar, vou te jogar pra longe.

Digo o mesmo. Ele mergulha na vegetação rasteira.

É como nos velhos tempos. Contendo um sorriso, seguro a lança um pouco acima da cabeça. A madeira pesada traz uma sensação familiar em minhas mãos, mas eu queria ter tido a chance de acrescentar mais uma lâmina.

Não há tempo a perder desejando em vão, arrependendo-me ou pedindo uma segunda chance. Angma está à minha espera, e estou pronta para encará-la.

Com o braço livre, afasto uma cortina de videiras suspensas e adentro o coração de Sundau.

CAPÍTULO TRINTA E SETE

É difícil pensar que houve uma época em que eu não conseguia sentir a magia deste lugar, deste vale amaldiçoado no meio de Sundau. Aqui faz silêncio, como se eu tivesse entrado em um mundo distante daquele que conheço. O ar cintila com uma névoa gelada e úmida que murmura contra a minha pele.

Inspiro-a, e o cheiro de cravo, abundante e pungente, arde em meu nariz. Logo à frente está a árvore retorcida onde tudo começou.

As pedras achatadas são menores do que me lembro e estão cobertas de musgo. Já vim aqui incontáveis vezes atrás de Angma. Mas hoje é a primeira vez que tenho certeza de que ela está aqui.

Coloco-me sobre a maior rocha, aquela onde Adah me deixou para morrer. Ukar desliza em meio às samambaias enquanto eu giro o corpo aos poucos, procurando por Angma. Sei que ela está nos observando.

— Estou aqui — sussurro.

Quase no mesmo instante, o vento deposita um beijo gélido em minha nuca.

— Olá, Channari.

Preparei-me para este momento o dia todo, para ver Angma usando o rosto de Vanna e falando com sua voz. Mas vê-la e ouvi-la em pessoa…

Nada poderia ter me preparado para isso.

Ela é exatamente como a minha irmã. O cabelo preto feito obsidiana, a pele tão luminosa quanto o sol, os lábios rosados feito botões de lírios.

Elizabeth Lim

Os pequenos detalhes estão todos presentes: a pinta no ombro esquerdo, que eu costumava beliscar quando éramos crianças; o par de sobrancelhas sempre em expressiva e perfeita sincronia uma com a outra; a curva esbelta de suas costas conforme ela anda.

Adah se enganaria. Assim como Lintang.

Mas eu não. Sei que a escuridão arde em seu coração, não a luz. E sei que, se olhar em seus olhos, eles brilharão feito areia em brasa, vermelhos bem no centro.

Com um grito e a força de todos os músculos do meu corpo, miro a ponta da lança e a direciono bem entre as costelas dela. Mas Angma simplesmente dá um passo para o lado e minha lança perfura apenas a névoa.

Viro-me para encará-la. Ela está rindo entredentes, e o som me irrita. Vanna nunca ri assim.

Calma, Channi, Ukar avisa. *Não perca a concentração.*

Nunca estive mais concentrada. Avanço mais uma vez. E, mais uma vez, Angma desvia de meu ataque.

Ficamos nesse vai e vem, mas, maldita seja Angma, ela se move feito uma pena em meio a uma tempestade. Teve o dia todo para se recuperar desde o último encontro com Vanna, e está claro que, durante esse tempo, seu poder ficou mais forte. Ela não apenas manteve a força de sua forma animal, como cada um de seus movimentos é como uma coreografia assassina, uma profanação cruel da graça natural de Vanna.

Ela me encurrala contra um pé de cravo, agarrando minha trança e usando meu ombro para me virar até que eu esteja olhando para o outro lado do vale, onde minha irmã e meus amigos estão lutando. E perdendo.

Ondas demoníacas chegam uma atrás da outra do céu, do mar, erguendo-se da terra. O círculo de proteção ao redor de Vanna já está rachando. Várias das cobras estão mortas, o que enfraquece a cadeia. Oshli está sem flechas, e Hokzuh não consegue lutar contra todos os demônios de Tambu sozinho.

Uma maldição dourada

— Tudo vai terminar à meia-noite — Angma profetiza; sua voz zumbe contra os meus ouvidos. — Não demorará muito mais para que o coração de sua irmã seja meu.

Ukar estava esperando pela chance perfeita de dar o bote, e a encontrou. Ele surge de uma árvore próxima, lançando seu corpo pelo ar e aterrissando no ombro de Angma. Suas presas brancas cintilam contra o brilho dos olhos dela enquanto ele fecha a mandíbula em seu pescoço.

Com um rodopio, corto minha trança, livrando-me de Angma, e invisto a lança contra seu peito, fazendo-a cambalear para trás. Antes que eu consiga desferir outro golpe, a escuridão em seu coração se liberta. Sombras compridas brotam de seu corpo feito minhocas sem olhos, nascidas da noite mais escura.

— Ukar! — grito, enquanto as sombras o dominam.

Ele desaparece em meio à névoa, e logo eu mesma me vejo cercada. As minhocas sombrias se alastram pelo cabo da minha lança e sobem minhas pernas para me imobilizar. São espectros de escuridão, não de carne, e não recuam diante do sangue escorrendo dos cortes na minha pele.

Jogo todo o meu peso em cima de Angma, mas sua força é maior. Imitando meu próprio ataque, ela fecha as mãos na extremidade da minha lança antes que eu consiga empurrá-la.

Um chiado agudo surge no ar. É o som da carne de Angma encontrando o sangue na lâmina da minha arma. De seus dedos brotam bolhas vermelhas e em carne viva. Mas sou eu quem estremeço.

— Cuidado, Channari — ela me repreende —, não vai querer destruir o corpo de sua irmã.

Ela aperta a lâmina com mais força. Sinto o cheiro da pele de Vanna queimando.

— Isso faria de você um monstro, não eu. Não concorda?

Eu me esqueço do quão rápida ela é. O topo de sua cabeça colide contra o meu rosto. Consigo evitar o impacto do golpe, mas, enquanto desvio, ela arranca a lança das minhas mãos. Com um giro de seus quadris, ela me derruba e eu caio de joelhos.

Angma assoma sobre mim, segurando minha lança no alto.

Fico esperando que ela acabe comigo naquele instante, do mesmo jeito que sonhei durante incontáveis noites que faria com ela. Mas, para minha surpresa, ela se ajoelha ao meu lado.

Ela encosta a mão na minha bochecha. Devo estar delirando, já que seu toque é carinhoso. Com gentileza, ela acaricia a mecha de cabelo branco que usou para me marcar tantos anos atrás.

— Você vinha a este lugar com frequência, Channi — ela comenta. — Repleta de ódio, de ímpeto obstinado. De certa forma, eu a criei mais que sua própria mãe. Eu a tornei a guerreira que você é.

As cobras é que me criaram, quero sibilar, mas dói demais. *Só vim aqui pra te encontrar. Pra te matar.*

— E assim você o fez. Durante dezessete anos, você pensou em mim mais do que em qualquer outra pessoa, até do que em sua irmã. Eu lhe dei propósito. Eu lhe dei vida.

Decido que estou *mesmo* delirando. Mordo o colarinho, contendo a onda crescente de dor enquanto me atiro inutilmente atrás da lança. Angma nem precisa se mexer. As minhocas sombrias se apertam ao redor dos meus braços, prendendo-me no lugar.

Esta não é a batalha épica que idealizei que teria com a Angma.

— Você me culpa por tirar sua mãe de você, mas não foi por minha causa que ela morreu. Você me culpa por tirar sua irmã de você, mas eu guardei seu segredo. Eu a protegi.

— *Eu* é que a protegi.

— Em Sundau, sim. — Angma abre um sorrisinho que nunca vi no rosto de minha irmã. — Mas e do resto do mundo? Você não teve a prudência de considerar qualquer outra pessoa, a não ser eu, sua inimiga... até que fosse tarde demais.

Uma maldição dourada

A compreensão me faz gelar por dentro. Passei anos temendo Meguh, mas não o considerei uma ameaça. Será que Angma sempre soube que ele era um monstro? Foi por isso que assumiu a posição de rainha de Shenlani?

— Feiticeiros, demônios, até deuses teriam vindo atrás dela — Angma diz. — Extrair aquela bela pérola de seu coração teria sido uma tarefa fácil quando ela era criança, Hokzuh não teria hesitado.

— Você também quer matá-la.

— É o que devo fazer, ou ela vai me matar — Angma responde. — A pérola nos levou à guerra.

Agora consigo ver meu erro. Durante todos esses anos, treinei para caçar, lutar e matar, para me tornar forte para proteger Vanna, quando ela é que deveria ter treinado. Apenas ela possuía o poder de matar Angma.

— As lendas te ensinaram a me temer — Angma continua —, mas elas estão repletas de mentiras. Acha que tomei a pérola porque queria viver para sempre para governar toda Tambu? Não. Eu era uma bruxa curandeira, Channari. Eu tinha uma filha. Ela era tão curiosa quanto um pássaro, e muito esperta. Mais esperta que a própria mãe, e corajosa também. Ela não tinha medo de aranhas nem cobras... ou tigres.

Angma faz uma pausa.

— Você me lembrou dela quando fui atrás de você pela primeira vez. Você viu um tigre assustador e me encarou em vez de fugir. Um dia, minha pequenina ficou doente, e nada do que eu tentava fazer a deixava melhor. Até que me deparei com a pérola de Hokzuh. Era como um fragmento de obsidiana — Angma diz, nostálgica. — Por isso eu a peguei. Pensei que poderia vendê-la e usá-la para decantar meus remédios. Mas à noite ela falou comigo. Ela disse que me concederia todos os meus desejos. Então desejei que minha filha melhorasse, e eu devorei a pérola, como ela me instruiu.

— O que aconteceu com a sua filha? — pergunto.

— Ela se recuperou, assim como a pérola prometeu. Fiquei eufórica.

— Mas então...

— Ao longo dos dias seguintes, fui ficando faminta. Sempre fui pobre e, durante as piores monções, eu chegava a passar até uma semana sem comida... mas nunca senti uma fome como aquela. O arroz não conseguia preencher o vazio em meu estômago, nem a carne, vegetais ou bebidas. Ela exauriu meus sentidos e colocou um monstro em seu lugar.

Estremeço, lembrando-me dessa parte da lenda.

— Você matou sua própria filha.

— Matei.

Um músculo pulsa na bochecha de Angma. Sua voz falha.

— Matei.

Sinto tristeza apenas pela filha dela, não por Angma.

— A pérola mentiu pra você.

— Ela não mente. Ela molda a verdade como bem entende. Pedi pra que minha filha se recuperasse, não que vivesse uma vida longa.

— Imagino que você aprendeu a tomar mais cuidado com as próprias palavras — digo com frieza.

Angma solta uma risada amargurada.

— Desde então, a pérola me concedeu todos os meus desejos. Exceto quando se tratava de você.

Eu?

Um feixe fraco de luz dourada se infiltra pelo gramado morto sob meus pés, aos poucos alcançando as minhocas sombrias que estão presas ao redor de meus tornozelos. Seguro a respiração, sentindo um resquício de esperança aumentando em meu interior. Angma logo vai perceber. Preciso forçá-la a continuar falando.

— Eu? — digo em voz alta.

— Olhe pra mim, Channi. Juro por minha honra que não vou enfeitiçá-la.

Você não tem honra, é o que quero dizer. Mas não digo. Meu instinto me diz que Angma está falando a verdade.

Bem lentamente, levanto a cabeça para encará-la, encarar aqueles

Uma maldição dourada

mesmos olhos cor de âmbar que assombram meus sonhos há anos. Não há vermelho demoníaco, nem malícia, nem magia rodopiando ali.

— O que você quer?

Angma hesita. Ela abaixa a lança até a pedra.

— Não sou o monstro que você acha. Não me falta compaixão. Você deseja ter o rosto que deveria ter tido... eu posso lhe dá-lo.

— Em troca da vida da minha irmã — esbravejo.

— Você acha que minha pérola pode salvar a Dourada. Não. Ela só vai sentenciá-la a uma maldição que sua irmã jamais conseguirá quebrar. Tenho certeza de que Nakri te avisou. Eu estaria sendo *clemente* se matasse Vanna. Você deveria me permitir demonstrar essa piedade.

Onde está Ukar? Se ele estivesse aqui, certamente já teria arrancado os olhos de Angma com a boca.

Mas a luz está perto. Preciso manter Angma distraída. Controlo a dureza de minha expressão e abro as mãos. Inclino-me para mais perto, como se estivesse escutando. Considerando.

Ela se agarra ao meu silêncio.

— Se você tivesse me oferecido sua irmã, eu a teria criado como minha própria filha até que a pérola estivesse madura. Depois, em troca da pérola, eu teria providenciado pra que ela reencarnasse em uma nova vida. Uma vida mais feliz. Esse será o poder da pérola quando ambas as metades forem reunidas.

— A pérola poderia mesmo ser tão fantástica assim? — pergunto, genuinamente curiosa.

— Por um preço, ela pode fazer o que seu portador desejar. — A voz dela fica mais baixa. — Eu já falei antes que quero a mesma coisa que você: ter outra chance.

Ela me encara.

— Perdi minha filha e você perdeu sua mãe. Permita que sejamos uma para a outra aquilo que perdemos.

Elizabeth Lim

Da primeira vez que ela me ofereceu isso, fiquei atordoada. Tive certeza de que era um truque cruel e absurdo. Desta vez, acredito nela. Angma se expôs diante de mim, dando-me um vislumbre da mulher que costumava ser.

É a proposta mais perversa que já escutei, e nunca a odiei tanto... mas também nunca lamentei tanto por ela.

A rocha lisa sob mim esquenta; um fluxo estreito de luz doura suas veias.

— Não serei a redenção de seus erros — sussurro. — Não sou sua filha, e jamais serei.

Saio em disparada atrás da lança, mas Angma é rápida demais. Com um grito rancoroso, ela a afasta de minhas mãos e a ergue no alto. Estou a um segundo de ser empalada no peito quando um deslumbrante clarão de luz explode sobre o vale.

Vanna.

Ela irrompe em nossa direção. A pérola em seu coração brilha mais do que nunca.

— Não toque em minha irmã — ela ordena, retumbando sua poderosa voz de tigre.

Oshli está montado em suas costas, seguido de Hokzuh a pé. Meus amigos não estão sozinhos. Eles trouxeram um exército: o de Angma. Nunca pensei que ficaria feliz de ver demônios, mas estou. Seus olhos estão vermelhos, livres do domínio de Angma. A primeira coisa que fazem é se voltar contra as suiyaks.

Minha irmã confronta Angma, erguendo as patas com uma rajada de luz.

Angma cambaleia para trás, levando-me consigo. A lança voa de suas mãos, e eu tento me desvencilhar para agarrá-la, mas ela me segura, usando-me como escudo. Sombras rasgam seu corpo e me envolvem.

Luz e escuridão se chocam de frente, lutando feito marés em guerra. Sou jogada entre as duas, e meu corpo é golpeado pelo frio e pelo calor,

Uma maldição dourada

cada um em seus extremos, enquanto as metades da pérola se empenham para assumir o controle.

Quando as sombras de Angma consomem a luz de Vanna, eu saio voando, chegando cada vez mais perto de minha irmã. Sei que estou gritando, mas não consigo sentir meus pulmões. Estou me afogando em uma dor branca e ofuscante.

— Solte-a! — Vanna exclama. — Channi, saia daqui!

Os olhos da minha irmã estão angustiados; ela sabe que está me machucando com sua luz.

Não pare, imploro com o olhar. *Se parar, Angma vai vencer.*

Angma está contando com os laços que compartilhamos como irmãs. Está apostando que Vanna irá conter o próprio poder para me poupar da dor. Ela sabe que Vanna não vai sacrificar minha vida.

Mas eu vou.

Meu corpo está pesado feito chumbo, e, a cada movimento que faço, parece que estou empurrando uma montanha. É fútil. Inútil. Mas não desisto. Viro-me para a Bruxa Demônio, um músculo de cada vez. Suas sombras se fecham em meus ombros e me apunhalam feito adagas fantasmas. Mas vou aguentar. Eu preciso.

O próprio tempo oscila. Estou no olho do furacão, mas estou me movendo, lutando para obliterar a distância entre nós. Poderíamos estar a mundos de distância uma da outra. O espaço parece infinito, impossível de ser transposto. Mas, graças aos deuses, Ukar aparece.

Ele se lança através da névoa, surgindo do nada. Nem eu consigo ver onde ele estava se escondendo. Ele morde o tornozelo de Angma da mesma forma que o Rei Serpente me mordeu anos atrás. A Bruxa Demônio puxa o ar ruidosamente e, por um instante precioso, o poder dela titubeia.

Graças à distração de Ukar, eu me livro da escuridão de Angma e caio aos tropeços nos arbustos. Meu corpo já não protege a bruxa, e Vanna está livre para utilizar o poder total de sua luz.

Elizabeth Lim

É um sinal de que estamos vencendo quando Angma começa a se transformar em tigre, com seus bigodes brotando das bochechas e o pelo surgindo dos poros. Direciono o olhar para minha irmã, que está retomando a forma humana.

Mas não ouso comemorar.

Sei que Angma teve anos para domar a pérola e pode sustentar seu poder por mais tempo. Ela vai ultrapassar Vanna, a menos que eu faça alguma coisa.

Meu corpo ainda está tremendo de choque. É loucura me atirar de volta no caminho de Angma, mas não me importo. Mordo a palma da mão, rasgando meus calos. A dor me engasga. Engulo em seco e mordo com mais força de novo e de novo até que o sangue preencha minha boca e tudo que eu consiga sentir seja o gosto de ferro.

Com os dentes, abocanho o pelo de Angma. Meu veneno não é o suficiente para matar um monstro como ela, mas sinto seus músculos dando espasmos e seu coração saltando. É só disso que preciso. As sombras recuam em espirais, o suficiente para que eu possa dar uma guinada para longe delas e recuperar minha lança.

Eu a pego bem quando Angma salta em minha direção. Garras curvadas e afiadas brotam de seus dedos, e, antes que eu consiga atacar, ela parte minha arma ao meio.

Da última vez que lutei contra uma tigresa e ela quebrou minha arma, eu a soltei, surpresa. Mas não desta vez. Mesmo quando as farpas da madeira explodem em meu rosto, eu me agarro aos pedaços da lança quebrada. Na primeira chance, enfio um deles na barriga de Angma. Seu pelo chia ao entrar em contato com meu sangue, mas não penetro na carne. Empurro a outra metade da lança em suas costas, cada vez mais fundo em seu coração, até que sinto a resistência da pérola alojada em seu interior.

Então eu retorço.

Um grito jorra dos pulmões de Angma. O som parece um trovão; meu corpo inteiro fica dormente, e meus ouvidos estão surdos.

Uma maldição dourada

Torço e retorço a arma, lacrimejando enquanto sua pelagem maltrapilha sofre uma hemorragia de sombras. Nada no mundo pode me deter. Vou revelando sombras e sangue, camada após camada, até que, finalmente, a pérola quebrada cai de seu peito. Eu a pego com minhas próprias mãos.

Do formato de meia lua, ela não parece mais extraordinária que uma pedra do fundo de um rio, mas consigo sentir seu terrível poder zumbindo na minha mão, encaixando-se perfeitamente feito uma pequena tigela de arroz.

Cambaleio até ficar de pé, com os sentidos ainda em polvorosa, mas estou tremendo de alegria. Angma está debaixo do pé de cravo jazendo em uma poça de escuridão líquida. O brilho em seus olhos está se esvaindo, e seu cabelo branco está murcho contra a terra. Ela está morrendo.

— Acabou — sussurro para ela.

Do outro lado da névoa, os feixes dourados que se espalhavam a partir do coração de minha irmã recuam e diminuem, assumindo um brilho gentil. Sorridente e cansada, ela se apoia contra Oshli. É humana de novo, e agradeço a Gadda em um sussurro. Tudo vai ficar bem.

— Não tão rápido — Angma grunhe, arrancando-me de minha paz. — Você acha que sou a maior inimiga da sua irmã, mas está errada.

Sua risada é frágil.

— Veja, Channi.

Ela está ofegando, deitada no chão se esvaindo em sangue, e mesmo assim usa suas últimas forças para apontar para o céu. Olho para cima, mas ainda está nublado e não consigo ver quase nada. Aos poucos, uma brisa divina apaga o fogo, e a fumaça comprimindo a selva se dissipa. A maldição de Angma sobre a ilha foi quebrada.

— Está vendo agora? — ela sussurra.

Lá no alto, contra a lua, está Hokzuh, combatendo um exército de suiyaks sozinho. Deve haver mais de uma centena delas, tantas que a massa de seus cabelos brancos parece uma enorme nuvem. Não sei o que está acontecendo, mas toda a alegria que senti mais cedo se esvai, substituída por um temor crescente.

— Este é meu último desejo para a pérola — Angma rosna. — Que a minha dor seja a sua.

Então, com uma última arrancada, ela salta e me atira ao chão.

Sou pega de surpresa. Caio de bruços, aterrissando nas raízes nodosas do pé de cravo retorcido. Enquanto Angma me imobiliza com seu peso gigantesco, rolo até ficar de costas. Incontáveis suiyaks estão aqui, reunindo-se atrás dela. Aperto a metade preta da pérola contra mim, pronta para disputá-la. Mas nenhum ataque é desferido por Angma ou pelas suiyaks.

Em vez disso, as suiyaks se aglomeram ao redor da Bruxa Demônio. Então, enquanto a luz remanescente do incêndio se dissipa atrás das árvores, uma delas deixa cair algo branco e brilhante na boca de Angma.

Meu temor se torna horror. Percebo tarde demais o que foi que Angma desejou.

Jamais me esquecerei do sorriso cheio de dentes que ela abre, escancarando a mandíbula e revelando a pedra da lua de Hokzuh presa ali dentro.

— Não — eu me engasgo com um grito. — Não!

Angma se dobra sobre mim, como se fosse mergulhar em um abraço. Ela me esmaga com seu peso de tigresa, mas seus músculos estão moles e seu pelo está flácido. Ela começa a encolher, como se suas entranhas estivessem escapando. Enquanto me contorço para fora de seus braços, Vanna me chama.

— Channi, Channi, estou a caminho!

Minha irmã está tentando me salvar, e isso significa investir contra uma muralha de suiyaks.

— Vanna, fique longe! — grito. — Saia daqui!

Será que ela lutaria por você da mesma forma que você luta por ela?, foi o que Hokzuh me perguntou uma vez.

Uma maldição dourada

E a resposta é sim, Vanna lutaria. E, pelos deuses, preferia não saber que ela faria isso.

A névoa se adensa no ar, fazendo Vanna e as suiyaks desaparecem de vista. Uma corrente gélida envolve meus tornozelos. É Angma. Tudo o que restou dela é uma sombra sobre uma pedra achatada. E mais nada.

Desta vez, não me vanglorio.

Esforço-me para ficar de pé, para reaver o que resta de minha lança. A noite chega e as suiyaks recuam para o céu, juntando-se ao êxodo de demônios libertos do poder de Angma.

Exceto por um.

Consigo ver apenas seu perfil, mas ele é maior que os outros, com enormes asas pretas e dois chifres curvados feito foices. Está suspenso contra a noite como se esperasse por algo. Ou por alguém.

Aos poucos, ele se vira, e vejo seus olhos: o azul está se apagando cada vez mais até se perder na escuridão, e o vermelho está ofuscante contra a lua pálida.

Já estou correndo, mas, que os deuses me acudam, não há como eu chegar a tempo.

Hokzuh, não, eu o aviso. Você prometeu.

O demônio não me ouve.

Com um rugido, ele mergulha na direção de onde vi minha irmã pela última vez.

A luz dela se apaga.

CAPÍTULO TRINTA E OITO

O tempo para. Não consigo respirar, e é apenas pela graça de Gadda que ainda estou correndo, já que o resto de mim está dormente demais para se lembrar de como me mover.

Sabe o que é se transformar em um demônio contra a sua vontade?, foi o que Hokzuh me perguntou. *É como beber vinho demais e ser forçado por alguém que você despreza a fazer coisas que você odeia. Tudo isso enquanto você mal se lembra do próprio nome.*

Não há mais sinal do Hokzuh que segurou minha mão e me beijou. Que me fez pensar que ele poderia ser especial.

Hokzuh é um demônio.

O mundo está girando, e tudo que consigo ver é a bola de luz queimando em suas mãos. A luz da minha irmã. O coração dela.

— Vanna! — grito quando enfim me aproximo.

Ela está deitada de lado, com a cabeça no colo de Oshli. Ainda está respirando. Ainda está viva.

O xamã está murmurando palavras frenéticas de cura, e magia sai em jorros de seu cajado quebrado, mas sei que é em vão.

Angma durou apenas alguns minutos sem seu coração. A mesma coisa vai acontecer com Vanna. A menos que...

— Estou aqui — digo para minha irmã. — Estou com a pérola de Angma.

Uma maldição dourada

Vanna estica a mão. Pela primeira vez que me lembro, meus dedos estão mais quentes que os dela.

— Tentei detê-lo, Channi — ela fala. — Mas eu... abaixei a guarda. Fui fraca.

Só minha irmã para se desculpar pela traição de Hokzuh. Não é justo. Ela acabou de recuperar o próprio corpo. Angma está morta. Deveríamos estar comemorando. Deveríamos estar voltando para casa juntas, de mãos dadas, cantando e dançando com nossos pés cansados e doloridos.

— Você não é fraca — sussurro. — Você lutou com bravura contra Angma. E vai continuar lutando agora. Você é forte. Vai ficar tudo bem.

Estendo a metade da pérola, cintilando em toda a sua escuridão.

— Veja.

Eu a pressiono contra o peito de Vanna, esperando que ela preencha o vazio do seu coração. Mas seu corpo não o aceita, e ela se afasta.

— Estou com frio — ela geme. — Está doendo.

Ela precisa do próprio coração, Ukar diz, aparecendo de trás dos arbustos. *Da metade dragão.*

Ranjo os dentes.

— Vocês não vão a lugar algum — ordeno a Oshli e Ukar. Minha voz falha. — Mantenham-na viva.

Estico o pescoço para olhar o céu. Com a luz de Vanna, Hokzuh já não se mescla mais à noite. Mas por que ele ainda não devorou sua metade da pérola? Eu o vejo pairando acima de mim, tentando localizar a pérola de Angma. Se ele a quiser, terá que passar por cima do meu cadáver.

O vento fustiga minhas costas enquanto ergo a pérola demônio para o alto. O que foi que Angma disse sobre quando a tomou? Nada, exceto que ela concede desejos.

Não posso hesitar. Se não agir, se não desejar, minha irmã vai morrer.

— Traga-me o coração de Vanna — ordeno à pérola, com a voz trêmula. Depois repito mais alto: — Traga-me o coração de minha irmã!

Elizabeth Lim

O uivo do vento bate contra o meu pescoço, e eu me abaixo, agarrando a pérola debaixo do tronco. O olho vermelho de Hokzuh brilha contra a escuridão, e ele voa feito um espectro, destroçando tudo em seu caminho. Mesmo se eu gritasse seu nome, se eu exigisse que ele parasse, ele não me ouviria. Ele não sabe quem sou eu.

Em vez disso, suas enormes asas raspam contra as minhas costas, roçando suas pontas farpadas e esfolando a pele dos meus cotovelos.

Mais um mergulho desses e eu vou morrer. Só há uma coisa que posso fazer.

Seguro a pérola demônio mais perto. Sombras sobem em espirais de sua superfície escura, tocando minha boca. Digo:

— Khramelan.

O verdadeiro nome de Hokzuh pesa em minha língua. Mesmo depois que ele deixa meus lábios, consigo sentir seu poder. Eu o repito de novo e de novo.

— Khramelan — falo com mais força. — Você jurou que não machucaria minha irmã. Agora terá que pagar pelas consequências de quebrar esse juramento.

Hokzuh mergulha de novo, mas desta vez estou preparada. Pego a espigueta-de-fiar do bolso e a atiro na floresta, ordenando apenas com os lábios para que ela floresça.

Arbustos de espiguetas-de-fiar brotam da terra e galhos se projetam para frente feito braços. Eles envolvem o dragão com mais força que correntes de ferro. Espinhos grossos e enormes saltam das videiras e se curvam para baixo feito estacas, prendendo as asas dele no lugar.

Hokzuh solta um grito de dor, mas não hesito.

— Imobilizem-no — ordeno.

Mais espinhos surgem, e são os espinhos mais afiados e sinistros que já vi. Eles cortam a carne de Hokzuh, produzindo um som visceral e molhado enquanto liberam veneno devagar em suas veias, dolorosamente, produzindo um chiado.

Uma maldição dourada

O corpo dele fica flácido, e seus olhos de pálpebras caídas se fecham quando ele pega no sono. Seus punhos se abrem. Suas asas se achatam contra o solo.

Eu me curvo para pegar o coração de Vanna. Hokzuh solta um grunhido rouco, que ignoro. Vou lidar com ele mais tarde.

No momento, Vanna precisa de mim.

CAPÍTULO TRINTA E NOVE

Vanna está exatamente onde a deixei, deitada sobre a grama com a cabeça no colo de Oshli.

O xamã a aninha contra o peito. Ele desistiu de tentar salvá-la com magia, e seus olhos escuros estão turvos de angústia. Quando vê me aproximando com ambas as metades da pérola, ele enxuga as bochechas.

— Salve-a — ele diz, com a voz rouca. — Por favor.

Um nó se forma na minha garganta e ele me entrega minha irmã.

Vanna esmorece contra meu braço. Seus olhos estão fechados, mas seu peito sobe e desce, então sei que ainda está respirando. Parte do peso que sinto em meu interior diminui.

— Acorde — sussurro, fazendo carinho em sua bochecha. — Olhe, estou com a sua luz.

Os olhos de minha irmã se contraem e tremem antes de se abrirem. São os mesmos olhos de sempre, calorosos e familiares. Eles me fitam, inabaláveis, com o amor incondicional de uma irmã. Meu par de olhos favoritos.

Vanna estica a mão para o seu coração.

— Está quente.

— É seu.

Inclino a pérola do dragão em direção ao seu peito. Ela esteve ali dentro durante toda a sua vida. Ela a conhece. Mas enquanto a abaixo até Vanna, a luz dourada pisca com hesitação, depois se apaga.

Uma maldição dourada

Não importa o quanto eu tente, ela se recusa a tomar seu lugar no peito da minha irmã.

— Ela não me quer — Vanna fala baixinho. — Consigo escutá-la. Já não é mais minha.

Uma onda de preocupação me toma.

— Não entendo. Estou com as duas metades. Vi o que Angma fez com apenas uma metade da pérola. Duas...

Duas conseguiriam salvar você. Frustrada, forço as duas metades uma contra a outra, mas assim como lados opostos da terra, elas se repelem. Não querem se unir.

— Curem minha irmã — ordeno. — Curem-na. Salvem-na. É uma ordem.

As metades da pérola zumbem, e sou lembrada involuntariamente das palavras de Nakri: a pérola possui vontade própria.

O que ela quis dizer com isso? Será que a pérola está *escolhendo* não salvar Vanna? Solto um urro de desgosto. O tempo está se acabando, e não sei como usar essa magia. Não sei como salvar Vanna.

— Chega, Channi — ela diz, puxando meu braço. — Pode parar.

Não vou largar a pérola. Sei que ela tem o poder de curar Vanna. Mesmo se ela não a aceitar de volta, ainda pode ajudá-la. Ela precisa ajudá-la.

Ouça sua irmã, Ukar diz. *Ela tem um pedido para você.*

Vanna coloca a mão sobre a minha. O esplendor das metades da pérola se derrama sobre sua pele, como se lhe emprestasse forças.

— Leve-me até a água — ela pede. — Quero mergulhar os pés no mar. Sempre amei fazer isso. Estou com saudade.

Como eu poderia recusar?

Fico de joelhos, ainda segurando Vanna, mas Oshli se afasta. Inclino o queixo para ele. *Você vem?*

Ele balança a cabeça de maneira dolorosa.

— Só você e eu, Channi. — Vanna sorri para mim, um sorriso especial que não vejo há anos. — Como nos velhos tempos.

Elizabeth Lim

Eu me lembro do dia em que ela nasceu, do momento em que ela abriu os olhos pela primeira vez e me viu, recém-transformada em monstro, e sorriu. Ah, o rostinho dela se alegrou e brilhou ao me ver, emanando uma felicidade pura que raramente voltei a ver nela.

Penso em todas as vezes que estalei a língua para Vanna por ceder ao que Adah lhe pedia, sem nunca lutar pelo futuro que ela queria, sem nunca perseguir o amor que ela merecia. Pensei que fosse fraca, leviana e egoísta.

Eu não a mereço.

Ergo-a com cuidado, e ela não se mexe. Seu rosto está virado para o meu peito, e enquanto a carrego, consigo sentir as protuberâncias da sua coluna, sua respiração frágil e suas costelas se expandindo e se contraindo. Mais que qualquer outra coisa, queria que meu sangue tivesse o poder de curar, não de machucar. Daria minha vida para que isso se tornasse verdade.

— Fique comigo, Vanna — sussurro. — Seja forte.

O mar está muito longe, então me contento com uma lagoa ali perto. Conheço-a feito a palma da minha mão. É ali que Ukar e seus irmãos e irmãs costumam nadar, e onde praticava nos dias em que conseguia suportar ver meu próprio reflexo. Também é a lagoa onde eu vinha colher orquídeas no aniversário de Vanna. Lamento não ver nenhuma naquele momento.

Eu a encosto contra o tronco de uma árvore que dá para a água. Ela perdeu as sapatilhas e há folhas entre os seus dedos, que afasto antes de deslizar seus pés na lagoa gelada.

— Aqui é bonito — Vanna sussurra. — Me lembra de casa. Você se lembra da nossa casinha à beira da praia? Era tão perto, mas eu sempre te fazia me carregar até lá.

Dói engolir.

— Eu me lembro. — Finjo implicar com ela. — Você era tão mimada naquela época. Me fazia te carregar quase todos os dias.

— Nós esculpíamos cobras na areia, e Ukar se camuflava até que não conseguíssemos dizer o que era areia e o que era cobra. — Vanna dá uma risadinha. — Depois eu corria pra cima e pra baixo na praia, e nada do que eu fazia te convencia a entrar no mar comigo.

— Exceto aquela vez que você fingiu se afogar.

Vanna sorri.

— Aquilo foi cruel. Eu não entendia por que você odiava a água.

Ela fica quieta, observando as correntes dançando nos seus pés. Uma borboleta pousa em seu pulso, e eu espanto a criatura, mas Vanna ergue os dedos para me parar.

— Não faça isso. Fiquei esperando elas aparecerem.

— As borboletas?

Ela assente.

— São minhas favoritas.

— Você nunca me disse por que as ama tanto.

Vanna sorri para si mesma.

— Por causa de uma história que aprendi na escola sobre dois amantes que não conseguiam ficar juntos. Eles rezaram e rezaram para Su Dano, e por misericórdia ela os transformou em borboletas. Todos os anos, quando chega a primavera, eles renascem e se reencontram, e ficam mais felizes do que já foram em qualquer outra vida.

Pego sua mão.

— As borboletas celebram todas as formas de amor, Channi, porque o amor é precioso. Acima de todos os outros, está o meu amor por você. Ele é eterno.

O calor inunda minha garganta e meus olhos, e eu não consigo mais conter as lágrimas.

— Não fale assim — eu a repreendo, mas minhas palavras estão trêmulas. — Vamos sair de Tambu juntas. Lembra? Você queria velejar pelos nove Mares Esmeralda e ouvir os pássaros noturnos do Deserto de Suma e subir os mil degraus para o Templo de Gadda em Jhor...

— Em outra vida.

Vanna acaricia minha bochecha com a ponta dos dedos.

— Em outra vida, vamos fazer tudo isso. Juntas.

Ela se recosta contra a árvore. Seu rosto fica completamente sereno.

— Fique bem, irmã. E ame mais. Por mim.

Seus olhos começam a se fechar, e como a péssima irmã que sou, eu a sacudo. Aperto sua mão.

— Não vá embora.

Vanna abre um sorriso ainda mais suave que antes.

— Só estou descansando. Estou exausta.

Vou para os Nove Infernos por causa disto, mas agarro seu pulso.

— Não.

Agradeço Vanna por relevar minhas palavras.

— Você me ajudou a dormir tantas vezes... com suas histórias e suas canções. Pode cantar pra mim agora?

Não tenho nenhuma canção em mente no momento. Minha mente está atordoada. Mas invento alguma coisa, com a esperança de manter Vanna acordada:

Channi e Vanna viviam à beira-mar,
Sempre no fogo com uma colher e uma panela.
Mexendo e mexendo a sopa para ficarem com a pele bela.
Cozinhando e cozinhando um ensopado para cabelos pretos e grossos.
Mas o que elas faziam para ter dois sorrisos felizes?

— O quê?

Vanna suspira.

Sorrio.

Bolos, bolos de amendoim e coco.

Uma maldição dourada

Vanna ri com gentileza, e o som é como música.

A noite se aprofunda, mas eu mal noto. Continuo cantando, mesmo quando seus cílios pousam por cima dos olhos, fechando-se feito uma delicada cortina preta.

Quando por fim minha voz se cansa e a canção acaba em uma suave cadência de palavras, os olhos de Vanna se abrem mais uma vez. Eles vislumbram um reino além do nosso.

— Vanna? — sussurro, sentindo meu coração dar um salto.

— Channi, suas escamas estão ficando brancas — ela diz, observando-me.

A transformação está refletida nos olhos dela: o verde das minhas escamas empalidece e se torna um branco leitoso.

— Acontece com as cobras de Sundau.

Minhas costelas se contraem. *Quando perdem alguém que amam.*

— Você está linda. — Ela pega minha mão e a segura. — Olha, você é igual à lua.

Caio no seu truque e olho para cima, mas antes que eu possa encontrar a lua, Vanna afunda contra a árvore, e eu a seguro para que ela não caia. Ela se foi. Ela passou deste mundo para o próximo com graciosidade.

Um soluço se contorce para fora do meu peito, e encaro minha bela irmã, jurando que jamais me esquecerei de seu rosto. Jamais me esquecerei de um único fio de cabelo ou feição sua. Jamais me esquecerei de sua voz ou do som da sua risada.

Choro e choro, certa de que vou chorar para todo o sempre. Dobro o corpo sobre o dela, agarrando-me à minha irmã por tanto tempo quanto consigo, antes que ela comece a emanar um brilho. A pele de Vanna cintila dourada, como quando ela nasceu, e delicadamente se une à terra.

Então ela desaparece, e nunca mais volta a resplandecer.

CAPÍTULO QUARENTA

Depois da tristeza, vem a raiva. Uma raiva que nunca senti antes, que me consome tal qual um veneno flamejante queimando minha garganta. Nada pode apagar esse fogo.

— Você! — rosno para a pérola.

As metades estão silenciosas, inocentes feito pedrinhas de um rio. Mas sou mais esperta que elas.

Elas tiraram tudo de mim. A pessoa que eu mais amava e a que mais me amava. Assomo sobre elas com uma pedra em punho, prestes a estilhaçá-las até virarem pó... quando, de repente, elas ganham vida.

Elas se erguem do chão, erguidas por asas invisíveis. Lado a lado, elas giram furiosamente ao meu redor, uma escura como a noite e a outra brilhante como o sol. Odeio ambas. Atiro a pedra.

E erro. Maldição.

— Fiquem paradas! — grito. Tento de novo. E erro de novo. — Já não causaram desgraça suficiente neste mundo? Acabou. Sumam!

As metades zumbem insistentemente, vibrando à minha volta. Parto um galho grosso de uma árvore e o agito com toda a força, mas, em vez de atingir as pérolas, acerto... um fio.

Ele se balança e brilha entre as duas metades. É o fio da alma de Hokzuh, uma prova da promessa que ele me fez. Da promessa que quebrou.

O fio se move em espirais até mim. Uma das pontas se enrola em meu pulso e me puxa, convidando-me a segui-lo. Não consigo ver aonde ele vai, mas tenho um palpite.

Embrenho-me entre as árvores, seguindo o fio até o final, encontrando um matagal denso e coberto de sombras. A noite se concentrou ali, mas não há escuridão que possa proteger o traidor que tirou minha irmã de mim.

— Khramelan. — A raiva acumulada dentro de mim começa a borbulhar. — Acorde.

O demônio se mexe ao ouvir seu verdadeiro nome. Suas asas roçam contra as videiras de espiguetas-de-fiar que o imobilizam, e seu olho vermelho queima na escuridão. Não é o Hokzuh que conheço.

Quando me vê, ele rosna. Respondo ao encará-lo com frieza e nenhuma emoção.

Ele se contorce contra as videiras, mas nem um demônio como ele é páreo para a magia da pérola.

Ele vai ouvir o que tenho a dizer, e vai testemunhar o que farei.

Hokzuh respira ruidosamente quando as duas metades da *pérola* surgem atrás de mim.

Uma metade dragão, uma metade demônio. Juntas, elas formam o coração pelo qual ele tanto procurou. Mas é a mim que elas seguem, não ele. E começo a entender o motivo.

— Promessas não são brinquedos — digo numa voz extremamente baixa e sombria. — São um pedaço de si que se oferece e não é devolvido até que elas sejam cumpridas. Você quebrou a promessa que me fez. Por isso, me deve um pedaço de sua alma.

As metades da pérola flutuam acima da minha mão, girando devagar, traçando uma órbita uma na outra.

— Você me tirou aquilo que me era mais precioso nesta vida. Sendo assim, farei o mesmo com você. Reivindico sua pérola, Khramelan.

De repente, o fio invisível em volta do meu pulso se parte. Depois, ele se desenrola longamente, contornando as duas metades, e, com uma enorme força invisível, as une em um casulo. Em um borrão de luz, as duas metades se juntam com um último brilho, formando uma esfera partida. Uma *pérola* partida.

Khramelan estica a mão, mas eu a pego primeiro. Ela escurece na minha palma, e uma nítida luz dourada emana por entre as fissuras.

— Não — o dragão sussurra. — Channi.

Ouvir meu nome saindo de sua boca me assusta. Parece Hokzuh.

Parece o Hokzuh *de verdade*. Seu olho azul de dragão está tremendo, como se ele estivesse lutando contra o outro pelo controle.

— Channi — ele repete. Está sussurrando. As palavras se arrastam para fora de sua garganta como se Hokzuh estivesse travando uma guerra para falar. — Não faça isso. Me perdoe, Channi.

Meus ombros despencam. Nunca antes o som do meu nome fez meu coração doer tanto quanto agora. A voz de Hokzuh está pequena e fragilizada. Há apenas algumas horas eu segurei sua mão, eu o abracei. Confiei nele.

Um rastro de tristeza se infiltra pelas rachaduras da minha fúria. O que aconteceu com Vanna não foi culpa dele, mas de Angma por ter libertado o demônio em seu interior.

Fique bem, irmã, Vanna me disse. *E ame mais. Por mim.*

Abaixo as mãos, deixando a pérola pender ao lado do meu corpo. Esta foi uma das noites mais longas da minha vida, e meu corpo implora para sucumbir ao sono, na esperança de que meus sonhos de alguma maneira me aproximem de Vanna.

Por ela, estendo a pérola para Hokzuh.

— Você a quer? Então use-a para trazer minha irmã de volta.

Hokzuh é o mestre da pérola. Se existe alguém que pode utilizar todo o seu poder, esse alguém é *ele*.

Ele pega a pérola como se ela fosse um cálice de água, e ele um homem passando sede há semanas. Mas, no local em que seus dedos tocam

Uma maldição dourada

a superfície da pérola, ela solta faíscas, e ele recua de dor. Ele tenta mais uma vez. E mais uma vez a pérola o empurra para longe.

Ela não o aceitará. Assim como não aceitou Vanna.

O demônio dentro de Hokzuh ressurge. Seu olho azul se apaga nas sombras e ele fica furioso.

— Devolva-a! — ele ruge, enfim se libertando dos espinhos em uma explosão de força monstruosa. — Devolva a pérola!

Não importa quantos golpes ele desfira, ele é incapaz de me tocar. A pérola erigiu uma muralha de luz entre nós. Hokzuh desconta sua raiva na floresta.

— *Pare!* — eu grito quando suas asas destroçam as árvores. — *Chega.*

Mas ele não para. Sua pedra da lua sumiu, tendo sido destruída. Seu demônio interior está livre. Sei que, se o deixar à solta, ele não será capaz de se controlar. Ele vai destruir esta ilha.

E, se não consegui salvar Vanna, devo ao menos proteger Sundau.

Meu maxilar se retesa. Não tenho escolha.

— A pérola não vai te aceitar — digo. — Ela exige que você pague por ter quebrado sua promessa comigo.

Estreito os olhos.

— Uma maldição — afirmo, decidida. — Uma maldição foi o que começou tudo isso, e será com uma maldição que tudo terminará.

Viro-me para Hokzuh, injetando poder em minhas palavras.

— Vou bani-lo, Khramelan, para os cantos esquecidos deste mundo. Você jamais será livre e jamais escapará... porque apenas eu posso te libertar, e você não será capaz de vir atrás de mim. Até eu morrer, você viverá na escuridão. Apenas então você despertará e será livre. Esse é o preço que você pagará por ter tomado minha irmã.

— Channi!

Não consigo dizer quem grita meu nome, Hokzuh ou o demônio dentro dele. Esse é o último som que ele emite antes de começar a se contrair, contorcendo a carne de maneiras que eu não imaginava possíveis. A terra debaixo dele treme com violência; a água jorra mais alto que as árvores, despencando para devorá-lo.

Viro-me, agarrando-me a uma árvore para me sustentar enquanto a força da água se choca contra a terra. Tudo o que resta de Hokzuh é uma marca na lama. Não sei para onde ele foi.

Meu coração se aperta. Não consigo respirar.

Perdi minha irmã, e agora perdi meu amigo. Tudo por causa da pérola.

Afrouxo as mãos nas laterais do corpo e me arrasto para ela. Essa coisa maldita está esperando para que eu a reivindique.

— Não quero você — digo. — Não quero ter nada a ver com você. Pouco me importa se você partir. Vague por toda Lor'yan, causando o estrago que desejar. Mas agora, neste momento, você é minha, e vai fazer algo por mim.

Pego a pérola.

— Você vai trazer minha irmã de volta — ordeno. *Imploro.* — Por favor. Não posso viver sem ver o rosto dela ou ouvir sua voz de novo. Faça isso por mim, e será apenas isso que lhe pedirei.

Afundo o rosto contra o solo.

— Por favor. Faça o que for necessário. Faça com que eu seja um monstro para sempre. Ou tome minha vida. Apenas traga minha irmã de volta.

A pérola se desvencilha das minhas mãos e dispara para cima; uma luz se derrama da sua rachadura e banha meu rosto. A princípio, seu esplendor faz cócegas calorosas, mas então ela fica tão ofuscante que meus olhos lacrimejam e meu peito se aperta cada vez mais.

Pare, rogo. *Não consigo respirar.*

A luz não para. Seu brilho se intensifica. Ela adquire poder, e eu já não aguento mais. Meus lábios se entreabrem, e quando um calor incandescente domina meu rosto, eu grito.

CAPÍTULO QUARENTA E UM

— Vanna?

Pisco. É de manhã, e o rosto de Oshli entra em foco. A cor vívida de seu lenço laranja faz meus olhos arderem.

— Vanna? — ele repete, com suavidade e a voz embargada de esperança.

Tomo fôlego e me sento. Sou dominada pela náusea, e manter os olhos abertos é simplesmente tão desnorteante que tudo em meu estômago se embrulha e quer jorrar para fora. Eu reteso cada músculo, obrigando-me a manter tudo no lugar, tudo sob controle. Depois, ergo a cabeça.

Oshli está me encarando. Está falando coisas. Coisas que deveriam ser direcionadas para Vanna. Há lágrimas em seus olhos, mas eu o empurro para longe.

— Pare de me chamar assim, você ficou malu...

Minha língua pesa feito chumbo, e todas as palavras me escapam.

Minha voz... não parece minha. Há uma nova entonação nela, algo quase musical. Esta não sou eu.

Ouço até em minha respiração. Algo está muito, muito errado.

Minhas roupas são as mesmas: a túnica cinza rasgada que peguei emprestada de um dos marinheiros de Rongyo, as calças listradas e antiquadas que vesti na casa de Adah.

Mas minhas mãos! Solto uma exclamação muda. Meus dedos são

Elizabeth Lim

longos e delgados, as unhas estão limpas, sem sangue ou sujeira encrostada por baixo. Não há calos, arranhões nem cortes. Nem mesmo as duas cicatrizes que ganhei de um dos primos de Ukar, que me mordeu por eu ter acidentalmente espantado seu café da manhã. Enquanto minha pulsação dispara em meus ouvidos, levanto o olhar para encarar meu reflexo nos olhos de Oshli... e meu coração para.

Não. Engasgo. Não, não pode ser.

— Não sou Vanna — grito, rouca. Começo a empurrar Oshli para longe, mas seus dedos roçam meu braço.

— Me deixe ajudar...

— Não me toque! — grito de novo.

Luz irrompe do meu peito, e Oshli fica paralisado, ainda boquiaberto.

— Vanna? — ele sussurra.

Aquela única palavra, aquele único nome, é o suficiente para me fazer desejar que a terra me devore por inteiro, da mesma forma que fez com Hokzuh.

— Jamais volte a repetir esse nome — digo, tremendo a voz com poder e agitação.

Sua boca se fecha bruscamente, e eu me desvencilho dele para correr por entre as árvores. Corro até que me deparo com um riacho estreito, e lá me ajoelho devagar, agarrando meus próprios braços, obrigando-me a respirar. Conto até dez antes de encarar meu reflexo.

O que vi nos olhos de Oshli não foi ilusão. Nem pesadelo ou sonho.

Tenho lábios. Lábios macios, parecidos com botões de lírios, que continuam rosados mesmo quando eu os contorço de espanto.

Tenho olhos de teca, calorosos e cor de ocre. E minhas pupilas... são redondas. Humanas.

Por fim, minha pele... Minhas escamas se foram. Tenho bochechas e um nariz, como sempre desejei. Eles são suaves e firmes e perfeitos, exceto por um detalhe.

Este rosto, o *meu* rosto... é o de Vanna.

Uma maldição dourada

Toda a bile que me forcei a conter ameaça jorrar de novo. *Não pode ser.* Mas meu rosto é tão inconfundível quanto a luz cintilando em meu coração. Uma luz que reflete todos os meus pensamentos e sentimentos, assim como acontecia com Vanna. Enquanto a luz da minha irmã era dourada, a minha é prateada. Ainda assim, é radiante, talvez até mais do que antes, e projeta um brilho deslumbrante sobre a minha pele. Como eu odeio isso.

Aperto a palma da mão contra o peito, onde a pérola de Hokzuh está pulsando. Cada batida dói. Será que era assim com Vanna ou será que está doendo porque a pérola está partida em meu interior?

— Por que fez isso comigo? — sussurro para ela. — Por que me deu o rosto da minha irmã?

Assim que faço essa pergunta, já sei a resposta. *Você vai trazer minha irmã de volta*, eu implorei. *Não posso viver sem ver o rosto dela ou ouvir sua voz de novo.*

E assim a pérola me concedeu meu desejo. Os dois desejos: ver minha irmã mais uma vez e finalmente me livrar da maldita pele de cobra... da maneira mais cruel possível.

Chega! Enfio os dedos no peito, tentando arrancar a pérola. Minhas unhas nem conseguem perfurar a carne. Fortalecida pela magia da pérola, minha pele é tão grossa quanto uma armadura.

Caio com as mãos no chão e esmurro o solo, soltando um grito frustrado e reprimido.

Que tolice é essa? A cabeça de Ukar brota de uma samambaia frondosa. *Chega, Channi.*

O som do meu verdadeiro nome me espanta, e ergo o olhar.

— Você... você sabe quem eu sou?

Que tipo de pergunta idiota é essa?, Ukar bufa, e suas escamas ficam vermelhas de irritação. *É claro que sei quem é você, Channi. Você poderia vestir a pele de um burro e eu ainda saberia que é você.*

Sem dizer mais uma palavra, eu o aninho em meus braços. Quero chorar, mas não restam mais lágrimas em mim. Meus olhos estão tão secos que ardem quando pisco.

Chore o quanto precisar, Ukar diz com gentileza, *mas não se desespere. O seu rosto pode ser o de Vanna, mas você ainda é você, Channi. Sua força, seu coração... e também seu sangue, a julgar pelo cheiro.*

Ele tenta me consolar, mas não consigo me animar.

— Seu rei mentiu — digo a Ukar. — Ele disse que uma irmã precisava cair para que a outra ascendesse. *Eu* devia ter caído, não Vanna. *Eu.*

O que faz você pensar que não caiu?, Ukar questiona. Ele inclina a cabeça para o céu. *Vanna ascendeu, e você... você ainda carrega o fardo de estar viva. Há muitas formas de cair, e você tem anos à sua frente.*

— Não quero passar anos com este rosto.

Depois de aguentar a maldição de Angma por tanto tempo, você vai deixar isso te derrotar? Vanna não ia querer isso.

— Ela não pode mais opinar sobre o que quer — esbravejo. Assim que deixo as palavras escaparem, desejo poder retirá-las. Minha boca tem um gosto amargo, e encaro minhas mãos. Falo com a voz embargada: — Não preciso só aguentar esse rosto, Ukar. Também preciso aguentar a pérola.

Sim, e você seria uma tola se não tomasse cuidado com ela. Sua irmã mal conseguia utilizar seu poder. Mas esse não será o seu caso, Channi. Ela irá te destruir se você não agir com cautela. Mas talvez ela te salve.

A pérola bate em meu peito. É uma coisinha dissimulada e repugnante. Não consigo imaginar como poderia me salvar.

— Você está falando através de profecias.

Temo que você tenha que se acostumar com isso. Ukar pisca. Suas pupilas estão maiores do que me lembro, e também mais profundas. Parecem quase anciãs.

— Ukar... você parece diferente.

Pareço? Há um tom espirituoso em sua voz. *Eu esperava que você não notasse.*

Uma maldição dourada

Há um capelo ao longo de seu pescoço que eu não tinha percebido antes. Ele cresceu e ficou mais largo e mais longo, e suas escamas têm uma vitalidade que faz tudo ao redor delas se borrar. É como se fosse uma aura invisível, e exclamo de espanto.

— Você... você é o Rei Serpente!

Não se curve, Ukar avisa. Mas é tarde demais, e ele grunhe quando eu faço uma reverência.

— Como... quando?

Quando acordei, eu estava assim, mudado... mas não tanto quanto você.

Um nó se aperta na parte de trás da minha boca, e eu não consigo falar.

Você é mais forte que a pérola, Channi. Por isso ela escolheu você. Por isso o último rei disse o que disse. Porque tudo levaria a este momento: você e a pérola, juntas.

— Eu não a quero — digo veementemente.

E eu não quero isto, ele diz, expandindo o capelo. *Mas alguns papéis nos foram dados, e devemos segui-los até a morte. Esse é apenas o início do nosso fardo.*

Solto o fôlego, trêmula. *Você está parecendo mais com um pai que com um melhor amigo.*

É por causa do veneno real na minha garganta, Ukar resmunga.

Posso não ser capaz de esboçar um sorriso ou rir, mas um pouco do peso em meu coração some. No momento, isso é o bastante.

Beijo a cabeça dele e o coloco sobre os meus ombros.

— Vamos, Vossa Majestade. Vamos ver o estado da bagunça que os demônios deixaram na casa de Adah.

CAPÍTULO QUARENTA E DOIS

Estou varrendo as cinzas do pátio quando meu pai volta para Sundau. A princípio, não o ouço. Estive sozinha durante mais de uma semana. Tirando Ukar e seu povo, não estou esperando ninguém.

Os portões se abrem com um rangido, e os passos de Adah ressoam pelo caminho de paralelepípedos que dá no pátio. Paro de varrer, mas não ergo o olhar.

— Quantas cobras — Adah murmura, chutando-as até dispersá-las pelo jardim.

Bato contra o chão com a extremidade da vassoura.

— Pare.

É nesse momento que Adah me nota, e em sonhos vi o olhar que ele me lança: há carinho em seus olhos, e seus braços se abrem para mim.

— Minha filha! Você não vai dar as boas-vindas ao seu pai?

Não me mexo. Posso estar usando o rosto de Vanna, mas minhas memórias ainda são minhas. Lembro de todas as vezes que Adah se retraiu ao me ver, todas as vezes que pegou a vara de pescar e açoitou minhas costas. Falo com a voz mais fria que consigo:

— Bem-vindo de volta.

O olhar dele pousa no meu cabelo desgrenhado e meu rosto sujo, que parecem incomodá-lo mais que meu tom brusco.

— Você cortou o cabelo — ele deixa escapar.

Uma maldição dourada

Aperto a ponta da vassoura para não explodir e quebrar seu outro pulso. Pelo bem da memória de Vanna, contenho a raiva em meu interior.

Mas mesmo a mais inofensiva das cobras ainda pode morder.

— Minha irmã morreu — digo, mordaz. — É o apropriado.

Adah exibe a quantidade certa de tristeza em seu rosto. Suspeito que ele praticou no caminho para cá.

— Perdoe-me. Ouvi falar do que aconteceu com Channari. Vamos providenciar todos os procedimentos apropriados no templo...

— Ela já foi enterrada — minto. Essa é a última coisa de que quero falar com ele. — Juntou-se aos deuses. Não precisamos mais tocar nesse assunto.

— Claro — Adah concorda rapidamente.

Ele nem tenta esconder o próprio alívio. Então hesita. É um raro momento em que revela suas emoções.

— Sei que deve achar que fui cruel com ela — meu pai diz em voz baixa. — Com sua irmã.

Não ouso respirar.

— Também sei que fui. Toda vez que a via, não conseguia evitar. Eu não a odiava, Vanna. Mas o que é que eu devia fazer quando ela voltou com o rosto de uma cobra demônio... por minha causa? Quando a mãe dela morreu porque eu não consegui salvá-la?

Fico em silêncio. Talvez este momento significasse alguma coisa dezessete anos atrás, mas agora não mais. Não ofereço nenhuma palavra de consolo, nenhum perdão.

Em resposta, ele mergulha nos fantasmas do passado.

— Venha comigo. Lintang está nos esperando no navio.

— Navio? Você não vai ficar?

— Não, vim apenas buscar você. — Adah torce o nariz para a nossa antiga casa. — É chegada a hora de deixarmos Sundau. Decidi que ficaremos em Tai'yanan.

— Mas por quê? — Franzo a testa. — O noivado com o príncipe Rongyo foi dissolvido.

— Mesmo assim. Não somos os únicos partindo. Vários de nossos vizinhos já se foram. Assim como você devia ter feito depois que aquela bruxa tigre atacou...

— Eu vou ficar — interrompo-o. Minha voz é a de Vanna, mas todos os tons estão errados. Ela nunca foi tão severa. — Não vou embora. Preciso de tempo pra ficar de luto.

Meu pedido deixa Adah apreensivo.

— Seja razoável. Há quem fale que vai haver uma guerra contra Shenlani, e depois do que sua irmã fez ao rei Meguh, eles estão fadados a vir atrás da nossa família. Devemos nos refugiar em Tai'yanan.

Não mudo de opinião. Sou mais astuta que Vanna e não acredito em nada do que Adah diz.

— Ninguém virá atrás de nós — respondo calmamente. — Shenlani ruiu *graças* à minha irmã. Ela livrou Tambu de um rei e uma rainha cruéis e merece que sua morte seja lamentada da maneira apropriada. Não vou ceder.

Com uma careta, Adah retira o chapéu e se abana.

— De quanto tempo você precisa?

— Cem dias. Talvez mais.

— O que vou dizer a eles? Já estão perguntando de você...

Eles. Levo um instante para perceber que Adah não está se referindo a Lintang ou ao príncipe Rongyo, ou quem quer que esteja me aguardando em Tai'yanan. Ele está falando dos novos pretendentes que virão reclamar a mão de Vanna... ou melhor, a *minha* mão, agora que já não estou mais prometida a Rongyo.

São um bando de moscas. Enquanto meu coração brilhar feito chamas, eles sempre serão atraídos. Não há nada que eu possa fazer para impedir isso. Essa é a maldição da pérola, assim como sua dádiva.

— Diga que desejo o coração de dez mil mosquitos em travessas de prata, uma ponte de ouro ao longo do Estreito de Tambu que alcance o sol, um navio de guerra completamente pintado com sangue real.

Adah fica pálido.

— Vanna!

Vanna. Eu poderia pedir um templo feito de ossos e mesmo assim Adah não veria que sou Channi.

— Diga que eles podem apodrecer no mais sórdido dos infernos — falo. — Não verei ninguém e desejo ficar sozinha. Vou sofrer em paz.

Adah ergue o braço, e por instinto me preparo para levar um tapa, mas fico ainda mais aflita por ele simplesmente tocar meu ombro e apertá-lo.

— Então que sejam cem dias. Faça o que for necessário para ficar feliz. — Ele faz uma pausa gentil. — Senti falta do seu sorriso, filha.

Contra a minha vontade, meu peito desmorona. Obriguei-me a não sentir nada por meu pai por tanto tempo, mas o que poderia me preparar para este momento? Foi isso que sempre quis, não foi? Que ele enfim me amasse e me visse como vê Vanna.

A ironia machuca mais que uma agulha.

Da próxima vez que falo, minha garganta vibra com poder.

— Não fale mais comigo sobre pretendentes nem sobre deixar Sundau.

— Sim, minha filha — concorda Adah, com os olhos salpicados de prateado. — Vou fazer o que quiser.

— Que bom.

Pego a vassoura e volto a varrer.

— Vá buscar Lintang. Traga-a para casa. Vamos ficar por aqui.

Cem dias, cem anos. Jamais vou me acostumar a acordar e perceber que não tenho uma irmã para quem fazer o café da manhã. Que, se eu quiser vê-la sorrir, terei que encarar meu próprio reflexo. Não consigo fazer isso.

Elizabeth Lim

Olhar para mim mesma apenas me traz sofrimento, e sou incapaz de sorrir. Conforme os dias viram semanas, meu único consolo é que todas as manhãs, sem falta, eu visito Vanna.

Plantei orquídeas-da-lua sobre o lugar onde ela está descansando. Dezessete flores desabrocharam, uma para cada ano que ela viveu. O número permanece o mesmo todos os dias, mas sigo contando.

— Perdi seu aniversário uma vez, irmã — murmuro, mantendo uma distância respeitosa. — Jamais me esquecerei de novo.

Todos os dias, repito essas palavras. E todos os dias, elas doem do mesmo jeito. Nunca vou parar de desejar ter lhe trazido uma orquídea no seu último aniversário. É apenas um detalhe, mas ele vai me atormentar durante anos.

Agacho-me, mergulhando os nós dos dedos na terra. Insetos sobem pelos meus dedos, mas os ignoro. Estou me concentrando.

A pérola em meu interior ganha vida. Consigo senti-la girando enquanto seu poder se intensifica, e minha pele formiga com uma dor já familiar. Cubro o rosto com as mãos, escondendo a luz. Levou tempo, mas estou aprendendo a controlá-la. O poder da pérola chega naturalmente, uma constatação tanto satisfatória quanto aterrorizante.

Quando minha luz recua, a lagoa ao meu lado vibra com uma sombra prateada. Eu olho dentro da água.

— Olá, Channari — murmuro.

Olhos amarelos me encaram de volta, e tudo é como antes: as fendas estreitas de minhas pupilas, os sulcos entre minhas orelhas e meu pescoço, a mecha pálida de cabelo que Angma usou para me marcar. A única diferença é a cor das minhas escamas. Elas são brancas da cor do luto.

O feitiço não dura para sempre, mas é necessário. Recuso-me a visitar Vanna usando seu rosto.

Com um suspiro profundo, sigo na direção das orquídeas.

Essa é a parte mais difícil do dia: encontrar as palavras para cumprimentar minha irmã. Às vezes, não consigo nem proferir um simples cumprimento. Outras vezes, jorro uma cachoeira de arrependimentos. Outras tantas, simplesmente choro.

Hoje, volto-me para as borboletas tremulando entre as flores. Estão sempre aqui, tão constantes quanto o ar e as árvores, e a dor em meu coração aumenta. Elas conhecem Vanna da mesma maneira que as cobras me conhecem.

Faço uma profunda reverência. *Obrigada por lhe fazerem companhia quando eu não consigo.*

Então ajoelho-me ao lado de minha irmã.

— Recebi uma carta ontem. De Nakri. Ela me convidou para me tornar sua aprendiz. Acha que preciso sair de Sundau, mas não quero. O que você acha?

É claro que não há resposta. Titubeio em meio ao silêncio, quase pronta para ir embora, quando duas borboletas pousam nos nós dos meus dedos. Suas asas, lindas e vivazes, abrem-se como se dissessem: *Continue.*

E é isso que faço. Conto à minha irmã tudo, desde os novos cabelos brancos de Lintang até as serpentes de Yappang que vieram para jurar lealdade a Ukar, até os bolos de Mama que voltei a fazer. Uma hora se passa, e não ouço os passos atrás de mim.

— Channari?

Congelo.

— É mesmo você.

Quando me viro, estou usando o rosto de Vanna de novo.

— Você se enganou. E vai esquecer o que quer que...

— Pare. — Oshli balança o cajado cerimonial para mim. — Tenha algum respeito. Eu sei da verdade faz um tempo. Tive um palpite assim que você acordou como... como *ela*.

Lanço ao xamã um olhar impassível.

— Você só confirmou o que já sabia. Agora, vá embora. Desejo ficar sozinha.

— Sua madrasta veio me ver no templo — ele diz, ignorando minha ordem. — Ela está preocupada com você. Disse que não te vê sorrindo há semanas, que você não fala com ela nem com seu pai. Que você desaparece na selva todas as manhãs.

Faço uma anotação mental de confrontar Lintang quando voltar para casa.

— Passei semanas tentando te ver — ele continua. — Mas sempre que estou perto da sua casa, minha mente fica nebulosa e esqueço por que estou lá.

Fico em silêncio. Isso foi planejado, mas Oshli não deveria saber disso. Ninguém mais sabe.

Ele abaixa o cajado. Duas lanternas estão penduradas no topo, ambas apagadas.

— Você não pode se esconder do mundo pra sempre, Channari — ele fala em voz baixa. — Você não me perguntou por que estou aqui. É porque fiz uma promessa. Pra sua irmã.

Meus olhos disparam para cima. Examino Oshli da cabeça aos pés. Seu cabelo não foi cortado, e ele está usando a veste de xamã e o lenço laranja em vez do branco do luto. Mas qualquer idiota consegue ver que ele está de luto. Está nas linhas duras de seu rosto, nas olheiras sob seus olhos, até na maneira como seus pés pousam na terra, pesarosos e resignados.

— Que promessa?

— Vou te contar — ele diz. — Mas, primeiro, me permita falar o nome dela mais uma vez.

De repente, minhas bochechas ardem de vergonha, e sinto muito por ter sido rabugenta com Oshli, por ignorá-lo, por manter Vanna apenas para mim quando ele tem tanto direito quanto eu de vê-la e honrá-la. Por amaldiçoá-lo para que ele não pudesse falar seu nome.

Senti medo, quero lhe dizer, mas não consigo. Então faço o melhor que posso e toco meu peito, dissipando o silêncio a que o sentenciei.

Uma maldição dourada

— Você tem permissão de falar o nome dela.

Jamais vi alguém se sentir tão grato em minha vida.

— Vanna — ele fala, como se o nome fosse a chave para acessar o próprio ar que ele respira. — Obrigado.

— Ela está enterrada aqui. — Gesticulo para as orquídeas. — Vá, fale com ela.

Começo a me virar para a casa de Adah, mas Oshli ergue uma das lanternas de seu cajado.

— Espere. — Um pequeno sorriso surge em seus lábios, deixando-o mais jovial. — Sabia que eu costumava chamar Vanna de "minha lanterna"? Por causa da maneira como seu coração brilhava.

Ele olha para mim, pela primeira vez sem titubear.

— Você era a luz que a fazia brilhar ao máximo, Channi.

Engulo em seco com dificuldade.

— Não puxe o meu saco. Ela te amava.

— Ela só me amou perto do fim. Ela te amou desde o começo.

Não há amargura em seu tom de voz, nem inveja ou ressentimento. Ele está apenas falando a verdade.

As borboletas se aglomeram ao seu redor, pousando em seu braço em tamanha quantidade que ficam parecendo uma manga bufante. Ele produz uma chama e acende uma das lanternas.

— Por que você trouxe duas? — pergunto.

— Para as duas irmãs — ele responde. Ele me oferece sua vela para que eu acenda a segunda lanterna. — Gadda diz que esta vida é apenas um atalho para a próxima. Tenho fé de que, na próxima, vocês vão se encontrar de novo. As lanternas vão guiar vocês.

Tiro mais conforto das palavras dele do que ele imagina. A lanterna em minhas mãos balança.

— Quer saber o que prometi a ela? — Oshli pergunta.

Quando assinto, ele repousa a lanterna dele.

— Prometi dizer a você que ela vai te esperar. Que ela quer que você não tenha pressa.

São as palavras mais simples, mas também as mais destrutivas. Meus ombros tremem e as lágrimas começam a cair.

— Prometi a ela que você não ficaria sozinha, que eu seria seu amigo, se você precisasse de mim. — A voz dele se abranda. — Ela queria que você fosse feliz.

— Ela não sabia do meu... *rosto*.

— Não teria como saber. Mas ela sabe que a sua vida não foi fácil, Channi. Ela queria que você encontrasse o próprio caminho, não importa como.

— Não sei como fazer isso.

— Nem eu — ele admite. — Mas todos os dias eu chego mais perto disso. É uma jornada, e ela começa quando você atravessa as paredes que construiu em volta de seu coração.

Ele faz uma pausa.

— Será que você consegue deixar essas paredes pra trás... por ela e por você mesma?

Finalmente lembro da lanterna em minha mão. Coloco-a no chão ao lado da de Oshli. O brilho delas reflete a minha própria luz.

— Vou tentar.

Já é tarde da noite quando adentro meu antigo quarto na casa de Adah e estico a mão sob a cama. Lá encontro a lança quebrada que usei para apunhalar Hokzuh. Eu a ergo ereta, e a ponta da lâmina alcança apenas meu queixo.

Pensei no pedido de Vanna o dia todo. Pensei nas paredes que sempre odiei, não apenas as desta casa, mas nas que me foram erigidas à força por causa de meu rosto.

Uma maldição dourada

Meu rosto. Durante anos, tive o rosto de uma serpente. Agora e até o dia que eu morrer, ele será o da minha irmã.

Posso não ser capaz de derrubar essas paredes, mas Oshli tem razão. Se eu não encontrar uma maneira de atravessá-las, ficarei presa para sempre. E só consigo pensar em uma única maneira de me libertar.

Ainda segurando a lança, retorno ao altar de Mama. Há uma orquídea branca ao lado da escultura que fiz dela, que se balança ao ritmo dos meus movimentos.

Pego-a com a mão, segurando o cabo para levá-la até minha bochecha. Minha garganta se fecha, tornando difícil respirar. É uma orquídea-da-lua, a favorita de Vanna.

— Irmã — digo suavemente para a flor —, eu amava o seu rosto mais do que qualquer outro. Jamais imaginei que sofreria ao vê-lo. Mas sofro. Porque é o *seu* rosto, não o meu.

As palavras saem de dentro de mim com esforço, e eu faço uma pausa antes de conseguir falar de novo.

— Eu não gostaria de desrespeitar você, então peço sua permissão. Por favor. — Aperto a lança. — Você me permitiria ser livre?

A orquídea permanece em minha mão. Por um bom tempo, ela não se mexe e eu suspiro, pronta para deixar a arma de lado. Então, quando começo a me virar, o vento retira a flor de minha mão e passa suas pétalas pela minha bochecha, até chegar à testa. O gesto é carinhoso, como o roçar dos dedos de Vanna na minha pele.

Depois, a orquídea cai sobre a lança.

Antigamente, eu desdenharia disso, diria ser apenas a ação do vento. Mas um formigamento se espalha pela minha pele, e sei que não é mero acaso.

— Obrigada, irmã — murmuro, ainda com uma voz suave. — E me perdoe. Esta será a última vez que encostarei a lâmina na minha pele. A última vez que farei uso do veneno em meu sangue. Vou ficar bem, como você me pediu. Eu amarei mais.

Olho para o céu e então faço uma reverência para Mama e outra para Vanna. Depois, levo a lâmina até a testa, logo acima da sobrancelha, esperando minhas mãos pararem de tremer. Apesar de toda a minha força, a lança nunca me pareceu tão pesada.

Respirando fundo, penetro a minha carne. E corto profundamente.

A dor não chega de imediato. Vou até o topo do nariz antes que a parte de trás dos meus olhos comece a arder, e minha pele grita em protesto. Termino rápido, levando a ponta da lança de um lado a outro da bochecha antes de deixá-la cair e disparar atrás de uma bacia de água.

O sangue se acumula em meus cílios e se mistura às lágrimas. Nunca chorei nas vezes que fiz cortes em minhas escamas para arrancá-las. Mas, desta vez, não consigo conter a dor.

Mordo o lábio e observo meu reflexo na bacia. A luz prateada da pérola banha meu rosto, já tratando de curar a ferida.

Não, esbravejo, lutando contra a luz. *Deixe-me ficar assim.*

Com a lança, traço o corte em meu rosto. Meu sangue brota de novo, mais grosso que antes. Tentei tantas vezes, sempre em vão, usar meu veneno para me livrar de minhas escamas. Mas jamais tentei usá-lo como cura.

Corro o dedo pela ferida, espalhando o sangue nela. A pérola sibila enquanto sua luz tenta remendar minha pele partida, mas ela não consegue tocar o riacho de sangue escorrendo pelo meu rosto. Sempre que ela chega perto, refaço a linha com sangue. Agarro-me à lição que as cobras me ensinaram quando eu era jovem: nem todo veneno é ruim. Às vezes, eles podem se tornar o mais inesperado dos antídotos.

Nunca pensei que meu veneno, o mais poderoso do mundo, poderia curar alguma coisa. Mas, que Gadda me acuda, se for para viver, não serei uma prisioneira em minha própria pele.

— Você não vai vencer — sussurro para a pérola entredentes. — Este... não é... o meu... rosto!

Finalmente, a luz se retrai para dentro do meu coração, derrotada.

Uma maldição dourada

Em meu rosto, uma cicatriz branca e reluzente se forma. Eu a toco. É levemente saliente, com sulcos grosseiros que me lembram as escamas que uma vez tive. As escamas que tanto desejei me livrar.

É horripilante. Impossível de esconder. Mas, para mim, é uma vitória boa o suficiente. É um rasgo na máscara, uma parte do meu verdadeiro eu que todos podem ver.

Jamais abrirei mão disso.

CAPÍTULO QUARENTA E TRÊS

Os boatos sobre minha cicatriz se espalham por Sundau, depois por Tambu, então para o resto de Lor'yan. Pensei que isso acabaria com qualquer interesse por mim, mas estava errada. As histórias se difundem, e todos se perguntam por que minha luz mudou, por que agora é prateada feito a lua, não mais dourada como o sol. Aos poucos, as pessoas param de me chamar de Dourada, e novos títulos começam a aparecer em canções e fábulas. Eu até teria interesse em ouvi-las, se não as detestasse.

Não demora muito para que os pretendentes voltem a me assediar. Navios e mais navios visitam Sundau. Chegam comerciantes, nobres e até uma quadrilha de bandidos que tenta me sequestrar enquanto estou dormindo. Eles me amordaçam e me carregam para fora da cama, tentando abafar minha luz com cobertores. Alcançam a porta do quarto antes que eu os transforme em ratos. Ukar e seu povo se banqueteiam no farto café da manhã daquele dia.

Qualquer um é capaz de perceber que *estou* diferente. Não sou a filha dócil e exuberante que Adah divulgou para todo o mundo. Não. Nunca sorrio, nunca assinto, nem para os reis e rainhas que me visitam, e raramente falo, a não ser que seja necessário.

Em privado, Adah implora para que eu seja mais calorosa.

— Você vai dar início a uma guerra com sua carranca — ele diz. — Sei que está de luto por sua irmã, mas por quanto tempo mais você vai ficar enfurnada em seu quarto? Precisa se casar, Vanna. Quer que nossa fortuna se esgote?

— Não estou nem aí pra nossa fortuna.

Adah fica agoniado com minhas palavras. Antigamente, ele não toleraria esse tipo de desacato, mas agora ele não ousa discutir. Ele me teme, embora não saiba o motivo.

Nos últimos meses, comecei a dominar o poder da pérola. Consigo fazer uma dúzia de mentes se curvarem a mim com apenas um olhar, e até interferir em memórias. Sei que isso é só o início. O brilho de minha luz é implacável; é mais brilhante e mais intenso que o de Vanna jamais foi. Me irrite e verá ela queimar.

Seria fácil me tornar uma rainha feiticeira mais formidável que qualquer coisa que Angma poderia ter sonhado. Mas não é isso que eu quero.

Observo meu pai.

— Quer que eu me case, Adah?

Ele assente com fervor.

— Então comece a seleção mais uma vez. Eu escolherei quem quer que consiga me fazer sorrir.

Adah pisca, como se a tarefa fosse demasiadamente simples.

— Nada de travessas de coração de mosquito ou pontes de ouro e todas aquelas tolices?

— Quem quer que consiga me fazer sorrir — repito. — Você concorda com isso?

O júbilo de Adah fica visível em seus olhos.

— Sim, sim.

Eu não teria tanta esperança se fosse você, penso enquanto ele se apressa para contar à Lintang as novidades. Os primeiros traços de um plano se formam em minha mente, e eles não irão agradar meu pai.

Elizabeth Lim

O quarto de Vanna costumava estar apinhado de livros e mapas, com buquês de flores secas suspensos no teto e incensos de jasmim. Tudo isso se foi ou está sendo levado para Tai'yanan. Agora resta apenas um amontoado de túnicas por lavar e uma pilha de presentes indesejados que Adah planejou doar para os necessitados de nosso vilarejo. Dentre eles está a escultura de grou do Imperador Hanriyu.

A umidade amarelou a pintura leitosa de suas asas e escureceu a coroa, conferindo-lhe um tom de carmesim, mas ele ainda é um pássaro elegante. Quando o toco, consigo jurar que suas asas se levantam. Assim como eu, ele deseja voar para longe deste lugar.

Por que se incomoda com essas moscas quando você poderia facilmente afastá-las?, Ukar pergunta, deslizando para dentro do quarto. *Por que lhes dá corda?*

— Porque preciso sair de Sundau.

Você poderia ir para Yappang. Nakri pediu mais de uma vez para você se tornar sua aprendiz.

Balanço a cabeça.

— Os pretendentes também iriam pra Yappang. Eles só aumentariam. Não quero ser um fardo para ela.

Ukar sabe que é verdade. No momento, são os reis que reivindicam minha mão. Em breve, outros virão. Demônios, feiticeiros, talvez até deuses.

Mas por que uma seleção? Você poderia facilmente deixar Tambu e ir para qualquer canto do mundo que quisesse.

E assim eu faria. Eu desapareceria nos desertos de Samarã ou nos cafundós de Balar. A última coisa que quero fazer é participar dessa seleção. Mas há apenas um único lugar onde a luz do meu coração talvez seja esquecida, e onde ela talvez deixe de me atormentar. O problema é que suas fronteiras estão seladas por magia. Não posso entrar lá... a menos que seja convidada.

Viro-me para encarar meu amigo.

Uma maldição dourada

— O que sabe sobre Kiata? O reino do grou escarlate.

Kiata? A cauda de Ukar se remexe. É do outro lado do mundo.

— Não é tão longe assim. Não há dragões lá, nem demônios... ou magia. Lá, o poder da pérola vai se enfraquecer, se é que não será subjugado completamente. — Inspiro. — Pensei nisso com muito cuidado, Ukar. É o único lugar para onde posso ir.

Então você vai pedir para Hanriyu, ele diz. Sem querer ofender, Channi, mas ele não pareceu muito interessado da primeira vez.

— Ele pensou que a seleção era repugnante — digo em voz baixa. — Tem isso a seu favor. Além disso, ele perdeu a pessoa que mais amava, assim como eu. Nós vamos conseguir nos entender.

Ukar parece cético. *Ele não tem seis filhas e um filho? Ou era o contrário?*

— Eu gosto de crianças.

Sete é demais.

Reviro os olhos.

— A *sua* mãe teve sete.

Como te disse, é demais.

— Quero ir para Kiata — digo. *Quero poupar o mundo do meu perigo.* — Pedirei para Rongyo convidar o imperador... como um mediador para a seleção.

E depois? Vai usar a pérola para fazê-lo se casar com você?

— Não — respondo, severa. — Nunca. Vou embora com ele se gostarmos um do outro. *Se eu de fato me casar, será sob as minhas próprias condições. E quando eu deixar Tambu, não será para fugir, mas para recomeçar.*

Inspiro ruidosamente.

— Usarei a pérola para apagar qualquer resquício do meu nome e o de Vanna por toda Lor'yan. O que acha, Vossa Majestade?

Me chame de "Vossa Majestade" mais uma vez e vou te morder.

Elizabeth Lim

É o mais perto que chego de sorrir desde que Vanna morreu.

Tem certeza de que é isso que quer?, pergunta meu melhor amigo. Seus olhos se dilatam enquanto me analisam. *Você é uma feiticeira e tanto. Poderia ser mais poderosa que os feiticeiros mais famosos de Lor'yan. Não precisa se esconder em uma terra inóspita e nevada. Não precisa se casar.*

— Nem todo o poder do mundo pode me dar o que eu mais desejo — respondo com indiferença.

E o que seria isso?

— Paz.

Ao ouvir minha resposta, as escamas verdes de Ukar desbotam para um tom mais neutro. Ele solta um suspiro. *Então faça o que for preciso. Mas quando lançar seu feitiço, não inclua nem eu nem meu povo. Nem todos deveriam se esquecer de você. E eu... quero me lembrar, mais do que qualquer outro.*

Dói falar.

— Pensei que você viesse comigo.

Não posso, Ukar responde. *Agora sou o rei, e precisam de mim aqui.* Ele balança a língua. *Além disso, eu não seria feliz em uma terra repleta de grous.* Há um sinal de seu antigo senso de humor cáustico nessa frase. *Grous comem cobras, sabia?*

Meus ombros sacodem de alegria, mesmo que eu não esteja rindo. Beijo o topo de sua cabeça.

— Vou sentir sua falta, sua criatura intragável. Pensarei em você todos os dias, aonde quer que eu vá. Você é a única família que me resta aqui.

As cobras serão sua família, não importa aonde você vá. Nesta vida e na próxima, elas se lembrarão de você. Ukar abaixa a cabeça. *Senhora Cobra Branca.*

Ao ouvir esse nome, meu peito se preenche com a luz da pérola. Ela nos banha, mas seu calor é melancólico.

Uma maldição dourada

É a "maldição dourada", como Vanna a chamava. Estou começando a entender o que ela queria dizer: que sua luz trazia tanto sofrimento quanto esperança.

Agora e até meu último suspiro, ela será minha.

EPÍLOGO

Um ano mais tarde

Hanriyu e eu estamos lado a lado em seu navio. Lá embaixo, os servos estão carregando nossos pertences para dentro e os marinheiros estão se preparando para zarpar. Dentro de instantes, iremos partir.

Meus meses em Tai'yanan são uma história para outro momento. Eu de fato tive uma nova seleção, que durou um ano, bem diferente do evento de um dia pelo qual Vanna passou. Nesse ano, eu me tornei uma nova Channi. Em vez de portar lanças e facas, debrucei-me sobre mapas e pergaminhos. Estudei idiomas e história, aprendi a dançar e bordar pássaros e borboletas com fios coloridos e vibrantes, e aperfeiçoei minha caligrafia.

Durante todo esse tempo, eu não sorri. Pensei que tinha esquecido como fazer isso.

Até que Hanriyu voltou a Tambu.

Dessa vez, não houve artimanhas de minha parte. Não o enfeiticei para me procurar, nem para se tornar meu amigo. Mas nós de fato nos tornamos. Aos poucos, nossa confiança um no outro se cimentou durante um longo mês. Nem me dei conta de quando sorri para ele, com ele.

— Por que você sorriu pra mim? — Hanriyu me pergunta, vendo minha boca formar um ângulo risonho. Ele já me perguntou isso várias vezes, mas nunca respondi.

O vento levanta o cabelo de minhas costas quando me viro para ele.

— Foi a história que você me contou sobre sua filha. Sobre como ela

Uma maldição dourada

encontrou uma lagarta e pensou que fosse uma cobra, então ela a colocou debaixo do travesseiro do irmão. — Estalo a língua. — Dois anos de idade e ela já era travessa. Lembrei de minha irmã quando era mais jovem. Por isso sorri.

Meus ombros relaxam.

— E agora sorrio porque ainda não sei o nome de sua filha.

Hanriyu pisca, surpreso.

— Não lhe contei?

— Você me contou o de seus filhos: Andahai, Benkai, Reiji, Yotan, Wandei e Hasho. — Ele parece impressionado por eu me lembrar de todos os seis, em ordem de idade. — Não me contou o de sua filha.

— Shiori — ele responde com suavidade. — Significa "nó". Minha esposa que escolheu. Durante muito tempo, ela quis uma menina, mas depois de seis meninos, ela tinha quase perdido as esperanças.

Hanriyu seca o suor do pescoço.

— Quando Shiori veio ao mundo, ela escolheu esse nome para que fosse a última.

Ele solta uma risadinha, e visualizo sua esposa em minha mente. Uma mulher cuja risada tocava os cantos de seus olhos, que abraçava cada uma das crianças de manhã e à noite contava estrelas com os cabelos soltos e os pés descalços. Sinto que, assim como ela, sua filha é especial.

— Tem certeza de que quer vir comigo? — Hanriyu pergunta de repente. — Centenas de reinos por toda Lor'yan declararam amor eterno a você. Deveria escolher um deles, não um homem cujo coração está com a falecida esposa.

— Você já me perguntou isso diversas vezes. Minha resposta não mudou.

— Mesmo assim. Você é jovem. Tem chances no amor.

Não digo nada. Durante toda a minha vida, desejei ser amada. Sonhei com uma mão ao redor de meus ombros enquanto eu dormia, beijos roubados de um amante e o calor de um corpo pressionado contra o meu. Mas já não sonho mais com isso.

Não vou mentir sobre Hanriyu. Jamais nos amaremos como Oshli e Vanna se amaram, e jamais teremos a conexão que Hokzuh e eu dividíamos. Mas há várias maneiras diferentes de amar.

— Seu amor está com sua esposa, e o meu com minha irmã. As rachaduras em nossos corações jamais vão se curar. Mas ao menos busco recompor o meu mais uma vez. Não é um amante ou um marido que vai me proporcionar isso, mas uma família. — Faço uma pausa, ainda mais certa do que nunca. — Permita que sejamos a família um do outro.

Hanriyu fica espantado. Depois assente.

— Já te aviso que meus filhos darão trabalho.

— Eu ficaria decepcionada se não dessem — respondo. Agarro o guarda-corpo para impedir que o vento me balance. — Tudo o que quero é amar alguém da mesma forma que amei Channari. De maneira incondicional, absoluta, com cada fibra do meu ser.

O calor sobe pela minha garganta.

— Tenho o pressentimento de que seus filhos vão preencher a falta que ela faz em meu coração.

Hanriyu toca meu braço.

— Eu me lembro da sua irmã — ele diz em voz baixa. — Seus olhos eram os mais tristes do mundo. Agora são os seus.

Durante um tempo, eu poderia jurar que ele sabe que sou eu. Eu, Channari, presa no corpo de minha irmã. Mas não é possível. Esse é o poder da pérola.

— Pode fazer uma coisa por mim? — digo de maneira um pouco abrupta.

— O que seria?

— Gostaria que nunca mais mencionasse minha irmã.

Hanriyu franze a testa.

— Por acaso falei algo que ofendeu você?

— Não, longe disso.

Uma maldição dourada

Inspiro. Passei bastante tempo refletindo sobre as palavras que estou prestes a dizer. A pérola quebrada dentro de mim brilha, entregando meu nervosismo.

— Como comentei antes, a morte de minha irmã me mudou. Já não desejo mais ser rainha, e já não desejo mais carregar este fardo.

Cubro a luz do meu peito com a mão.

— Eu sei — Hanriyu fala com gentileza. — Qualquer magia que entrar em Kiata será suprimida pelos deuses. Lá você será livre.

Será um novo começo. Na verdade, tudo será novo: a família, a terra, até mesmo as estações. Fico mais apreensiva em relação à neve; já a vi antes, e embora Hanriyu me diga que é bonita e que dura apenas uma estação, estremeço de ansiedade por causa do frio.

— Gostaria que nunca mais mencionasse minha irmã — repito. — Ou quando me conheceu em Tambu. Quero deixar o passado para trás. Todo ele. Até meu nome.

— Seu nome?

— Sim. Não quero mais ser chamada de Vanna.

Há perguntas nos olhos escuros de Hanriyu, mas aprecio o fato de ele não fazê-las.

— Isso vai contra todos os costumes... mas meu povo vai aceitar, se eu aceitar. Ainda assim, você deve receber um título. Como poderemos te chamar?

Eu não tinha pensado nisso. Senhora Cobra Branca. Rainha Serpente.

— Sua Esplendorosa — invento do nada.

— Sua Esplendorosa — Hanriyu repete.

Não me explico. Eu o deixo pensar que estou me referindo ao brilho dentro de mim. Mas, não, estou pensando na luz que faz as lanternas brilharem à noite. A luz que se derramava do coração de Vanna para o meu quando ela estava viva. Jamais me esquecerei dessa luz. Quero levá-la comigo até meus últimos dias, até que eu a reencontre.

— Combina com você — ele diz quando fico quieta. — Então que assim seja. Sua Esplendorosa.

Chegou a hora.

A noite já caiu, e Hanriyu está dormindo na cabine adjacente à minha.

Abaixo-me ao lado da janela, um joelho de cada vez. Passo os dedos pela cicatriz em meu rosto, seguindo-a até o final.

Meu olhar se perde sobre as águas. Em algum lugar do outro lado do mar está o vilarejo Puntalo, a casa de meu pai, a pequena cabana nos arredores da selva onde cresci. Ukar e as cobras.

Não me despedi de Lintang nem de Adah. Jamais voltarei a vê-los, mas não me arrependo. Quando tiver terminado, eles mal se lembrarão de mim.

— Quando você lançará o feitiço? — Oshli perguntou antes de eu partir.

— Quando eu estiver no navio, saindo de Tambu.

— Seu pai vai se esquecer de você? Sua madrasta também?

— Só se lembrarão de terem tido uma filha que foi embora e que não vai voltar. — Faço uma pausa. — Não se lembrarão de maneira alguma de Channari.

Oshli fica em silêncio.

— É difícil pra mim conceber tamanho poder.

— Assim como é pra mim — admito. — Mas é isso o que vai acontecer.

— Desculpe por ter atirado pedras em você — ele fala de repente. — Desculpe por ter te abandonado quando você precisou de mim. Eu era uma criança, uma criança estúpida, e me sinto culpado há anos. Sei que você não vai me perdoar, mas quero que saiba que me arrependo antes que você parta. Antes que eu te esqueça.

Uma maldição dourada

O pedido de desculpas está atrasado, mas desfaz um nó apertado há anos em meu interior. Quase sorrio.

— Você não vai se esquecer completamente de mim.

Assentimos um para o outro, e tudo o que consigo pensar é em como Oshli e eu estávamos errados um em relação ao outro. Em como fico feliz por nos despedirmos como amigos.

— Aqui — ele diz, entregando-me a tigela de madeira quebrada da casa da minha infância. Ele a consertou, preenchendo as rachaduras com ouro derretido. — Meu pai ficou com as moedas que os pretendentes de Vanna deram ao templo. Usei uma parte para fazer isto. O resto vou dividir entre os aldeões. Vamos reconstruir tudo. — Ele se detém. — Você também deveria se reconstruir, Channi.

— Eu vou. — Toco seu ombro, detendo-me antes de partir. — Obrigada, meu amigo.

Essas serão minhas últimas palavras para ele.

Chegou a hora, e minha voz percorre o mar:

— Vocês se esquecerão de Vanna Jin'aiti e de sua irmã, Channari. Todos com quem falarem também se esquecerão, e será como se elas nunca tivessem existido. Como se fossem uma lenda de uma época há muito esquecida.

Minhas palavras formam uma nuvem de pó dourado e prateado que se espalha pelas ilhas. Eu a vejo salpicar Yappang, onde Nakri está arrancando o dente podre de um crocodilo. Ela ergue a cabeça como se me sentisse, e sorri antes das partículas douradas passarem por seus olhos. Eu a vejo pousar sobre Lintang e Adah, as crianças de Puntalo, meus vizinhos e aqueles que costumavam me conhecer. Eles piscam, desorientados por um momento, depois seguem com suas vidas.

Depois, o pó passa pelos olhos de Oshli. Seu corpo afunda contra a vassoura que segura, mas seu rosto não se esvazia como o dos outros. Seus laços com Vanna são fortes. Posso borrar suas memórias, mas ele sempre sentirá as sombras da verdade por trás das mentiras que espalhei. Até o dia que eu morrer, essas mentiras vão atordoá-lo.

O pó não chega até Ukar e as cobras. Apenas eles se lembrarão da verdade completa.

Lágrimas brotam em meus olhos. Fique bem, meu amigo, sussurro para Ukar, sabendo que, mesmo desta longa distância, ele consegue me ouvir. Governe com sabedoria e tenha bons sonhos.

Ukar remexe as escamas para olhar o mar, e como a dádiva de um encantamento, quase consigo vê-lo do lado de fora da janela. Ele ergue as escamas até minha bochecha uma última vez, antes de desaparecer e o ar nos separar de novo.

Por fim, o pó recai sobre o navio de Hanriyu, apagando todos os resquícios do meu passado. De manhã, as histórias sobre as duas irmãs, uma monstra, outra bela, serão apagadas. Elas serão lendas, e poucas pessoas se lembrarão de que foram reais.

Conforme o restante do pó se dissipa com o vento, murmuro meu verdadeiro nome para não o esquecer.

— Channari.

Minha menina com cara de lua.

Meu feitiço está feito, e estou mais cansada do que já estive na vida. Todos os meus músculos parecem pedras me afundando, e é muito difícil me virar para a cabine. Deito-me em uma pequena cama mal apropriada para uma rainha, decorada às pressas com almofadas de seda. Hanriyu não esperava que eu fosse para casa com ele.

Estico a mão para pegar a tigela de madeira ao meu lado. É uma das poucas coisas que trouxe de Sundau, com suas delicadas rachaduras cuidadosamente seladas com ouro. Eu a repouso em minhas mãos. Assim como Vanna, eu a uso para cobrir a luz dentro de mim para conseguir dormir.

Quando chegar em Kiata, já não precisarei mais dessa tigela. Minha luz vai se atenuar. Vai diminuir para uma faísca e, com o tempo, será esquecida.

Uma maldição dourada

Em seu lugar, terei seis filhos e uma filha. Enfim uma família.

Esse pensamento me enche de esperança, e caio no sono, encontrando o fantasma de minha irmã em meus sonhos, com um sorriso no rosto.

AGRADECIMENTOS

Este livro levou bastante tempo para ser concluído. Eu o comecei antes de escrever *Os seis grous*, e tenho pensado nele todos os anos desde então.

Agradeço à minha editora, Katherine, por sua inestimável orientação e apoio a este livro, e por ajudá-lo a encontrar seu coração. Agradeço à minha agente, Gina, que leu os primeiros rascunhos da história de Channi e me encorajou a terminá-la. Eu precisava desse empurrãozinho.

À Lili, minha assessora de imprensa, por sempre estar um passo à frente quando o assunto é levar meus livros aos leitores. À Melanie, Gianna, Kelly, Elizabeth, Dominique, John, Natali, Shannon, Alison, Artie, Kayla, Barbara e o incrível time da Knopf Books for Young Readers. Sou muito grata por tudo o que fizeram para que *Uma maldição dourada* viesse ao mundo.

À Tran, por trazer Channi e Vanna à vida de maneira tão perfeita quanto eu imaginei, por capturar brilhantemente o tom e a vivacidade deste livro.

À Alix, por expressar toda a beleza e "epicidade" desta história em apenas três simples palavras. Amo tanto seus *letterings*.

À Virginia, pelo mapa absolutamente deslumbrante de Tambu. Ter sua linda arte embelezando meus livros é uma dádiva.

Ao meu time no Reino Unido: Molly, Natasha, Kate e Lydia, agradeço mais uma vez pelo incrível cuidado e dedicação com as minhas histórias e por espalhar *Uma maldição dourada* pelo mundo.

Aos meus leitores beta: Leslie e Doug, que acreditaram em Channi e a amaram desde o início, e Victoria, Amaris e Eva, por seus olhos aguçados e críticas sinceras, e por sempre serem portos seguros para novas ideias.

A meus pais e minha irmã, por apoiarem minha escrita desde o começo e me encorajarem a seguir meus sonhos. A Adrian, pelo amor e apoio incansável, e por ser o leitor alfa de cada um dos meus livros enquanto também ajudava a criar nossas filhas. Eu não poderia ter pedido um parceiro melhor. Às minhas meninas, minhas histórias são para vocês, e eu as amo muito.

Por fim, um agradecimento do fundo do coração aos meus leitores. Sem vocês, minhas histórias não teriam um lar, então obrigada.

SUA OPINIÃO É MUITO IMPORTANTE

Mande um e-mail para **opiniao@vreditoras.com.br** com o título deste livro no campo **"Assunto"**.

1ª edição, mar. 2024

FONTE Sabon Regular 10,75/16,3pt
　　　　　Sofia Pro Medium 18/16,3pt
PAPEL Lux Cream 60g/m²
IMPRESSÃO Geográfica
LOTE GEO260124